世紀詩人艾略特

黃國彬 著

Thomas Stearns Eliot

目　錄

中天過後

—— 在二十一世紀談艾略特（代序）

　　如非要考香港大學入學試 (Matriculation Examination) 英國文學科，認識艾略特的時間大概會推遲兩三年。

　　一九六六年，由中五理科升上中六文科，即當年稱為大學預科低班 (Lower Six) 的級別。大學預科，是準備考香港大學入學試的預備課程，肄業時間為兩年；唸完低班，升讀高班 (Upper Six)，結業時參加港大入學試。

　　港大入學試的英國文學科範圍，包括斯威夫特 (Jonathan Swift) 的《格列佛遊記》(*Gulliver's Travels*)、蒲柏 (Alexander Pope) 的《青絲劫》(*The Rape of the Lock*)、約翰遜 (Samuel Johnson) 的《阿比西尼亞王子拉瑟勒斯傳》(*The History of Rasselas, Prince of Abissinia*)、濟慈 (John Keats) 的長短詩作、珍・奧斯汀 (Jane Austen) 的《愛瑪》(*Emma*)、狄更斯 (Charles Dickens) 的《雙城記》(*A Tale of Two Cities*) ……。這樣的一張書單，在一個剛唸完中五的學生眼中，可敬而又可畏。可敬，是因為書單中的作家都傑出；可畏，是因為所讀全是原著。

　　升上中六之前，由於學校除了中文、中史，全部以英語授課，自中一到中五，唸英語課程時也讀了不少名家作品；不過自中一到中三所讀都是簡易版 (simplified version)；中四、中五讀節略版 (abridged version)。[1]

1　簡易版的英語經過簡化、改寫。厚厚的一本《傲慢與偏見》(*Pride and Prejudice*)，

中五那年，讀阿瑟・柯南・道爾 (Arthur Conan Doyle) 的節略版《巴斯克維爾家族的凶犬》(*The Hound of the Baskervilles*)，藉傳真度較高的文字感受駭怖，看神探福爾摩斯大顯神通，已經向前邁進了一大步。但是，從節略版的高度被彈射至上述原著的霄漢，則是另一回事了，就像翩翻於桑樹顛的麻雀剎那間置身於三千尺的高空。——三千尺的高空還不算太壞；在三千尺的高空迴翔軒翥間，我們還要飛入遠高於三千尺的莽蕩天風中跌撞顛躓——猝不及防間直接讀莎士比亞的《李爾王》(*King Lear*) 和米爾頓的《失樂園》(*Paradise Lost*)。以未開竅的童蒙心靈讀《李爾王》和《失樂園》原著是怎樣的一種經驗，我在《解讀〈哈姆雷特〉——莎士比亞原著漢譯及詳注》的序言裏已經談過；[2] 現在既然再談米爾頓，不妨補充幾句。

港大入學試英國文學科課程要我們讀的，是《失樂園》第一、二卷。《失樂園》長一萬○五百五十行，共十二卷。十二卷之中，如要選出最精彩的四卷，第一、二卷肯定會入選；要選出全詩最精彩的一卷——是一卷，不是四卷，第一卷也大有可能勝出。由於這緣故，讀者可以想像，一個霎時間得睹文學高天的少年，讀到下列文字時會有甚麼樣的感覺：

> Him the Almighty Power
> Hurled headlong flaming from th' ethereal sky
> With hideous ruin and combustion down
> To bottomless perdition, there to dwell
> In adamantine chains and penal fire,

經簡化、改寫後只有五分之一左右的厚度，原作的神韻和文字魅力剩下多少，就不問可知了。我這樣說，其實對負責簡化、改編的教育家有欠公平；中一到中三的童蒙，認得多少個英文字呢？教育家苦心為我們編寫名著簡易版，有引導提攜之功；今日回顧，應該向他們道謝才對。至於節略版，大致是原文，不過有好些段落經過刪削，轉折處有所改動或調整，以避免驟結驟起、凌亂割裂的毛病。

2　在《半個天下壓頂——在〈神曲〉漢譯的中途》一文中，我也談過初讀《失樂園》的感覺。此文已收入九歌出版社出版的拙著《語言與翻譯》。

Who durst defy th' Omnipotent to arms.

Nine times the space that measures day and night

To mortal men, he with his horrid crew

Lay vanquished, rolling in the fiery gulf

Confounded though immortal.

(*Paradise Lost*, Book 1, ll. 44-53)

他呀，全能的

偉力把他擲出蒼冥，挾熊熊

烈焰怖然覆滅，燃燒著直墜

無底的淪喪，在淪喪中幽囚，

被金剛之鏈捆綁，被罰火焚燒；

敢挑戰全能之神的，下場也如此。

在凡人眼中一晝一夜的九倍

時間，他與手下慘傷的行伍

潰敗後躺著，火淵中輾轉反側；

雖不是凡軀，卻也惶愕莫名。

（《失樂園》，卷一，四四—五三行）[3]

這十行寫撒旦煽動一大批墮落天使在天國造反失敗後，被全能之神擲落地獄；語語是史詩的當行本色，以雷霆萬鈞之勢與歐洲史詩之父的《伊利昂紀》呼應。[4]

下面一節：

On a sudden open fly

With impetuous recoil and jarring sound

3　本書引用外語時，會視需要附加漢譯（全譯或撮譯）；為了節省篇幅，有時會以摘要方式代替全譯或撮譯。

4　「伊利昂紀」是楊憲益的漢譯，譯出語為希臘原文。也有譯者以「伊里亞特」音譯英文 *Iliad*，但不若「伊利昂紀」準確。

Th' infernal doors, and on their hinges grate

Harsh thunder, that the lowest bottom shook

Of Erebus. She opened, but to shut

Excelled her power; the gates wide open stood,

That with extended wings a bannered host

Under spread ensigns marching might pass through

With horse and chariots ranked in loose array;

So wide they stood, and like a furnace mouth

Cast forth redounding smoke and ruddy flame.

Before their eyes in sudden view appear

The secrets of the hoary deep, a dark

Illimitable ocean without bound,

Without dimension; where length, breadth, and highth,

And time and place are lost; where eldest Night

And Chaos, ancestors of Nature, hold

Eternal anarchy, amidst the noise

Of endless wars, and by confusion stand.

(*Paradise Lost*, Book 2, ll. 879-97)

剎那間，地獄的兩扇巨門砰然
打開，挾萬鈞之勢後衝，嘎嘎發出
刺耳的巨響，門軸磨擦間，隆然響起
沙啞的雷霆，玄冥最深的底層
也為之震動。巨門，她能夠打開，卻欠缺
足夠力量去關上；巨門豁然洞開，
足以讓旗幟浩蕩的軍隊展開陣容，
在旌旄下向前邁進；戰馬和戰車
疏闊地並列而去，也會有空間通過；
門扇相距就這樣廣闊，像熔爐之口，

拋射出洶湧澎湃的濃煙和彤彤火焰。
在他們眼前，猝不及防間，突然出現
蒼蒼深淵的神祕方域，一個黑暗
而又無邊無際的海洋，沒有界限，
沒有維度；在那裏，長度、寬度、高度、
和時間、空間不知所終；在那裏，混沌
和太古的黑夜——大自然的兩個遠祖——
在無盡傾軋的巨響中掌持永恒的混亂
狀態，藉著恍惚淆紊而兀然矗立。

（《失樂園》，卷二，八七九——九七行）

寫掌管地獄之門的罪惡轉動鑰匙，[5]打開地獄之門後出現在撒旦眼前的
景象；從中可以得睹米爾頓鮮有倫比的想像幅度。米爾頓寫地獄之門
開啟的剎那，像但丁寫天堂一樣，通過了阿波羅給詩人的最大考驗。

剛升中六的少年讀了上述文字，彷彿目睹兩顆從未見過的負等
星，芒角四射間挾藍色的炯焰掠過天域；當時所受的震撼，五十多年
後的今日記憶猶新。當時，那個在啟蒙階段的小子，驚佩駭愕間曾經
讚嘆：「啊，英國文學竟有這樣的世界！」

初讀《失樂園》，還未學會像日後那樣，直接看眾多專家所寫
的評論；考大學入學試之前，主要看指導學生應考的「天書」。當
時所看的「天書」叫《君王札記及導讀》(Monarch Notes and Study
Guides)。這套叢書由專家編寫，莎士比亞、米爾頓、華茲華斯、蒲
柏、斯威夫特、約翰遜、奧斯汀、濟慈、狄更斯……「盡入其彀」。
每冊導讀厚約百多頁，對學子有很大的啟蒙作用。有關《失樂園》的
一冊，摘錄了多位名家的評論；每段約佔半頁至一頁的篇幅。翻閱評
論摘錄時，發覺幾乎所有名家對《失樂園》都高度讚賞，讓初識米
爾頓的預科生知道，《失樂園》是怎樣的一部偉著；可是看到 "T. S.

5　罪惡是撒旦的女兒，與撒旦亂倫，生下死亡。

Eliot" 這個名字時，卻大感意外……

　　"T. S. Eliot"，當然是本書的主角艾略特了。這位詩人兼評論家於一九六五年一月四日去世，熟悉世界詩壇的人大概都知道。不過一九六五年的我，對世界詩壇的情況仍處於茫昧階段；結果一九六六年翻閱《君王札記及導讀》時，才首次看到"T. S. Eliot" 這個名字。在導讀中，艾略特如果像其他名家一樣，對米爾頓讚賞有加，或褒多貶少，大概仍不會引起我的注意；因為那時候在我的認知世界裏，艾略特仍然是個陌生人。但是，在芸芸名家中，"T. S. Eliot"是「萬綠叢中一點紅」：對米爾頓貶得一文不值；貶得凌厲，貶得徹底，是百分之百的大貶、狂貶，沒有半分微褒。當時，我這個童蒙剛開始涉獵英國文學原著，對米爾頓，對《失樂園》沒有半點「話語權」；看了艾略特「擊殺」米爾頓的文字，[6] 只覺得難以置信，也大為震驚：「T. S. Eliot 對米爾頓和《失樂園》的看法，怎麼跟我的印象一百八十度相反呢？」不過在震驚的同時，我斷然斥逐了艾略特偏頗之論；因為米爾頓僅憑上引《失樂園》卷一和卷二的兩段文字，就在我心中的戰場輕易擊退了艾略特凌厲狠辣的攻勢；換言之，我完全沒有受艾略特煽惑，對米爾頓的看法沒有動搖分毫。初看 T. S. Eliot 石破天驚之論，還不知道這位倒米論者是何許人；到看完正文再看編者的按語，才知道艾略特的斤兩。在艾略特貶米文字之下所加的按語中，編者說：T. S. Eliot 大貶米爾頓，是因為他要取米爾頓之位而代之。──甚麼？取米爾頓之位而代之？在英國詩壇，米爾頓的地位僅次於莎士比亞；這個人到底是何方神聖？竟敢覬覦英國詩壇的第二把交椅！這時，我才依稀覺察到 T. S. Eliot 的分量。所謂「依稀」，是因為當時對艾略特仍沒有具體認識。

6　手頭沒有數十年前的《失樂園》導讀，不記得艾略特的貶米文字摘錄自哪一篇文章。今日，我當然知道，艾略特的貶米文章中，聲名最狼藉的一篇叫《米爾頓（之一）》("Milton I")（此文已收入艾略特評論集 *On Poetry and Poets* 一書）；導讀所選的詆諆文字，大概出自這篇要艾略特曲線認錯的文章。至於艾略特大貶米爾頓後如何曲線認錯，本書第十章有詳細論析。

一九六八年進港大，「依稀」變成了「具體」：第一次走進英文系的會議室，發覺牆上只掛著一幅特大肖像；一看，是兩年前在《失樂園》導讀中大貶米爾頓的「陌生人」。這麼大的一個會議室，為甚麼只有艾略特而沒有莎士比亞、米爾頓或葉慈呢？在港大唸書時沒有打聽過；後來在英文與比較文學系任教，也沒有想到要查個「水落石出」；因此幾十年後的今天，仍不知原因何在；大概因為上世紀四十到六十年代是「艾略特時代」，英文系的教授和講師都被艾略特磁場籠罩而視之為大偶像吧？至於「艾略特時代」是甚麼樣的時代，本書有詳細交代，在這裏暫且不表。

　　長話短說，認識艾略特後，想起他那段極富煽惑力的貶米文字摘錄；於是追讀他的評論，追讀的興趣遠 超過看其他評論家名篇的意欲。

　　要說明如何追讀艾略特的評論，先得介紹一下港大英文系的課程和授課方式。上世紀六十年代，港大英文系的英國文學課程有不同類別，其中包括專卷、斷代卷、專題卷。我在英文系的那一屆，學生修完八卷課程，考試及格，即可畢業，獲文學士學位。至於拿一級榮譽、二級榮譽（甲）、二級榮譽（乙）、三級榮譽還是及格級別，就要看學生平時的表現和畢業試的成績了。英國作家之中，只有喬叟 (Geoffrey Chaucer)、莎士比亞 (William Shakespeare)、米爾頓 (John Milton) 三位祖師／大師能享專卷的殊榮，就像杜甫在中文系一樣。也就是說，三位祖師或大師各佔八分之一的天下。如果港大英文系學士課程是一家五星級酒店，則三位詩人就各佔酒店的一整層了。——地位不可謂不特殊。至於斷代卷（如「十八世紀英國文學」、「十九世紀英國文學」、「二十世紀英國文學」）和專題卷（如「浪漫派詩人」），[7]每卷由多位作家組成，等於多人同住五星級酒店的一層，每人只分得一個房間。以擁擠的「二十世紀英國文學」

7　其實，說「英國文學」並不準確；說「英文文學」才對；因為蕭伯納、葉慈、卓伊斯等作家是愛爾蘭人。

這一層為例，住客包括蕭伯納 (Bernard Shaw, 1856-1950)、約瑟夫·康拉德 (Joseph Conrad, 1857-1924)、威廉·巴特勒·葉慈 (William Butler Yeats, 1865-1939)、E. M. 佛斯特 (E. M. Forster, 1879-1970)、維珍尼亞·吳爾夫 (Virginia Woolf, 1882-1941)、詹姆斯·卓伊斯 (James Joyce, 1882-1941)、[8] D. H. 勞倫斯 (D. H. Lawrence, 1885-1930)、艾茲拉·龐德 (Ezra Pound, 1885-1972)、T. S. 艾略特 (T. S. Eliot, 1888-1965)、W. H. 奧登 (W. H. Auden, 1907-1973)……。「十八世紀英國文學」這一層呢，住著喬納森·斯威夫特 (Jonathan Swift, 1667-1745)、亞歷山大·蒲柏 (Alexander Pope, 1688-1744)、詹姆斯·湯普森 (James Thomson, 1700-1748)、撒繆爾·約翰遜 (Samuel Johnson, 1709-1784)、威廉·科林斯 (William Collins, 1721-1759)、威廉·庫柏 (William Cowper, 1731-1800)……。「浪漫派詩人」這一層，則有威廉·布雷克 (William Blake, 1757-1827)、威廉·華茲華斯 (William Wordsworth, 1770-1850)、撒繆爾·泰勒·科爾里奇 (Samuel Taylor Coleridge, 1772-1834)、喬治·戈頓·拜倫 (George Gordon Byron, 1788-1824)、珀西·比什·雪萊 (Percy Bysshe Shelley, 1792-1822)、約翰·濟慈 (John Keats, 1795-1821)……。這些作家的作品，每學期在不同的時間由不同的老師講授。有時候，一位老師講授的範圍可以超過一位作家。考試時，由於每卷只須答三題，學生不必對全部作家深入研究；試前決定精讀哪幾位，溫習範圍就可以縮窄。不過，當時懷著對英國文學的孺慕，如無時間衝突，老師講授的作家即使不屬於自己選讀的考卷，我也會出席聽課。不過老師講課的時間不多，每位作家只「分得」數講，聽課所得畢竟有限。因此聽完老師講課後總會到圖書館借參考書，看看權威

---

8 筆者不用「喬伊斯」、「喬埃斯」或「喬哀斯」譯 "Joyce"，有四大原因：一、三個譯名與原文的發音相差太遠，「喬」字譯不出原文的 "Jo-"，其聲母更與"Joyce"的聲母南轅北轍。二、標準現代漢語的「卓」字比「喬」字更貼近 "Jo-"；「卓伊斯」較能準確地傳遞原音。三、嚴重扭曲原音的三個譯名中，還沒有一個能像「莎士比亞」或「托爾斯泰」那樣享有一尊地位；在「百家爭鳴」階段，"Joyce"的漢譯仍有改善空間。

評論家對有關作家如何評價。比如說，上完莎士比亞《亨利五世》(*Henry V*) 的課，從陸佑堂的講室出來，走完二三十級樓梯，進入圖書館英國文學藏書的一層，就會有許多莎學名家等我到來向他們請教。大學三年，接觸過的評論家極多。但如果有人問我：「你跟哪一位評論家的關係最密切？」我會不假思索地回答：「艾略特。」為甚麼是艾略特呢？因為聽完老師講課後，我總會自忖：「對於這位作家，艾略特會怎樣看呢？」於是，老師講完約翰・德恩 (John Donne) 的課，我雖然知道英語評論界有哪些德恩專家，但首先要請教的，並不是這些專家，而是艾略特。聽完布雷克、華茲華斯……雪萊、濟慈的課，同樣會請布雷克專家、華茲華斯專家……雪萊專家、濟慈專家「稍候」，先看艾略特如何評價這幾位浪漫派詩人。一句話，無論老師講哪一位作家，下課後我都會先聽艾略特就該位作家發表的意見。如果艾略特對某位作家沒有發表過任何意見，我就會若有所失。

大學三年，對評論家艾略特「情有獨鍾」，有五大原因。第一，除了個別例外，[9] 艾略特的英文寫得十分漂亮；當時，看艾略特的英文是一大享受，一如看撒繆爾・約翰遜的英文那樣。有些讀者也許會說：「既然是英語世界的評論家了，英文自然寫得漂亮嘛！」我的回答是：「未必。英語世界像漢語世界一樣，思路糾纏不清、句法拖

9　《追求怪力亂神》(*After Strange Gods*) 一書，是例外之一。此書的英文有甚麼缺點，本書會有交代。例外之二是艾略特的博士論文《F. H. 布雷德利哲學中的知識與經驗》(*Knowledge and Experience in the Philosophy of F. H. Bradley*)。看了此書，讀者不難發覺，艾略特的筆鋒仍處於質木無文階段，未有日後「點非成是」、「點是成非」的魔力。要觀賞艾略特的筆鋒如何「點非成是」，「點是成非」，讀者必須從頭至尾細看《米爾頓（之一）》("Milton I") 和《米爾頓（之二）》("Milton II")。這兩篇精彩評論，本書第十章有詳細分析。不過這裏所謂的「精彩」，僅指文字的精彩，與觀點是否正確無關；因為僅從技巧和修辭學的角度看，替不正確觀點服務的文字同樣可以精彩；就像一位律師，在法庭上為惡勢力嫁禍或構陷成功，其陳詞和辯才會叫旁聽席的人嘆為聽止，叫法律系學生爭着跪求這位法律界高手收為門徒。說得直率些：精彩的文字可以包括詖辭和詭辯。世間有那麼多的人迷迷糊糊皈依邪教，至死仍執迷不悟，就因為他們受惑於精彩的文字，而不知詖辭之為詖辭，詭辯之為詭辯。

沓冗贅、文字詰屈聱牙的評論家多的是。」第二，艾略特對任何作家、任何問題都有自己的見解；至於其見解是對是錯，我這個本科生，當時仍未能準確判斷，儘管他惡評米爾頓時在我心中留下了負面印象。第三，無論就哪一位作家、哪一個問題發表意見，也無論處於正方或反方，他都會辯才無礙；辯論完畢，他都會勝出。第四，他的論點不管是甚麼，都說得比人巧，說得比人妙；即使是人所共知的事實或老生常談，經他用自己的文字一說，就變得警策難忘。[10] 第五，他有罕見的大信心，發表甚麼議論，都像教皇或宗教的創始人那樣發表諭旨、綸音，對自己的裁決絕不懷疑。這一因素，也許是最重要的因素。人類史上各教派的教主，都是以這種大信心居高臨下，以泰山壓卵的威勢震懾、征服百萬、千萬、萬萬信眾的；並且叫他們著魔，無條件相信宣佈諭旨、綸音的凡軀是先知，是神的代理人；叫他們願意無條件為教主赴湯蹈火。當時，我與艾略特的關係並不是教徒與教主的關係，因為即使唸大學預科低班，我已經不同意他對米爾頓的看法；何況進了大學後，我也有一般大學生的逆反心理，不會輕易為權威震懾？不過艾略特說話時充滿大信心，倒常常叫我覺得，他相信自己永遠正確，絕不出錯；由於這緣故，我總懷著「姑且信之」的下意識翻閱他的評論。如果艾略特發表意見時沒有展示罕見的大信心，相信我仍會讀他的評論，但不會對他另眼相看。結果呢，在二十世紀英語評論界的著作中，他的《論詩與詩人》(*On Poetry and Poets*) 和《論文選集》(*Selected Essays*) 是我翻得最頻的兩本書。從頭到尾，看他的《論文選集》看到最後一篇時，甚至有點失望地暗忖：「怎麼啦？沒有下一篇了嗎？」也就是說，意猶未盡，嫌《論文選集》收錄的文章太少。當年的艾略特，是阿波羅神廟的祭司；要問英文文學作家的運程，我必定先到廟中拜訪他。

---

10 比如說，熟悉世界文學的人，都知道但丁和莎士比亞是無與倫比的巨匠；但是這一論點經艾略特用下列文字表達，陳舊馬上變得新鮮："Dante and Shakespeare divide the modern world between them; there is no third." (Eliot, *Selected Essays*, 265)（「現代天下，由但丁和莎士比亞均分，再無第三者可以置喙。」）

大學畢業，迄今已有半個世紀。半個世紀中，我對評論家艾略特的認識，比我對其他任何一位現代評論家的認識都要深；[11] 也因為如此，對他的批評方法和技巧了解得最透徹；結果今日的看法有了大幅度的調整。至於何以會調整，怎樣調整，本書第十章有詳細交代；在這裏也暫且不表。

花了這麼多的篇幅談艾略特的評論，也應該談談他的詩作了。

大學三年，自然看過艾略特的詩集。——也是從頭到尾地看，看他的*Collected Poems: 1909-1962*。[12] 不過當時，我的文學馬拉松只跑了一百公尺左右，看艾略特的詩集仍不算專精。深入鑽研艾略特的詩作，是在大學畢業後第二年。那一年，獲聘到港島一所著名的女校教大學預科班英國文學，所教作品包括莎士比亞的《尤利烏斯·凱撒》(*Julius Caesar*)、[13] 勞倫斯的《戀愛中的女子》(*Women in Love*)、佛斯特的《印度之旅》(*A Passage to India*) 和艾略特的詩作。莎翁雖然是博大精深的千禧作家，在英國詩壇無人可及，但有理路可循，學生不會覺得太困難。而女孩子通常喜歡看小說，有豐富的閱讀經驗供她們印證、參考，要了解勞倫斯和佛斯特的作品也不會遇到障礙。可是艾略特——二十世紀英語世界——甚至全世界——最難懂的詩人，十七八歲的女孩子怎能理解呢？一九六六年，她們的老師讀莎翁的《李爾王》和米爾頓的《失樂園》時，有一蹴即達最高天的感覺；但是最高

---

11 葉慈像艾略特一樣，既是詩人，也是評論家。大學畢業後，我一邊教書，一邊在港大英文系唸哲學碩士 (M. Phil.) 課程。由於研究領域是葉慈，由麥美倫 (Macmillan) 出版社出版的葉慈著作（包括評論）全都買了，也全部用心讀過。可是，碩士課程結束，葉慈的評論就很少重看。艾略特的評論則不然：自一九七一年大學畢業後仍一讀再讀，並且經常徵引。兩位二十世紀英語詩壇的祭酒，是我讀得最多，也認識得最全面、最深入的現代詩人；不過僅就評論而言，我對艾略特的認識又深於對葉慈的認識。所以如此，是因為葉慈不寫艾略特式評論。「艾略特式評論」一語，既含褒義，也含貶義。至於原因，本書第十章有詳細交代。

12 艾略特的詩作不多，要從頭到尾看完他的詩集並不難。但全部詩作看完後，敢不敢說自己已知道作者說甚麼呢，則是另一回事。艾略特詩作的晦澀，以至晦澀的種種原因，本書有詳細討論和分析。

13 一譯「凱撒大帝」。

天之旅尚有天梯可攀；艾略特的詩作，尤其是四百多行的《荒原》，卻像罪惡開啟地獄出口的巨型大門時向撒旦展示的混沌，是十七八歲的女孩子無從想像的世界。莎士比亞的凱撒，口出氣貫日月的大言時：

> But I am constant as the northern star,
> Of whose true-fix'd and resting quality
> There is no fellow in the firmament.

> 我呢，卻堅定如北極星，
> 其精確定位和穩牢本質，
> 天穹之中沒有任何匹儔。

她們還能夠聽出，說話者有超人的自信，自信中又蘊含無比的傲慢；經老師提點後更會知道，這樣的傲慢是古希臘悲劇中主角顛越前說話的特徵。可是，《荒原》的文字：

> London Bridge is falling down falling down falling down
> *Poi s'ascose nel foco che gli affina*
> *Quando fiam uti chelidon*—O swallow swallow
> *Le Prince d'Aquitaine à la tour abolie*

她們讀後都墜入五里霧中。三行外文（意大利文、拉丁文、法文）的語義和詩義對她們的挑戰，遠遠超過凱撒的三行英文。

　　對她們老師的挑戰，也不見得會小到哪裏去。當時，《荒原》裏面的外文（德文、法文、意大利文、拉丁文、希臘文、梵文），[14] 我只懂兩種：法文和意大利文。之前讀《荒原》時，止於個人欣賞的層次，能大致感受詩中的氣氛就夠了；至於各節、各行的語義、詩義，大可以不求甚解。可是一旦向學生講授這首「世紀詩歌」，就不可以

---

14 英文是艾略特的母語，在《荒原》中不能算外文。

這麼瀟灑了。向學生教《荒原》，必須動用顯微鏡。[15]

　　用顯微鏡看《荒原》是怎樣的一種過程呢？至少包括以下兩個勞心、耗時的步驟：一，把詩前的外語引言、詩中的外語引文翻譯成英文；[16] 二，設法全面了解作品的語義和詩義。正如上文所說，艾略特引用的外文中，我只懂法文和意大利文，剩下的德文、拉丁文、希臘文、梵文，全叫我張口結舌；要翻譯成英文，必須翻查參考書，同時請教高明。「翻查參考書還不夠嗎？為甚麼要請教高明？」讀者也許會問。因為，上課時我不但要向學生解釋外語引言和外語引文的語義，而且要即學即用，把剛剛學到的一點點外語朗誦給她們聽：

> *Frisch weht der Wind*
> *Der Heimat zu.*
> *Mein Irisch Kind,*
> *Wo weilest du?*

> 'Nam Sibyllam quidem Cumis ego ipse oculis meis
> vidi in ampulla pendere, et cum illi pueri dicerent:
> Σίβυλλα τί θέλεις; respondebat illa: ἀποθανεῖν θέλω.'

　　外語引言和引文這一關通過了，還有詩義。與外語引言和引文比較，詩義這一關難多了。買來和借來的一大堆參考書，一一用心細讀後，發覺眾多論者對艾略特作品——尤其是《荒原》——的詮釋都止於猜測，而且莫衷一是，常常彼此矛盾，完全沒有說服力。現在回顧，也難怪詮釋《荒原》的論者，因為艾略特的作品——尤其是「世紀詩歌」《荒原》——有嚴重的缺點：割裂、散亂，各節——甚至各行——彼此互不連屬，各自為政。不過當時我初出茅廬，眼界十分有限，還未有膽量像艾略特貶米那樣評艾。——即使有膽量，也不可以教學生答題

---

15 當時動用的只是一般的顯微鏡，還不是電子顯微鏡。幾十年後，漢譯這首「世紀詩歌」時，就要動用電子顯微鏡了。

16 作品開始前的外語是引言 (epigraph)，嵌在作品中的外語是引文。

時否定世界詩壇的天之驕子啊；否則改卷者會視為大逆不道，一怒之下索性給她們不及格的分數；於是只好選一些言之較能「成理」的觀點向學生轉達，同時就自己看得懂的詩行、詩節發表一點點個人意見。

上世紀四十至六十年代，是世界詩壇的「艾略特時代」。那時候，艾略特如日中天，是萬方景仰、讚賞、仿效的對象。今日，艾略特的日車雖然離開了中天，但地位仍高；近如二〇〇九年英國廣播公司 (B. B. C.) 舉辦的「全國最受歡迎詩人」(The Nation's Favourite Poet) 的選舉中，艾略特仍位居第一。不過，上世紀六十年代之後，他的聲譽和地位一直在下調；對他的評論和「詩法」提出質疑的論者也越來越多。

從五十五年前目光首次觸到"T. S. Eliot"七個英文字母的一刻到現在，認識艾略特的時間已超過半個世紀。在這段漫長的歲月中，我讀過艾略特，評過艾略特，教過艾略特，引過艾略特；自二〇〇三年起，更開始翻譯艾略特。在《神曲》漢譯的《譯者序》中，我對翻譯這項活動曾提出以下看法：

> 要認識一位作家，最全面、最徹底的方法是翻譯他的作品。[⋯⋯] 翻譯，用流行的術語說，是「全方位」活動，不但涉及兩種語言，也涉及兩種文化，涉及兩個民族的思維；宏觀、微觀兼而有之。翻譯時，你得用電子顯微鏡諦觀作品；作品也必然用電子顯微鏡檢驗你的語言功力，絕不會讓你蒙混過關。[17]

這一看法，一直沒有改變。那麼，譯完、註完了《艾略特詩選》，應該可以就「世紀詩人」發表一點點的個人意見了吧？發表個人意見時，會儘量像司馬遷那樣，「不虛美，不隱惡」；至於能否像劉勰所說那樣，「平理若衡，照辭如鏡」，就有待客觀的讀者來評說了。

二〇二一年十二月十日　於多倫多

---

17 見但丁著，黃國彬譯註，《神曲・地獄篇》（台北：九歌出版社有限公司，訂正版九印，二〇一九年四月），頁一一。

艾略特年表[1]

一八八八年　九月二十六日，托馬斯・斯特恩斯・艾略特 (Thomas Stearns Eliot, 1888-1965)，生於美國密蘇里州聖路易斯市 (St. Louis)，家中排行最小；父親亨利・韋爾・艾略特 (Henry Ware Eliot)，母親夏洛蒂・恰姆普・斯特恩斯 (Charlotte Champe Stearns)。艾略特家族為英格蘭裔；先祖安德魯・艾略特 (Andrew Eliot) 於十七世紀中葉從英國薩默塞特郡 (Somerset) 東科克 (East Coker) 移居美國麻薩諸塞州 (Massachusetts)。安德魯・艾略特移居美國後，開枝散葉，成為顯赫的艾略特家族，傑出成員除了詩人艾略特之外，還包括哈佛大學校長查爾斯・威廉・艾略特 (Charles William Eliot)、美國大律師協會主席愛德華・克蘭治・艾略特 (Edward Cranch Eliot)、聖路易斯市科學院主席亨利・韋爾・艾略特、作家、教育家、哲學家、昆蟲學家艾姐・M・艾略特 (Ida M. Eliot)、美國國會眾議院議員、波士頓市長薩繆爾・艾特金斯・艾略特 (Samuel Atkins Eliot)、聖路易斯市華盛頓大學創

1　此年表主要根據B. C. Southam, *A Guide to the Selected Poems of T. S. Eliot*, xiii-xv, "Biographical Table" 編譯；編譯時有所補充。要深入了解艾略特的生平、事蹟，可參看Peter Ackroyd, *T. S. Eliot* (London: Hamilton, 1984)。"Eliot" 一姓，又譯「埃利奧特」或「艾利奧特」，不過漢譯「艾略特」已因鼎鼎大名的詩人成俗，年表中的 "Eliot"（包括詩人的祖先之姓）一律譯「艾略特」。詩人家族以外的 "Eliots"，自然可譯「埃利奧特」或「艾利奧特」。

辦人之一兼該校第三任校長威廉・格林利夫・艾略特 (William Greenleaf Eliot) 等等。[2]

一八九八年　至一九〇五年，在聖路易斯市史密斯學院 (Smith Academy) 就讀，在校刊《史密斯學院記錄》(*Smith Academy Record*) 發表詩文。

一九〇五年　轉往麻薩諸塞州米爾頓學院 (Milton Academy) 就讀。

一九〇六年　至一九一四年，在哈佛大學先後修讀本科和研究院課程，任哲學課程助教。在哈佛期間，曾任學生雜誌《哈佛之聲》(*The Harvard Advocate*) 編輯；一九〇七年至一九一〇年在該雜誌發表詩作。

一九〇九年　至一九一一年，艾略特完成下列作品：《前奏曲》("Preludes")、《一位女士的畫像》("Portrait of a Lady")、《J・阿爾弗雷德・普魯弗洛克的戀歌》("The Love Song of J. Alfred Prufrock")、《颶風夜狂想曲》("Rhapsody on a Windy Night")。

一九一〇年　秋季，往巴黎；途中在倫敦逗留。到巴黎後，在索邦 (Sorbonne) 修讀法國文學和哲學課程。當時，柏格森 (Henri-Louis Bergson, 1859-1941) 每周在法蘭西學院 (Collège de France) 講課，艾略特是學生之一。在宿舍認識尚・維登納爾 (Jean Verdenal, 1889/1890-1915)；後來把詩集《普魯弗洛克及其他觀察》(*Prufrock and Other Observations*) 獻給他。在法國期間，艾略特幾乎視自己為法國人，以法文寫詩，曾一度考慮定居法國。

一九一一年　四月，再往倫敦；七月至八月期間遊德國慕尼黑和意大利北部；十月返回哈佛。

一九一四年　六月，再往歐洲，準備到德國馬爾堡 (Marburg) 大學

2　參看*Wikipedia*, "Eliot family (America)" 條（多倫多時間二〇二一年二月五日下午十二時四十分登入）。

城修讀夏季課程；由於歐洲戰雲密佈而取消計劃，返回英國；九月十二日探訪美國詩人艾茲拉‧龐德 (Ezra Pound, 1885-1972)。一九〇九年，龐德探訪愛爾蘭詩人威廉‧巴特勒‧葉慈 (William Butler Yeats, 1865-1939)；此後直至一九一六年，名義上是葉慈的祕書。龐德當時認為，葉慈是「唯一值得認真研究的詩人」("the only poet worthy of serious study")。艾略特和龐德見面後，獲龐德器重，並由龐德把他向葉慈引薦。十月，到牛津大學默頓學院 (Merton College)，完成討論布雷德利 (Francis Herbert Bradley, 1846-1924) 哲學的博士論文。由於大戰緣故，未能返哈佛大學就博士論文答辯，結果沒有取得博士學位。博士論文於一九六四年由費伯與費伯 (Faber and Faber) 出版社出版，書名《F‧H‧布雷德利哲學中的知識與經驗》(*Knowledge and Experience in the Philosophy of F. H. Bradley*)。

一九一五年　六月，與維維恩‧海—伍德 (Vivien (也拼 "Vivienne") Haigh-Wood, 1888-1947) 結婚；同年秋季學期在海‧維科姆文法學校 (High Wycombe Grammar School) 任教。

一九一六年　在海蓋特學校 (Highgate School) 任教四個學期。

一九一七年　成為倫敦市勞埃德銀行 (Lloyds Bank) 僱員，任職時間長達八年；同年，第一本詩集《普魯弗洛克及其他觀察》出版；出任倫敦文學雜誌《自我主義者》(*The Egoist*) 助理編輯，直到一九一九年。

一九一九年　第二本詩集《詩歌集》(*Poems*) 自費出版。

一九二〇年　第三本詩集《謹向閣下懇祈》(*Ara Vos Prec*) 在倫敦出版（紐約版書名《詩歌集》(*Poems*)）。[3]

3　"Ara Vos Prec" 是普羅旺斯詩人阿諾‧丹尼爾在《神曲‧煉獄篇》第二十六章對但丁所說的話。原文為普羅旺斯語。參看但丁著，黃國彬譯註，《神曲‧煉獄篇》（台北：九歌出版社，二〇一八年二月，訂正版六印），頁四一〇。

一九二二年　　《荒原》在倫敦發表於《標準》(*Criterion*) 雜誌十月號，在紐約發表於《日晷》(*The Dial*) 雜誌十一月號（雜誌約於十月二十日出版）；單行本於一九二二年在紐約由波尼與利弗萊特 (Boni and Liveright) 出版社出版，印數一千冊；一九二三年重印，印數一千冊。《標準》為文學雜誌，由艾略特創辦，並擔任編輯，直到一九三九年。

一九二三年　　《荒原》在倫敦由侯加斯出版社 (Hogarth Press) 出版，印數四百六十冊。

一九二五年　　出任出版社（日後稱為Faber and Faber) 總裁。《詩集——一九〇九—一九二五》(*Poems: 1909-1925*) 在倫敦和紐約出版。

一九二七年　　六月，領洗，歸信英國國教 (Church of England)。

一九二八年　　出版《獻給蘭斯洛特・安德魯斯——風格與秩序論文集》(*For Lancelot Andrewes: Essays on Style and Order*)；自稱「文學上是古典主義者，政治上是保皇派，宗教上是聖公會（又稱「英國國教派」）教徒」("a 'classicist in literature, royalist in politics, and Anglo-Catholic in religion'") (*For Lancelot Andrewes*, ix)。

一九三〇年　　《聖灰星期三》(*Ash Wednesday*) 在倫敦和紐約出版。

一九三二年　　九月，出任哈佛大學查爾斯・艾略特・諾頓講座教授；講稿於一九三三年出版，書名《詩的功用和文學批評的功用》(*The Use of Poetry and the Use of Criticism*)。

一九三三年　　七月，返回倫敦；與維維恩分居。

一九三四年　　《追求怪力亂神——現代異端淺說》(*After Strange Gods: A Primer of Modern Heresy*) 出版。歷史劇《磐石》(*The Rock*) 出版；由馬丁・碩 (Martin Shaw) 作曲；據艾略特自述，文本則由艾略特、導演馬丁・布朗 (E. Martin Brown)、R・韋布—奧德爾 (R. Webb-Odell) 合撰。《磐

石》於一九三四年五月二十八日在倫敦薩德勒韋爾斯劇院 (Sadler's Wells Theatre) 首演；合誦 (chorus) 部分收錄於《艾略特詩集——一九〇九—一九六二》(*Collected Poems: 1909-1962*)。

一九三五年　　《大教堂謀殺案》(*Murder in the Cathedral*) 出版。

一九三九年　　劇作《家庭團聚》(*The Family Reunion*) 和《老負鼠實用貓冊》(*Old Possum's Book of Practical Cats*) 出版。

一九四三年　　《四重奏四首》(*Four Quartets*) 在紐約出版。四首作品曾獨立發表；發表年份如下：一九三六年：《焚毀的諾頓》("Burnt Norton")，一九四〇年：《東科克》("East Coker")，一九四一年：《三野礁》("The Dry Salvages")，一九四二年：《小格丁》("Little Gidding")。

一九四四年　　《四重奏四首》在倫敦出版。

一九四八年　　獲頒諾貝爾文學獎；獲頒功績勛銜 (Order of Merit)。

一九五〇年　　劇作《雞尾酒會》(*The Cocktail Party*) 出版。

一九五四年　　劇作《機要文員》(*The Confidential Clerk*) 出版。

一九五七年　　與祕書維樂麗‧弗雷徹 (Valerie Fletcher) 結婚。

一九五九年　　劇作《政界元老》(*The Elder Statesman*) 出版。

一九六五年　　一月四日，卒於倫敦。

第一章
以籃球場為講堂的詩人

　　有關艾略特的評論讀了五十多年，發覺沒有一句話像最近讀到的一句那麼切當生動：

While Eliot's status as an international celebrity has plainly waned since his death in 1965—what other poet could give a lecture in a basketball arena holding fourteen thousand spectators, as Eliot did in 1956?—his most important poem [*The Waste Land*] still retains its lacerating power to startle and disturb.[1]

艾略特於一九六五年卒後，其國際名人的地位顯然下降了。但是，哪一位詩人能夠像他於一九五六年那樣，演講時以一個容納一萬四千名觀眾的籃球場為講堂呢？今日，他最重要的詩作 [《荒原》] 仍有撕肝裂肺的力量，能叫人駭愕，叫人不安。[2]

不但切當生動，而且縮龍成寸。所謂「龍」，指艾略特一生的成就和地位，以至其名氣的升降和名作的風格；所謂「寸」，指寥寥四十八

1　Lawrence Rainey, ed., with annotations and introduction, *The Annotated Waste Land with Eliot's Contemporary Prose*, 2nd ed. (New Haven / London: Yale University Press, 2006), 2。

2　"*The Waste Land*" 的漢譯題目「《荒原》」早已成俗；筆者遵循「約定俗成」的翻譯「行規」，不再另謀新譯。

個英文字。[3] 艾略特詩迷會如果舉辦徵文比賽，要求參賽者用五十個英文字以內的篇幅形容他們的偶像，上述這句話的作者大有可能掄元。

二十世紀四十至六十年代，是艾略特名氣的黃金時代。那時候，文學界幾乎言必艾略特，教必艾略特，評必艾略特；全世界的年輕人，寫詩時模仿之；詩壇論辯，也動輒以這位出生於美國密蘇里州聖路易斯市的詩人為終審法官。那時候，萬方景仰的詩翁，咳唾間隨風飄散的珠玉，會成為世界千千萬萬本科生、研究生、學者、教授競拾、競賞、競傳、競論的珍寶，結果演講時需要一個能容納一萬四千名詩迷的籃球場。這，已經不是詩人演講了。——是甚麼呢？是披頭四 (The Beatles)、邁克爾‧傑克森 (Michael Jackson) 和麥當娜 (Madonna) 的演唱會。[4] 不錯，同樣獲諾貝爾文學獎的波布‧狄倫 (Bob Dylan) 舌粲蓮花，掀唇啟齒間也有一萬四千——甚至超過一萬四千——名聽眾。不過波布‧狄倫雖是詩人，其主要身分仍然是作曲家兼民歌手，並且以作曲家兼民歌手身分叫知音著迷。

要知道艾略特在艾迷心目中是怎樣的一位大偶像，請聽上述四十八個英文字的作者道來：

When Donald Hall arrived in London in September 1951, bearing an invitation to meet the most celebrated poet of his age, T. S. Eliot, he could only marvel at his strange good fortune. A young and aspiring American poet, he had earlier been an editor of Harvard University's celebrated literary magazine, the *Advocate*—as Eliot had once been—and more recently won a fellowship to Oxford—as Eliot had done, too, long ago, in 1914. Now he was going to meet the great man himself, the poet of his age, the man awarded the Nobel prize for literature in 1948. Hall was frankly terrified. His appointment was for three in the afternoon, but he turned up an hour early at the office of Eliot's

---

3 說得準確些，是四十八個英文單詞。

4 "Michael Jackson"，香港人叫「米高積遜」。

employer, Faber and Faber, at 24 Russell Square, then decided to kill time by admiring the surrounding buildings. Finally, at three, he was duly escorted to Eliot's small office and greeted by Eliot himself […]. "I was so convinced of the monumentality of this moment—'I will be speaking of this, ages hence'—that I weighed every word as if my great-grandchildren were listening in, and I feared to let them down by speaking idiomatically, or by seeing the humor in anything."[5]

一九五一年九月，多納德·賀爾［一譯「唐納德·霍爾」］抵達倫敦，拿著邀請函拜訪當代最有名望的詩人T. S. 艾略特時，不得不因為運氣好得出奇而驚訝。賀爾是一位年輕的美國詩人，胸懷大志；之前是哈佛大學著名文學雜誌《哈佛之聲》的一位編輯（一如當年的艾略特），新近奪得研究生獎學金到牛津大學深造（一如很久以前——即一九一四年——的艾略特）。此刻，他就要跟偉人本身——當代詩壇的代表人物、一九四八年的諾貝爾文學獎得主——會面了。當時，賀爾簡直是充滿駭怖。會面時間是下午三時；他卻提早一小時就出現在艾略特受僱的公司——位於羅素廣場二十四號的費伯與費伯出版社，然後決定觀賞周圍的建築物以打發時間。三點鐘，賀爾終於準時在引領下來到艾略特狹小的辦公室，並獲艾略特本人迎接。［……］「我深信這一瞬意義重大（『此後過了很久仍會談到』），結果說話時每個字都經過掂量，彷彿我的眾曾孫在收聽；同時，我還害怕說話土氣，或察覺任何處境可哂而叫眾曾孫丟臉。」

「覲見」艾略特的千千萬萬「粉絲」中，條件比得上賀爾的肯定不多。為甚麼呢？因為賀爾的履歷顯赫，根本就是他往倫敦前二三十年

---

5 Lawrence Rainey, ed., with annotations and introduction, *The Annotated Waste Land with Eliot's Contemporary Prose*, 2nd ed. (New Haven / London: Yale University Press, 2006), 1。

艾略特履歷的再版：胸懷大志的年輕詩人；世界級頂尖大學畢業；奪得研究生獎學金到 一所世界級頂尖大學深造；《哈佛之聲》的編輯……。用電影《星球大戰》的術語說，賀爾像艾略特一樣，也是絕地武士 (Jedi)。既然是絕地武士，應該有資格以平等眼光看 一位絕地武士；同時挾浩然之氣，像孟子那樣說：「彼，丈夫也；我，丈夫也。吾何畏彼哉？」然而賀爾在「觀見」艾略特的一刻卻充滿駭怖，要提早一小時出現在大偶像受僱的出版社，說話時每字要經過掂量，彷彿眾曾孫正在一百幾十年後隔代監聽，生怕一不小心會叫眾曾孫丟臉。賀爾有這樣的反應，原因只有一個：一九五一年九月，艾略特磁場正顛覆全球，有無比的震懾力，足以叫所有詩人、學者、教授——包括千千萬萬的絕地武士——敬畏悚懼。

在賀爾「觀見」艾略特後七十年的今天，絕大多數讀者大概都沒有賀爾的運氣，無從親歷置身艾略特磁場的感覺；無從像賀爾那樣，親自仰望艾略特的日車在中天飛馳，看金軸銀輻勁射著萬丈光芒。在二十一世紀二十年代的今天，賀爾的感覺，包括他的踟躕駭怖，我們只能在文字記錄中揣摩了。我們不是絕地武士，不敢說孟子的壯語豪言；但由於不再置身於艾略特磁場，有超過半世紀的客觀焦距，不受偏愛或偏惡左右，要全面而深入地評價艾略特的詩歌、戲劇、評論、學問、外語，以至其整體成就和歷史地位，會有磁場中人欠缺的優勢；不會像受到磁場震懾而失去冷靜頭腦的眾多評論家那樣，只能替大偶像寫讚辭。

艾略特詩集的題材，大致分為三大類：人物、現代文明、哲學和宗教思想。[6]

---

6 這樣分類，只是為了方便討論；因為寫人物的作品，往往會同時寫現代文明；寫現代文明的作品，往往會同時寫人物；寫人物和現代文明的，也往往兼寫哲學和宗教思想；也就是說，主題錯綜複雜，難以釐然分割。

第二章
艾略特詩中的人物

　　艾略特詩中的人物頗多，包括未老先衰的中年男子（《J·阿爾弗雷德·普魯弗洛克的戀歌》）、寂寞的女士（《一位女士的畫像》）、死得無聲無臭的老處女（《海倫姑母》）、放蕩不羈的少女（《南茜表姐》）、好色的學者（《阿波林耐思先生》）、臨死的老頭（《小老頭》）、傖俗的遊客（《捧著導遊手冊的伯班克：叼著雪茄的布萊斯坦》）、滿臉暗瘡的文員、性冷感的女打字員、吃避孕丸的女人、口袋滿是葡萄乾的商人（《荒原》）……。年齡、性別、職業、心理、性格互殊，廣泛地反映了社會各個階層。

　　描寫這些人物時，艾略特所用的手法繁多。以下僅舉部分例子。

　　先說《J·阿爾弗雷德·普魯弗洛克的戀歌》。

　　《J·阿爾弗雷德·普魯弗洛克的戀歌》於一九一〇年二月至一九一一年七八月間作於巴黎和慕尼黑，一九一五年發表於芝加哥《詩刊》(*Poetry*)；[1] 寫一個膽小拘謹的中年人，有心向女子示愛，卻左思右想，猶豫狐疑，不敢表露真感情。

　　作品轉入正文前，先藉引言啟篇：

　　　　S'io credessi che mia risposta fosse

1　參看B. C. Southam, *A Guide to the Selected Poems of T. S. Eliot*, 6th ed., A Harvest Original (San Diego / New York / London: Harcourt Brace and Company, 1994), 45。"Southam"，在本書也稱「騷薩姆」。

a persona che mai tornasse al mondo,

questa fiamma staria senza più scosse.

Ma per ciò che giammai [già mai] di questo fondo

non tornò vivo alcun, s' i' odo il vero,

senza tema d'infamia ti rispondo.

要是我認為聽我答覆的一方

是個會重返陽間世界的人，

這朵火燄就不會繼續晃蕩。

不過，這個深淵如果像傳聞

所說，從未有返回人世的生靈，

就回答你吧。——我不必怕惡名玷身。

這段引言為但丁《神曲·地獄篇》第二十七章六一—六六行，是地獄第八層的陰魂圭多·達蒙特菲爾羅 (Guido da Montefeltro) 伯爵 (1223-1298) 所說的話。圭多在陽間時，曾為教皇卜尼法斯八世 (Bonifazio VIII) 出謀獻計，屬奸人之列。卜尼法斯是但丁的死敵。但丁遭流放，全因卜尼法斯八世險詐。[2] 普魯弗洛克不是奸人，與圭多不可以相提並論；不過圭多羞於向但丁說話的態度，移用到普魯弗洛克身上，也不能說不合適。

正文以誇張的超現實手法開端，以極富現代詩風格的意象把主角的心理投射向天空：[3]

Let us go then, you and I,

When the evening is spread out against the sky

---

2 「卜尼法斯」是一般漢譯。按照意大利語 "Bonifazio" 的發音，可譯為「波尼法茲奧」。

3 「主角」一詞，其實不大準確，因為《戀歌》是內心獨白 (interior monologue)，只有一個角色，沒有配角在詩的舞台上出現。其他角色，諸如談論米凱蘭哲羅以至手臂白皙的女人，都只在獨白中出現，只算「間接演員」。

Like a patient etherised upon a table […]

> 那我們走吧，你我一同——
> 當黃昏被攤開，緊貼著天空，
> 像一個病人痲醉在手術枱上。[4]

場景中的街道，也介入普魯弗洛克的心理戲劇，與他的膽怯性格渾然
相融：

Let us go, through certain half-deserted streets,
The muttering retreats
Of restless nights in one-night cheap hotels
And sawdust restaurants with oyster-shells:
Streets that follow like a tedious argument
Of insidious intent
To lead you to an overwhelming question…

> 我們走吧，穿過某些半荒棄的街道——
> 有廉價時鐘酒店供人整夜胡鬧，
> 有鋸木屑和牡蠣殼碎粉滿佈的酒樓
> 而又咕咕噥噥的隱歇之藪；
> 那些街道一條接一條，像煩冗的論辯，
> 意圖暗藏險奸
> 把你引向一個勢不可當的問題……

在囉唆反覆的獨白中，讀者可以深切感覺到普魯弗洛克猶豫膽怯
的性格：

4　按照常理和邏輯，黃昏屬時間範疇，天空屬空間範疇；時間不可以變成空間，
　　「攤開，緊貼著天空」，更不能「像一個病人痲醉在手術枱上」；但超現實手法
　　能自賦「特權」，不必遵守常理和邏輯。

And indeed there will be time
For the yellow smoke that slides along the street
Rubbing its back upon the window-panes;
There will be time, there will be time
To prepare a face to meet the faces that you meet;
There will be time to murder and create,
And time for all the works and days of hands
That lift and drop a question on your plate;
Time for you and time for me,
And time yet for a hundred indecisions,
And for a hundred visions and revisions,
Before the taking of a toast and tea.

啊，的確會有時間
給黃色的煙靄，那沿街滑動、
背脊擦著窗玻璃的黃色煙靄；
會有時間，會有時間
裝備一張面孔去見你常見的張張面孔；
會有時間去謀殺，去開創，
有時間給雙手所有的工作、所有的日子——
那雙手，會拈起一個問題，往你的碟上放；
有給予你的時間、給予我的時間，
也有時間給予一百次的舉棋不定，
給予一百次的向前憧憬和重新修訂——
在吃吐司、喝紅茶之前。

在詩中，艾略特利用押韻手法 ("a hundred indecisions, / [...] a hundred visions and revisions") 把信息加強，叫讀者吟誦後難以忘懷。「在吃吐司、喝紅茶之前」回答一個問題，是尋常不過的小事；主角竟要經歷「一百次的舉棋不定」、「一百次的向前憧憬和重新修訂」。誇張的大小對比，既有震駭效果，也把人物的膽怯、侷促表現得具體而深刻。

　　在下列幾行，艾略特不但寫普魯弗洛克思前想後，還寫他主觀地以為別人在談論自己：

> And indeed there will be time
> To wonder, 'Do I dare?' and, 'Do I dare?'
> Time to turn back and descend the stair,
> With a bald spot in the middle of my hair—
> (They will say: 'How his hair is growing thin!)

> 啊，的確會有時間
> 去猜想：「我可有膽量？」「可有膽量？」
> 有時間回頭，沿樓梯下降，
> 髮叢中間露一斑禿模樣──
> （他們會說：「薄得多厲害呀，他的頭髮！」）

向女子示愛，也要左右思量，趑趄不前：

> And would it have been worth it, after all,
> After the cups, the marmalade, the tea,
> Among the porcelain, among some talk of you and me,
> Would it have been worth while,
> To have bitten off the matter with a smile,
> To have squeezed the universe into a ball
> To roll it towards some overwhelming question […]

> 說到底，如果當時這樣做，值得嗎？
> 喝過酒，吃過果醬，用過茶點，
> 在瓷器之間，在談論你我的話語間，
> 在當時那一刻，可值得

把這件事一口咬掉？——咬時微笑著；
值得把宇宙捏成圓球那麼大，
把它滾向一個勢不可當的問題 [……]

害怕「表錯情」：

If one, settling a pillow by her head,
　　Should say: 'That is not what I meant at all.
　　That is not it, at all.'

要是有人，把枕頭在鬢邊輕輕一放，
　　說：「我完全不是這個意思啊，
　　完全不是啊。」

狐疑間，普魯弗洛克鼓起勇氣，一邊自嘲，一邊自勉：

　　No! I am not Prince Hamlet, nor was meant to be;
Am an attendant lord, one that will do
To swell a progress, start a scene or two,
Advise the prince; no doubt, an easy tool,
Deferential, glad to be of use,
Politic, cautious, and meticulous;
Full of high sentence, but a bit obtuse;
At times, indeed, almost ridiculous—
Almost, at times, the Fool.

　　不！我不是哈姆雷特王子，也沒人要我擔當這個角色；
是個侍臣，各種雜務過得去的侍臣：
諸如給巡遊體面，演一兩場鬧劇去丟人，
為王子出主意；毫無疑問，是個工具，易於調派，
畢恭畢敬，樂意為人效勞，
圓滑、機敏，而且誠惶誠恐；

滿口道德文章，不過稍欠頭腦；
有時候，甚至近乎懵懂——
近乎——有時候——一個大蠢材。

但到了最後，還是久缺勇氣，要遁入想像世界：

I grow old…I grow old…
I shall wear the bottoms of my trousers rolled.

Shall I part my hair behind? Do I dare to eat a peach?
I shall wear white flannel trousers, and walk upon the beach.
I have heard the mermaids singing, each to each.

I do not think that they will sing to me.

I have seen them riding seaward on the waves
Combing the white hair of the waves blown back
When the wind blows the water white and black.

We have lingered in the chambers of the sea
By sea-girls wreathed with seaweed red and brown
Till human voices wake us, and we drown.

我漸趨衰老了……漸趨衰老……
所穿的褲子褲腳要捲繞……

我該從後面把頭髮中分？我有膽量吃桃子嗎？
我要穿上白色的佛蘭絨褲，在海灘上蹓躂。
我聽到條條美人魚向彼此唱歌對答。

我相信她們不會對我唱。

海風把波浪吹得黑白相間的時候，
我見過她們騎著波浪馳向海深處，
波浪後湧時把濤上的白髮撥梳。

我們曾在大海的內室徜徉，

左右是一個個海姑娘，額上繞著海藻，有棕有紅，

直到人聲把我們喚醒，我們遇溺在海中。

只有在想像世界，他才能釋放自我，釋放感情，能夠「在大海的內室徜徉，／左右是一個個海姑娘，額上繞著海藻，有棕有紅」；但是一返回現實世界，又是拘謹的普魯弗洛克。[5]

　　艾略特熟悉羅伯特·布朗寧 (Robert Browning, 1812-1889) 的作品，自然讀過他的戲劇獨白，尤其是他的名作《我的最後一位公爵夫人》("My Last Duchess")。評論家艾布蘭姆斯 (M. H. Abrams) 指出，真正的戲劇獨白有三個要素：第一，在特定場合和關鍵時刻，由單一的敘事者述說。第二，敘事者向一個或超過一個人物說話，並且與聽者互動；聽者的話語或行動，只能從敘事者的暗示中歸納。第三，敘事者的話語和表達話語的方式必須引起讀者的興趣，同時展露敘事者的性格。[6]《我的最後一位公爵夫人》是典型的戲劇獨白，自然有艾布蘭姆斯所說的三個要素。讀了這首詩，我們知道公爵善妒，謀殺了最後一位妻子，說話時正準備再娶……。短短五十多行，就暗示了那麼多的情節，也暗示了公爵的性情，無疑是戲劇獨白中的精品。以艾布蘭姆斯的標準衡量，《J·阿爾弗雷德·普魯弗洛克的戀歌》不是戲劇獨白，只是獨白或內心獨白；可是就刻畫性格和心理的技巧而言，比《我的最後一位公爵夫人》更進一步。[7]在艾略特的詩作中，普魯弗洛

5　不少論者指出，普魯弗洛克這一角色，其實也是艾略特的自我寫照。讀者只要看看艾略特的傳記和艾略特朋友的敘述，就不難發現，作者塑造普魯弗洛克時其實以自己為藍本。艾略特在評論中宣佈，詩不是「釋放情感」，而是「逃離自我」，也因為他是個普魯弗洛克。關於艾略特的「無我」說，本書第十章有詳細討論。

6　撮譯自 M. H. Abrams, *A Glossary of Literary Terms*, "Dramatic Monologue" 條。

7　《J·阿爾弗雷德·普魯弗洛克的戀歌》的長度超過《我的最後一位公爵夫人》兩倍；這樣比較自然有欠公平。布朗寧另有鉅著《指環與書》(*The Ring and the Book*)，長達二萬一千行，分十二卷，其中十卷是戲劇獨白；相形之下，《J·阿爾弗雷德·普魯弗洛克的戀歌》的規模就小逾俳句了。「（戲劇）獨白大師」之銜，該歸布朗寧而不歸艾略特。

克是描寫得最成功的人物，也最著名。

　　艾略特完成《J·阿爾弗雷德·普魯弗洛克的戀歌》時，不過二十三歲。二十三歲，寫男子心理就如此深入，除了因為他有詩才，還因為他在某一程度上在自剖，以第一手經驗為題材。[8]

　　在《一位女士的畫像》中，詩人一開始就言簡意賅，為戲劇鋪設場景：

> Among the smoke and fog of a December afternoon
> You have the scene arrange itself—as it will seem to do—
> With 'I have saved this afternoon for you';
> And four wax candles in the darkened room,
> Four rings of light upon the ceiling overhead,
> An atmosphere of Juliet's tomb
> Prepared for all the things to be said, or left unsaid […]

> 十二月的一個下午，在煙霧氤氳中，
> 眼前的場景自成秩序——事情看來也巧合——
> 以一句「這個下午，我留給你了」；
> 幽暗的房間有四枝蠟燭、
> 四圈光暈反映在頭上的天花板，
> 氣氛像朱麗葉的墓窟，
> 為一切要說或不說的話而鋪展。

8　關於艾略特作品中的個人寫照，參看黃國彬譯註的《艾略特詩選》：《J·阿爾弗雷德·普魯弗洛克的戀歌》及該詩的註2、註10、註15、註42；《荒原》及該詩的註65、註66、註70、註74、註114（《艾略特詩選1》）；《空心人》及該詩的註2（《艾略特詩選2》）。據Michelle Taylor的描寫，艾略特年輕時「侷促古怪，害羞得叫人難過」（"gawky and painfully shy"）。由於這緣故，他塑造普魯弗洛克這一角式時特別成功，因為他老實地自描就可以了，不必憑空杜撰。參看Michelle Taylor, "The Secret History of T. S. Eliot's Muse", *The New Yorker* (December 5, 2020). (accessed through the Internet)

時間是下午，主角的房間卻不見陽光，要用蠟燭照明；「四圈光暈反映在頭上的天花板」，叫氣氛顯得詭異；給讀者預兆，這位女士像場景一樣，森然有點鬼氣。

然後是女士對男主角的暗示（暗示中以括號穿插男主角的內心獨白）：

'You do not know how much they mean to me, my friends,
And how, how rare and strange it is, to find
In a life composed so much, so much of odds and ends,
(For indeed I do not love it…you knew? you are not blind!
How keen you are!)
To find a friend who has these qualities,
Who has, and gives
Those qualities upon which friendship lives.
How much it means that I say this to you—
Without these friendships—life, what *cauchemar!*'

「你不知道，諸位朋友對我的重要性，
不知道我的遭遇又罕見如斯，離奇如斯……
在這麼多……這麼多零碎所構成的生命
（我實在不喜歡這樣……你早已知道？你可不是瞎子！
多麼熾熱呀，你這個人！）找到
找到一位朋友，具備這些品質——
具備——而又把那些品質付出——
友情賴以生存的食物。
跟你這樣說，意義真重大——
沒有了這些友情——生命，真是個*cauchemar*了！」[9]

---

9 "*cauchemar*"：法語，「夢魘」的意思。

詩人讓女士說英語時插入法語單詞 *"cauchemar"*，目的有二：顯示女主角屬上流社會或模仿上流社會口吻說話。[10]

在詩的第二部分，場景變換，動作和話語反映了女主角的內心世界；加上男主角的反應，艾略特就把逼真的一幕小型戲劇展現於讀者眼前：

> Now that lilacs are in bloom
> She has a bowl of lilacs in her room
> And twists one in her fingers while she talks.
> 'Ah, my friend, you do not know, you do not know
> What life is, you who hold it in your hands';
> (Slowly twisting the lilac stalks)
> 'You let it flow from you, you let it flow,
> And youth is cruel, and has no remorse
> And smiles at situations which it cannot see.'
> I smile, of course,
> And go on drinking tea.

> 此刻，由於紫丁香盛開，
> 她的房間也擺了一鉢紫丁香盆栽；
> 說話時，手指間也捻搓著一朵。
> 「你不會知道，不會知道哇，朋友，
> 生命是甚麼；你手握生命，是不會知道的」；
> （說時慢慢把紫丁香的花梗捻搓）
> 「你讓它從身邊流走，讓它流走；

---

10 這情形有點像十九世紀的俄國：上流社會——或刻意表示自己屬上流社會——的俄國人，說話時喜歡插入法語單詞或片語（也有點像現當代漢語世界某些人說話時穿插英語單詞或片語）。要知道十九世紀的俄國人說話時如何插入法語單詞或片語，可參看Rosemary Edmonds, trans., *War and Peace*, by Tolstoy, Penguin Classics (Harmondsworth: Penguin Books, 1982)。

青春是殘忍的，不會讓悔恨打攪；
不能看到的處境它會用微笑回答。」
我自然是微微一笑，
然後繼續喝茶。

從話語中，讀者可以聽出，女主角的愛情生活並不如意，此刻正婉轉向男主角示愛，語調帶點幽怨；男主角則淡然對待女方的示愛（「我自然是微微一笑」）。從「然後繼續喝茶」一行，讀者可以看出，男主角有點不自在，「繼續喝茶」以掩飾尷尬。

最後，暗示變成了明示：

'For everybody said so, all our friends,
They all were sure our feelings would relate
So closely! I myself can hardly understand.
We must leave it now to fate.
You will write, at any rate.
Perhaps it is not too late.
I shall sit here, serving tea to friends.'

「因為，大家都這樣說──我是指所有朋友。
他們當時都確信，我們的感情會這麼
緊密相通！這一點，我個人倒難以理解。
現在，我們得把結局交給命運了。
不管怎樣，你會寫信的。
也許還不算太遲呢。
我會坐在這裏，倒茶給朋友。」

男主角雖然無動於衷，心中仍產生憐憫：

Well! and what if she should die some afternoon,
Afternoon grey and smoky, evening yellow and rose;

Should die and leave me sitting pen in hand
With the smoke coming down above the housetops;
Doubtful, for a while
Not knowing what to feel or if I understand [...]

好了！要是她在某一個下午死去怎麼辦？[11]
煙霧瀰漫、灰濛濛的下午，玫紅帶著曛黃的黃昏；
要是她死去，留下我，拈筆獨坐時，煙霧
降落一戶戶的屋頂；
猶疑著，一剎那
不知怎樣感覺，也不知是否清楚 [⋯⋯]

就描寫女子的遲暮心境和男女的微妙關係而言，《一位女士的畫像》
筆觸細膩，不愧為上乘作品。[12]

《海倫姑母》同樣寫人物，但篇幅和手法都與《一位女士的畫像》迴異：全詩只有十三行，短小精悍；敘事者的態度和語調毫不介入，以客觀焦距寫生死，寫人性，有深遠的哲學意味：

---

11 「好了！要是她在某一個下午死去怎麼辦」：原文 "Well! and what if she should die some afternoon" (114)。E. J. H. Greene 在 *T. S. Eliot et la France* 中指出，此行脫胎自拉佛格 (Jules Laforgue, 1860-1887) 的《皮埃霍勛爵的另一哀嘆》"Autre Complainte de Lord Pierrot"："Enfin, si, par un soir, elle meurt dans mes livres"（「最後，如果有一個晚上，她在我的書中死去」）。這行也許可以解釋，一一六行何以說「拈筆」("pen in hand") (Southam, 60)。

12 作品所寫，可能並非虛構，而是詩人艾略特（在作品中變成了敘事者）的親身體驗，經妙筆渲染而轉化為好詩。個人經驗是作家的重要素材；艾略特把焦距拉遠，回筆寫自己的愛情經驗，完全不足為奇。他的「無我」、「逃離自我」論，並不是放諸四海而皆準的玉律金科；卻有轉移讀者視線的功用，叫他們以為，作品全屬虛構；結果不會想到，詩中的敘事人根本就是艾略特；詩中男女的繆轕關係，就是艾略特與某一女子的繆轕關係。對於《荒原》讀者，「無我」論的「誤導」功能更重要；因為，正如艾略特的朋友和研究艾略特生平的論者所言，《荒原》中，現實世界的艾略特無處不在。關於這點，參看本書第十章和筆者譯註的《艾略特詩選》中的有關作品。

Miss Helen Slingsby was my maiden aunt,

And lived in a small house near a fashionable square

Cared for by servants to the number of four.

Now when she died there was silence in heaven

And silence at her end of the street.

The shutters were drawn and the undertaker wiped his feet—

He was aware that this sort of thing had occurred before.

The dogs were handsomely provided for,

But shortly afterwards the parrot died too.

The Dresden clock continued ticking on the mantelpiece,

And the footman sat upon the dining-table

Holding the second housemaid on his knees—

Who had always been so careful while her mistress lived.

海倫·斯靈斯比小姐是我的姑母，沒有結婚；

住在一所小房子裏，離一個時髦街區不遠；

由多達四個僕人照顧。

卻說她去世時，天堂寂寥；

街上，她家所在的一端也寂寥。

百葉窗拉了下來，殯儀員抹了抹腳——

殯儀員知道，這種事情以前也發生過。

她有不止一隻狗，此後生活都優渥；

只是過了不久，那隻鸚鵡也死了。

那個德雷斯頓時鐘依然在壁爐架上嘀嗒嘀嗒。

男僕則坐在餐桌上面，

把第二個女僕抱在膝上——

這女僕，主人在世時一直謹慎。

不過短短十三行，姑母的富裕家境、寂寞生活，以至僕人「背著」主人的放肆行為，全部交代清楚。下列三行，尤其精彩：

百葉窗拉了下來，殯儀員抹了抹腳——
殯儀員知道，這種事情以前也發生過。

只是過了不久，那隻鸚鵡也死了。

前兩行寫死亡而不動聲色，從社會地位不高的殯儀員角度看姑母謝世，平凡如家常便飯；原文 "this sort of thing"（「這種事情」）以日常口語隨便為生死大事這個傳統氣球「放氣」，強調敘事者不動情的觀點。第三行把鸚鵡之死與姑母之逝並舉，有莊子《齊物論》精神。「那個德雷斯頓時鐘依然在壁爐架上嘀嗒嘀嗒」一行，是「鳳去臺空江自流」的另一種說法。除了說生死，結尾時作者還毫不費力地順手一筆寫「食色性」，也寫機會來時女人同樣會偷歡：「男僕則坐在餐桌上，／把第二個女僕抱在膝上——／這女僕，主人在世時一直謹慎。」——這，不愧為拖刀斬蔡陽的妙招。

在幽默小品《南茜表姐》一詩中，艾略特給讀者展示的是另一女性形象：

Miss Nancy Ellicott
Strode across the hills and broke them,
Rode across the hills and broke them—
The barren New England hills—
Riding to hounds
Over the cow-pasture.

南茜・艾利科特小姐
踏著大步，跨過群山，把群山踏破；
騎馬奔突，馳過群山，把群山踏破——
新英格蘭荒蕪的群山——
攜獵犬騎馬打獵
馳過飼牛牧場的時候。

誇張手法（「踏著大步，跨過群山，把群山踏破；／騎馬奔突，馳過群山，把群山踏破──」）配合動態的細節，活靈活現地把一個西方十三妹繪在紙上。

南茜表姐不僅是英姿颯爽的美國十三妹，而且是驚世駭俗的婦解分子，其前衛作風叫前輩不知如何反應：

> Miss Nancy Ellicott smoked
> And danced all the modern dances;
> And her aunts were not quite sure how they felt about it,
> But they knew that it was modern.

> 南茜・艾利科特小姐抽菸，
> 跳所有的現代舞。
> 對此，其姑母、姨母可不敢確定該持甚麼態度，
> 只知道抽菸、跳舞夠現代。

一句 "But they knew that it was modern"（「只知道抽菸、跳舞夠現代」），寫代溝的同時叫讀者莞爾。

與南茜表姐合演的角色不但有「姑母、姨母」，還有已故的長輩：

> Upon the glazen shelves kept watch
> Matthew and Waldo, guardians of the faith,
> The army of unalterable law.

> 壁櫥中塗釉的擱板上，
> 守護著馬太和沃爾多──信仰的衛士，
> 鐵律的軍隊。

長輩中有馬太（名字叫人想起《馬太福音》）和沃爾多。兩位「信仰的衛士」雖然組成「鐵律的軍隊」，卻勢孤力弱，面對南茜表姐「劃時代」的「革命」，完全拿她沒法，徒然給「鐵律」和「軍隊」兩個

氣球般的宏大詞語放氣。

　　艾略特詩論中影響二十世紀最深遠的信條之一，是「詩要無我」的說法。這說法是否放諸四海而皆準，是否值得寫詩者無條件遵循，在此姑且不論。不過在寫人的詩作中，艾略特倒算言行一致。普魯弗洛克明明是艾略特本人的自剖，詩人卻塑造一個敘事者去「掩蓋行藏」，「迷惑」讀者。《一位女士的畫像》中的主角，大有可能是艾略特現實羅曼史中的一個人物，敘事者根本就是艾略特；作者卻與敘事者「劃清界線」。然而，寫《阿波林耐思先生》時，作者卻一反常態，引導讀者去按詩索驥。那麼，詩中的「驥」是誰呢？是哲學家羅素。據彼得‧阿克羅伊德 (Peter Ackroyd) 的《艾略特傳記》(T. S. Eliot) 敘述，羅素是個好色的敗類，為了滿足獸慾會不擇手段；老師懷海德 (Alfred North Whitehead) 的妻子（羅素的師母）和學生艾略特的妻子維維恩 (Vivien) 也不放過。[13] 在《阿波林耐思先生》中，艾略特讓認識羅素的人一讀這首作品，就知道作者在影射色鬼羅素。[14] 羅素曾到美國講學；作品一開始就提供了這項資料： "When Mr. Apollinax visited the United States"（「阿波林耐思先生訪問美國時」）。羅素的身分確立後，艾略特馬上描寫色鬼的特徵，字裏行間充滿了鄙夷：

> His laughter tinkled among the teacups.
> I thought of Fragilion, that shy figure among the birch-trees,
> And of Priapus in the shrubbery
> Gaping at the lady in the swing.

---

13 關於羅素如何成為艾略特的老師，如何在維維恩 (Vivien) 新婚期間與維維恩發生婚外情，參看《艾略特詩選1》中《阿波林耐思先生》的註釋和Peter Ackroyd, T. S. Eliot (London: Hamilton, 1984)。艾略特的第一位妻子，全名維維恩‧海一伍德 (Vivien Haigh-Wood)。Vivien 也拼 Vivienne。艾略特簽名送書給妻子時，稱為 "Vivienne"。

14 羅素讀了此詩後，也承認艾略特在影射他。

其笑聲在茶杯間叮叮作響。

我想起弗拉吉利恩，那個樺樹間的害羞人物；

想起灌木叢中的普里阿普斯

張著口呆盯鞦韆上的女子。

普里阿普斯是希臘神話中的生殖之神，巨大的生殖器永遠勃起，長度駭人，與身體不成比例；在詩中張著口色迷迷地偷窺鞦韆上的女子意淫。羅素好色，喜歡始亂終棄，對遭他誘淫的女子不負責任，獸慾饜飽後就馬上溜走。艾略特以普里阿普斯比喻羅素，幾乎等於說羅素是交媾機器了。

接著幾行，現代手法鮮明：

In the palace of Mrs. Phlaccus, at Professor Channing-Cheetah's

He laughed like an irresponsible fœtus.

His laughter was submarine and profound

Like the old man of the sea's

Hidden under coral islands

Where worried bodies of drowned men drift down in the green
　　silence,

Dropping from fingers of surf.

在弗拉庫斯夫人的王宮，在燦寧‧捷踏教授家裏，

他笑得像個不負責任的胎兒。

他的笑聲潛在海裏，深不可測，

像大海老人的笑聲，

隱藏在珊瑚島下。

那裏，溺者遭撕咬過的屍體從浪花的指間掉下來，

在綠色的寂靜中漂沉。

「浪花的指間」、「綠色的寂靜」生動新穎，是二十世紀現代詩的當行本色。不過在現代詩的語境中，作品的重心是影射。羅素的腦袋

特別大，與身體幾乎不成比例；艾略特說他「笑得像個不負責任的胎兒」，是一針見血。子宮中的胎兒，最突出的特徵是不成比例的大腦袋。艾略特受羅素傷害，痛苦中想出這樣的比喻，仇也報了，恨也雪了。此外，在這個比喻中，艾略特一語定音，給羅素定罪：「不負責任」；結果詩人不但為自己，也為被棄的女子討回了一點點的公道。「他的笑聲潛在海裏，深不可測，／像大海老人的笑聲，／隱藏在珊瑚島下」三行，叫讀者想起海怪的同時，還以「深不可測」一語譏刺羅素的心術和城府。

「殺得性起」，艾略特把現代劍、誇張刀、超現實長矛全部使了出來，寒光霍霍中把羅素困在核心：

I looked for the head of Mr. Apollinax rolling under a chair
Or grinning over a screen
With seaweed in its hair.
I heard the beat of centaur's hoofs over the hard turf
As his dry and passionate talk devoured the afternoon.

我尋找阿波林耐思先生的頭顱，在一張椅子下滾動，
或者在俯臨一張屏幕咧嘴而笑，
海藻纏在頭髮中。
他那枯燥而激昂的演講吞沒下午時，
我聽到人馬怪蹴踏的蹄聲滾過硬草地。

「他那枯燥而激昂的演講吞沒下午時」一招數打：寫羅素的演講差劣，演講者口沫橫飛，旁若無人。第八行的「深不可測」("profound")是曲筆諷刺，是英語所謂的 "tongue in cheek"（「言不由衷」）；「枯燥」則是中鋒砍劈，是英語所謂的 "frontal assault"（「正面攻擊」）了。「我聽到人馬怪蹴踏的蹄聲滾過硬草地」再度強調，羅素不過是隻怪物。至此，艾略特對羅素的鄙夷升到了最高峰。

然後，艾略特把調子降低，把焦距拉遠，讓聽眾評述羅素，給作

品添一點點的「客觀」：

> 'He is a charming man'—'But after all what did he mean?'—
> 'His pointed ears…. He must be unbalanced'—
> 'There was something he said that I might have challenged.'

> 「他這個人真可愛」——「不過，他到底是甚麼意思呢？」——
> 「他的一雙尖耳朵……他的精神大概不穩定。」
> 「他的演講中有一點，我當時應該反駁。」

所謂「客觀」，仍然是「有我」的主觀評價：有人覺得羅素幼稚可笑，像成年人看小孩（「他這個人真可愛」有嘲笑口吻）；有人覺得他故弄玄虛，不知所云（「不過，他到底是甚麼意思呢？」）；有人注意到羅素的尖耳朵（西方傳說中，山精、木妖、水怪、色鬼的耳朵往往尖長，在這裏叫人想起好色的人羊怪（satyr，又稱「牧神」），也就是說，羅素是獸不是人），覺得他精神有問題；有人覺得他胡說八道，應該加以駁斥。一句話，在聽眾眼中，羅素只是個令人發噱的寶貝。

結尾時，艾略特同樣用一招拖刀，向兩個配角掊擊：

> Of dowager Mrs. Phlaccus, and Professor and Mrs. Cheetah
> I remember a slice of lemon, and a bitten macaroon.

> 貴婦弗拉庫斯夫人和捷踏教授、夫人呢，
> 我只記得一小片檸檬、一塊咬過的蛋白杏仁甜餅乾。

「貴婦弗拉庫斯夫人和捷踏教授、夫人」經過突降、放氣，莊嚴變成了瑣碎；羅素的演講是甚麼回事，就不言而喻了。

在《歇斯底里》("Hysteria") 裏，艾略特也採用誇張和超現實手法，但目的不是傳達鄙夷，而是描寫敘事者面對一個歇斯底里的女人時心裏產生的恐怖：

As she laughed I was aware of becoming involved in her laughter and being part of it […] I was drawn in by short gasps, inhaled at each momentary recovery, lost finally in the dark caverns of her throat, bruised by the ripple of unseen muscles. […] I decided that if the shaking of her breasts could be stopped, some of the fragments of the afternoon might be collected, and I concentrated my attention with careful subtlety to this end.

她笑時，我發覺自己會捲入她的笑聲，成為笑聲的一部分［……］我被短促的呼吸內扯，恢復過來的每一剎那間又被吸入，最後在她喉嚨中的黑暗洞穴迷失方向，看不見的肌肉波動時被撞瘀。［……］我斷定，如果能阻止她的乳房搖蕩，這個下午的一些碎片也許可以收集起來。於是，我小心翼翼，不動聲色，為這一目標把注意力集中。

寥寥幾筆，聚焦於幾個動作，一個歇斯底里的女人即奔赴讀者眼前。

在《哭泣的女兒》("La Figlia Che Piange") 中，艾略特處理題材的手法又有變化：敘事者像導演那樣發出指示：

Stand on the highest pavement of the stair—
Lean on a garden urn—
Weave, weave the sunlight in your hair—
Clasp your flowers to you with a pained surprise—
Fling them to the ground and turn
With a fugitive resentment in your eyes:
But weave, weave the sunlight in your hair.

站在梯級最高處的人行道——
倚著花園中的一個骨灰甕——
編吧，把陽光往你的髮中編繞——
痛苦驚詫間，把花束摟在懷裏——

再朝著地上一扔，
然後轉身，眼中的怨恨稍縱即逝：
儘管編哪，把陽光往你的髮中編繞。

字裏行間有婉麗的抒情：

So I would have had him leave,
So I would have had her stand and grieve,
So he would have left
As the soul leaves the body torn and bruised,
As the mind deserts the body it has used.
I should find
Some way incomparably light and deft,
Some way we both should understand,
Simple and faithless as a smile and shake of the hand.

但願男的就這樣離開，
但願女的就這樣枯立著傷懷，
但願男的就這樣離之夭夭，
像靈魂離開肉體時，肉體已受到戕害、挫傷，
像精神離棄肉體時，肉體已吃虧上當。
我應該尋找
某一途徑，輕巧得無從比較——
我們彼此都應該明瞭的某一途徑，
簡單而無信，像一靨微笑，像握手輕輕。

結尾時人物的形象與敘事者的情懷相融，給讀者餘音嫋嫋的感
覺：

She turned away, but with the autumn weather
Compelled my imagination many days,

Many days and many hours:
Her hair over her arms and her arms full of flowers.

她掉頭離去，卻與當時的秋日天氣
許多天仍然叫我的遐思不停盤桓——
盤桓許多天，許多個小時仍纏著我：
她的頭髮垂落雙臂，雙臂滿是花朵。

在《捧著導遊手冊的伯班克：叼著雪茄的布萊斯坦》（"Burbank with a Baedeker: Bleistein with a Cigar"）裏，艾略特藉人物寫照諷刺某些現代人的傖俗，所繪形象鮮明而突出：

But this or such was Bleistein's way:
　　A saggy bending of the knees
And elbows, with the palms turned out,
　　Chicago Semite Viennese.

A lustreless protrusive eye
　　Stares from the protozoic slime
At a perspective of Canaletto.
　　The smoky candle end of time

Declines.

布萊斯坦哪，就如此這般：
　　雙膝、雙肘彎曲時展陳
鬆垂，雙掌則向外張開，
　　芝加哥猶太裔維也納人。

一隻沒有光澤的凸眼睛
　　從原生動物的粘液向外面
瞪望著卡納萊托的景色，

時間的殘燭冒著煙

轉暗。

「一隻沒有光澤的凸眼睛 / 從原生動物的粘液向外面 / 瞪望著卡納萊托的景色」三行，叫讀者起雞皮疙瘩；由於人物是猶太裔，日後引起惡評，指艾略特有歧視猶太人的偏見 (anti-Semitism)。[15]

上述寫各種人物的作品中，現代手法比比皆是。至於生命的無奈、老朽、空虛、痛苦，則以《小老頭》("Gerontion") 和《空心人》("The Hollow Men") 表達得最深刻、最透徹。

《小老頭》是獨白。敘事者一開始就描繪一個行動不便、沒有希望的瀕死老人，一生欠缺鬥志：

> Here I am, an old man in a dry month,
> Being read to by a boy, waiting for rain.
> I was neither at the hot gates
> Nor fought in the warm rain
> Nor knee deep in the salt marsh, heaving a cutlass,
> Bitten by flies, fought.

> 就是這樣子了，我，乾旱月份的一個老頭，
> 聽一個男孩閱讀，等待下雨。

---

15 在《小老頭》中，艾略特同樣醜化猶太人：

> My house is a decayed house,
> And the Jew squats on the window sill, the owner,
> Spawned in some estaminet of Antwerp,
> Blistered in Brussels, patched and peeled in London.

> 我的房子是朽壞的房子，
> 猶太人蹲伏在窗台上，——這個房東，
> 在安特衛普某家小餐館卵生，
> 在布魯塞爾起疱，在倫敦修補、去皮。

我不曾置身於火熱之門，
也不曾在暖雨中戰鬥，
不曾立在鹽沼中，水深及膝，舉起彎刀，
被群蠅叮螫間跟敵人廝殺。

苟延殘喘中，小老頭活在叫人沮喪的環境：

My house is a decayed house,
And the Jew squats on the window sill, the owner,
Spawned in some estaminet of Antwerp,
Blistered in Brussels, patched and peeled in London.
The goat coughs at night in the field overhead;
Rocks, moss, stonecrop, iron, merds.
The woman keeps the kitchen, makes tea,
Sneezes at evening, poking the peevish gutter.
　　　　　　　　　　　　I an old man,
A dull head among windy spaces.

我的房子是朽壞的房子，
猶太人蹲伏在窗台上，──這個房東，
在安特衛普某家小餐館卵生，
在布魯塞爾起疱，在倫敦修補、去皮。[16]
夜裏，山羊在頭上的曠野咳嗽；
岩石、青苔、景天、鐵、糞便。
這婦人打理廚房，沏茶，
黃昏時打噴嚏，捅撥劈劈啪啪的暴躁火焰。
　　　　　　　　　　　我，一個老頭，
多風空地間的一個鈍腦袋。

---

16 這幾行描寫猶太人的文字，日後成為艾略特歧視猶太人的罪證，常為反種族歧視
　的論者詬病。

這個「鈍腦袋」，在作品的其餘各節胡思亂想，左右揣度，在廣闊的心理空間漫遊，在漫遊過程中涉及歷史、哲理、宗教：

After such knowledge, what forgiveness? Think now
History has many cunning passages, contrived corridors
And issues, deceives with whispering ambitions,
Guides us by vanities. Think now
She gives when our attention is distracted
And what she gives, gives with such supple confusions
That the giving famishes the craving. Gives too late
What's not believed in, or is still believed,
In memory only, reconsidered passion. Gives too soon
Into weak hands, what's thought can be dispensed with
Till the refusal propagates a fear. Think
Neither fear nor courage saves us. Unnatural vices
Are fathered by our heroism. Virtues
Are forced upon us by our impudent crimes.
These tears are shaken from the wrath-bearing tree.

The tiger springs in the new year. Us he devours. Think at last
We have not reached conclusion, when I
Stiffen in a rented house. Think at last
I have not made this show purposelessly
And it is not by any concitation
Of the backward devils.
I would meet you upon this honestly.
I that was near your heart was removed therefrom
To lose beauty in terror, terror in inquisition.
I have lost my passion: why should I need to keep it
Since what is kept must be adulterated?

I have lost my sight, smell, hearing, taste and touch:
How should I use them for your closer contact?

[.............]
[…] De Bailhache, Fresca, Mrs. Cammel, whirled
Beyond the circuit of the shuddering Bear
In fractured atoms. Gull against the wind, in the windy straits
Of Belle Isle, or running on the Horn.

這樣知情後，會得到甚麼寬恕呢？試想想
歷史有許多詭詐的通道、人為的走廊
和出口，以各種私語的野心騙人，
以各種虛榮支配我們。試想想
我們分神時她就賜予；
她所賜予的東西，總賜得那麼陰柔，叫人瞀亂，
越是賜予，貪婪之心越覺飢餓。賜得太遲，
所賜已經沒有人相信；或者仍有人相信，
卻只是信在記憶中——重新考慮後的激情。賜得太早，
給弱手，所賜的東西叫人以為可有可無，
到拒絕之舉散播恐懼時才恍然。想想
恐懼和勇氣都救不了我們。我們的英勇行為
是殘忍罪惡的父親。美德
由我們放肆的罪行強加於我們身上。
這些眼淚搖落自一棵結烈怒果實之樹。

老虎在新的一年躍起。他吞噬的是我們。最後，想想
我在一所租賃的房子裏僵硬時
我們還沒有得到結論。最後，想想
我搞這樣的把戲，並非漫無目的，
也不是因為向後行走的

妖魔對我有甚麼鼓動。
我願意開心見誠就這點跟你談談。
我本來貼近你的心，後來卻被攛走，
驚恐中失去了俊美，訊問中失去了驚恐。
我失去了熱情：幹嗎要保留熱情呢？
——既然保留的東西必定有雜質攪入。
我失去了視覺、嗅覺、聽覺、味覺、觸覺；
我該怎樣用這些官能感受你更緊密的接觸呢？

[⋯⋯⋯⋯]
[⋯] 德拜阿什、弗列斯卡、卡梅爾太太，
碎裂成原子，甩出震顫的大熊座
運轉的軌跡外。海鷗逆風而翔，在貝爾島
多風的海峽，或在合恩島上奔走。[17]

　　像《小老頭》一樣，《空心人》也寫現代人的空虛、無望，不過調子比《小老頭》更沉鬱、更悲觀，一開始就描繪一個非人形象：

We are the hollow men
We are the stuffed men
Leaning together
Headpiece filled with straw. Alas!
Our dried voices, when
We whisper together
Are quiet and meaningless
As wind in dry grass
Or rats' feet over broken glass
In our dry cellar.

17 這首詩已經有《荒原》的不連貫風格。一九二二年，艾略特曾經考慮以《小老頭》為《荒原》的序詩發表；後來接受龐德的意見，打消了這一念頭。

我們是空心人

我們是稻草人

彼此相靠著

頭顱塞滿了稻草。唉！

我們一起竊竊私語時，

我們的乾嗓子

寂靜且沒有意義

像乾草中的風

或像老鼠的腳在我們的

乾地窖裏竄過碎玻璃

在《小老頭》裏，獨白的只有一個人（「我」）；在這裏，獨白的超過一個人（「我們」），[18] 由殊相變成共相；也就是說，作品所寫，象徵的是所有現代人。

在《小老頭》裏，敘事者是瀕死；在《空心人》裏，敘事者進入虛幻狀態，似人非人，似物非物：

Shape without form, shade without colour,

Paralysed force, gesture without motion […]

沒有形狀的樣貌，沒有顏色的陰影，

癱瘓的力量，沒有動作的手勢 [……]

其生存狀態猶如夢魘，比《小老頭》的生存狀態更可怕。

詩中，空心人的形象因稻草人的有關細節變得更具體、更深刻：

Let me also wear

Such deliberate disguises

Rat's coat, crowskin, crossed staves

18 獨白的也可以是一個人代表自己和其他人。

In a field
Behaving as the wind behaves
No nearer—

讓我也穿起
這類蓄意而穿的偽裝
老鼠衣、烏鴉皮、交叉棒
在一片野地上面
行動與風相仿
距離不會更近——

詩的悲觀語調，結尾時升到最高潮：

This is the way the world ends
This is the way the world ends
This is the way the world ends
Not with a bang but a whimper.

世界就這樣結束
世界就這樣結束
世界就這樣結束
不是隆然而是嚶然。

空心人認為，世界滅亡時不會轟轟烈烈，卻接近無聲無臭。

　　自一九一七年起，有一段時間，艾略特曾與評論家赫爾伯特·里德（Herbert Read）討論《空心人》的詩稿和校對稿，並徵求他的意見。日後，里德指出，艾略特的作品中，若論個人經歷的自剖程度，沒有一首比得上《空心人》。此詩大約完成於一九二一年十一月，在艾略特整理《荒原》期間。當時，艾略特因精神崩潰而在馬蓋特(Margate) 療養。詩中的第十一、十二行（"Shape without form, shade without colour, / Paralysed force, gesture without motion"（「沒有形狀的樣貌，沒有顏色的陰影，／癱瘓的力量，沒有動作的手勢」）），與艾略特當時所患的意志缺乏症（aboulie）病情吻合。在這樣的精神狀態，寫出這樣悲觀的作品，把現代世界描繪得灰暗無望，也是理所當然。就主調和意象而言，《小老頭》和《空心人》遠比《J・阿爾弗雷德・普魯弗洛克的戀歌》和《一位女士的畫像》接近《荒原》。像《小老頭》和《荒原》一樣，《空心人》也涉及宗教，而且有艾略特典型的隱晦風格。[19]

---

19 艾略特的宗教題材和隱晦風格，本書其他章節有詳細討論。

第三章
艾略特詩中的現代文明

　　經驗是決定詩人創作方向的重要因素。艾略特在現代城市出生、成長、求學、工作、生活；現代城市也就無可避免地成為其作品的重要場景。接受城市題材挑戰時，艾略特有前賢啟發，其中包括法國詩人胥爾·拉佛格 (Jules Laforgue) 和沙爾·波德萊爾 (Charles Baudelaire)。[1]

　　艾略特成名作《J·阿爾弗雷德·普魯弗洛克的戀歌》的第一節，就有現代城市的街景配合擬人手法出現：

> Let us go, through certain half-deserted streets,
> The muttering retreats
> Of restless nights in one-night cheap hotels
> And sawdust restaurants with oyster shells [...]

> 我們走吧，穿過某些半荒棄的街道——
> 有廉價時鐘酒店供人整夜胡鬧，
> 有鋸木屑和牡蠣殼碎粉滿佈的酒樓
> 而又咕咕噥噥的隱歇之藪 [......]

在《前奏曲》("Preludes") 裏，城市景物的逼真寫實，叫讀者有身歷其

1　這兩位詩人對艾略特的影響，筆者譯註的《艾略特詩選》有詳細交代。

境的感覺。先看第一首：

The winter evening settles down
With smell of steaks in passageways.
Six o'clock.
The burnt-out ends of smoky days.
And now a gusty shower wraps
The grimy scraps
Of withered leaves about your feet
And newspapers from vacant lots ;
The showers beat
On broken blinds and chimney pots,
And at the corner of the street
A lonely cab-horse steams and stamps.

And then the lighting of the lamps.

冬天的黃昏靜下來了。
牛排的氣味氤氳在走廊裏。
六點鐘。
煙霧瀰漫的日子燒盡了的根蒂。
此刻，急風驟雨霎時間
把骯髒的枯葉片片
吹颳，把你的雙腳
和一幅幅建築空地的報紙纏繞；
陣雨瀟瀟，
鞭笞著破爛的百葉簾和煙囱管帽；
在街道的一角，
一匹孤獨的拉車馬噴著氣，四蹄在跺跺。

然後，街燈都亮了起來。

經過選擇、剪裁的細節，鮮明地展示黃昏城市的街景，其中有視覺（「煙霧瀰漫」、「骯髒的枯葉」、「街燈都亮了起來」）、聽覺（「陣雨瀟瀟」、「四蹄在踝踩」）、動覺（「急風驟雨」）以至視覺、聽覺、動覺交融（「鞭笞著破爛的百葉簾和煙囪管帽」、「噴著氣」）的描寫，[2] 給讀者的感受比一幅風情畫還要豐富，因為風情畫不可能訴諸觀畫者的聽覺，更不能傳遞真正的動覺。「六點鐘」和「然後，街燈都亮了起來」兩行，在不同的位置出現，給動作的進行過程增添了時間上的次序感，使作品轉化為多個鏡頭組成的電影。——說得準確些，上述文字，比電影要勝一籌：電影雖有顏色，有光影，有聲音，卻不能像這首詩的第二行那樣，訴諸觀眾的嗅覺（「牛排的氣味氤氳在走廊裏」），叫他們食指大動。

在這首詩裏，讀者還看得出——應該說「聽得出」——艾略特掌控音聲的匠心；靈活變化的押韻 ("passageways"-"days"、"wraps"-"scraps"、"feet"-"beat"-"street"、"lots"-"chimney-pots"、"stamps"-"lamps")，有音樂節拍的效果，在作品的語意層次上增添語音層次，叫人一讀難忘。[3]

再看第二首第一節：

> The morning comes to consciousness
> Of faint stale smells of beer
> From the sawdust-trampled street
> With all its muddy feet that press
> To early coffee-stands.

> 早晨醒了過來，感覺

---

2 這樣區分，只是為了方便討論，因為不少描寫，都不限於一種感官經驗。例如「陣雨瀟瀟」，固然叫讀者聽到雨聲；但「陣雨」是看得見的景象，自然也屬視覺描寫了。此外，以漢譯為分析文本，其實不大準確；但本書是中文著作，有時不得不分析譯文。

3 艾略特如何掌控音聲、韻律，本書其他章節還會進一步討論、分析。

啤酒走味的淡淡氣息

飄升自木屑處處、行人踐踏的街道；

一雙雙沾著泥濘的腳

儘向咖啡檔擁去。[4]

傳統中甚少——或乾脆不能——入詩的題材，在艾略特筆下化為一幅細膩的早晨街景——一幅嗅得到的現代街景。

在第三首，入詩的題材會叫不少傳統詩人皺眉：

Sitting along the bed's edge, where

You curled the papers from your hair,

Or clasped the yellow soles of feet

In the palms of both soiled hands.

你坐在床沿，在那裏

把紙卷從頭髮捲起，

或者用骯髒的雙手緊抱

發黃的腳底，雙掌跟腳底緊貼。

然而，以開放的心靈接觸這類作品後，讀者的鑑賞天地會擴大，能兼容傳統所謂的「美」和現實所謂的「醜」，視「發黃的腳底」為現代城市的寫實。

在超現實手法的點化下（第四首），城市的人物和景觀能接疊交融：

His soul stretched tight across the skies

That fade behind a city block,

Or trampled by insistent feet

---

4 「咖啡檔」：原文 "coffee-stand"。「檔」字是方言，恰能翻譯 "coffee-stand" 中的 "stand"；標準漢語中的「攤子」、「售貨攤」、「店」都不能準確傳遞原文的意義。

At four and five and six o'clock [...]

天空漸漸消失在城中的一排建築物後面；
他的靈魂緊繃，鞍過了天空，
或被一隻隻不肯罷休的腳踐躪，
在四點鐘、五點鐘、六點鐘 [……]

「他的靈魂緊繃，鞍過了天空」一行，警策駭目，叫讀者想起
《J‧阿爾弗雷德‧普魯弗洛克的戀歌》中的「當黃昏被攤開，緊貼著
天空，／像一個病人瘋醉在手術枱上」。

在這類寫實中，現代城市的景物會像人那樣發聲、說話：

Half-past three,
The lamp sputtered,
The lamp muttered in the dark.
The lamp hummed:
'Regard the moon,
La lune ne garde aucune rancune,
She winks a feeble eye,
She smiles into corners.
She smooths the hair of the grass.
The moon has lost her memory.
A washed-out smallpox cracks her face [...]'
("Rhapsody on a Windy Night", ll. 46-56)

三點半，
電燈劈啪吵嚷，
電燈在黑暗中咕噥嘟囔。
電燈嗡嗡發聲：
「看那月亮，

La lune ne garde aucune rancune，[5]

她眨著一隻弱視的眼睛，

她向各個角落微笑。

她把草的頭髮撫平。

月亮失去了記憶。

退色的麻子撕裂了她的臉 [……]

（《颶風夜狂想曲》，四六—五六行）

在常人心目中，月亮引發的一向是美麗的聯想；在這裏，「她的臉」竟遭「麻子」("smallpox")「撕裂」。這，當然又是以「醜」入詩的現代風格了。

在《窗前早晨》("Morning at the Window") 中，艾略特大規模運用超現實誇張手法寫城市景物：

They are rattling breakfast plates in basement kitchens,
And along the trampled edges of the street
I am aware of the damp souls of housemaids
Sprouting despondently at area gates.

The brown waves of fog toss up to me
Twisted faces from the bottom of the street,
And tear from a passer-by with muddy skirts
An aimless smile that hovers in the air
And vanishes along the level of the roofs.

他們在地下室的廚房裏哐哐啷啷洗早餐碟子，

沿著行人踐踏的街邊，

---

5 "La lune ne garde aucune rancune"：法語，意為「月亮絕不記仇」。源出拉佛格 (Laforgue)《那皎月的哀嘆》("Complainte de cette bonne lune") 詩中的兩行："Là, voyons mam'zell' la Lune, / Ne gardons pas ainsi rancune"（「看那邊年輕的淑女皎月呀；／我們可不要這樣記仇」）。參看Southam, 65。

我察覺女傭的濕靈魂

在庭院門前垂頭喪氣地發芽。

濃霧的褐浪從街道的盡頭

把一張張扭曲的面孔向上拋給我，

並且從一個裙子沾了泥污的路人撕下

一張漫無目的在空中徘徊

然後沿屋頂高度消失的笑容。

　　從上引各詩，讀者可以看出，在艾略特的詩筆下，傳統的「非詩」事物和景象可以成為詩的題材。即使在比喻語言中，艾略特同樣以「醜」入詩：

At the second turning of the second stair

I left them twisting, turning below;

There were no more faces and the stair was dark,

Damp, jaggèd, like an old man's mouth drivelling, beyond repair,

Or the toothed gullet of an agèd shark.

　　("Ash-Wednesday", ll. 102-106)

在第二梯級迴旋的第二重

我讓那形狀和魔鬼在下面扭曲著，旋轉著；

這時候，再沒有臉孔，樓梯黑暗、

潮濕、參差不齊，像老人的口腔淌著口水，修復無從，

又像年邁鯊魚那尚有殘齦的齒槽一般。

　　（《聖灰星期三》），一〇二—一〇六行

把「黑暗、潮濕、參差不齊」的樓梯喻為「老人的口腔淌著口水，修復無從」，是二十世紀典型的現代意象：不但警策，而且大反傳統。[6]

---

6 所謂「大反傳統」，僅指唯美詩人的傳統；在莎士比亞的作品中，幾乎所有現代詩法都可以找到。也就是說，二十世紀的詩人賴以揚威立萬的兵器，只是莎翁眾多武器的一種。

現代城市的單調、骯髒、醜陋，艾略特在作品中以白描、比喻表達。就現代詩而言，這些技巧，波德萊爾和拉佛格的作品中有先例可援。不過要把現代文明的失落、墮落描畫得更深刻，艾略特要找他的偶像但丁加入「現代書寫」的陣容。艾略特在倫敦的銀行工作，每天上班的經驗觸發詩思，叫他把倫敦喻為虛幻之城，把倫敦橋喻為亡魂遍佈的地獄：

　　　Unreal City,
　　Under the brown fog of a winter dawn,
　　A crowd flowed over London Bridge, so many,
　　I had not thought death had undone so many.
　　Sighs, short and infrequent, were exhaled,
　　And each man fixed his eyes before his feet.
　　Flowed up the hill and down King William Street,
　　To where Saint Mary Woolnoth kept the hours
　　With a dead sound on the final stroke of nine.
　　　(*The Waste Land*, ll. 60-68)

　　　虛幻之城，
　　冬天黎明的褐霧下，
　　人群流過倫敦橋，人數這麼多，
　　沒想到叫死亡搞垮的，人數會這麼多。
　　嘆息呼出，短促而疏落。
　　人人的目光都盯著腳下。
　　流上山丘，流落威廉王大街，
　　直到聖瑪利・伍爾諾夫以九點鐘
　　走音的第九下敲響時辰處。[7]
　　　（《荒原》，六〇—六八行）

7　這段描寫，只代表艾略特的主觀視角，反映的是極度沮喪的精神狀態；其他詩人大可以從自己的角度看倫敦，不應該效顰，也沒有必要借艾略特的視網膜看世界，因為任何精神狀態都可以成為好詩的題材，關鍵只在於詩人的本領。

現代文明，在艾略特詩中藉現代城市體現。論悲觀情緒，二十世紀的現代詩人中，大概沒有誰比得上艾略特了。[8]

---

8 許多論者認為，《荒原》批判當代世界，對社會有所鞭撻。在哈佛大學的一次演講中，艾略特本人卻說，這篇作品只是「抒解個人對生命所發、完全無關宏旨的牢騷」("the relief of a personal and wholly insignificant grouse against life")。艾略特這句話可能是由衷之言，也可能是客氣謙詞。但無論如何，作者從筆端「釋放」作品的剎那，讀者就可以就作品論作品；也就是說，最終的詮釋權不必屬於作者。按作者的意圖詮釋作品，會犯二十世紀某些理論家所謂的「意圖謬誤」(intentional fallacy) 之忌。儘管如此，我們仍不妨按作者的意圖「重組」一下當時的寫作背景：艾略特的話如果是由衷之言，我們大可這樣說：他寫《荒原》時，精神狀態陷於谷底，眼前一片灰暗，在倫敦上班時覺得所見與但丁所寫的地獄相似，於是筆錄個人的主觀印象；想不到論者看了，認為是智者在批判社會，先知在預卜現代世界的墮落、淪喪。這種「歪打正著」，在文學史上並不罕見。據說歌德臨終在床上所說的最後一句話是："Mehr Licht"（「多點光」）。有些人聽了這一傳聞，就充滿驚佩之情，說：「你聽，歌德臨終仍不忘光明。——只有大詩人兼大哲學家，才說得出這一層次的智慧之言哪！」於是一傳十，十傳百……歌德在陽間所說的最後兩個音節，很快變成了綸音、神諭。這一軼事，其實有另一版本：歌德臨終時嫌臥房太暗，於是叫人打開窗戶，讓多點陽光照進來，因此嚷著要「多點光」。換言之，歌德所說是一句尋常不過的話，張三、李四在同樣的處境一樣會說，並不像傳聞所說那麼崇高。許多與名人有關的「神話」、與宗教人物有關的「神蹟」，往往循附會、誇張、以訛傳訛之途，像雪球那樣滾成。艾略特就《荒原》的自剖，引自 T. S. Eliot, *The Waste Land: Authoritative Text, Contexts, Criticism*, a Norton critical edition, edited by Michael North (New York / London: W. W. Norton and Company, 2001), 112。關於艾略特的寫作意圖和論者對《荒原》的詮釋，本書第六章會進一步討論。

第四章
談宗教、說哲理、發議論的藝術

縱觀艾略特的詩集，讀者不難發覺，除了一些諷刺小品、諧謔短篇以及寫人物、寫現代城市的篇什，宗教思想、哲學論述以至各種說理文字幾乎無處不在。

艾略特作品中的宗教思想，有的來自印度典籍，有的來自基督教的《聖經》或基督教作者的作品。

印度典籍，只為艾略特作品提供所需的架構，如《荒原》中的《奧義書》引文：

Da

Datta:

Da

Dayadhvam:

Da

Damyata[1]

---

1 引文的意思，參看《荒原》「接著，雷聲開始說話 / Da / *Datta*: 我們付出過甚麼？」三行的註釋（見黃國彬譯註，《艾略特詩選》）。原文為："Then spoke the thunder / Da / *Datta*: what have we given?" (399-401)。四〇一行艾略特的自註有下列資料："'Datta, dayadhvam, damyata' (Give, sympathise, control). The fable of the meaning of the Thunder is found in the *Brihadaranyaka—Upanishad* [一般拼 "*Brihadāranyaka Upanishad*"], 5, I. A translation is found in Deussen's *Sechzig*

Shantih shantih shantih[2]

Upanishads [正確拼法為 "*Upanishad's*"] *des Veda*, p. 489." Southam (192) 指出，艾略特自註中的 "5, I" 有誤；正確的出處是 "V, 2"。艾略特出錯，是因為他所看到的保羅‧多伊森 (Paul Jakob Deussen, 1845-1919) 的德文翻譯四八九頁出錯。多伊森的譯本全名為 *Sechzig Upanishad's des Veda: aus dem Sanskrit übersetzt und mit Einleitungen und Anmerkungen versehen*（《吠陀奧義書六十種——梵文德譯本（附導論及註釋）》）。一個簡短的註釋（而且是自己作品的註釋），竟有兩三處舛訛，叫讀者覺得，艾略特的德文和梵文並不怎麼紮實。有關艾略特的外語，參看本書第十二章。*Brihadāranyaka Upanishad*，漢譯《廣林奧義書》（又譯《大森林奧義書》），屬於白柔夜吠陀。在《廣林奧義書》中，三批角色（神祇、人類、妖魔 (asuras)）找生主 (Prajāpati，又譯「主神」、「眾生之主」；Prajāpati，也拼Prajapati)，請他發言。生主對三批來者都說 "DA"。三批來者對 "DA" 字有不同的詮釋：神祇認為指 "Damyata"（「克制自我」）；人類認為指 "Datta"（「佈施」、「施捨」）；妖魔認為指 "Dayadhvam"（「同情」）。生主的回應是：三種答覆都對。艾略特沒有保留原文三種詮釋的次序，引起論者的種種揣測。雖然Southam (192) 認為 "Datta" 指 "give alms"（「佈施」、「施捨」），但從四○一—四○五行的文意看，"Datta" 該譯「付出」；只有這樣，詩意才可以前後呼應。付出甚麼呢？付出人類對上帝的信任和順從。"Prajapati"（又稱 "Svayambhu" 或 "Vedanatha"）是印度教吠陀中的神祇："praja = creation, procreative powers"；"pati = lord, master"；"Prajapati" = "lord of creatures", "lord of all born beings"。"Prajapati" 在不同的文本中又可指不同的神祇，包括因陀羅 (Indra)、梵天 (Brahma) 等等，同時又相等於印度教的梵 (Brahman)，指宇宙中最高的真理、最終的真實；到了後期，更常與梵天 (Brahma)、毗濕奴 (Vishnu)、濕婆 (Shiva) 等神祇相混。參看 *Wikipedia*, "Prajapati" 條（多倫多時間二○二○年十月十日下午四時登入）。有關艾略特的《奧義書》師承，參看Southam, 192-93。此外，Southam (193) 認為，"Da" 的重複，也與特里斯坦‧扎拉 (Tristan Tzara，真名Sami Rosenstock (1896-1963) 的達達主義 (Dadaism) 宣言有關。達達主義反藝術，反資產階級，宣揚無政府主義，一九一六年興起，一九二二年式微。其口號有："DADA; abolition de la mémoire: / DADA; abolition de l'archéologie: / DADA; abolition des prophètes."（「達達；廢除記憶：/ 達達；廢除考古學：/ 達達；廢除先知。」）艾略特認識扎拉的作品，寫過文章評他的《詩作二十五首》(*Vingt-cinq poèmes*)。龐德、卓伊斯與達達主義者有交往，艾略特應該從兩人口中聽過達達主義的傳聞。一九二○年六月在柏林出版的《達達年鑑》(*Dada Almanac*)「藉語音表達的哀號」("phonetic wailings")，與《荒原》中萊茵河三女兒的哀號有相似處。參看《荒原》中的有關註釋。

2　"Shantih shantih shantih"：梵文，也拼 "shanti"，是印度傳統的咒語或禱詞。艾略特

真正在艾略特詩中縈繞不散的，是基督教思想。這現象，一九二七年（也就是他領洗成為基督徒的一年）之後尤其突出。在此

的自註指出，"shantih" 一詞重複，是《奧義書》的正式結尾。在《奧義書》中，正式的結尾為 "Om shantih shantih shantih." 在自註中，艾略特這樣解釋 "shantih"：
"'The Peace which passeth understanding' is our equivalent to this word."（「此詞相等於英語的『超越理解的寧謐』」）Southam (198) 指出，艾略特的詮釋脫胎自保羅對早期基督徒所說的話："And the Peace of God, which passeth all understanding, shall keep your hearts and minds through Christ Jesus." (*Philippians*, iv, 7)（「神所賜出人意外的平安，必在基督耶穌裏，保守你們的心懷意念」）（《腓立比書》第四章第七節）。和合本《聖經》的漢譯（「出人意外的平安」）值得商榷。首先，"passeth understanding" 並非「出人意外」，而是指「超出人智的理解能力」（上帝無限神祕，渺小的凡智自然無從理解）。「出人意外」是「突如其來，意想不到」的意思，與 "passeth understanding" 拉不上關係。「平安」叫人想起「出入平安」，也不是原文 "peace" 的意思。在漢語世界，「平安」是十分尋常的意念，其涵義連未受過正式教育的老嫗都能掌握，怎會 "passeth understanding" 呢？不過，話又要說回來，要把《奧義書》的 "shantih" 或《聖經》"the Peace of God" 中的 "Peace" 譯成另一語言，的確也不容易（當然，從語言學和翻譯理論的角度衡量，"shantih" 和 "The Peace which passeth understanding" 也不可能絕對相等）。僅僅 "shantih" 一詞，就有 "inner peace"、「安恬」、「安舒」、「靜謐」、「了無罣礙」、「脫離煩憂、驚怖」等意義。這麼繁複的一個詞語，要找準確的對應，實在非常困難，甚至完全不可能。一定要漢譯，「寧謐」算是較佳選擇，因為「寧謐」遠比「平安」淵深奧密，距離塵世的凡思較遠，距離上帝的聖聰較近。艾略特說 "shantih" 是「《奧義書》的正式結尾」，也需補充。翻閱《奧義書》，我們會發覺 "shantih" 的重複，既可以出現在全書之末，也可以出現在全書之首。比如說，《伽陀奧義書》一開始就說："Om! Shantih! Shantih! Shantih!"。"Om! Shantih! Shantih! Shantih!" 一語，有的譯者譯「唵！和平！和平！和平！」。這一譯法，同樣值得商榷。"Om" 是印度教中的神聖音節，有兩種詮釋：一，是代表宇宙脈搏之音；二，是用來傳達天啟真理之詞（參看Southam, 199）；音譯為「唵」沒有問題；但 "Shantih" 譯為「和平」就大乖原意了。在現代漢語中，「和平」幾已凝定為「戰爭」的反義詞；一般人說「和平」或聽到「和平」一詞時，常會聯想到「但願世界和平」一類善頌善禱，甚少——甚至不會——聯想到屬於心靈層次的「寧謐」、「安恬」、「了無罣礙」、「脫離煩憂、驚怖」等詞語或片語。艾略特以 "Shantih shantih shantih" 結束全詩，但沒有斷言，荒原最後得救，大概為了讓讀者自己找答案，給他們一種言雖盡、意無窮的感覺。這樣為作品結尾，是上世紀某些文學理論家津津樂道的「開放型」結尾。

之前，他的作品已流露內心對現代文明的負面觀點；其後因婚姻問題
而精神崩潰，皈依宗教後有了憑藉。艾略特說過，人神關係，在詩國
裏大有開拓的空間。就這點而言，他藉《聖經》，藉基督教教義以至
與基督教有關的各種文獻，的確開拓了可觀的疆土。艾略特宗教情懷
之篤，在現代詩人之中相當罕見。他可以在詩中用祈禱語調表達深摯
的宗教熱誠：

> Blessèd sister, holy mother, sprit of the fountain, spirit of the
> garden,
> Suffer us not to mock ourselves with falsehood
> Teach us to care and not to care
> Teach us to sit still
> Even among these rocks,
> Our peace in His will
> And even among these rocks
> Sister, mother
> And spirit of the river, spirit of the sea,
> Suffer me not to be separated
>
> And let my cry come unto Thee.
> ("Ash-Wednesday", ll. 209-219)

> 受佑的姐妹、神聖的母親、泉源的魂魄、花園的魂魄呀，
> 別讓我們以假象自我譏嘲
> 教我們在乎又不在乎
> 教我們靜坐守持
> 即使置身於這些岩石間，
> 我們的安寧寓於他的意志
> 是的，即使置身於這些岩石間
> 姐妹、母親

河流的魂魄、大海的魂魄呀

別讓我遭到分離

容我的呼求達到你面前。

（《聖灰星期三》，二〇九—二一九行）

在詩中，敘事者先說「我們」("us")，然後說「我」("me")，焦點在祈禱中收窄，反映宗教情懷變得更強烈、更個人化，由「我們」與神之間的關係變成「我」與神之間的關係。艾略特長期在《聖經》和各種基督教文獻、典籍中浸淫，結果一掀唇，一啟齒，都會進入聖奧古斯丁、十字架聖胡安的頻率，[3] 與基督教傳統中的聖者無異。論作品表達基督教精神之深，二十世紀的詩人中，大概沒有一位詩人比得上艾略特。

翻開艾略特詩集，讀者會發覺，《聖經》典故比比皆是。其中《三王來朝》("Journey of the Magi") 更直接以《聖經》故事為題材，啟篇時嚓栝蘭斯洛特・安德魯斯 (Lancelot Andrewes) 的佈道詞入詩：

'A cold coming we had of it,

Just the worst time of the year

For a journey, and such a long journey:

The ways deep and the weather sharp,

The very dead of winter.'

「真冷啊，那一次旅程，

一年當中，上路的最糟時節，

而且是這麼漫長的旅程：

路又深窅，天氣又嚴寒，

正是深冬最冷的日子。」

3　十字架聖胡安 (San Juan de la Cruz) 是西班牙人，英文名字 "Saint John of the Cross"，因此也叫「十字架聖約翰」。有關聖胡安的資料，見《艾略特詩選》中的有關註釋，在此不贅。

低調的口語、舒弛的句法，有別於某些神職人員佈道時的高嗓門假聲，是文字功力的表現。[4]

旅程中三王回想夏宮，艱辛與安舒對比，叫讀者產生代入感：

> And the camels galled, sore-footed, refractory,
> Lying down in the melting snow.
> There were times we regretted
> The summer palaces on slopes, the terraces,
> And the silken girls bringing sherbet.
> Then the camel men cursing and grumbling
> And running away, and wanting their liquor and women,
> And the night-fires going out, and the lack of shelters,
> And the cities hostile and the towns unfriendly
> And the villages dirty and charging high prices:
> A hard time we had of it.

> 駱駝被鞍韉擦傷，蹄部受損，桀驁不馴，
> 躺落正在融化的雪中。
> 有些時刻，我們懷念
> 山坡上的夏宮，懷念台榭，
> 以及端上果子露的穿綢少女。
> 然後，牽管駱駝的僕人在咒罵在抱怨
> 在逃離我們，而且嚷著要酒要女人，
> 而篝火又開始熄滅，我們又無處求庇，
> 大城兇惡小鎮不友善，
> 個個村子都骯髒，而且收費高昂：
> 真難熬呀，那時節。

4　這一優點，當然要歸功於安德魯斯，但艾略特也有礲栝之功。

原詩一個接一個的 "And" / "and"（「又」），叫讀者透不過氣，讓他們更能「體驗」旅途的艱辛。

三王因朝聖而脫胎換骨，回國後變成了三個新人：

> We returned to our places, these Kingdoms,
> But no longer at ease here, in the old dispensation,
> With an alien people clutching their gods.
> I should be glad of another death.

> 後來，我們回到老家，也就是這些王國。
> 不過，在這裏，在舊制度中，
> 看一個異類民族緊抓他們的神怪，我們不再安舒。
> 但願我能夠再死一次。

敘事者的脫胎換骨，也是詩人的脫胎換骨。

表達宗教情懷時，艾略特受但丁的影響最深。就全詩的語調而言，他的《聖灰星期三》叫人想起基督徒的祈禱，尤其想起《神曲·天堂篇》結尾時聖貝爾納的禱詞。詩的第三部分，一開始就直接或間接引用《神曲》《煉獄篇》和《地獄篇》：

> At the first turning of the second stair
> I turned and saw below
> The same shape twisted on the banister
> Under the vapour in the fetid air
> Struggling with the devil of the stairs who wears
> The deceitful face of hope and of despair.
>
>   ("Ash-Wednesday", ll. 96-101)

> 在第二梯級迴旋的第一重
> 我轉身，看見下面
> 有同一形狀，扭曲在欄杆上

在水氣下腐臭的空氣中
與梯級的魔鬼搏鬥，魔鬼戴著
希望和絕望的狡詐臉孔。
（《聖灰星期三》，九六——一〇一行）

《煉獄篇》中的煉獄山分三部分。在那裏，滌罪的亡魂要一層層上
陟。《地獄篇》第六章七—十二行寫地獄第三層臭氣肆虐：

Io sono al terzo cerchio, de la piova
　　etterna, maladetta, fredda e greve:
　　regola e qualità mai non l'è nova.
Grandine grossa, acqua tinta e neve
　　per l'aere tenebroso si riversa;
　　pute la terra che questo riceve.

此刻，我置身於第三層。那裏，
　　寒冷的凶雨一直在滂沱不絕，
　　雨勢始終不變，也永不稍息。
粗大的冰雹、污水以及飛雪
　　從晦冥黝黯的空中澎湃下傾；
　　承受它們的地面則臭氣肆虐。

在《聖灰星期三》裏，艾略特移花接木，[5] 把步上樓梯的行動喻為煉獄
中上攀的旅程，同時借用《地獄篇》的細節。

在同一詩的第二部分第二節，《天堂篇》的聖母瑪利亞在現代場
景中出現：

Lady of silences
Calm and distressed

5　「移花接木」這個成語，一般詞典的解釋是：「比喻用手段欺騙人」。在這裏，
　　「移花接木」不用窠臼中的指涉，並無貶義。

Torn and most whole

Rose of memory

Rose of forgetfulness

Exhausted and life-giving

Worried reposeful

The single Rose

Is now the Garden

Where all loves end [...]

　　("Ash-Wednesday", ll. 66-75)

眾寂之娘娘

安詳而又哀傷

遭到撕裂而又最完整

記憶之玫瑰

遺忘之玫瑰

精疲力竭而又賜人生命

焦慮而又寧謐

單一的玫瑰

此刻就是那樂園

那裏，一切情愫告終 [……][6]

　　（《聖灰星期三》，六六—七五行）

　　在艾略特的詩作中，極其重要的一個意象是「定點」("the still point")：

6　Michelle Taylor 在 "The Secret History of T. S. Eliot's Muse" 一文中指出，「眾寂之娘娘」("Lady of silences") 指艾略特的情人愛美莉‧黑爾 (Emily Hale)。不過在詩中，瑪利亞的形象明確不過（天主教的連禱文稱聖母為玫瑰 (Rose)）。艾略特寫聖母時儘可想到愛美莉‧黑爾，但指涉是聖母則無可置疑；情形有點像《錦瑟》：詩中，李商隱寫鮫人時可以想到一位叫他刻骨銘心的女子；但就詩論詩，「滄海月明珠有淚」一句仍是鮫人典故，儘管詩人可以藉典故曲描情人。

At the still point of the turning world. Neither flesh nor fleshless;
Neither from nor towards; at the still point, there the dance is,
But neither arrest nor movement. And do not call it fixity,
Where past and future are gathered. Neither movement from nor
   towards,
Neither ascent nor decline. Except for the point, the still point,
There would be no dance, and there is only the dance.
I can only say, *there* we have been: but I cannot say where.
And I cannot say, how long, for that is to place it in time.
The inner freedom from the practical desire,
The release from action and suffering, release from the inner
And the outer compulsion, yet surrounded
By a grace of sense, a white light still and moving,
Erhebung without motion, concentration
Without elimination, both a new world
And the old made explicit, understood
In the completion of its partial ecstasy,
The resolution of its partial horror.
Yet the enchainment of past and future
Woven in the weakness of the changing body,
Protects mankind from heaven and damnation
Which flesh cannot endure.

  (*Four Quartets*: "Burnt Norton", ll. 64-84)

在旋轉世界的定點。既非血肉,也非血肉全無;
既非向外,也非向內;定點是舞蹈所在,
但不是停止,也不是運動。更不要稱為固定;
那裏,過去和未來共聚。既非向外,也非向內的運動;
既非升起,也非下斜。除了該點,該一定點,就沒有舞蹈，而那裏只有舞蹈。

我只能說，我們曾一度置身那裏；卻說不出是哪裏。

也說不出在那裏有多久，因為這樣，就等於置諸時間內。

內在自由，擺脫了實際欲望，

解脫自行動和痛苦，解脫自內在

和外在的逼迫，卻獲

感覺之恩圍繞，一朵白光，靜止又旋動，

沒有運動的*Erhebung*，沒有減損的

貫注，一個新世界

和舊世界同時獲得彰顯，在它

局部至悅的完成中獲得理解——

局部驚怖的圓滿解決。

但是，過去和未來的牽繫，

織入了變化之軀的弱態，

保護了人類，免為肉體

承受不了的天堂和永詛所傷。

（《四重奏四首·焚毀的諾頓》，六四—八四行）

「定點」意象，源出但丁《神曲·天堂篇》。在《神曲》的天堂，上帝是定點，永恆不變，在時間之內，也在時間之外，諸天以至無窮的天使繞著他旋轉。這一定點，「是舞蹈所在，/但不是停止，也不是運動」，「更不 [是] 固定；/那裏，過去和未來共聚在一起。既非向外，也非向內的運動；/既非升起，也非下斜。除了該點，該一定點，/就沒有舞蹈，而那裏只有舞蹈。」這段文字，像《四重奏四首》的許多樂章和小節，不僅談宗教，也談時間本質，談歷史，談神祕經驗，反覆論辯，反覆利用矛盾語 (paradox) 隔著時空與不同的神學家、哲學家或明或暗地呼應，似是而非，似非而是，極其艱深晦澀。

論宗教意味之濃厚，《四重奏四首》比不上《聖灰星期三》；論哲學思想之繁富、抽象、複雜，艾略特其他詩作都比不上《四重奏四

首》。在這一組詩中，讀者可以聽到詩人和哲學家艾略特同時說話。至於組詩涉及哪些哲學問題，筆者譯註的《艾略特詩選》中《四重奏四首》的註釋有詳細交代，在這裏不再贅述。在這裏要說的，是組詩最顯著的一些特徵。

首先，作品能夠以詩的體裁談抽象哲學而不失其詩質。試看《焚毀的諾頓》如何啟篇：

> Time present and time past
> Are both perhaps present in time future,
> And time future contained in time past.
> If all time is eternally present
> All time is unredeemable.
> What might have been is an abstraction
> Remaining a perpetual possibility
> Only in a world of speculation.
> What might have been and what has been
> Point to one end, which is always present.
> Footfalls echo in the memory
> Down the passage which we did not take
> Towards the door we never opened
> Into the rose-garden.
>
> (*Four Quartets*: "Burnt Norton", ll. 1-14)

現在的時間和過去的時間
也許都存在於將來的時間，
而將來的時間則包含於過去的時間。
假如所有的時間永屬現在，
所有的時間都無從收復。
可能發生過的是個抽象概念，
只有在一個揣測的世界裏

才一直是個永恆的可能。

可能發生過和發生過的

指向一個終點，這終點永屬現在。

跫音在記憶裏迴響，

傳到我們沒有走過的通道

傳向我們從未開過的門

傳入玫瑰園裏。

（《四重奏四首‧焚毀的諾頓》，一一十四行）

在這裏，艾略特以抽象語言談時間的本質。由於說法迴環往復，凝練曲折，表達抽象概念時與十一至十四行的神祕氣氛、細膩意象呼應，理趣和語趣盎然，結果升華為好詩。

在下列八行，抽象的哲學文字與具象的抒情、寫景語言交融，大異於散文哲學論著：

> Time past and time future
>
> Allow but a little consciousness.
>
> To be conscious is not to be in time
>
> But only in time can the moment in the rose-garden,
>
> The moment in the arbour where the rain beat,
>
> The moment in the draughty church at smokefall
>
> Be remembered; involved with past and future.
>
> Only through time time is conquered.
>
> (*Four Quartets*: "Burnt Norton", ll. 85-92)

> 過去的時間和未來的時間
>
> 只給人一點點的知覺。
>
> 有知覺不等於置身時間內；
>
> 但只有在時間內，玫瑰園裏的俄頃、
>
> 雨水擊打時藤架裏的俄頃、

煙降時多風教堂中的俄頃

才能夠為人記住，與過去和未來相軮轇。

只有藉時間，時間才可以征服。

　　　　（《四重奏四首·焚毀的諾頓》，八五─九二行）

下列描寫，則進入神祕經驗的領域了：

Words move, music moves

Only in time; but that which is only living

Can only die. Words, after speech, reach

Into the silence. Only by the form, the pattern,

Can words or music reach

The stillness, as a Chinese jar still

Moves perpetually in its stillness.

Not the stillness of the violin, while the note lasts,

Not that only, but the co-existence,

Or say that the end precedes the beginning,

And the end and the beginning were always there

Before the beginning and after the end.

And all is always now.

　　　　(*Four Quartets*: "Burnt Norton", ll. 140-52)

只在時間裏，言詞才能運動，

音樂才能運動；但是，只能活著的

也只能死亡。言詞，在話語之後，探

入寂靜。[7]只有靠理念，靠規律，

言詞或音樂方能到達

靜止狀態，一如中國花瓶，靜止間

7　「言詞，在話語後，探／入寂靜」：原文 "Words, after speech, reach / Into the silence." (142-43) 指言詞說出後的靜止；因此，相對於言詞而言，靜止就是未來。

恆在靜止中運動。⁸

並非音符尚在時小提琴的靜止，

不僅是那樣的靜止，而是共存狀態，

或者可以說，終點先於起點，

而終點和起點一直存在，

存在於起點之前，存在於終點之後。

一切始終是現在。

（《四重奏四首‧焚毀的諾頓》，一四〇─五二行》）

反覆推理、論辯、詰問間，艾略特可以讓文字一直游走於詩語層次而不致淪為平凡的散文：

That was a way of putting it—not very satisfactory:

A periphrastic study in a worn-out poetical fashion,

Leaving one still with the intolerable wrestle

With words and meanings. The poetry does not matter.

It was not (to start again) what one had expected.

What was to be the value of the long looked forward to,

Long hoped for calm, the autumnal serenity

And the wisdom of age? Had they deceived us,

Or deceived themselves, the quiet-voiced elders,

Bequeathing us merely a receipt for deceit?

The serenity only a deliberate hebetude,

The wisdom only the knowledge of dead secrets

Useless in the darkness into which they peered

Or from which they turned their eyes. There is, it seems to us,

---

8　「一如中國花瓶，靜止間 / 恆在靜止中運動」：原文 "as a Chinese jar still / Moves perpetually in its stillness." (145-46) 艾略特在這裏用了矛盾語法：中國花瓶，在藝術中到達了永恆；恆靜中也在恆動。

At best, only a limited value
In the knowledge derived from experience.
The knowledge imposes a pattern, and falsifies,
For the pattern is new in every moment
And every moment is a new and shocking
Valuation of all we have been. We are only undeceived
Of that which, deceiving, could no longer harm.
In the middle, not only in the middle of the way
But all the way, in a dark wood, in a bramble,
On the edge of a grimpen, where is no secure foothold,
And menaced by monsters, fancy lights,
Risking enchantment. Do not let me hear
Of the wisdom of old men, but rather of their folly,
Their fear of fear and frenzy, their fear of possession,
Of belonging to another, or to others, or to God.
The only wisdom we can hope to acquire
Is the wisdom of humility: humility is endless.

(*Four Quartets*: "East Coker", ll. 69-99)

這也算一種說法吧——只是說得不太好：
陳腐詩風中的囉唆習作；
囉唆完畢，我們仍在跟詞語、跟意義苦纏，
過程難以忍受。苦纏的過程中，詩並不重要；
詩（再說一遍吧）並非我們期盼的東西。
我們一直期待、一直盼望的平靜，
那秋天的澄澈和晚年的智慧，究竟有甚麼價值？
他們欺騙了我們嗎？還是欺騙了自己？
言語姁姁的長者。他們留傳給我們的，
僅是一張收訖便箋，證明他們曾經受騙？

澄澈不過是蓄意愚鈍，
智慧不過是對已死祕密的認識，
在他們極目凝盱或避而不望的
黑暗中毫無用處。由經驗
得來的認識，在我們看來，
充其量只有有限的價值。
這認識，會預設某種秩序而歪曲真相，
因為秩序每一瞬都會更新，
而每一瞬都在評估我們過去的一切——
一個叫人震驚的新過程。只有欺騙時
不能再為害的事物才叫我們不再受欺騙。
在中途，不僅在旅程中途，
而是在整個旅程，在黑林，在荊棘中，
在沼澤邊緣。那地方，沒有安穩的立足點，
遭妖怪、遭虛幻的光焰威脅，
有被迷的危險。別讓我聽人講
老人的智慧；我寧願聽人講他們的愚昧、
他們的狂亂，講他們恐懼恐懼，恐懼被祟，
恐懼歸屬於另一人，或者另一些人，或者神。
我們能希望得到的智慧，僅是
謙卑之心的智慧：謙卑之心沒有止境。

（《四重奏四首‧東科克》，六九—九九行）

詩人不忌哲學論著的繁複句法（"We are only undeceived / Of that which, deceiving, could no longer harm."（「只有欺騙時 / 不能再為害的事物才叫我們不再受欺騙」）），不忌一般詩人避忌的說教（"The only wisdom we can hope to acquire / Is the wisdom of humility: humility is endless."（「我們能希望得到的智慧，僅是 / 謙卑之心的智慧：謙卑之心沒有止境。」））；卻能叫繁複的句法調節詩的速度，或叫說教

語言單刀直入（"humility is endless"（「謙卑之心沒有止境」）），為詩的小節定音。

在反覆論辯、推理說教的過程中，艾略特會視需要把敘事者的語調以至敘事者與讀者的距離調整：

> You say I am repeating
> Something I have said before. I shall say it again.
> Shall I say it again?
>
> (*Four Quartets*: "East Coker", ll. 135-37)

> 你說我在重複
> 我以前說過的一些話。我會再說一遍。
> 我該再說一遍嗎？
>
> （《四重奏四首·東科克》，一三五—三七行）

敘事者的語調、敘事者與讀者的距離調整後，風馳電掣間詩人把讀者霍霍射進神祕深窅、似非而是的神學／哲學天宇：

> In order to arrive there,
> To arrive where you are, to get from where you are not,
>   You must go by a way wherein there is no ecstasy.
> In order to arrive at what you do not know
>   You must go by a way which is the way of ignorance.
> In order to possess what you do not possess
>   You must go by the way of dispossession.
> In order to arrive at what you are not
>   You must go through the way in which you are not.
> And what you do not know is the only thing you know
> And what you own is what you do not own
> And where you are is where you are not.
>
> (*Four Quartets*: "East Coker", ll. 137-48)

要到達那裏，
到達你此刻所在，離開非你所在處，
　你必須走沒有狂喜的途徑。
要到達你不認識的境界，
　你所走的途徑必須是無識的途徑。
要擁有你未曾擁有的東西，
　你必須走褫奪擁有的途徑。
要到達你尚未身處的狀態，
　你必須走尚未身處的途徑。
你所不知的是你唯一所知
你的所有是你的所沒有
你所置身處是你所非置身處。
　　（《四重奏四首・東科克》，一三七─一四八行）

這時候，讀者才恍然大悟：啊，艾略特故作囉唆，原來另有企圖：如天火脫雲，直狎老子、莊子、黑天、十字架聖胡安的高度前助讀者整毛飭羽。

　　有時候，艾略特可以從平易的語調轉入比喻語言，再從比喻語言進入抽象而玄妙的哲理世界：

I sometimes wonder if that is what Krishna meant—
Among other things—or one way of putting the same thing:
That the future is a faded song, a Royal Rose or a lavender spray
Of wistful regret for those who are not yet here to regret,
Pressed between yellow leaves of a book that has never been
　　opened.
And the way up is the way down, the way forward is the way back.
　　(*Four Quartets*: "The Dry Salvages", ll. 126-31)

有時候，不知道黑天的意思是否如此──

是否他要說的意思之一——或者是同一意思的說法之一：
未來是一支已逝的歌曲，一朵珍藏玫瑰或者一枝薰衣草，
充滿悵然若失之情，給尚未來此表示悵然的人，
壓在發黃的書頁間；書呢，卻從未翻開。
而向上之路是向下之路，向前之路是向後之路。
　　（《四重奏四首‧三野礁》，一二六—三一行）

有了意象，抽象的意見得以調整；作品的調子由散文的低音（一二六—二七行）升入意象的中音，再由意象的中音升入哲理的高音；抽象和具象，低音、中音和高音交融，互相調節間避免了單調，也創造了詩質。

　　在下列一段，艾略特索性以詩談文，發表自己對文章的意見：

> And every phrase
> And sentence that is right (where every word is at home,
> Taking its place to support the others,
> The word neither diffident nor ostentatious,
> An easy commerce of the old and the new,
> The common word exact without vulgarity,
> The formal word precise but not pedantic,
> The complete consort dancing together)
> Every phrase and every sentence is an end and a beginning,
> Every poem an epitaph.
>
> 　　(*Four Quartets*: "Little Gidding", ll. 218-27)

> 　　　　每一短語、
> 每一句子，只要恰到好處（即字字安舒，
> 各就其位以輔佐其他文字，
> 每個單字，都不侷促，也不張揚，
> 舊字與新詞在安然交融，

通俗的用字恰當而不俚鄙，

高雅的用字精確而不古板，

完全相配的匹偶在一起共舞）

每一短語、每一句子都是終點和起點，

每一首詩是一篇墓誌。

　　　（《四重奏四首‧小格丁》，二一八—二七行）

在這段文字中，艾略特談寫作心得；所說是他的理想，也可以形容他本人的行文風格。在詩中論詩談文，是創作的險著；艾略特卻履險如夷，叫人想起中國的詩聖，詩藝到了爐火純青的境界，能夠在《江上值水如海勢聊短述》中率意述懷，談寫詩心得，發表對詩創作的高見：

為人性僻耽佳句，

語不驚人死不休。

老去詩篇渾漫與，[9]

春來花鳥莫深愁。

新添水檻供垂釣，

故著浮槎替入舟。

焉得詩如陶謝手，

令渠述作與同游。

　　　就二十世紀西方的現代詩而言，大概沒有誰能夠像艾略特那樣，在詩裏談宗教、說哲理、發議論時為詩國開闢那麼廣闊的疆土，把一般詩人的大忌化為可喜的藝術，叫人獨處時喃喃吟誦：

Time present and time past

Are both perhaps present in time future […]

9　「與」，一作「興」。

現在的時間和過去的時間
也許都存在於將來的時間 [……]

In order to arrive at what you are not
    You must go through the way in which you are not.
And what you do not know is the only thing you know
And what you own is what you do not own
And where you are is where you are not.

要到達你尚未身處的狀態，
    你必須走尚未身處的途徑。
你所不知的是你唯一所知
你的所有是你的所沒有
你所置身處是你所非置身處。

第五章

從「字字安舒」到語語合律

在《四重奏四首·小格丁》裏，艾略特提到行文用字之道：

And every phrase
And sentence that is right (where every word is at home,
Taking its place to support the others,
The word neither diffident nor ostentatious,
An easy commerce of the old and the new,
The common word exact without vulgarity,
The formal word precise but not pedantic,
The complete consort dancing together) […]
(*Four Quartets*: "Little Gidding", ll. 218-25)

每一短語、
每一句子，只要恰到好處（即字字安舒，
各就其位以輔佐其他文字，
每個單字，都不侷促，也不張揚，
舊字與新詞在安然交融，
通俗的用字恰當而不俚鄙，
高雅的用字精確而不古板，
完全相配的匹偶在一起共舞）[……]
（《四重奏四首·小格丁》，二一八—二五行）

細讀艾略特的詩作，讀者不難看出，他行文用字時，符合自己提出的標準。試看《荒原·水殞》(*The Waste Land*: "Death by Water")：

> Gentile or Jew
> O you who turn the wheel and look to windward,
> Consider Phlebas, who was once handsome and tall as you.
>
> (*The Waste Land*: "Death by Water", ll. 319-21)

> 你呀，不管屬外邦
> 還是猶太一族，轉動舵輪間望向逆風處；
> 回想菲利巴斯啊，他曾經像你一樣俊美軒昂。
>
> （《荒原·水殞》，三一九─二一一行）

第三二一行（引文第三行）的 "Consider"，在詩中的確「安舒」且「恰到好處」，能符合「高雅的用字精確而不古板」這一標準：作者如用 "Think of"，語調會稍嫌口語化，不能完全配合詩中信息的嚴肅程度；如用 "Contemplate"，語調又會過於板滯；只有 "Consider" 三個音節，在語意和感情色彩上與詩旨周密相應。至於第一行的 "Jew" 和第三行的 "you" 押韻，把信息收結得爽利精巧，則是下文要詳論的特徵，在此暫時不深入細談。

再看下列幾行：

> The wounded surgeon plies the steel
> That questions the distempered part;
> Beneath the bleeding hands we feel
> The sharp compassion of the healer's art
> Resolving the enigma of the fever chart.
>
> (*Four Quartets*: "East Coker", ll. 149-53)

> 受傷的外科醫師把鋼刀持操；
> 鋼刀探詢身體的失衡部位。

在淌血的雙手下，我們感覺到

回春手術的銳利慈惠；

銳利慈惠拆解著發燒海圖的譎詭。

（《四重奏四首‧東科克》，一四九一五三行）

這幾行寫外科醫師操刀為病人動手術。[1] 詩中的 "questions" 又是「恰到好處」的好例子：手術刀在外科醫師的操持下，「探詢」("questions")「身體的失衡部位」("the distempered parts")，擬人法新穎而精確，把手術刀輕輕觸撥傷口的動作形象化，讀者如見其景；"questions" 和 "distempered" 語域相垺，把意象從日常的口語層次提升至比較莊嚴的高度，結果寫實中有象徵；整段文字（一四九一五三行），則是「完全相配的匹偶在一起共舞」。[2]

個別用字和詞句的精確安舒屬微觀。在艾略特的詩裏，讀者還可以看到，他能在宏觀層次把自己提出的理想付諸實踐。[3] 為了配合語意或題旨，他會同時調整好幾行的文體。比如在《三王來朝》裏，他一開始就娓娓道來，毫不著跡地縮短敘事者與讀者的距離，把主題帶進莊嚴的語域：

'A cold coming we had of it,

Just the worst time of the year

For a journey, and such a long journey:

The ways deep and the weather sharp,

The very dead of winter.'

("Journey of the Magi", ll. 1-5)

1　這裏的象徵意義，參看《艾略特選集》的有關註釋。

2　詩行的速度舒緩，配合語意的莊嚴，則屬下文討論的範疇了。

3　艾略特提出的創作標準或理想，有時是個人實踐的歸納；因此不能遽爾斷定，在他的創作歷程中，究竟是實踐先於理論，還是理論先於實踐。關於艾略特的實踐與理論，第十章有詳細交代。

> 「真冷啊，那一次旅程，
>
> 一年當中，上路的最糟時節，
>
> 而且是這麼漫長的旅程：
>
> 路又深窅，天氣又嚴寒，
>
> 正是深冬最冷的日子。」
>
> （《三王來朝》，一——五行）

原文一至五行，只有一個動詞 ("had")；其餘四行故意散漫，全是短語，沒有精密嚴謹的句法組織，叫讀者在「不設防」的俄頃「墮進」艾略特的「講道陷阱」。[4]

　　在《東科克》裏，為了重塑先民活動的景況，他會在現代英語的風格中倏地變調，寫起十六世紀的英語：

In that open field

If you do not come too close, if you do not come too close,

On a summer midnight, you can hear the music

Of the weak pipe and the little drum

And see them dancing around the bonfire

The association of man and woman

In daunsinge, signifying matrimonie—

A dignified and commodious sacrament.

Two and two, necessarye coniunction,

Holding eche other by the hand or the arm

Whiche betokeneth concorde. Round and round the fire

Leaping through the flames, or joined in circles,

Rustically solemn or in rustic laughter

4　這五行徵引、改編自蘭斯洛特・安德魯斯 (Lancelot Andrewes) 的佈道詞，因此嚴格說來，「陷阱」的「創始人」是安德魯斯而不是艾略特；不過艾略特精於行文之道，善於利用前人的作品，自然功不可沒。

Lifting heavy feet in clumsy shoes,
Earth feet, loam feet, lifted in country mirth
Mirth of those long since under earth
Nourishing the corn. Keeping time,
Keeping the rhythm in their dancing
As in their living in the living seasons
The time of the seasons and the constellations
The time of milking and the time of harvest
The time of the coupling of man and woman
And that of beasts. Feet rising and falling.
Eating and drinking. Dung and death.

(Four Quartets: "East Coker", ll. 24-47)

在那空曠的田野，

要是你不靠得太近，要是你不靠得太近，
在夏季的一個午夜，你會聽到音樂
發自低笛和小鼓，
看見他們圍著篝火在舞蹈
男子和女子相諧，
共舞兮，證此合卺——
莊重得宜之聖禮。
雙雙對對，天作之合兮，
彼此挽著手，挽著臂兮——
證此諧協兮。繞著火呀轉哪轉，
跳躍著穿過光焰，或圍成圓圈，
莊嚴得拙樸，或拙樸地歡笑間，
提起穿笨拙鞋子的笨重腳，
土腳、壤腳，在鄉土的歡欣中提起；
歡欣屬於早已埋在泥土下

滋養玉米的人。跳舞時，

他們按著拍子的時間，按著音樂的節奏，

一如他們活在活著的季節；

季節的時間，[5] 星宿的時間

擠奶的時間，收穫的時間

男女交合的時間

牲畜交合的時間。一隻隻的腳舉起，落下。

吃和喝。糞便和死亡。

（《四重奏四首‧東科克》，二四—四七行）

這段文字寫先民生活拙樸，如何與大地、季節、生死循環、世代輪替渾然相融。原詩二四—二九行是現代英語；到了三〇—三四行前半部 ("In daunsinge, signifying matrimonie [...] Whiche betokeneth concorde")，詩人穿越時空，帶讀者返回古代的東科克時，即轉用托馬斯‧艾略特 (Thomas Elyot)《治道》(*The Governour*) 的語言，[6] 並且用原書的英語拼法。所引的文字，淳拙古樸，與引文前後的現代英語互動時絕不突兀，反而叫先民的風貌復活，真正是「舊字與新詞在渾然交融」；在交融過程中，「通俗的用字恰當而不俚鄙，／高雅的用字精確而不古板，／ 完全相配的匹偶在一起共舞」。《四重奏四首》的作者艾略特，是卓越的語言大師 (wordsmith)，在二十世紀的英語詩壇鮮有倫比。[7]

上面各段，論述分析的是艾略特詩作「字字安舒」的特徵，重

5　季節的時間：原文 "The time of the seasons" (43)，指由季節決定的時間 (Bodelsen, 64)。

6　這位艾略特，並非本書討論的托馬斯‧斯特恩斯‧艾略特 (Thomas Stearns Eliot)。英國薩默塞特郡 (Somerset) 東科克 (East Coker) 有不少人姓艾略特；詩人的先祖安德魯‧艾略特 (Andrew Eliot) 不過是其中一個艾略特家族的苗裔。參看《艾略特年表》。

7　說「鮮有倫比」，而不說「無與倫比」，是因為二十世紀的英語詩壇還有葉慈 (William Butler Yeats)，堪與艾略特匹敵，甚至有過之而無不及。

點在語意。與這一特徵同樣叫人注目或叫人側耳傾聽的，是「語語合律」的技巧。所謂「律」，指語音、節奏、押韻等詩律。讀畢艾略特的詩集，讀者不難發覺，艾略特有高度敏感的耳朵，是二十世紀罕有的文字樂師。

試看他如何寫城市黃昏的煙霧：

> The yellow fog that rubs its back upon the window-panes,
> The yellow smoke that rubs its muzzle on the window-panes,
> Licked its tongue into the corners of the evening,
> Lingered upon the pools that stand in drains,
> Let fall upon its back the soot that falls from chimneys,
> Slipped by the terrace, made a sudden leap,
> And seeing that it was a soft October night,
> Curled once about the house, and fell asleep.

> 背脊擦著窗玻璃的黃色霧靄，
> 口鼻擦著窗玻璃的黃色煙靄，
> 把舌頭舔進黃昏的各個角落，
> 在一灘灘的潦水之上徘徊，
> 讓煙囪掉下的煤煙掉落背脊，
> 滑過平台，再突然躍起，
> 發覺時間正值十月的柔夜，
> 就繚屋一圈，滑入睡夢裏。

這段文字描寫「從密蘇里州艾略特故城聖路易斯市的工廠吹過密西西比河的煙霧」("the smoke that blew across the Mississippi from the factories of his home-town of St Louis, Missouri")。[8] 在詩裏，艾略特以大貓（或類似的動物）比喻煙霧。意象在語意 (semantic) 層次如何生

8　參看Southam, 50。

動，視覺效果如何鮮明，讀者不需詳析，寓目即可看出。比語意更深微、更能顯示艾略特詩才的是語音和節奏效果。由於本書沒有附送錄音磁帶或光碟，而筆者又不能直接與讀者對話，不能一邊朗誦原詩，一邊詳加解讀；為了分析詩中的韻律和語音 (phonological) 效果，在這裏要借助國際音標 (International Phonetic Alphabet)。

在詩中，艾略特善用節奏、停頓、重複，把「黃色霧靄」("yellow fog") 和「黃色煙靄」("yellow smoke") 喻為一隻大貓。在詩行節奏的律動中，意象叫讀者想起——甚至見到、聽到、感到——一隻大貓在踟躕，[9] 慵懶中聳身，開始一連串快速動作。這些動作，由第三、四、五、六行發端的重音音節暗示、模擬、傳遞："Licked" (/lɪkt/)、"Lingered" (/ˈlɪŋɡəd/)、"Let fall" (/ˈlet ˈfɔːl/)、"Slipped" (/slɪpt/)。一連串快速動作後，詩行繼續發揮節奏功能：在重音節 "Slipped" 之後插入兩個輕音節 ("by (/baɪ/) the (/ðə/)")，[10] 然後是一個重音節和一個輕音節 ("ter/race" (/ˈterəs/))；接著是三個重音節 ("ˈmade a ˈsudden ˈleap" (/ˈmeɪd ə ˈsʌdn ˈliːp/)，用來暗示大貓奮力躍起。[11] 第六行的重音節 "leap" 之後，節奏轉慢，變得舒弛 ("And seeing that it was a soft October night" (/ˈænd ˈsiːɪŋ ðət ɪt wəz ə ˈsɒft ɒkˈtəʊbə ˈnaɪt/)；[12] 並且暗示，經過一連串動作後，大貓終於入睡 ("Curled once about the house, and fell

---

9 大貓的踟躕由抑揚格 (iambic)、七音步 (seven-foot) 的兩行暗示："The yellow fog that rubs its back upon the window-panes, / The yellow smoke that rubs its muzzle on the window-panes")。這兩行結構相近 ("The yellow […] that rubs its […] the window-panes")，大同中有小異（第一行的 "fog"、"back"、"upon" 分別由第二行的 "smoke"、"muzzle"、"on" 取代），在熟悉感和陌生感之間的張力中避免了單調。

10 "by" 也有詞典以 /bʌɪ/ 標示。

11 按國際音標注音，英語單音詞單獨出現時不會有重音符號。不過為了方便分析，兩個或兩個以上的單音詞連續出現時，仍然以重音符號（位置較高的豎直線 [ˈ]）標示各單詞發音的輕重關係。

12 "and" 有弱音 /ənd/ 和強音 /ænd/；日常說話時用弱音 /ənd/（甚至 /ən/ 或 /n/），朗誦時一般用強音 /ænd/（有時按語境所需也會用弱音）。"was" 的強音唸 /wɒz/。"night" 也有詞典以 /nʌɪt/ 標示。

asleep" (/ˈkɜːld ˈwʌns əˈbaʊt ðə ˈhaʊs, ənd ˈfel əˈsliːp/)) ；[13] 而大貓入睡的意象又藉爽利的 "leap-asleep" (/liːp-əˈsliːp/) 押韻而加強。朗吟或默誦這段文字時，敏於音律的讀者可以感覺到節奏緊隨語意層次的詩義弛張、變化；[14] 詩行不但在語意和語音層次發揮作用，也在動覺 (kinaesthetic) 層次叫讀者與大貓一起——甚至化身為大貓——聳身、發力、跳躍、鬆弛，最後「繞屋一圈，滑入睡夢裏」。[15]《J‧阿爾弗雷德‧普魯弗洛克的戀歌》是艾略特的成名作。僅聽上引各行的節奏，敏感的讀者會覺得，這位二十出頭的年輕詩人成名得有理。[16]

描寫聖路易斯市的煙霧時，艾略特充分發揮了節奏的功能。同時，他還會視作品的需要，在有韻和無韻之間游走：要讀者的注意力聚焦時用韻；聚焦之後，又會以無韻為主調。以第一節為例，第一、二行的 "I"-"sky"，第四、五行的 "streets"-"retreats"，第六、七行的 "hotels"-"shells"，第八、九行的 "argument"-"intent"，第十一、十二行的 "is it"-"visit" 都押韻；聚焦後讓讀者稍息時停止用韻（第三行、第十行）。用韻時，他還會在韻中生變，增加語音姿采，以饗讀者的聽覺："I"-"sky"、"streets"-"retreats"、"hotels"-"shells" 三個全韻後，"argument" (/ˈɑːɡjʊmənt/) 和 "intent" (/ɪnˈtent/) 又由前面的三個全韻轉為準韻 /mənt/-/ˈtent/；[17] 一個準韻後是無韻的 "question"；然後是陰韻 "is

---

13 "fell" 也有詞典以 /fɛl/ 標示。

14 詩義一般有兩個層次：語意 (semantic) 層次和非語意 (non-semantic) 層次。非語意層次至少包括語音 (phonological) 層次和句法 (syntactic) 層次。

15 對於這八行，《艾略特詩選》和筆者的英文論文 "Surprising the Muses: David Hawkes's *A Little Primer of Tu Fu*" 有類似分析。英文論文見 *Where Theory and Practice Meet: Understanding Translation through Translation* (Newcastle upon Tyne: Cambridge Scholars Publishing, 2016), 438-523。此外，有關艾略特的音韻效果，可參看 Helen Gardner, *The Art of T. S. Eliot* (London: The Cresset Press, 1949)，尤其是第二章 ("Auditory Imagination") 和第三章 ("The Music of *Four Quartets*")。

16 當然，《J‧阿爾弗雷德‧普魯弗洛克的戀歌》能夠成名，還有其他因素（如意象和心理描寫），不僅全靠語音或節奏效果。

17 "intent" 有的詞典以 /ɪnˈtɛnt/ 標示。

it"(/ˈɪzɪt/)-"visit"(/ˈvɪzɪt/)。[18]

在同一詩裏，變化多端的押韻方式不勝枚舉：有時是偶句式押不算全韻的同音韻（如第三節第一、二行的 "window-panes"-"window-panes"）；有時是一連三行押韻（如第六節第二、三、四行的 "dare"-"stair"-"hair"）；有時是一連四行押韻（如第六節第五、六、七、八行的 "thin"-"chin"-"pin"-"thin"，其中 "thin"-"thin" 並非全韻）。這些押韻方式，是傳遞詩意、增加姿采、加強語氣、避免單調的重要手法。

在《自由詩反思》("Reflections on Vers Libre") 一文中，艾略特提到自由詩不必有固定的韻格時有這樣的說法：

> […] this liberation from rhyme might be as well a liberation *of* rhyme. Freed from its exacting task of supporting lame verse, it could be applied with greater effect where it is most needed. There are often passages in an unrhymed poem where rhyme is wanted for some special effect, for a sudden tightening-up, for a cumulative insistence, or for an abrupt change of mood.

> 這樣從固定的押韻方式中獲得解放，大可以視為押韻手法本身獲得解放。韻語一旦獲釋，不必再負擔支撐蹩腳詩作的苛刻任務，就可以在最有押韻需要的地方運用，產生更大的藝術效果。在一首無韻詩中，往往有各個段落需要押韻，以產生某一特殊效果：或突然把作品拉緊，或把語氣逐步增強，或倏地把情調扭轉。

這一用韻準則，艾略特在《J·阿爾弗雷德·普魯弗洛克的戀歌》和日後其他作品中付諸實踐，藝術效果顯著。二十世紀有不少文學理論家認為，文學創作是一種遊戲。按照這一說法，押韻是遊戲規則之一。艾略特寫自由詩時，揚棄傳統的押韻規則，另訂新的規則來玩自

---

18 "What is it?" 中的 "is it" 也可唸 /ɪzˈɪt/；也就是說，重音放在第二個音節。這樣一來，詩中的押韻方式就變得更繁富、更多姿了。

己的遊戲；[19] 現代詩壇剎那間的確耳目一新，證明他對英語有高度敏感，[20] 能夠為詩國開闢新疆。

艾略特詩作的語音效果，有時繁富多變得幾近音樂，給讀者的耳輪難得的享受。請聽《聖灰星期三》下列一節：

At the first turning of the third stair

Was a slotted window bellied like the fig's fruit

And beyond the hawthorn blossom and a pasture scene

The broadbacked figure drest in blue and green

Enchanted the maytime with an antique flute.

Blown hair is sweet, brown hair over the mouth blown,

Lilac and brown hair;

Distraction, music of the flute, stops and steps of the mind over
    the third stair,

Fading, fading; strength beyond hope and despair

Climbing the third stair.

    ("Ash-Wednesday", ll. 107-116)

在第三梯級迴旋的第一重

是個開槽窗口，窗腹像無花果

在盛放的山楂花和草原景色之外

---

19 艾略特寫詩時韻無定式，其詩作對譯者是一項不大也不小的挑戰：譯者在無韻詩行中前進，以為通行無阻，對無韻之林中埋伏著的種種韻獸不以為意；一不小心，就會中伏，把有韻詩行當作無韻詩行來翻譯，結果忽略了詩人的匠心。這種「事故」，譯佩特拉卡 (Petrarca)、史賓塞 (Spenser)、莎士比亞三位詩人的十四行詩是不會有的；譯完第一首之後，就可以放心譯下去，不必提防艾略特式「神出鬼沒」的韻腳。筆者譯《J·阿爾弗雷德·普魯弗洛克的戀歌》時雖然小心，初稿仍不止一次中伏；其後另花時間專捉韻獸，才把埋伏的韻獸一一逮住。——是否仍有漏網之獸呢，就要靠眼尖的讀者舉報了。

20 這裏說艾略特「對英語有高度敏感」，不說他對「所有語言」都「有高度敏感」，因為他的外語有很多不足之處。關於這點，本書第十二章有詳細交代。

一個背部寬碩的人物，衣服是藍彩綠彩，

以一枝古笛叫五月著魔。

風拂的頭髮芬芳，棕色的頭髮嘴上拂，

紫髮和棕髮；

心不在焉，笛子的樂聲，心神在第三梯級

　　停停踏踏，

消逝了，消逝；超越希望和絕望的力量啊

攀登著第三梯級上踏。

　　　　（《聖灰星期三》，一〇七——一一六行）

不固定的韻式是《J・阿爾弗雷德・普魯弗洛克的戀歌》的「韻技重施」，也是《自由詩反思》的理論再次付諸實踐。第一、二行好像不押韻；其實第一行的 "stair" 隔著五行遙遙與第七、第八、第九、第十行的 "hair"、"stair"、"despair"、"stair" 押韻；第二行的 "fruit" 隔了兩行，與第五行的 "flute" 押韻。第三、第四行的 "scene"-"green" 是偶句式押韻。第六行在韻海中找不到配偶，像個平平無奇的光棍。不過，有誰因為這樣而小覷第六行，就大錯特錯了，因為第六行有其他韻句所無的武功；這武功，比韻腳更神祕。不錯，第六行沒有韻腳，行內卻有豐富的輔音韻 (consonance)（即 "blown" (/bləʊn/)、"brown" (/braʊn/)、"blown (/bləʊn/) 三個音節中的 /n/）；輔音韻交響的同時音節顛倒（詩行以 "blown" 開始，也以 "blown" 結束），產生往復循環、前後呼應的效果。到了第八行，停頓增加，韻腳 "stair" 與第七行的 "hair"、第九行的 "despair"、第十行的 "stair" 呼應；結果密集的韻腳把整節的詩義推向高潮；行內的 "stops and steps" (/ˈstɒps ənd ˈsteps/) 利用詞首輔音 (/st/)、詞尾輔音 (/ps/)、元音變化（由 /stɒps/ 中的 /ɒ/ 變為 /steps/ 中的 /e/）與詩行的伸縮（第七行由長度大致整齊的一至六行大大縮短；[21] 縮短後由超長的第八行緊接；然後，第九行恢復一至六

---

21 語言學家又稱 "/st/" 和 "/ps/" 為輔音群 (consonant cluster)。"steps" 有的詞典以 /stɛps/ 標示。

行的平均長度;結尾的第十行再度縮短)以至各種韻腳 ("fruit-flute"、"scene-green"、"stair-hair-stair-despair-stair") 配合詩義變化。一至十行,在節奏和語音層次共鳴、弛張,產生繁富的音樂效果;其奧妙精微,又比《J‧阿爾弗雷德‧普魯弗洛克的戀歌》的出色段落更進一步。

在同一詩的第五部分第三節,艾略特以文字演奏的技巧更叫讀者嘆為聽止:

> Where shall the word be found, where will the word
> Resound? Not here, there is not enough silence
> Not on the sea or on the islands, not
> On the mainland, in the desert or the rain land,
> For those who walk in darkness
> Both in the day time and in the night time
> The right time and the right place are not here
> No place of grace for those who avoid the face
> No time to rejoice for those who walk among noise and
> > deny the voice
> > ("Ash-Wednesday", ll. 159-67)

言詞將在哪裏臨降,言詞將在哪裏
鳴響?不在這裏,這裏沒有充分的寂靜
不在海上也不在島上,不在
大陸區域,不在沙漠地帶或非洲雨域,
對於那些在黑暗中前行的眾人
不管在白晝時間還是黑夜時間
適切時間和適切地點都不在這裏
躲避宓顏的眾人沒有地點賜他們禧典
在喧闐中間前進而不認洪音的眾人無從同欣
　　　　（《聖灰星期三》,一五九—六七行）

第一、二行的行內韻 (internal rhyme) "found" 與 "Resound" 呼應；第四行的行內韻 "mainland" 與 "rain land" 呼應；第六行的 "day time" 與本行的 "night time" 呼應，又與第七行的 "right time" 呼應；第七行的 "right time" 與本行的 "right place" 呼應; 第八行的行內韻 "place"、"grace" 彼此呼應，又與尾韻 "face" 呼應；第九行的行內韻 "rejoice"、"voice" 彼此呼應。眾音交響中, 又有「大同」的單詞在主旋律之下「小異」, 呼應間產生張力，使詩的音樂變得更細緻：第二行的 "silence" (/ˈsaɪləns/) 和第三行的 "islands" (/ˈaɪləndz/)，驟聽像兩個押陰性韻 (feminine rhyme) 的詞；[22] 其實前者的結尾輔音是清輔音 (voiceless consonant)，後者的結尾輔音是濁輔音 (voiced consonant)；兩個輔音在稍微偏離全韻的剎那間奏出一點點的「不和諧」，產生語音的張力。同樣，第九行的 "rejoice" (/rɪˈdʒɔɪs/)、"voice" (/vɔɪs/)、"noise" (/nɔɪz/) 驟聽似乎相同，細聽也有分別："rejoice" 和 "voice" 的結尾輔音是清輔音 /s/；"noise" 的結尾輔音是濁輔音 /z/。結果讀者聽畢 "rejoice"，在 "noise" 一詞將要結束的剎那，慣性地期待另一個清輔音 /s/，入耳的卻是一個濁輔音 /z/; 期望落空後，尾韻 "voice" 即將結束的剎那，讀者慣性地期待另一個濁輔音 /z/，入耳的卻是一個清輔音 /s/，結果期望再度落空。於是，在「期望 /s/ 一期望落空一期望 /z/ 一期望落空」的過程中，讀者得到美學上的驚喜和欣悅。[23]

---

22 "feminine rhyme" 又譯「弱韻」。參看鄭易里，曹成修編，《英華大詞典》，頁四九八。

23 這段分析文字，錄自筆者《知其不易為而為之——談英詩漢譯》一文。此文現已收入金聖華、黃國彬合編，《因難見巧——名家翻譯經驗談》，翻譯理論與實務叢書（北京：中國對外翻譯出版公司，一九九八年八月），頁二四九一八七。對詩的音樂有敏銳感覺的讀者，初聽《聖灰星期三》的兩節時，大概只覺音聲悅耳多變，一時還來不及如此分析。出色的音樂像出色的繪畫一樣，入耳、觸目的一刻，會以整體效果在意識或下意識層面叫聽者、觀者喜悅；至於整體效果由甚麼成分組成，聽者、觀者當時未必知道，也不必知道。知性的分析，是樂評家、畫評家的職責。當然，如果聽者、觀者立志當作曲家或畫家，情形就有分別：這時，他們也得分析喜悅之所自來；然後設法偷師，作曲或繪畫時把偷來的武功付諸實踐。面對上引兩節，面對這麼精密、這麼繁富的語音群，即使翻譯高手，也從本章所舉的例子和分析，讀者既可以看出，也可以聽出，艾略特以文字演奏的造詣有多高。在二十世紀西方詩壇，「曲藝」能臻艾略特境界的，可說罕如麟角。[24]

　　恐怕要躊躇再三，動筆時殫思極慮了。有關語音如何難譯，參看筆者英文論文：Laurence Wong, "Musicality and Intrafamily Translation: With Reference to European Languages and Chinese", *Meta* 51.1 (March 2006), 89-97。此文現已收錄於筆者的英文專著。參看Laurence K. P. Wong, *Where Theory and Practice Meet: Understanding Translation through Translation* (Newcastle upon Tyne: Cambridge Scholars Publishing, 2016), 86-98。

24 有不少論者談艾略特詩歌的「音樂性」時，著重分析其節奏（如每行的音步形式），卻往往忽略詩中的韻語和音聲細節，結果難盡艾略特作品音聲之妙。比如說，僅談節奏、音步，就會錯過上引《聖灰星期三》兩節中韻律的祕技。

第六章

世紀詩歌

　　一九九九年，千禧降臨地球的前一年，全世界各大傳媒機構紛紛舉辦各種「千禧xx」、「二十世紀風雲xx」的選舉。那年，艾略特獲《時代》(*Time*) 雜誌選為「二十世紀風雲詩人」，壓倒了愛爾蘭詩人葉慈。艾略特獲《時代》雜誌編輯垂青，《荒原》(*The Waste Land*) 一詩應居首功。為甚麼呢？因為《荒原》是二十世紀詩界中最受矚目的詩作，引起的爭議也最多。[1]

　　《荒原》全長四百多行，[2] 最初瀏覽時，讀者會有多種發現。

　　首先，作品啟篇，即顯得有點神祕，調子十分沉重，描畫的是某種垂死世界：

　　　　April is the cruellest month,[3] breeding

　　　　Lilacs out of the dead land, mixing

　　　　Memory and desire, stirring

1　《荒原》如何廣受矚目，引起的爭議有多大，讀者只要到圖書館翻翻有關《荒原》的評論就知道了；翻閱完畢，會毫不猶疑地投票，選《荒原》為「世紀詩歌」。

2　按照《荒原》的行碼，是四百三十三行，但行碼有舛訛（參看《艾略特選集》的有關註釋）。

3　這五個字大概是艾略特詩作中最有名的一句了，「知名度」超過《J‧阿爾弗雷德‧普魯弗洛克的戀歌》開頭三行，在二十世紀四十到六十年代幾乎有直追莎士比亞名劇《哈姆雷特》主角的獨白句子 "To be, or not to be, that is the question."

Dull roots with spring rain.
Winter kept us warm, covering
Earth in forgetful snow, feeding
A little life with dried tubers.

  (ll. 1-7)

> 四月是最殘忍的月份，孕育著
> 丁香，從已死的土地；攪和著
> 記憶和欲望：攪動著
> 條條鈍根，以春天的雨水。
> 冬天為我們保暖，覆蓋著
> 泥土，以善忘的雪；餵養著
> 一小點生機，以乾枯的莖塊。
>
>   （一——七行）

「最殘忍」與「四月」硬綁在一起所產生的矛盾感覺，加上似死未死的境況，一開始就引起讀者的好奇，晴空響雷的效果要勝過《J‧阿爾弗雷德‧普魯弗洛克的戀歌》的開頭。

  到了第二節，敘事者的語調凝重如《聖經》，充滿權威；加上強烈悚人的意象，讀者不期然心萌敬懼：

> What are the roots that clutch, what branches grow
> Out of this stony rubbish? Son of man,
> You cannot say, or guess, for you know only
> A heap of broken images, where the sun beats,
> And the dead tree gives no shelter, the cricket no relief,
> And the dry stone no sound of water. Only
> There is shadow under this red rock,
> (Come in under the shadow of this red rock),
> And I will show you something different from either

Your shadow at morning striding behind you
Or your shadow at evening rising to meet you;
I will show you fear in a handful of dust.

(ll. 19-30)

　　一條條狠抓的根是甚麼？從石礫廢堆裏
萌生的一條條枝幹是甚麼？人子啊，
你說不出，也猜不到；你呀，只認識
一堆破碎的偶像，上面是太陽直答而下；
枯樹不給人陰蔽，蟋蟀不給人安舒，
乾石不給人水聲。只有
這塊赤石投下陰影。
（來呀，進入這塊赤石的陰影），
我就讓你看點新的東西；這東西，
跟早晨在你後面前邁的背影、
黃昏在你前面迎上來的投影都不同；
我會為你展示一撮塵土中的驚怖。

（一九—三〇行）

到了引文的最後一行，詩義開始與作品的拉丁文、希臘文引言 ("'Nam
Sibyllam […] ἀποθανεῖν θέλω.'") 呼應，[4] 暗示荒原的人活著不如死去。

4　《荒原》啟篇前的引言如下：

　　'Nam Sibyllam quidem Cumis ego ipse oculis meis
　　vidi in ampulla pendere, et cum illi pueri dicerent:
　　Σίβυλλα τί θέλεις; respondebat illa: ἀποθανεῖν θέλω.'

出自古羅馬作家佩特羅紐斯 (Gaius Petronius Arbiter, c. 27-66 A. D.) 的《薩提里孔》
(Satyricon)。說話者是羅馬的一個自由民 (freedman) 特里馬爾克基奧 (Trimalchio)；
受話者是庫邁 (Cumae) 的女巫西比拉 (Sibylla)。引文的意思是：「因為我的確目睹
西比拉懸於瓶中。眾小孩問她：『西比拉 [Σίβυλλα]，你要 [θέλεις] 甚麼 [τί]？』
西比拉就回答：『我要 [θέλω] 死 [ἀποθανεῖν]。』」希臘、羅馬神話中，西比拉

然後，到了《雷語》部分，艾略特把讀者帶進渴水而無水的可怖夢魘：

> Here is no water but only rock
> Rock and no water and the sandy road
> The road winding above among the mountains
> Which are mountains of rock without water
> If there were water we should stop and drink
> Amongst the rock one cannot stop or think
> Sweat is dry and feet are in the sand
> If there were only water amongst the rock
> Dead mountain mouth of carious teeth that cannot spit
> Here one can neither stand nor lie nor sit
> There is not even silence in the moutains
> But dry sterile thunder without rain
> There is not even solitude in the mountains
> But red sullen faces sneer and snarl
> From doors of mudcracked houses
>   If there were water

是個靈驗的女巫，向太陽神阿波羅求長壽，阿波羅按她的要求給她長壽，讓她在生之年相等於手中泥沙的數目。然而，西比拉求壽時忘了求青春，結果身體隨歲月老邁衰朽，預言能力也日漸退減，以致苦不堪言，最後只好求死。艾略特徵引這段文字，目的是暗示荒原的人，在生猶死，生不如死，處境和西比拉相同。引文中的的希臘文 "Σίβυλλα [西比拉] τί [甚麼] θέλεις [你要];"，是「你要甚麼？」或「你想要甚麼」的意思（希臘文省去「你」字，因為「θέλεις」（第二人稱單數）已包含「你」的意思）；希臘文中的分號 ";" 等於拉丁文、英文、中文的問號。"ἀποθανεῖν θέλω"，意為「我要死」或「我想死」。西比拉智通幽冥，其預言寫在葉子上，然後拋入空中隨風飄散。到來問吉凶休咎的人要在風中抓住飄散的葉子，然後加以整合，從中找尋預言的頭緒。參看《艾略特詩選》中《荒原》的有關註釋。

And no rock

If there were rock

And also water

And water

A spring

A pool among the rock

If there were the sound of water only

Not the cicada

And dry grass singing

But sound of water over a rock

Where the hermit-thrush sings in the pine trees

Drip drop drip drop drop drop drop

But there is no water

   (ll. 331-58)

這裏沒有水,只有岩石
有石而無水,有一條沙路
路在高處,在群山中盤曲
群山是無水的岩石群山
如果有水,我們會駐足喝水
岩石之間不能駐足或思維
汗是乾的,腳在沙裏
岩石中有水該多好
死山的齲齒口腔不能夠吐唾
這裏既不能站也不能躺不能坐
群山中連寂靜也沒有
卻有乾癟的雷鳴而無雨
群山中連幽獨也沒有
卻有一張張漲紅慍怒的臉在冷笑在露齬

從一間間泥裂房屋的門內探出來

如果有水

而沒有岩石

如果有岩石

同時也有水

有水

有一脈清泉

有一泓幽潭在岩石間

如果只有水的聲音

不是蟬

和乾草在鳴唱

而是流過岩石的水聲

其上有隱士夜鶇在松樹中歌唱

點滴點滴滴滴滴

可是，卻沒有水

（三三一——五八行）

眾人的夢魘後，是神祕詭異的氣氛：

Who is the third who walks always beside you?
When I count, there are only you and I together
But when I look ahead up the white road
There is always another one walking beside you
Gliding wrapt in a brown mantle, hooded
I do not know whether a man or a woman
—But who is that on the other side of you?

(ll. 359-65)

一直走在你身旁的第三者是誰呢？
我點算人數時，只有你跟我一起

可是，我朝著白路前望時，

總有另一人走在你身旁

覆裹在褐色的斗篷裏，戴著頭兜滑行著

不知是男人還是女人

——走在你另一邊的到底是誰呢？

（三五九一六五行）

然後（也就是經過三六六至九四行的心理準備之後），是雷霆發言前的剎那：黑雲馳驟，寂靜懾人；是梵文神諭的雷霆萬鈞：

> Ganga was sunken, and the limp leaves
>
> Waited for rain, while the black clouds
>
> Gathered far distant, over Himavant.
>
> The jungle crouched, humped in silence.
>
> Then spoke the thunder
>
> Da
>
> *Datta* […]
>
> (ll. 395-401)

> 恆河陷落了，荏弱無力的葉子
>
> 等待著雨。這時候，黑雲
>
> 在極遠處聚集於雪山上空。
>
> 森林蜷伏，寂靜中弓著背。
>
> 接著，雷聲開始說話
>
> Da
>
> *Datta* […]
>
> （三九五一四〇一行）

上面所引（從第一行的 "April is the cruellest month"（「四月是最殘忍的月份」）到 "*Datta* […]"），強有力地證明，勞倫斯‧雷尼 (Lawrence Rainey) 所說的話（見本書第一章開頭）沒有誇張：「今日，他 [艾略特] 最重要的詩作仍有撕肝裂肺的力量，能叫人駭愕，叫人不安。」
("his most important poem still retains its lacerating power to startle and disturb.")

《荒原》不僅能「叫人駭愕，叫人不安」，還能奏出幽怨的調子，叫人的情緒低回夷猶：

'You gave me hyacinths first a year ago;
'They called me the hyacinth girl.'
—Yet when we came back, late, from the hyacinth garden,
Your arms full, and your hair wet, I could not
Speak, and my eyes failed, I was neither
Living nor dead, and I knew nothing,
Looking into the heart of light, the silence.

(ll. 35-41)

「一年前，你初次給我風信子；
他們叫我風信子姑娘。」
──可是，我們晚歸，從風信子花園回來時，
你頭髮濡濕，鮮花抱個滿懷，我說不出
話來，眼睛看不見，我既非生，
也非死，我一無所知，
只望入光的核心──寂靜之所在。

（三五─四一行）

這段文字有甚麼寓意、甚麼象徵，論者有各種猜測，誰也不能說服誰；有一點卻可以肯定：詩中所寫之景、所描之情細膩而淒婉，叫人難以忘懷。

作品的《水殞》以詩的技巧冶哲學和宗教於一爐，凝練而深刻：

Phlebas the Phoenician, a fortnight dead,
Forgot the cry of gulls, and the deep sea swell

And the profit and loss.

A current under sea

Picked his bones in whispers. As he rose and fell

He passed the stages of his age and youth

Entering the whirlpool.

Gentile or Jew

O you who turn the wheel and look to windward,

Consider Phlebas, who was once handwome and tall as you.

(ll. 312-21)

腓尼基水手菲利巴斯，死了兩星期，

忘了海鷗的叫聲和巨浪的起伏連綿，

也忘了利得和損失。[5]

海底一股暗流

竊竊然剔淨了他的骨頭。[6]一升一沉間，

他越過了老年和青年階段，

進入大漩渦。[7]

5　「腓尼基水手菲利巴斯，死了兩星期，／忘了海鷗的叫聲和巨浪的起伏連綿，／也忘了利得和損失」：原文 "Phlebas the Phoenician, a fortnight dead, / Forgot the cry of gulls, and the deep sea swell / And the profit and loss." (312) 這三行的意思很簡單，是普通不過的常識：人死後一了百了，塵世的一切再無意義，也再無價值。但是經艾略特用嶄新的意象傳遞，舊酒新瓶，卻醒人感官。情形就像李白的《越中覽古》和《登金陵鳳凰臺》，所寫的主題並不新鮮，但經謫仙以新手法表現，馬上熠熠生輝，成為不朽作品。原文 "the profit and loss" 在這裏不譯較簡潔的「得失」，因為「得失」用多了，一般不再指商業上獲利或損失，而腓尼基水手所忘記的，是商業、貿易上的具體得失，叫人想起「利潤」，想起「金錢」。而一般人說「不計較個人得失」時，也可指名譽、地位、榮辱，並不專指利潤或金錢。

6　「海裏一股暗流／竊竊然剔淨了他的骨頭」：原文 "A current under sea / Picked his bones in whispers." (315-16) 這兩行寫死去的的腓尼基水手，在海中的暗流經歷淨化過程。這一過程，艾略特以細膩、警策的意象傳達，乃成佳句。暗流擬人後，會竊竊私語，為死後世界增添神祕而超自然的氣氛，是艾略特詩才的充分體現。

7　「一升一沉間，／他越過了老年和青年階段，／進入大漩渦」：原文 "As he rose

你呀，不管屬外邦

還是猶太一族，轉動舵輪間望向逆風處；

回想菲利巴斯啊，他曾經像你一樣俊美軒昂。

（三一二—二一行）

短短十行，情理交融，表達哲學和宗教思想又表達得如此透徹，足可
單獨成詩，收入任何一本有分量的英美詩選。

下列一段，哲學和宗教意味同樣深遠：

Da

Dayadhvam: I have heard the key

Turn in the door once and turn once only

We think of the key, each in his prison

Thinking of the key, each confirms a prison

Only at nightfall, aethereal rumours

Revive for a moment a broken Coriolanus

Da

Damyata: The boat responded

Gaily, to the hand expert with sail and oar

The sea was calm, your heart would have responded

Gaily, when invited, beating obedient

To controlling hands

(ll. 410-22)

Da

Dayadhvam: 我聽到鑰匙

在門裏旋動了一次，也只有一次旋動

---

and fell / He passed the stages of age and youth / Entering the whirlpool." (316-18) 這三
行遙應佛經的輪迴觀念。艾略特對佛經有研究，受佛經影響至為自然；不過只有
艾略特層次的詩才，方能把輪迴的陳舊觀念表現得如此新穎深刻。

我們想念著鑰匙，人人都在牢獄內

想念著鑰匙，人人都證實有一個牢獄

只在黑夜降臨時，太清的謠言

使一個破爛的科里奧拉努斯復活於瞬間

Da

Damyata：小船欣然

回應，對那隻精於控帆揮槳的手

大海平靜，受邀時，你的心

會欣然有所回應，嫵然

隨掌控的手搏動

（四一〇—二二行）

由於抽象的思想與具體的意象相融，整段文字乃轉化為感知合一的上乘詩歌。

《荒原》是二十世紀的典型現代詩，自然有明顯的現代詩特徵。把倫敦寫成虛幻城市（六〇—六五行），並且以但丁《神曲·地獄篇》的片段類比，是例子之一。[8]《棋局》中下列一段，是例子之二：

The Chair she sat in, like a burnished throne,

Glowed on the marble, where the glass

Held up by standards wrought with fruited vines

From which a golden Cupidon peeped out

(Another hid his eyes behind his wing)

Doubled the flames of sevenbranched candelabra

Reflecting light upon the table as

The glitter of her jewels rose to meet it,

From satin cases poured in rich profusion.

In vials of ivory and coloured glass

8　六〇—六五行。這段文字已經分析過，在此不贅。

Unstoppered, lurked her strange synthetic perfumes,
Unguent, powdered, or liquid—troubled, confused
And drowned the sense in odours; stirred by the air
That freshened from the window, these ascended
In fattening the prolonged candle flames,
Flung their smoke into the laquearia,
Stirring the pattern on the coffered ceiling.
Huge seawood fed with copper
Burned green and orange, framed by the coloured stone,
In which sad light a carvèd dolphin swam.

(ll. 77-96)

　她所坐的椅子，像鋥亮的御座，
在大理石上煌煌生輝；石上的鏡子
由飾以果實纍纍的葡萄藤旌旗擎起；
葡萄藤裏，一個黃金鑄造的丘比特向外窺探
（另一個則讓雙目隱在一隻翅膀後）
鏡子使多個七枝大燭台的焰光倍增，
把光芒映落桌面；光芒下映時，
閃耀的輝光從她的珠寶升起來相迎。
那些珠寶，從錦匣裏傾瀉而出，源源不絕。
象牙和彩色玻璃瓶，
瓶塞拔去，裏面隱伏著她那奇異的人造香水、
香膏，有的是粉狀，有的是液體；以繁香
困擾、惑亂並淹溺感官；受窗外
遽起的清風鼓動，繁香冉冉上飄，
把增吐的燭焰餵得飫然飽膩，
把燭焰的輕煙甩進條形天花板裏，
把天花板凹格上的雕飾鼓動。
巨大的沉香木添加了黃銅燃料後，

綠焰和橙焰熊熊，四邊鑲嵌著彩色寶石，

寶石的慘淡微光中，一條刻鏤的海豚在游弋。

（七七－九六行）

"The Chair she sat in, like a burnished throne […]"（「她所坐的椅子，像鋥亮的御座」[……]）一行，引自莎劇《安東尼與柯蕾佩姬》(*Antony and Cleopatra*) 第二幕第二場第一九零行。劇中，伊諾巴巴斯 (Enobarbus) 在形容埃及皇后柯蕾佩姬。伊諾巴巴斯的一段對白，廣受莎迷傳誦，也獲艾略特在《勒雅德‧吉卜齡》("Rudyard Kipling" (1941)) 一文中揄揚："The great speech of Enobarbus in *Antony and Cleopatra* is highly decorated, but the decoration has a purpose beyond its own beauty […]"（「伊諾巴巴斯在《安東尼與柯蕾佩姬》中大名鼎鼎的一段對白極具藻飾，不過這藻飾在麗辭之外另有效用 [……]」）。七七至九六行 ("The Chair she sat in, like a burnished throne, /…In which sad light a carvèd dolphin swam"（「她所坐的椅子，像鋥亮的御座 / ……寶石的慘淡微光中，一條刻鏤的海豚在游弋」），還受其他著作影響，其中包括《舊約‧出埃及記》第二十五至二十七章、約翰‧濟慈 (John Keats)《蕾米亞》(*Lamia*) 第二部分一七三至九八行、卓伊斯的《尤利西斯》(*Ulysses*)、蒲柏 (Alexander Pope) 的《青絲劫》(*The Rape of the Lock*)、莎士比亞劇作《辛貝林》(*Cymbeline*) 第二幕第四場八七至九一行。[9] 這樣的仿擬式 (pastiche)、戲擬式 (parody) 旁徵博引，給作品多添一層意義，有文學理論家所謂的「互文關係」(intertextualité)。[10] 詩中魘飫感官的描寫，叫讀者目不暇給，鼻不暇聞；施諸現代場景、現代人物，有強烈的反諷效果。

9　詳見《艾略特詩選》中《荒原》一詩的有關註釋。

10 "intertextualité"：法語，又譯「互文性」或「文本互涉」；由法國前衛文學雜誌《真相》(*Tel Quel*) 的作者群提出，其定義源自姝麗亞‧克利斯特瓦 (Julia Kristeva)；指某一文本與文本中其他文本總和之間的互動關係；其他文本，包括引文、典故、抄襲、超文本連結等等。參看 *Wikipédia*, "Intertextualité" 條（多倫多時間二〇二一年二月十四日下午三時登入）。

上述優點和特徵，自然能奠定《荒原》在二十世紀現代詩壇的地位。

不過，上述最後一個優點有時會變成缺點。作品有仿擬或戲擬成分，無疑能增加閱讀情趣，給明白典故的讀者曲徑通幽之樂，讓他們在文字的表面意義之外另有會心，與作者相視而笑；或像迦葉看見佛祖拈花，得睹正法眼藏。不過這一技巧，不宜像《荒原》那樣：用得太多、太繁、太頻、太僻；因為這樣一來，技巧會變成閱讀障礙，有趣變成了無趣。誠然，上乘的文學作品應該有言外意、弦外音，不宜開口見喉，不宜像粵諺所謂的「畫公仔畫出腸」；[11] 文學之旅固然不可以由始至終是平如砥、直如箭的平凡道路；卻也不宜五步一坑，十步一壑。艾略特的《荒原》，正是一首五步一坑、十步一壑的詩作。在這裏，不妨舉艾略特的兩大偶像——但丁和莎士比亞——的作品為相反例子。[12] 我們讀《神曲》，讀莎士比亞的作品（無論是戲劇還是十四行詩），也會碰到典故；但典故的密度比不上《荒原》典故的密度，不會妨礙閱讀；讀者掌握了典故後會覺得詩情更飽滿，而不是徒然增加了無機的學問。試看《神曲‧天堂篇》第三十三章五八—六六行：

> Qual è colui che somniando vede,
>> che dopo il sogno la passione impressa
>> rimane, e l'altro a la mente non riede,
> cotal son io, ché quasi tutta cessa
>> mia visione, ed ancor mi distilla
>> nel core il dolce che nacque da essa.
> Così la neve al sol si disigilla;

---

11 「公仔」：指圖畫中的人物。

12 在《但丁》（"Dante"）一文中，艾略特毫不模稜地宣佈："Dante and Shakespeare divide the modern world between them; there is no third."（「現代天下，由但丁和莎士比亞均分，再無第三者可以置喙。」）見T. S. Eliot, *Selected Essays*, 265。聽上述裁決的語氣，甚至可以進一步肯定：在艾略特眼中，但丁和莎士比亞不僅是偶像，而且是超級偶像。

così al vento ne le foglie levi

si perdea la sentenza di Sibilla.

(*Paradiso*, Canto 33, ll. 58-66)

　　如睡者在夢中能視，一旦醒來，

　　　夢中的深情成為僅有的殘餘，

　　　其他印象，再不能重返腦海，

　我的夢境，也幾乎完全褪去；

　　　不過夢境醞釀的甜蜜，仍然

　　　繼續在我的心裏滴注凝聚，

　一如雪上的痕跡，因日暖而消殘；

　　　又如一張張輕纖的葉子上，

　　　西比拉的預言在風中飄散。[13]

　　　　（《天堂篇》，第三十三章，五八—六六行）

《天堂篇》末章（第三十三章），曾獲艾略特空前絕後的推崇。[14] 在《但丁》一文中，艾略特說：

[…] the last canto of the *Paradiso* […] is to my thinking the highest point that poetry has ever reached or ever can reach […][15]

《天堂篇》末章，在我看來，是有史以來詩歌所臻的頂點；也可以說，是任何時候，詩歌可臻的極致。[16]

---

13 漢譯見但丁著，黃國彬譯註，《神曲‧天堂篇》（台北：九歌出版社，訂正版五印，二〇一八年二月），頁五〇八。

14 所謂「空前絕後」，指艾略特一生所寫的評論中，沒有一句或一段比得上他對《天堂篇》第三十三章（也是《神曲》一百章的最後一章）那麼毫不保留。以賭場術語說，推崇《天堂篇》第三十三章時，艾略特押下了手中的全部賭注，有點像項羽沉舟，凱撒渡河，完全是義無反顧的態勢。

15 見T. S. Eliot, *Selected Essays*, 251。

16 但丁著，黃國彬譯註，《神曲‧天堂篇》（台北：九歌出版社，訂正版五印，二〇一八年二月），頁五二七。

《天堂篇》第三十三章，在艾略特心目中既然有至高無上的地位，在此不妨撮述這篇「神品」的內容：

> 貝爾納向聖母瑪利亞禱告，求她給但丁幫忙，讓但丁目睹至高的欣悅。聖母聽了貝爾納的禱告後，雙眸向永光上馳，為但丁祈求最高的恩典。接著，貝爾納叫但丁舉目上瞻；但丁不等貝爾納指示，已經抬頭仰眺。因為這時候，他的視力已趨澄明，射入了崇高而自真的真光裏，向著更深更高處騫舉，最後看到了無窮的至善；看見光芒深處，宇宙萬物合成三巨冊，用愛來訂裝。凝望間，但丁的目力增強，見高光深邃無邊的皦皦本體，出現三個光環；三環華彩各異，卻同一大小；第二環映自第一環，第三環如一二環渾然相呼的火焰在流轉。但丁向著第二環諦視有頃，在光環本身的華彩上，看到了人類的容顏。但丁苦苦揣摩，仍無法明白，人類的容顏怎能與光環相配而又安於其所。幸虧他的心神被靈光燦然一擊，願望乃垂手而得。至此，但丁的神思再無力上攀；其願、其志，已見旋於大愛。那大愛，迴太陽而動群星。[17]

第三十三章五八至六六行，寫但丁目睹「偉景」（第五十六行）後的感覺，引用西比拉典故刻畫得睹「過盛的輝煌」（第五十七行）後心中的甜蜜。「西比拉」，希臘文 $Σίβυλλα$，拉丁文 $Sibylla$，英文 $Sibyl$，一般指女預言家或女巫。在這裏專指阿波羅在庫邁（希臘文 $Κύμη$, 拉丁文 $Cumae$) 的女祭司。埃涅阿斯曾求她指引，並獲她陪伴進入地獄。西比拉的預言寫在葉子上，藏在岩洞裏，排列得井然有序；但岩洞的門一開，門樞一轉，葉子就會隨風飄散；葉子的秩序吹亂後，西比拉也懶得整理重組。這一典故出自《埃涅阿斯紀》第三卷

---

17 這段撮要，是譯者翻譯《神曲》時所加，並非原著所有。參看但丁著，黃國彬譯註，《神曲・天堂篇》，頁五〇五。在這一章中，九歌版的「垂手而得」，外研社簡體字版的編輯改成「唾手而得」。按「垂手而得」／「垂手可得」和「唾手而得」／「唾手可得」都通；不過「唾」字叫人想起唾沫，不大文雅，不宜在但丁目睹聖光的一刻採用。

四四一——五一行：

> huc ubi delatus Cumaeam accesseris urbem
> divinosque lacus et Averna sonantia silvis,
> insanam vatem aspicies, quae rupe sub ima
> fata canit foliisque notas et nomina mandat.
> quaecumque in foliis descripsit carmina virgo,
> digerit in numerum atque antro seclusa relinquit.
> illa manent immota locis neque ab ordine cedunt;
> verum eadem, verso tenuis cum cardine ventus
> impulit et teneras turbavit ianua frondes,
> numquam deinde cavo volitantia prendere saxo
> nec revocare situs aut iungere carmina curat [....]

> 到了那裏，往庫邁這個城鎮，
> 往神湖，往林木蕭瑟的阿維諾斯湖，
> 你就會見到一個神巫，在岩洞深處
> 吟誦命運，把符號和名字寫在葉上。
> 這個女子，把寫在葉上的所有詩句
> 井然有序地排列，並且收藏在洞中。
> 葉子留在那裏，不會移離原位。
> 可是門樞一轉，微颸輕輕一揚，
> 門開時纖葉被吹散，紛紛在洞裏
> 飄蕩，她也懶得去捕捉，懶得
> 把它們放回原位，或者把詩句重組。

但丁在《神曲》中引用，把第一個比喻（「一如雪上的痕跡，因日暖
而消殘」）加強，「夢境醞釀的甜蜜」如何在「心裏滴注」，就變得
更細膩、更深微。《天堂篇》五八—六六行，直接而透明，簡潔而不矯
揉，是巨匠爐火純青的筆法，也是整部《神曲》中最優美的意象之一。

再看下面一例：

Qual è 'l geometra che tutto s'affige

    per misurar lo cerchio, e non ritrova,

    pensando, quel principio ond' elli indige,

tal era io a quella vista nova:

    veder volea come si convenne

    l'imago al cerchio e come vi s'indova;

ma non eran da ciò le proprie penne:

    se non che la mia mente fu percossa

    da un fulgore in che sua voglia venne.

    (*Paradiso*, Canto 33, ll. 133-41)

像個幾何學家把精神盡用，

    企圖以圓求方，苦苦揣摩

    其中的規律，最後仍徒勞無功，

我對著那奇異的景象猜度，

    一心要明瞭，那樣的顏容怎麼

    與光環相配而又安於其所。

可是翅膀卻沒有勝任的勁翮——

    幸虧我的心神獲靈光燦然

    一擊，願望就這樣垂手而得。[18]

    （《天堂篇》，第三十三章，一三三—一四一行）

又一個直接而透明的意象。詩中「以圓求方」("misurar lo cerchio")的典故，指求與圓形面積相等的正方形，即自古以來都無從解答的數學難題，由古希臘人提出：設一圓形，半徑為 r。作一方形，邊長為圓形圓周率的平方根，面積與圓形相等。在這裏，但丁旨在說明，凡

---

18 但丁著，黃國彬譯註，《神曲·天堂篇》，頁五一〇—一一。

智無從測度神智。"misurar lo cerchio"，意大利語又稱為 "il problema della quadratura del circolo"（「以圓求方的難題」），英語為 "square the circle"，引申為妄圖做不可能的事情。[19] 藉著這典故，讀者更能掌握詩中的抽象意念。

與但丁所引的典故比較，《荒原》中的許多典故、引文就顯得造作了。

再看莎士比亞用典：

Marcellus	You shall not go, my lord.
Hamlet	Hold off your hands.
Horatio	Be ruled; you shall not go.
Hamlet	My fate cries out,
	And makes each petty artery in this body
	As hardy as the Nemean lion's nerve.
	Still am I call'd. Unhand me, gentlemen.
	By heaven, I'll make a ghost of him that lets me.
	I say, away! Go on; I'll follow thee.
	Exeunt Ghost and HAMLET[20]

(Hamlet, Act 1, scene 4, ll. 80-86)

馬瑟勒	殿下，不可以去。
哈姆雷特	你們放手！
賀雷修	聽我們說！不可以去。
哈姆雷特	命運喊我去；
	命運把我體內的每一條小動脈
	變得像尼美亞獅子的筋腱一樣強。
	命運仍然在喊我。兩位請放手。

---

19 這段闡釋文字，大致引自但丁著，黃國彬譯註，《神曲‧天堂篇》，頁五二四。

20 引自網上版 "Hamlet: Entire Play shakespeare.mit.edu/hamlet/full.html"（二〇二一年二月十六日下午三時登入）。

　　　　　　　　　　〔掙脫賀雷修和馬瑟勒，拔劍。〕

　　老天哪，誰擋住我，我就叫他

　　見鬼去。放開我呀！——走吧，我會跟你走。

　　　　　　　　　　　　　鬼魂和哈姆雷特下。

　　　　（《哈姆雷特》，第一幕，第四場，八〇—
　　　　八六行）[21]

上述對白引自莎劇《哈姆雷特》第一幕第四場；寫哈姆雷特見了父親的亡魂後聽亡魂召喚，堅決跟他一起走；馬瑟勒和賀雷修勸阻不果。對白中，莎士比亞只用了一個典故——「尼美亞獅子」。[22] 這一典故，莎士比亞時代的觀眾不會感到陌生，一聽就會明白。至於現代觀眾，即使不知道尼美亞獅子是怎樣的一種獅子，但一聽「獅子」一詞，就知道其「筋腱」非同小可，結果在賞劇的過程中不會有障礙。

　　在劇院裏，劇作家的信息（對白）稍縱即逝；為了避免給觀眾設路障，精於劇藝的作家都不會用太多的典故。[23] 由於這緣故，以莎士比亞的戲劇與《荒原》比較，可能對艾略特不大公平。那麼，就看莎士比亞的十四行詩第四首吧：

　　Unthrifty loveliness, why dost thou spend

　　Upon thy self thy beauty's legacy?

　　Nature's bequest gives nothing, but doth lend,

---

21 引自莎士比亞著，黃國彬譯註，《解讀〈哈姆雷特〉——莎士比亞原著漢譯及詳註》，全二冊，翻譯與跨學科研究叢書，宮力、羅選民策劃，羅選民主編（北京：清華大學出版社，二〇一三年一月）。

22 「尼美亞獅子」：原文 "the Nemean lion"，是希臘神話中的獅子，刀槍不入，最後被大力神赫拉克勒斯（希臘文 *Ἡρακλῆς*, 英文 *Hercules*）殺死。

23 筆者在一篇英文論文裏指出，戲劇主要是寫給耳朵聽的；創作或翻譯劇本時要特別注意這點。參看 "Comprehensibility in Drama Translation: With Reference to *Hamlet* and Its Versions in Chinese and in European Languages", 見Laurence K. P. Wong, *Where Theory and Practice Meet: Understanding Translation through Translation* (Newcastle upon Tyne: Cambridge Scholars Publishing, 2016), 213-40。

And being frank she lends to those are free.

Then, beauteous niggard, why dost thou abuse

The bounteous largess given thee to give?

Profitless usurer, why dost thou use

So great a sum of sums, yet canst not live?

For having traffic with thy self alone,

Thou of thy self of thy sweet self dost deceive:

Then how when nature calls thee to be gone,

What acceptable audit canst thou leave?

　　Thy unused beauty must be tombed with thee,

　　Which, used, lives th' executor to be.

徒然揮霍的俊顏哪，為何把美麗

留給你的遺產徒然耗於己身？

自然的資產只會貸借，卻絕不周濟；

她生性慷慨，錢只借給大方的人。

俊美的守財奴哇，你獲贈的大筆財富，

是用來轉贈的，為何卻如此糟蹋？

放高利貸的，你生財無道，借出

大筆款項後，何以仍生計困乏？

因為呀，只跟自己貿易往來，

你只會騙走自己最美的私己。

那麼，大化一旦呼召你離開，

你會有甚麼樣的帳目可堪審批？

　　俊顏善加利用，是你的託管人；

　　不善利用，會陪你同埋塚墳。

詩中的借貸典故是個有機意象，與詩義交融，統一而連貫。讀了註釋，欣賞時會多一重快樂；不讀註釋，只讀作品，也不會有理解上的困難。

艾略特的許多典故、許多外語引文卻往往是讀者的路障。《荒原》不像《神曲》，不像莎士比亞的戲劇和十四行詩：絕大多數讀者如果不讀「問題典故」、「問題引文」的註釋，肯定寸步難行；讀了註釋，眼前出現之景，也不見得是「柳暗花明又一村」。誠然，讀者欣賞詩歌時不應懶惰，應該有接受典故和學問挑戰的勇氣和習慣。可是，《荒原》的典故，讀者花了大量時間翻查後，往往有蘇軾讀孟郊詩的感覺：「所得不償勞。」[24]

　　上引《棋局》的一段（七七—九六行）用了不少典故，讀者翻查典故後，仍算「所得償勞」。但《荒原》結尾的一段：

> London Bridge is falling down falling down falling down
> *Poi s'ascose nel foco che gli affina*
> *Quando fiam uti chelidon*—O swallow swallow
> *Le Prince d'Aquitaine à la tour abolie*
> These fragments I have shored against my ruins.
> Why then Ile fit you. Hieronymo's mad againe.
>
> 　　(ll. 426-31)

> 倫敦橋在倒塌在倒塌在倒塌
> *Poi s'ascose nel foco che gli affina*
> *Quando fiam uti chelidon*—燕子啊，燕子
> *Le Prince d'Aquitaine à la tour abolie*
> 這些零碎我拿來支撐我的廢墟
> 自當遵命。海羅尼莫又瘋了。[25]
>
> 　　（四二六—三一一行）

---

24 蘇軾有《讀孟郊詩》二首；第一首對孟郊的詩有惡評：「夜讀孟郊詩，細字如牛毛。寒燈照昏花，佳處時一遭。孤芳擢荒穢，苦語餘詩騷。水清石鑿鑿，湍激不受篙。初如食小魚，所得不償勞。[……] 要當鬥僧清，未足當韓豪。人生如朝露，日夜火消膏。何苦將兩耳，聽此寒蟲號。不如且置之，飲我玉色醪。」

25 詩中典故，參看筆者譯註的《艾略特詩選》中各行的有關註釋。

完全是「所得不償勞」的文字。[26] 為了減輕用典太繁、太多、太頻、太僻之「罪」，艾略特叫敘事者說：「這些零碎我拿來支撐我的廢墟」；儘管如此，讀者辛辛苦苦翻查了典故，知道各行的語義後，學問是增加了，知性領域是擴大了，美感經驗的進帳卻微乎其微，更不要說甚麼欣悅或智慧了。[27]

上述典故，是《荒原》中的極端例子。即使未到極端，不少引文的作用也不大。試看三七—四二行之間的德語引文：

> I will show you fear in a handful of dust.
>> *Frisch weht der Wind*
>> *Der Heimat zu.*
>> *Mein Irisch Kind,*
>> *Wo weilest du?*
> 'You gave me hyacinths first a year ago […]'

正如艾略特的自註所說，四行德語引文，出自德國作曲家瓦格納（Wagner，又譯「華格納」）歌劇《特里斯坦與伊婆蒂》(*Tristan und Isolde*) 第一幕第一場的歌詞 (libretto)，是一個懷念情人的水手所唱，意思是：「風啊，清勁地 / 吹向老家。 / 我的愛爾蘭姑娘啊， / 你在何處盤桓？」這個水手，當時和伊婆蒂同在船上。四行德文，與上下文有甚麼關係呢？某些艾迷學者會搬出各種說法——各種互相矛盾的說法——為《荒原》辯護；不為《荒原》「威名」所懾的讀者或論者則會說：四行德語引文，與上下文的關係薄弱，可有可無。

---

26 蘇軾不喜歡孟郊，讀了孟詩後說「所得不償勞」，是性情使然；艾略特的讀者，讀了上述幾行後埋怨掩卷，公正的論者卻不能用同樣的理由為詩人開脫；因為讀者翻查意大利文、拉丁文、法文、英文典故後，所得與所花的勞力完全不成正比。說得直率點，艾略特簡直在胡鬧；這種胡鬧，稍懂外語的人都優為之，完全不值得揄揚。

27 《荒原》結尾的一段引文，以其他任何作品中的任何一行代替（英語的、德語的、法語的、意語的、希臘文的、拉丁文的），都不會有甚麼分別。——同樣是「所得不償勞」。

德語引文之後，寫「風信子姑娘」的七行極美；然後是一行德語引文："*Oed' und leer das Meer.*"[28] 德語引文的意境，能與寫「風信子姑娘」的七行配合，加強了詩中的淒迷氣氛，讀者翻查典故後會說：「所得償勞。」接著的一節（四三—五九行）寫「瑟索特里斯夫人——著名的透視眼」("Madame Sosostris, famous clairvoyante")，像飛來峰那樣憑空飛來，神祕而詭異，獨立看來不失為好詩，但與「風信子姑娘」一節關係薄弱，甚至關係全無。然後再飛來一節（六○—七六行），寫現代倫敦，借《神曲・地獄篇》古今互彰，是典型的現代手法；但與上文的關係同樣薄弱。

上述分析，也可施諸第二部分（《棋局》、第三部分（《燃燒經》）、第五部分（《雷語》）。[29] 讀者細讀，就會發覺，詩中各節往往各自為政，不相連屬；不少詩節可以像撲克牌那樣洗牌，隨便換位、彼此穿插而不會使整首作品變得更好或更壞。

說到這裏，必須詳析《荒原》的「詩法」。

《荒原》初稿，有八百多行，後來經龐德 (Ezra Pound) 刪削編輯，縮成四百多行。在這裏，先談《荒原》的成詩經過。《荒原》如何成詩，B. C. Southam *A Guide to the Selected Poems of T. S. Eliot* 一書的附錄 (Appendix) 有客觀、詳細的介紹。以下是附錄內容的撮述／撮譯。[30]

艾略特的《荒原》、《空心人》、《聖灰星期三》主要由早已完成的詩作拼湊而成。《荒原》於一九二二年十月出版，出版前二十個月撰寫或集合成詩，其中有些材料多年前已脫稿。約於一九一六至一九一七年，艾略特有意創作長詩。不過由於妻子健康不佳，世界大戰持續，以至個人因素的延誤，計劃未能實現。一九二一年，他寫成

---

28 德語引文的意思是：「荒漠而空淼哇，這大海」。有關這行的詳細討論，參看筆者譯註的《艾略特詩選1》頁一七九的有關註釋。

29 唯一的例外是第四部分（《水殞》）。《水殞》神氣貫注，是上乘段落，大可從《荒原》抽出而單獨成詩，收入《二十世紀詩歌佳作》一類選集。

30 見Southam, 257-63。

部分詩行（日後《荒原》的第一部分），曾打算當作獨立詩作發表。其後因精神崩潰，要於一九二一年十月至十一月到馬蓋特 (Margate) 療養。在馬蓋特期間，他把多年的零碎斷章湊合起來，往瑞士洛桑療養途中，把副本交給身在巴黎的龐德。龐德花了數星期，一邊與艾略特書信往來討論，一邊為《荒原》「剖腹接生」。日後，艾略特形容，龐德把一首「雜亂無章的詩」("sprawling, chaotic poem")（其實是多篇草稿）刪削成「大約一半的篇幅」("to about half its size")。今日，讀者可以在龐德刪削修改過的《荒原》手稿中看到各種按語。在組合過程中，艾略特要刪去《水殞》；因龐德強烈反對而打消原意；結果《水殞》留了下來，成為《荒原》第四部分。《水殞》是艾略特早年所寫的一首法語詩 ("Dans le Restaurant") 的最後七行，收入《荒原》時只有極少的改動。此外，《荒原》還有其他的早期斷章；有些詩行，則是經過改頭換面的早期材料。《荒原》發表後，艾略特的詩人朋友康拉德・艾肯 (Conrad Aiken) 發覺作品中有些片段以前看過。多年後，艾肯指出：

> […] I had long been familiar with such passages as "A woman drew her long black hair out tight", which I had seen as poems, or part-poems in themselves. And now saw inserted into *The Waste Land* as into a mosaic.[31]

> 「一個婦人把長長的黑髮緊拉」("A woman drew her long black hair out tight") 一類段落，我早已熟悉。當初寓目時，這些段落是獨立詩篇或詩的斷章。現在所見，是這些材料插進了《荒原》，像插進一幅鑲嵌圖案那樣。

換言之，《荒原》是不同作品的組合、拼湊，完成於不同的時間；[32] 個別詩篇，當初脫稿時有不同的題旨。

---

31 Southam, 259。

32 也因為這樣，不少論者認為《荒原》是一幅拼貼畫 (collage)。

一九二二年三月，龐德指出，《荒原》是「一串詩篇」("a sequence of poems")。艾略特的想法也似乎相同，因為他曾經提議，讓作品在《日晷》(*The Dial*) 分四期發表。一九二二年九月，他提議把作品在《標準》(*The Criterion*) 雜誌上分兩期發表：一九二二年十月發表第一、二部分；一九二三年一月發表第三、四、五部分。正如多納德・伽魯普 (Donald Gallup) 所說，由於龐德大力反對，《荒原》在雜誌上發表時才沒有採取這一形式。之後，艾略特態度改變，堅決反對把《荒原》切割。一九二三年七月，L・A・G・斯特朗 (L. A. G. Strong) 希望摘取《荒原》部分章節收入某詩選，徵求艾略特同意卻遭艾略特拒絕：「《荒原》本來是一首完整作品；本人不希望讓任何人只讀此詩的某些部分 [⋯⋯]」("*The Waste Land* is intended to form a whole, and I should not care to have anyone read *parts* of it...") 但是，艾略特最初的確視《荒原》為互不相干的詩作，並且計劃以多首獨立詩作的形式發表；在同一年（一九二三年），他在《批評的功能》("The Function of Criticism") 一文中提到寫作的「可怕艱辛」("frightful toil")，「篩選、拼湊、建構、刪除、修改、測試的勞苦 [⋯⋯]」("the labour of sifting, combining, constructing, expurgating, correcting, testing [...]")。他說這句話時，心中肯定想到和龐德把《荒原》零件組合成詩的實際經驗。不過，他拒絕斯特朗的請求時，已經順龐德之水而推舟，有了不同的想法；於是否定昨日之我，不再喜歡人家視他的一碟雜碎為雜碎。艾略特這樣做，大概因為他覺得，一首「長詩」會比多首互不相干的零碎詩作有體面，同時能替他實現寫長詩的夙願。當然，他這樣做，也會讓明眼人看出，他為人不夠老實。

《荒原》的四百多行，既然由多首或多節互不連屬、各自為政的詩作、詩行拼湊而成，其晦澀、割裂、難懂自然不是意外了；[33] 堅決為這四百多行晦澀、割裂、難懂辯解的論者，其志直追女媧。不過

---

33 也因為這樣，Rainey 說《荒原》的一大特點是「無可救藥的晦澀」("irredeemable opacity")。見 Rainey, 2。

女媧煉五色石，真有補天之功；把互不連屬、各自為政的拼湊說成連貫、統一的神品，則徒耗元神，不能說服有獨立評鑒能力的客觀讀者。為了把問題說得更清楚，在這裏試把杜甫《秋興》八首的詩行按《荒原》成詩過程任意拼湊，[34] 看看以結構謹嚴、精絕著稱的組詩範作會變成甚麼樣子：

> 白頭吟望苦低垂。
>
> 錦纜牙檣起白鷗。
>
> 劉向傳經心事違。
>
> 玉露凋傷楓樹林。
>
> 聞道長安似弈棋。
>
> 雲移雉尾開宮扇。
>
> 已映洲前蘆荻花。
>
> 蓬萊宮闕對南山。
>
> 綵筆昔曾干氣象。
>
> 回首可憐歌舞地。
>
> 同學少年多不賤。
>
> 露冷蓮房墜粉紅。
>
> 白帝城高急暮砧。
>
> 花萼夾城通御氣。
>
> 奉使虛隨八月槎。
>
> 畫省香爐違伏枕。
>
> [‧‧‧‧‧‧‧‧‧‧‧]

任何受過訓練的讀者讀了這首「詩」，如果不先入為主，都會覺得「晦澀」、「難懂」、「零碎」、「雜亂無章」。《荒原》中不少詩節與詩節的關係、詩行與詩行的關係，都像被毀的《秋興》一樣，各節、各行互不連屬，各自為政。[35] 查完有關典故，了解所有外文後細

---

34 任意拼湊時暫且不理會平仄、對仗、韻格是否合律。

35 當然，《秋興》八首經筆者隨意拼湊後，許多佳句（如「錦纜牙檣起白鷗」、

讀《荒原》，客觀的論者會覺得，作品多一節不多，少一節不少；除了開頭七行像開頭，結尾兩行像結尾，三九五至四二二行（"Ganga was sunken, and the limp leaves / Waited for rain, while the black clouds / Gathered far distant, over Himavant. / The jungle crouched, humped in silence. […] The sea was calm, your heart would have responded / Gaily, when invited, beating obedient / To controlling hands"（「恆河陷落了，荏弱無力的葉子 / 等待著雨。這時候，黑雲 / 在極遠處聚集於雪山上空。/ 森林蜷伏，寂靜中弓著背 [⋯⋯] 大海平靜，受邀時，你的心 / 會欣然有所回應，嫕然 / 隨掌控的手搏動」））像高潮將臨和高潮已臨，其餘各節都不能給讀者「非如此排列不可」的感覺。

有些論者，或人云亦云，或儸於艾略特的聲威，或先入為主，認定《荒原》是無瑕之作，或由於其他無從解釋的種種原因，評價《荒原》時把上述弱點、缺點說成優點，並且創造各種名詞、各種術語、各種理論去「證明」，這些弱點、缺點是優點。這類論者之中，竟包括大名鼎鼎的L・A・理查茲 (I. A. Richards)。理查茲的《文學批評原理》(Principles of Literary Criticism)、《實際批評》(Practical Criticism) 和《意義的意義》(The Meaning of Meanning，與 C. K. Ogden合著）對文學批評——尤其是新批評 (New Criticism)——的發展有重要貢獻。可是，他評艾略特的《荒原》時，顯然違背了新批評就作品客觀論作

「玉露凋傷楓樹林」、「蓬萊宮闕對南山」⋯⋯）仍自給自足，絲毫無損，自成一個個完美的小世界。同樣，《荒原》雖是拼湊之作，佳句、佳段——甚至佳篇（如《水殤》）——仍比比皆是。讀者只要不求甚解，不求連貫的神氣，像溜冰者溜過四百多行，一定有琳瑯滿目之感，對艾略特的詩才佩服不已。可是，他們一旦以閱讀《神曲》和《秋興》八首或聆聽韓德爾《哈利路亞大合唱》和貝多芬《第五交響曲》的標準閱讀《荒原》，就會大失所望。這裏要強調的只有一點：由於《荒原》是拼湊之作，是一幅剪貼，各節互不連屬，晦澀、割裂、難懂的現象實在無可避免；艾略特無須強作解人，曲為偶像「死撐」。「死撐」一詞是香港話，指明知理虧，仍堅持自己錯誤的立場。——咦，曲為偶像「死撐」的艾迷真的「明知理虧」嗎？未必。從偏袒《荒原》的充棟文章看，許多作者對自己的「理虧」似乎既不「明知」，也不「暗曉」。既然這樣，也就不能說他們「死撐」了。

品的信條。[36] 請看理查茲的論點：

> If it were desired to label in three words the most characteristic feature of Mr. Eliot's technique, this might be done by calling his poetry a 'music of ideas.' The ideas are of all kinds, abstract and concrete, general and particular, and, like the musician's phrases, they are arranged, not that they may tell us something, but that their effects in us may combine into a coherent whole of feeling and attitude and produce a peculiar liberation of the will. They are there to be responded to, not to be pondered or worked out.[37]

---

36 艾略特也是新批評的健將，甚至是開山祖之一，影響力比理查茲還大。——或者應該說，「影響力比理查茲大得多」。可是他的評論也常常違背新批評的信條。「新批評」一詞，源自約翰‧克婁‧拉姆森 (John Crowe Ransom)《新批評》(*The New Criticism*) 一書；但拉姆森的地位和影響力同樣比不上艾略特。至於艾略特評論的得失，本書第十章（《評論家艾略特》）有詳細交代。

37 轉引自 T. S. Eliot, *The Waste Land: Authoritative Text, Contexts, Criticism*, ed. Michael North, A Norton Critical Edition (New York / London: W. W. Norton and Company, 2001), 172。所引文字，摘錄自 "The Poetry of T. S. Eliot", in I. A. Richards, *Principles of Literary Criticism*, 1ˢᵗ ed. 1926 (New York: Harcourt Brace, 1949), 289-95。*Principles of Literary Criticism* 最初由 Kegan Paul, Trench, Trubner 於一九二四年在倫敦出版。另一位著名評論家 F‧R‧利維斯 (F. R. Leavis) 也有類似看法，把《荒原》的不連貫稱為「音樂性」("musical"): "The unity the poem aims at is that of an inclusive consciousness: the organization it achieves as a work of art is of the kind that has been illustrated, an organization that may, by analogy, be called musical."（見 T. S. Eliot, *The Waste Land: Authoritative Text, Contexts, Criticism*, ed. Michael North, A Norton Critical Edition, 179。）利維斯的文字，摘錄自 F. R. Leavis, *New Bearings in English Poetry* (London: Chatto and Windus, 1932), 90-113。不過，除了 "musical"（「音樂性」）一詞，利維斯還增添了 "inclusive consciousness"（「全面意識」）一說；不過都欠缺說服力。像理查茲一樣，利維斯也同樣在創造看似高深的術語，為不可辯解的不連貫辯解。另一位著名評論家克林斯‧布魯克斯 (Cleanth Brooks) 則以另一術語捍衛《荒原》的不連貫："The basic method used in *The Waste Land* may be described as the application of the principle of complexity."（「《荒原》的基本方法可以稱為繁富原理的應用。」）揭櫫「繁富原理」的概念後，布魯克斯繼續花大量篇幅，設法「證明」《荒原》的缺點是優點——與理查茲、利維斯

如需三字標出艾略特先生技巧中最典型的特徵，我們可以稱這首詩為「意念音樂」。詩中的意念有各式各樣，無所不包，抽象的，具體的，一般的，特殊的；同時，像音樂家的樂句，其安排不是為了告訴我們甚麼，而是為了讓其在我們心中產生的種種效果組成情感和態度上連貫的整體，讓意志獲得獨特的解放。這些意念出現在詩中，是要我們回應，不是要我們思考或解答。[38]

一樣牽強，一樣欠缺說服力。——甚至可以說：都在亂吹。把幾十節各自為政的詩（即使包括可以獨立成篇的好詩）拼湊在一起，就像把幾萬個不成旋律的音符硬撮在一首「音樂」裏；「繁富」是「繁富」了，就是欠缺秩序。理查茲和利維斯分別引用「音樂」("music") 和「音樂性」("musical") 兩個詞語褒揚《荒原》的割裂、凌亂和不連貫；如果他們的論點可以成立，英語詞典就要重新給 "music" 和 "musical" 兩個詞語下定義了。二十世紀的詩人中，艾略特的運氣無人可及：即使缺點，也有著名的評論家爭相捍衛、頌讚，幾乎變成了皇帝的新衣。當然，老實不客氣、視缺點為缺點的評論家也不少（這點下文會有交代）。Brooks的引文摘錄自 "The Waste Land: An Analysis", Southern Review 3 (Summer 1937), 106-36，轉引自T. S. Eliot, The Waste Land: Authoritative Text, Contexts, Criticism, ed. Michael North, A Norton Critical Edition, 206。"Brooks" 又稱 "Brooks, Jr."（「小布魯克斯」）。二十世紀英語世界的許多著名評論家（包括威廉・燕卜蓀 (William Empson)、利維斯、布魯克斯、艾倫・泰特 (Allen Tate)，都受理查茲影響；或是他的學生，或受他提攜，或尊崇他的理論；因此理查茲登高一呼，而眾口同聲相應，是意料之內。

38 理查茲杜撰「意念音樂」這個術語來美化《荒原》的凌亂、割裂、不連貫時，還大力為《捧著導遊手冊的伯班克：叼著雪茄的布萊斯坦》("Burbank with a Baedeker: Bleistein with a Cigar") 的枝指式引言辯護，並且把《荒原》與史詩並論相提：

> These things come in, not that the reader may be ingenious or admire the writer's erudition (this last accusation has tempted several critics to disgrace themselves), but for the sake of the emotional aura which they bring and the attitudes they incite. Allusion in Mr Eliot's hands is a technical device for compression. 'The Waste Land' is the equivalent in content to an epic. Without this device twelve books would have been needed. But these allusions and the notes in which some of them are elucidated have made many a petulant reader turn down his thumb at once. Such a reader has not begun to understand what it is all about. (Southam, 23)

這些引言進入詩中，不是讓讀者顯得靈巧，也不是讓他欣賞作者的博學（有

理查茲的論點有三處謬誤。第一，「詩中的意念」的確「有各式各

幾個評論家忍不住衝動，曾提出這樣的指責，結果叫自己丟臉），而是為了傳遞引言產生的感情氣圍和激發的種種態度。在艾略特先生手中，引文是壓縮內容的技巧。就內容而言，《荒原》的分量相等於一首史詩。如果不採用這種技巧，作品所寫得用史詩十二卷方能表達。不過這些典故和闡明部分典故的註釋，叫許多任性無禮的讀者一展卷即倒豎拇指表示反對。這樣的讀者連了解作品真正義蘊的第一步也未踏出。

理查茲在裁製皇帝的新衣；丟臉的不是提出指責的評論家，而是理查茲本人。看了上述引文，我們可以這樣說：理查茲在瞎吹。《捧著導遊手冊的伯班克：叼著雪茄的布萊斯坦》啟篇前堆疊的典故，不過是艾略特賣弄癖習的反映，藝術效果微乎其微；讀者查完典故後，只會像蘇東坡讀孟郊的詩作那樣，大嘆「所得不償勞」。按照理查茲的論點，任何詩作只要在啟篇前像艾略特那樣堆疊典故，就會「產生 [⋯⋯] 感情氣圍」，「激發 [⋯⋯] 種種態度」。堆疊典故不過是舉手之勞，在互聯網發達的今日，更易如反掌，絕非艾略特獨得之祕；不喜歡賣弄的詩人不向艾略特看齊，是不為也，非不能也。理查茲說四百多行的《荒原》可與史詩十二卷等量齊觀，更會把熟悉史詩的讀者嚇呆，叫他們囁嚅著說：「理查茲教授，你有沒有搞錯呀？」史詩（如《伊利昂紀》和《失樂園》）的篇幅動輒一萬行以上，波瀾壯闊，動地搖山，與四百多行的《荒原》比較不啻天壤；理查茲竟有勇氣拿史詩來抬舉《荒原》；叫人不得不懷疑，這位劍橋大學教授是否能接收史詩的頻率。筆者閱讀西方文學批評的時間長達數十年；數十年來，不曾接觸過第二位批評家，會像理查茲那樣，誇張得如此不成比例，如此「石破天驚」。在上述引文中，我們還可以看到，理查茲有欺凌 (bullying) 習慣：身為劍橋大學教授，以為有權不講理，有權羞辱行家：「有幾個評論家忍不住衝動，提出這樣的指責，結果叫自己丟臉」("this last accusation has tempted several critics to disgrace themselves")。理查茲是新批評陣營的開國元勛；新批評重視舉證，重視就作品論作品；理查茲不但沒有舉證，沒有就作品細析作品，沒有以理服人；卻走學術論辯的「捷徑」：破口罵發表不同意見的論者「丟臉」。尤有甚者，是居高臨下，以「任性無禮」("petulant") 這個形容小孩的詞語形容不喜歡艾略特賣弄癖習的讀者：「不過這些典故和闡明部分典故的註釋，叫許多任性無禮的讀者一展卷即倒豎拇指表示反對。」("But these allusions and the notes in which some of them are elucidated have made many a petulant reader turn down his thumb at once.") 最後以真理化身的態勢宣佈：「這樣的讀者連了解作品真正義蘊的第一步也未踏出」("Such a reader has not begun to understand what it is all about")，要讀者懾於其聲威而緘口。這樣盛氣凌人的文學教授，既丟自己的臉，也叫劍橋大學蒙羞。上述引文節錄自理查茲的《文學批評原理》(*Principles of Literary Criticism*)。引文中，理查茲在霸道地訓人，不是心平氣和地以理服人；這樣的「文學批評原理」，不要

樣 [……] 抽象的，具體的，一般的，特殊的」，其安排卻不像「音樂家的樂句」。音樂家安排樂句時會安排出悅耳動聽的旋律；艾略特安排詩行時，[39] 除了少數例外，並沒有安排出旋律。「旋律」的推進發展，借用濟慈的意象，要如樹上長葉一樣自然，一樣必然；《荒原》各節的推進發展，卻沒有音樂那樣的旋律。第二，作曲家安排樂句，的確「不是為了告訴我們甚麼」。但音樂與文字有一大分別：音樂只有音符，沒有所指（signifié，又譯「指涉」）；文字既有指符（signifiant，也譯「能指」），[40] 也有所指。艾略特（或敘事者）說

也罷。理查茲的欺凌手法，日後（一九三六年）艾略特攻擊米爾頓時更「發揚光大」，「成績」勝過其好友及「超級知音」。艾略特如何使出欺凌招數，本書第十章有詳細討論。

39 其實，明白了龐德和艾略特拼湊《荒原》的過程後，我們再不能用「安排」一詞，因為「安排」的結果通常是「秩序」（如貝多芬《第五交響曲》和杜甫《秋興》八首的秩序）；《荒原》由龐德和艾略特拼湊而成，雖有佳句、佳段，卻欠「秩序」，也欠佳篇。理查茲的評論，節錄自一九二六年出版的《文學批評原理》(*Principles of Literary Criticism*)；當時作者是否已知道《荒原》是拼湊而成的作品呢，有待考證。不過就理查茲的用詞而言（文中有 "coherent"（「連貫」）一詞，而《荒原》偏偏不「連貫」），他捍衛《荒原》時，不知道作品成詩的經過也大有可能。由於不知，乃曲為辯解，創出 "music of ideas"（「意念音樂」）一類學術片語，叫一般讀者懾於他在評論界的地位，明知《荒原》不連貫也不敢質疑。理查茲是著名的評論家，應該——應該而已——看得出《荒原》不連貫；不過既然先入為主，認定《荒原》為傑作，自然要避重就輕，替艾略特文過飾非，兜一個圈子創出 "a coherent whole of feeling and attitude"（「情感和態度上連貫的整體」）一語了。說到「情感和態度」，就進入讀者反應 (reader response) 範疇；一進入讀者反應範疇，評論家就各有各說，誰也不能證明誰對誰錯；因為「情感」和「態度」是主觀的，對於任何作品，每一讀者／論者都有權以主觀去感受，以主觀去反應。不是嗎？上面被筆者「摧毀」的《秋興》八首，雖然極度割裂，極度不連貫，但也可以「在我們心中產生 [……] 種種效果」，「組成情感和態度上連貫的整體，讓意志獲得獨特的解放」。著名評論家也被《荒原》震懾（或者誤導？），更遑論一般讀者了。有卓識和勇氣的評論家，應該就作品論作品，評騭作品時不受作者或作品的名氣左右，也不理會耳邊吠聲的百犬：好的作品，即使是無名小輩的無名之篇，也應該稱道；壞的作品，即使是名家的大名之作，也應該批評。

40 "signifiant" 和 "signifié" 是法語，英譯分別為 "signifier" 和 "signified"。這兩

"That corpse you planted last year in your garden"（「去年，你在你花園裏栽的屍體」），讀者就接收到「屍體」、「栽」、「花園」等信息；也就是說，作品已經「告訴」了讀者某些東西。一旦「告訴」了讀者某些東西，此後的發展，就不可以語無倫次。當然，詩人有權語無倫次；可是詩人一旦行使這樣的權利，詩人和讀者之間就沒有甚麼溝通可言了。寫詩是為了表達，發表是為了與讀者溝通；既然不打算溝通，又何必發表作品呢？音樂沒有所指，不需所指，是真正不落言筌而能與聽者溝通的藝術；叫聽者欣悅、哀傷、振奮……，甚至像貝多芬的《第五交響曲》那樣，淪肌浹髓地震撼聽者；或像同一作曲家的《第九交響曲》、韓德爾的《哈利路亞大合唱》、莫扎特的《末日審判》，帶聽者高翥天宇。第三，音樂的確可以讓「我們心中產生的種種效果組成情感和態度上連貫的整體」。以莫扎特的《G大調弦樂小夜曲》為例，從第一樂句到樂曲結束，甲句生乙句，乙句生丙句，丙句生丁句……環環相扣，後應前呼，其旋律流動方向自然中有必然；改變一個音符，樂曲就會遭到無可彌補的損害。樂曲的確不告訴我們甚麼，可是樂句奏完，就在我們的精神世界組成「情感和態度上連貫的整體」。理查茲為艾略特辯護時，忽略了十分重要的一點：樂句，甚至更小的單位——音符，必須組成旋律，服從音樂內在邏輯的安排，不可以任意拼湊，否則誰都可以成為韓德爾、莫扎特、貝多芬了。《荒原》卻與音樂迥異，各部分各自為政，其中的極端例子上文談典故時已經引述過，即全詩結尾的一段：

London Bridge is falling down falling down falling down
Poi s'ascose nel foco che gli affina
Quando fiam uti chelidon—Oh swallow swallow
Le Prince d'Aquitaine à la tour abolie

個詞語（指法語原文 "signifiant" 和 "signifié"）為瑞士語言學家、符號學家索緒爾 (Ferdinand de Saussure) 所創。參看Ferdinand de Saussure, *Cours de linguistique générale,* eds. Charles Bally, Albert Sechehaye, and Albert Riedlinger (Paris: Payot, 1964)。

These fragments I have shored against my ruins
Why then Ile fit you. Hieronymo's mad againe.

倫敦橋在倒塌在倒塌在倒塌
Poi s'ascose nel foco che gli affina
Quando fiam uti chelidon—燕子啊，燕子
Le Prince d'Aquitaine à la tour abolie
這些零碎我拿來支撐我的廢墟
自當遵命。海羅尼莫又瘋了。

　　互不相干的六行，能產生甚麼「連貫的整體」呢？整首《荒原》，長度是上述六行的七十多倍，效果也大致是上述六行放大七十多倍；一讀、再讀、快讀、慢讀、略讀、精讀後，讀者心目中都不會有「連貫的整體」，只知道詩中有不同的人物、不同的場景；有的片段極其優美，可以單獨成詩，進入甄別標準嚴格的英美詩選；但一千首各自為政的短篇佳作生拉硬拽在一起，也不會成為一部《失樂園》或一部《神曲》，何況《荒原》並不是段段精彩？[41]

---

41 艾略特本人也承認："In *The Waste Land*, I wasn't even bothering whether I understood what I was saying."（「在《荒原》裏，我根本不理會，我是否明白自己在說甚麼。」）見Lawrence Rainey, *The Annotated Waste Land with Eliot's Contemporary Prose*, 38。聽了艾略特的招供，理查茲、利維斯、布魯克斯等論者還會白費工夫捍衛作品的「連貫」、「統一」嗎？那些自以為明白艾略特在《荒原》裏說甚麼的「解人」仍信心十足嗎？理查茲創造術語，把艾略特《荒原》的缺點說成優點，艾略特大概也心存感激。何以見得？見諸他對理查茲的態度。一九三三年，艾略特把一大批傑出作家、文人（包括詩人、小說家、學者）鞭撻得體無原膚，連恩人龐德也不放過時，對理查茲卻十分客氣；說葉慈的詩像瀕死的病人之前，先向理查茲「鞠躬致意」：

It is, I think, only carrying Mr. Richards's [I. A. Richards's] complaint a little further to add that Mr. Yeats's 'supernatural world' was the wrong supernatural world. […] a highly sophisticated lower mythology summoned, like a physician, to supply the fading pulse of poetry with some transient stimulant so that the dying patient may utter his last words. (Eliot, *After Strange Gods: A Primer of Modern*

蘭森姆 (John Crowe Ransom) 的《荒原》描述，倒一點也不假：

The most notable surface fact about "The Waste Land" is of course its extreme disconnection. I do not know just how many parts the poem is supposed to have, but to me there are something like fifty parts which offer no bridges the one to the other and which are quite distinct in time, place, action, persons, tone, and nearly all the unities to which art is accustomed. This discreteness reaches also to the inside of the parts, where it is indicated by a frequent want of grammatical joints and marks of punctuation; as if it were the function of art to break down the usual singleness of the artistic image, and then to attack the integrity of the individual fragments. I presume that poetry has rarely gone further in this direction. It is a species of the same error which modern writers of fiction practice when they laboriously disconnect the stream of

Heresy: The Page-Barbour Lectures at the University of Virginia, 1933, 46)
(《追求怪力亂神——現代異端淺說——維珍尼亞大學披治—巴巴講稿，一九三三》，頁四六)

理查茲先生對葉慈有過批評。我覺得，以下補充只不過把他的說法稍加推演而已。葉慈先生的神話世界是錯誤的神話世界。[⋯⋯] 是十分精密的低級神話，像一個醫生受召，給詩歌奄奄一息的脈搏提供某種短暫有效的興奮劑，讓瀕死的病人吐出最後的話語。

艾略特寫了數十年評論，不知是由於傲慢還是要一空依傍，還是有其他原因，文章中絕少對別人的意見表示贊同；也就是說，絕少附和、「應聲」，就別人的意見發出回響；至於接過別人的意見，然後謙虛地「稍加推演」，就更加罕見；現在竟甘願「拉第二小提琴」(play second fiddle)，甘願當理查茲的配角，就極違艾略特的一貫作風了。他這樣做，大有可能是因為感激理查茲創造過「意念音樂」一語捍衛其凌亂、割裂的《荒原》，感激他為《捧著導遊手冊的伯班克：叼著雪茄的布萊斯坦》啟篇前枝指式的引言辯解，更感激他把《荒原》喻為史詩十二卷。艾略特如何「把一大批傑出作家、文人（包括詩人、小說家、學者）鞭撻得體無原膚，連恩人龐德也不放過」，本書第十章有詳細交代。至於他何以連恩人龐德都毫不留情地鞭撻，該章會進一步討論、分析。

consciousness and present items which do not enter into wholes.[42]

《荒原》寓目，最突出的印象自然是作品極度不連貫的現象了。我不知道，究竟這首詩本該有多少部分。不過就我所知，大約有五十部分。這五十部分，由甲部分到乙部分並沒有橋樑，就時間、地點、情節、人物、語調以至幾乎所有常見的藝術統一律而言都截然不同。這種離散現象，也深入各部分的內部，諸如語法上頻頻失去連繫，標點符號經常獨付闕如，彷彿藝術的功能是摧毀藝術形象中常見的統一，然後進一步向各個片段的完整結構進襲。個人的感覺是，走這一極端方向的，迄今鮮有詩歌能出《荒原》之右。現代小說家辛辛苦苦把意識流關係切斷，然後把不能渾成一體的片段供人閱讀是錯誤。[43]《荒原》一詩的錯誤屬同一種類。[44]

---

42 轉引自T. S. Eliot, *The Waste Land: Authoritative Text, Contexts, Criticism*, ed. Michael North, 167.

43 蘭森姆言下之意大概是：意識流小說家把意識切斷，是勞而少功，矯揉造作。其實，人的意識流動時，並不像意識流小說家所呈現的文字那樣割裂，那樣語無倫次。不過，無論如何，意識流技巧後來淪為公式，小說作者不管有才無才，都可以模仿；結果變成了濫調，再無新意，反而比不上非意識流技巧有趣、可親。情形就像以雙掌撐地走路，創始者的步姿也許會給人新奇的感覺；模仿者，萬人一姿，就會叫人生厭，覺得模仿者庸碌無才，要靠「新奇」伎倆嘩眾取寵；雙腿走路，則是千萬年的走路常態，並非嘩眾取寵的伎倆；即使大家、大宗師，仍可以把雙腿走路的技術、藝術一代接一代的傳下去，不會叫人生厭。

44 無條件擁護《荒原》的論者，會說《荒原》寫現代世界的混亂、離散，因此其結構應該混亂、離散而不連貫。對於這一論點，美國詩人兼評論家伊沃‧溫特斯 (Yvor Winters) 提出了有力的反駁：

> To say that a poet is justified in employing a disintegrating form in order to express a feeling of disintegration, is merely a sophistical justification for bad poetry, akin to the Whitmanian notion that one must write loose and sprawling poetry to "express" the loose and sprawling American continent. In fact, all feeling, if one gives oneself (that is, one's form) up to it, is a way of disintegration; poetic form is by definition a means to arrest the disintegration and order the feeling; and in so far as any poetry tends toward the formless, it fails to be expressive of anything.（轉引自 *Wikipedia*,

再看詩人、小說家、劇作家、評論家康拉德‧艾肯 (Conrad Aiken) 的評論：

> […] the poem is not, in any formal sense, coherent. We cannot feel that all the symbolisms belong quite inevitably where they have been put; that the order of the parts is an inevitable order; that there is anything more than a rudimentary progress from one theme to another; nor that the relation between the more symbolic parts and the less is always as definite as it should be. What we feel is that Mr. Eliot has not wholly annealed the allusive matter, has left it unabsorbed, lodged in gleaming fragments amid material alien to it. Again, there is a distinct weakness consequent on the use of allusions which may have both intellectual and emotional value for Mr. Eliot, but (even with the notes) none for us.[45]

"Yvor Winters" 條（多倫多時間二〇二一年三月十六日下午五時十五分登入）。

說詩人有充分理由運用分崩離析的形式表達分崩離析的感覺，只是以巧言為劣詩辯解，近乎惠特曼派的說法：要「表達」鬆散、枝蔓的美洲大陸，必須寫鬆散、枝蔓的詩歌。其實，如果我們聽之任之，一切感覺都是一種分崩離析。顧名思義，詩的形式是制止分崩離析、賦感覺以秩序的一種方法；詩歌一旦朝雜亂無章的方向發展，就任何東西都無從表達。

真是知言。不過還可以補充一句：「分崩離析論」如能成立，則把廢紙的文字胡亂剪下來胡亂拼湊，也可以創出傑作了。

45 "An Anatomy of Melancholy"，轉引自 T. S. Eliot, *The Waste Land: Authoritative Text, Contexts, Criticism*, ed. Michael North, 149。康拉德的文章還有許多精闢的論點值得參考，在此不能一一引述。對於《荒原》的典故和象徵，布魯克斯同樣無條件維護："The poem would undoubtedly be 'clearer' if every symbol had one unequivocal meaning, but the poem would be thinner and less honest." (T. S. Eliot, *The Waste Land: Authoritative Text, Contexts, Criticism*, ed. Michael North, 209)。（「如果每一象徵只有毫不模稜的單一意義，此詩 [指《荒原》] 無疑會『更明確』；但這樣一來，作品就會變得單薄，而且也欠真實。」）出色的象徵，當然不應該只有「毫不模稜的單一意義」("one unequivocal meaning")，否則作品的確會變得「單薄」。但

就結構一詞的任何定義而言，此詩 [指《荒原》] 都不連貫。我們不覺得所有象徵完全各就其位，其安排非如此不可；不覺得各部分的次序是必然的次序；不覺得由甲主題到乙主題，除了寸進外還有其他發展；也不覺得象徵意義較濃和象徵意義較淡的部分一直有明晰關連，一如作品所需。我們只會覺得，艾略特先生沒有把典故素材鍛煉得透徹，卻讓這些質料與題意分離，未獲吸收，零零碎碎，嵌在不相干的內容中閃閃生輝。此外，作品還有一個顯著的弱點，由運用典故的過程衍生：就知性和感性而言，典故可能對艾略特先生有價值；對於我們（即使有註釋幫助），卻一點價值也沒有。

艾肯是艾略特在哈佛大學的同學、摯友，小艾略特一歲，在哈佛期間與艾略特一起編輯《哈佛之聲》(*The Harvard Advocate*)，曾獲普利策獎 (Pulitzer Prize)、國家著作獎 (National Book Award)，一九五〇至一九五二年為美國桂冠詩人，評價《荒原》的資格自然不容懷疑。上述一段引文客觀中肯，證明他沒有因作品出自摯友之筆而罔顧事實。

艾肯的評語有這樣的一句：「不覺得由甲主題到乙主題，除了寸進外還有其他發展」。這話談的是主題之間的過渡，屬微觀層次，但也可以拿來形容《荒原》的宏觀結構。

在艾略特的《荒原》自註中，第一段就開宗明義：

《荒原》的不少象徵，卻只對艾略特本人有意義；讀者看了，只會眾說紛紜，彼此矛盾，誰也不能證明誰的揣測正確或錯誤。在一篇談自由詩的文章中，艾略特這樣說："[...] the division between Conservative Verse and *vers libre* does not exist, for there is only good verse, bad verse, and chaos."（「詩歌沒有保守詩和自由詩之分，因為詩歌世界只有好詩、劣詩和混亂。」）「混亂」一詞，正好拿來形容艾略特的不少象徵；他的不少象徵，只是混亂，並非多義的繁富。要明白甚麼是繁富多義而又不是混亂的象徵，翻翻莎士比亞的作品就可以找到不少例子了。艾略特談自由詩的文章，見Eliot, "Reflections on Vers Libre", first published in *New Statesman*, March 3, 1917, republished in *To Criticize the Critic* (New York: Farrar, Straus and Giroux, 1965), again in Faber and Faber, 1978。

Not only the title, but the plan and a good deal of the incidental symbolism of the poem were suggested by Miss Jessie L. Weston's book on the Grail legend: *From Ritual to Romance*.[46]

《荒原》一詩，不僅其題目由傑茜·L·韋斯頓小姐有關聖杯傳說的《從宗教儀式到傳奇》一書提供，即使其構思和附帶象徵也由此書引發。

這裏不談題目和附帶象徵，[47] 只談詩的構思。艾略特在詩中徵引的聖杯傳說，其梗概大致如下：所謂「聖杯」，是基督在最後晚餐所用的杯子。其後，基督在十字架上被釘，阿利馬太（Arimathæa）的約瑟（見《馬太福音》第二十七章第五十七節、《馬可福音》第十五章第四十三節、《路加福音》第二十三章第五十一—五十六節）用這個杯子盛載滴自基督傷口的鮮血，帶到英格蘭西部的格拉斯頓伯里 (Glastonbury)。由於這原因，杯子在基督教傳統中是至高無上的聖物。後來，聖物失落了，追尋聖杯成了求索精神真理的象徵。這一象徵在中世紀廣為作家採用。在傳說中，追尋聖杯的主角是個騎士，在追尋過程中會來到危險教堂 (Chapel Perilous)。在教堂裏，他要就聖杯和另一聖物（刺傷基督的長矛）提出某些問題。過程結束，荒原及其居民就會康復。可是，《荒原》四百多行中，與聖杯之旅拉得上關係（或勉強拉得上關係）的，只有三三一至六五行（"Here is no water but only rock [...] —But who is that on the other side of you?"（「這裏沒有水，只有岩石[……]——走在你另一邊的到底是誰呢？」））、三八五至九四行（"In this decayed hole among the mountains [...] Bringing rain"（「群山裏，在這個坍敗的洞中 [……] 帶來了雨」））。

此外，艾略特在註釋中又說，他創作《荒原》，也得力於詹

---

46 T. S. Eliot, *Collected Poems: 1909-1962*, 80。
47 《荒原》題目的出處，《艾略特詩選》中的有關註釋有詳細交代，在此不贅。

姆斯・弗雷塞 (James George Frazer) 的《金枝—魔術與宗教研究》(*The Golden Bough: A Study in Magic and Religion*（初版書名為*The Golden Bough: A Study in Comparative Religion*（《金枝——比較宗教研究》））。艾略特採用的《金枝》傳說，主要講一個漁翁王 (Fisher King) 的故事。漁翁王又叫受傷君王 (Wounded King) 或傷殘君王 (Maimed King)。故事源出亞瑟王傳說 (the Arthurian legend)，講漁翁王負責保管聖杯，腿部或腹股受了傷（也有版本說他因年老而不育），不能站立，只能在貯存聖杯的科本尼克 (Corbenic) 城堡旁邊的河上，坐在一條小船上垂釣，等待某一貴族成員來臨，向他提出（也有版本說「等某一貴族成員來回答」）某一（也有版本說「某些」）問題，藉此使他康復。根據後來的版本，許多貴族成員從各方來趨，設法治療漁翁王，但只有天選的一個方能成功。在早期的版本中，這位天選的貴族是亞瑟王的一名騎士，叫珀斯弗爾 (Percival，又稱 "Perceval"、"Parzifal"、"Parsifal")；在後來的版本中，則有格拉哈德 (Galahad，有的版本又稱 "Galeas" 或 "Galath") 和波爾斯 (Bors) 加入。漁翁王的腿傷，許多研究亞瑟王傳說的學者認為指生殖器受傷。由於生殖器受傷，漁翁王變成不育，無法傳宗接代，繼續負起保管聖杯的工作。由於這緣故，他治下的國土也變成了荒原而貧瘠不育。荒原這一主題，源自塞爾特族（Celts，又譯「凱爾特族」，也就是說，"Celts" 的 "C" 可以唸 /s/，也以唸 /k/），主要敘述某一國土罹咒而淪為貧瘠不毛的荒原，要等一位英雄來拯救方能恢復肥沃富饒的原狀。這一故事，的確在《荒原》的不少片段中獲得反映；不過在詩中，與漁翁王故事風馬牛不相及的情節也很多。[48]

---

48 Southam (130) 指出，根據《荒原》原稿，傑茜・韋斯頓的傳說、漁翁王故事的意象，都在創作極後期才出現；艾略特以神話比附，只為了給互不連屬的素材一個架構。換言之，艾略特自知《荒原》是拼湊，凌亂割裂，並不連貫，於是找來聖杯傳說和漁翁王故事，企圖把散亂的拼湊貫串起來；當初寫這首詩時 —— 或者應該說，當初拼湊這首詩時，根本沒有想到這兩本著作。也就是說，聖杯和漁翁王材料不過是牽強外鑠的框架。艾略特借用了韋斯頓和弗雷塞的著作後，

大概為了提高《荒原》的身價，在自註中煞有介事地對二書大加讚揚，對《金枝》及其作者的態度尤其如是。一九二三年，艾略特指出，弗雷塞、布雷德利 (F. H. Bradley)、亨利‧詹姆斯 (Henry James) 是他的師父；一九二四年更大褒《金枝》，說「[這本書] 對我們這個時代的重要性，不下於與此書相輔相成的弗洛伊德的著作」("of no less importance for our time than the complementary work of Freud")。可是，用Southam (129) 的話說：「弗雷塞 [卻] 不能對艾略特的恭維投桃報李。弗雷塞年邁時，有人把《荒原》唸給他聽；他和唸誦者『很快就不能聽／唸下去，兩人對作品都大惑不解』。」("Frazer was unable to return the compliment. When *The Waste Land* was read to him in his old age, both he and his reader 'soon gave up in bewilderment'.")。（關於《荒原》與聖杯傳說、漁翁王故事的關係，Southam (127-30) 有詳細說明。）由於聖杯傳說和漁翁王故事都是牽強附加的「增添物」，敏銳的讀者可以輕易發覺，《荒原》裏大多數片段與聖杯傳說以至漁翁王故事根本毫無關係。此外，Southam (28) 指出：「其後，艾略特要把註釋集合在一起時，徵引的資料似乎只限於自己書架上的書籍！」("It seems that when Eliot had to put the notes together as an afterthought, he went no further than the books on his shelves!") Southam的意思是：艾略特《荒原》的自註，是事後添加的東西，並非最初構思的有機部分；而自註作品時，作者懶得翻自己書架以外的資料。Southam的按語結尾時用一個感嘆後，證明連一位擁護艾略特的論者也覺得詩人馬虎，忍不住要慨嘆。Southam (128-29) 還指出，《荒原》這一題目，是原稿經龐德刪削後才加入的；未經刪削的原稿題為 "He Do the Police in Different Voices"（「他能用不同的口音扮警察」）。原題目為狄更斯小說《我們的共同朋友》(*Our Mutual Friend* (1864-1865)) 第十六章裏面的一句，用來解釋小說中的人物斯洛皮 (Sloppy) 何以是 "'a beautiful reader of a newspaper', the court cases in particular"（「『讀起報紙來很棒』，讀法庭審案尤其如此。」）說話者是老寡婦貝蒂‧希格頓 (Betty Higden)，描述對象是她領養的孤兒斯洛皮，受話人是波芬 (Boffin) 夫婦。原文為："You mightn't think it, but Sloppy is a beautiful reader of a newspaper. He do the Police in different voices."（「你會想不到的，但斯洛皮讀起報紙來很棒。他能用不同的口音扮警察。」）貝蒂雖窮，卻收養了不少孤兒；由於不識字，要靠斯洛皮給她讀報。波芬夫婦是僕人，僱主卒後，其遺產沒有合法繼承人，結果繼承了該筆遺產；之後兩夫婦想領養兒子；找到貝蒂後，貝蒂向他們介紹斯洛皮，對斯洛皮讚譽有加。按照英語語法，原文 "do" 該作 "does"；不過狄更斯為了顯示貝蒂沒有受過教育，故意讓她說不合語法的英語。現在回顧，艾略特作品的原題目倒十分貼切，因為全詩的確是不同的人在不同的時間、不同的地點以不同的語調說不同的話，也就是原題目的 "in different voices"（「以不同的口音」）。艾略特如保留原題，就不會引起那麼多的無謂爭議了，作品也不會有那麼多的缺點或瑕疵，因為大家都知道作品是拼湊；既然是拼湊，也就不會要求甚麼連貫或統一了；情形

艾略特在《荒原》織入神話、傳說，或以現代世界與神話、傳說
比附，方法源自卓伊斯的小說《尤利西斯》。[49] 在《尤利西斯》中，

　　一如把幾十位不同作者的作品湊在一起以饗讀者，誰也不會責備「作品」支離割
裂。不過這樣一來，《荒原》就不再顯得高深，不會有那麼多論者（包括學院中
人）附會，視作品為世紀大預言，其巍峨的殿堂地位會馬上急降。《荒原》最初
發表時，詩壇有許多人驚詫不已，認為作者跟讀者開玩笑，或者故意戲弄大眾。
艾略特如果以 "He Do the Police in Different Voices" 為題目，肯定不會引起這樣的
誤會。艾略特曾經開玩笑說，《荒原》「叫那麼多的讀者探究塔羅紙牌和聖杯傳
說而徒勞無功」("having sent so many inquirers off on a wild goose chase after Tarot
cards and the Holy Grail")，令他感到遺憾。由此可見，千千萬萬的讀者、論者對
《荒原》一往情深的虔誠，與艾略特遊戲人間的態度完全不成正比。在塵埃落
定——或大致落定——的二十一世紀，請聽艾略特當年的自白：

> Various critics have done me the honour to interpret the poem in terms of criticism
> of the contemporary world, have considered it, indeed, as an important bit of
> social criticism. To me it was only the relief of a personal and wholly insignificant
> grouse against life; it is just a piece of rhythmical grumbling.' —*Quoted by the late
> Professor Theodore Spencer during a lecture at Harvard University, and recorded
> by the late Henry Ware Eliot, Jr., the poet's brother*（轉引自 T. S. Eliot, *The Waste
> Land: Authoritative Text, Contexts, Criticism*, edited by Michael North, 112).

> 各論者抬舉本人，把拙作 [指《荒原》] 視為對當代世界的批判；甚至視為一
> 篇鍼砭社會的重要評論。於我而言，此詩不過在抒發個人對生活的牢騷，完
> 全無關宏旨；不過是一則有節奏的嘟囔。—— 由已故教授西奧多爾·斯賓塞
> 在哈佛大學一次演講中引述；由詩人已故的兄長小亨利·韋爾·艾略特記錄
> （轉引自 T. S. Eliot, *The Waste Land: Authoritative Text, Contexts, Criticism*, edited
> by Michael North, 頁一一二）。

當然，按詩人的寫作動機看《荒原》，可能犯文學理論界所謂的「意向謬誤」
("intentional fallacy")，即按照作者的意向詮釋其作品；因為作品一旦完成，就有
獨立生命，作者不是詮釋個人作品的最高權威（何況上述文字可以是艾略特演講
時的客氣話？）。—— 這也是所謂「作者已死」的意思。不過平心而論，《荒
原》出版後，的確有不少評論家放縱「想像」和「創意」，對《荒原》過分頌
揚，視缺點為優點，有「過度詮釋」的毛病。「意向謬誤」一詞，最初見於 W. K.
Wimsatt, Jr. 和 Monroe C. Beardsley 合著的 *The Verbal Icon: Studies in the Meaning of
Poetry* (1954) 一書。

49 有關卓伊斯對艾略特的影響，參看 Southam, 130-32。

作者以主角布魯姆 (Leopold Bloom) 在愛爾蘭都柏林的二十四小時與荷馬《奧德修斯紀》類比，其精心編織的工夫，艾略特在《荒原》以部分片段比附聖杯之旅或漁翁王故事時，完全無從企及。[50]

---

50 卓伊斯以《尤利西斯》的內容與神話比附，雖然顯得牽強，但仍算匠心獨運；不過與曹雪芹運用神話時的巧妙、自然比較（讓寶玉在人間和神話世界靈活來往），未免過於著跡，過於斧鑿。《尤利西斯》和《紅樓夢》都是傑作；不過讀《尤利西斯》時，讀者雖有所得，閱讀時會覺得辛苦；讀《紅樓夢》所得更多，但閱讀時只覺快樂，不覺辛苦。唸英語文學的大學生，知道《尤利西斯》是傑作，也許會下定決心，不怕艱苦，從第一頁讀到——也可說啃到——最後一頁；但此後欣然再讀此書的，大概不會太多；讀《紅樓夢》的，與出家的寶玉告別後，他日一再探訪榮國府、寧國府、大觀園的，肯定不在少數。以筆者為例，幾十年前讀畢《尤利西斯》，此刻腦海中固然仍有一頁頁既無標點、也不斷句的內心獨白，有二十世紀流行一時的意識流在滔滔蕩汩；但是，比意識流、比布魯姆更難忘的，是曹雪芹筆下數之不盡的精彩情節和描寫：賈母跟劉姥姥閒聊，薛蟠跟寶釵吵架，李貴在學堂罵茗煙：「偏這小狗攮知道，有這些蛆嚼！」……

第七章
晦澀探源

《荒原》的晦澀，在艾略特作品中並非個別現象。論者認為，不管是誰，也不管他的學問多好，都不會說艾略特的詩易讀。[1]

與艾略特同屬現代派的健將 —— 小說家維珍尼亞·吳爾夫 (Virginia Woolf) 讀了艾略特的作品後有以下感覺：

> I think that Mr. Eliot has written some of the loveliest single lines in modern poetry. But how intolerant he is of the old usages and politeness of society – respect for the weak, consideration for the dull! As I sun myself upon the intense and ravishing beauty of one of his lines, and reflect that I must make a dizzy and dangerous leap to the next, and so on from line to line, like an acrobat flying precariously from bar to bar, I cry out, I confess, for the old decorums…[2]

本人認為，艾略特先生寫下了現代詩中最美的一些詩行。可是，他對社會尊重弱者、體恤愚闇的舊風尚、舊禮儀何其欠缺包容乃爾！在薰沐於他那強烈動人且美得醉魂的一行詩中時，想到要讀下一行，就必須冒險，眩然飛躍，行行如是，像雜技員那樣險象

1　參看Southam, 1："No one, however learned, has ever claimed that Eliot's poetry makes easy reading."（「從來沒有人說過（不管這個人多有學問），艾略特的詩易讀。」）

2　轉引自Southam, 2

環生，從這根橫木飛向下一根橫木……我得坦白承認，這時候，我會大聲呼喊，求艾略特先生尊重傳統禮節。

在這段文字裏，吳爾夫以幽默的筆觸指出，艾略特的詩有多晦澀，多難懂：讀完甲行，要讀乙行，是不測的冒險；讀完乙行，要讀丙行，又是一大冒險；行與行之間往往毫無聯繫。

評論家曉·肯納 (Hugh Kenner) 認為，艾略特「一直困擾讀者的毛病」("besetting vice")，是「永遠無從穿透的模稜，叫人不能猜度，詩中發生的，到底該是甚麼」("a never wholly penetrable ambiguity about what is supposed to be happenng")。[3]

騷塞姆 (Southam) 則認為：讀艾略特的作品時，「我們要面對艾略特本人蓄意或調皮的晦澀；這晦澀，有時源自私下所講的笑話和只有作者本人才知道的故實；有時源自曉·肯納所說的『一直困擾讀者的毛病——永遠無從穿透的模稜』」("we face a wilful, or playful obscurity on Eliot's part, sometimes by way of private jokes and allusions, sometimes in what Hugh Kenner has called his 'besetting vice, a never wholly penetrable ambiguity'")。[4] 騷塞姆並非無的放矢。在寫給艾米莉·黑爾 (Emily Hale) 的一封信中，[5] 艾略特這樣提到《聖灰星期三》("Ash-Wednesday")："There is no need to explain 'Ash Wednesday' to you [...] No one else will ever understand it."（「《聖灰星期三》的意思，你不需我解釋 [……] 此後，再沒有人會明白這首詩的了。」）在送給第一位妻子維維恩·海—伍德 (Vivien Haigh-Wood) 的《詩集——1909-1925》(*Poems 1909-1925*) 上，他又寫下這樣的一句："For my dearest Vivienne, this book, which no one else will quite understand."（「給我最

3　轉引自Southam, 2。

4　Southam, 2。

5　艾米莉·黑爾是艾略特的情人；艾略特在世時給她寫了一千一百三十一封信，其中不乏浪漫、親密的感情傾寫。這些情信於二〇二〇年一月二日在普林斯頓大學的圖書館解封，大批讀者一早就排隊等候閱讀這些情信。參看Michelle Taylor, "The Secret History of T. S. Eliot's Muse", *The New Yorker* (December 5, 2020)。

親愛的維維恩；不會再有第三者能完全明白此書的涵義」）。[6]

艾略特的夫子自道，證明騷塞姆的論點正確：艾略特詩作之謎無從破解，是因為詩中儘多「提到私人的資料，只讓圈內朋友明白，或者是更隱晦的細節，謎底隱藏在艾略特生平的某些經歷中；這些經歷，迄今仍無人得睹」（"private references meant only for his circle of friends or details even more obscure, whose solution lies in parts of Eliot's life so far hidden from view"）。[7]

也因為如此，與艾略特關係密切的龐德也變成了不完全明白艾略特作品的「第三者」。

《聖灰星期三》第二部分這樣開頭：

> Lady, three white leopards sat under a juniper-tree
> In the cool of the day, having fed to satiety
> On my legs my heart my liver and that which had been contained
> In the hollow round of my skull. And God said
> Shall these bones live? shall these
> Bones live?
>
>   (ll. 42-47)

> 娘娘啊，三隻白豹坐在一棵檜樹下
> 在白天陰涼的時辰，而且吃了個飽
> 吃我的雙腳心臟肝臟，還吃藏在我顱骨中

---

6 轉引自 Michelle Taylor, "The Secret History of T. S. Eliot's Muse", *The New Yorker* (December 5, 2020)。看了艾略特的情信後，讀者會發覺，維維恩仍是艾略特的妻子時，丈夫已經與艾米莉打得火熱。維維恩於一九四七年一月二十二日去世。據曾經與艾略特同住過的朋友約翰·海伍德 (John Haywood) 憶述，艾略特得悉維維恩去世的消息時，曾以雙手掩面大呼：「天哪！天哪！」但在同一天，他已經寫信給艾米莉，提議按兩人原定計劃行事；並且答應，下次返美時與她談未來的動向。參看 Michelle Taylor, "The Secret History of T. S. Eliot's Muse"。艾略特第一位妻子的名字有兩種拼法："Vivien" 和 "Vivienne"。

7 Southam, xii。

圓形空穴的東西。於是，神說

這些骨頭該活下去嗎？這些

骨頭該活下去嗎？

（四二—四七行）

龐德讀了《聖灰星期三》後，也不得不「自認愚魯」：「三隻白豹」
（"the three white leopards"）和「檜樹」（"juniper-tree"）「語義可釋，詩
義卻不可解」（"not incomprehensible but inexplicable"）。[8] 所謂「語義
可釋」，指龐德知道「三隻白豹」是「兇猛的野獸，學名叫 *Panthera
pardus*」，「皮毛白色」，——是「三隻」，不是「兩隻」，也不
是「四隻」……；知道「檜樹」是「常綠喬木，木材桃紅色，有香
味……」。可是詩人為甚麼選「三隻白豹」和「檜樹」而不選「四隻
黃鷹」和「樺樹」呢，則不得而知；也不知道「三隻白豹」和「檜
樹」有沒有象徵意義；如果有，又象徵甚麼？[9] 艾略特寫《聖灰星期
三》時，龐德大概是最夠資格詮釋其作品的讀者了（沒有龐德，就沒
有今日的《荒原》）；但是連龐德也讀不懂，還有人讀得懂嗎？有。
艾米莉和維維恩。在「夜半無人私語時」，艾略特早已把開啟《聖灰
星期三》的鑰匙交給了享有特權的兩位女子；其他讀者，則不得其門
而入。

　　說到這裏，要打個小岔，帶讀者進入香港的「八卦陣」。

　　多年前，香港有一個大富豪，匿名在著名的大報章第一版刊登了
整版廣告向情人示愛，下款是 "THE ONE"。廣告刊登後，一傳十，
十傳百，幾百萬香港人當然只知道 "THE ONE" 的語義：等於「那
人」、「某人」或「一個人」；至於「那人」、「某人」或「一個
人」是誰呢，由於大富豪的「蓄意晦澀」（"wilful obscurity"），全香港
就只有大富豪的情人知道了。《聖灰星期三》，是西方一個大富豪寫
給艾米莉和維維恩看的；龐德哪裏看得懂？

8　參看Southam, 2。

9　這只是艾略特詩作的各種晦澀之一。

上述是詩歌所以隱晦的第一原因。

第二原因，艾略特的好友康拉德‧艾肯談《荒原》時已經說過：

> 此外，作品還有一個顯著的弱點，由運用典故的過程衍生：就知性和感性而言，典故可能對艾略特先生有價值；對於我們（即使有註釋幫助），卻一點價值也沒有。

也就是說，艾略特運用某一典故時，本身可能要賦典故以某種象徵意義；但讀者（包括龐德和康拉德）看了典故，卻無從猜測，象徵究竟在哪裏。頻率不同，作者和讀者也就無從溝通了。這種晦澀，也可藉李商隱的《錦瑟》來說明：

> 錦瑟無端五十弦，
> 一弦一柱思華年。
> 莊生曉夢迷蝴蝶，
> 望帝春心託杜鵑。
> 滄海月明珠有淚，
> 藍田日暖玉生煙。
> 此情可待成追憶，
> 只是當時已惘然。

自唐朝到現代，千千萬萬的論者搜盡經典，提出千千萬萬種詮釋；有的說李商隱在詠物，有的說李商隱在悼亡，有的說這，有的說那⋯⋯結果誰也不能說服誰，迄今仍沒有為大眾接受的結論，迄今仍是完全猜不透的謎語。我們可以肯定，以後仍會有千千萬萬論者竭盡全力追逐這隻永恆的野鵝 (the eternal wild goose)，[10] 但是都注定徒勞。為甚麼會這樣呢？因為李商隱寫成此詩後，就把詮釋此詩的鑰匙擲入了太平洋。詩中的典故、詩中的象徵，對李商隱（或他的艾米莉、維維恩）有價值、有意義，對第三者就只是供人瞎猜的無限空間了：指符「錦

---

10 英諺 "wild goose chase"（也拼 "wild-goose chase"），指徒勞無功的行動。

瑟」、「一弦」、「一柱」……可以影射、象徵無窮事物；勞心焦思、設法猜透謎底的學者，其志可嘉，其情可憫。因為，我們只能像龐德面對艾略特的《聖灰星期三》那樣，能在語義層次上闡釋指符，卻無從解讀指符的詩義；因為——再返回「八卦」比喻——除了大富豪和他的情人，香港人翻開報章第一版，誰會知道 "THE ONE" 是何方神聖呢？[11] 因此，誠實的梁啟超讀了李商隱的詩，就只能有以下反應了：

> 義山的集中近體的《錦瑟》、《碧城》、《聖女祠》等篇 [……]
> 講的甚麼事，我理會不著；拆開一句一句的叫我解釋，我連文義
> 也解不出來。但我覺得他美，讀起來令我精神上得一種新鮮的愉
> 快。須知，美是多方面的，美是含有神祕性的。──《中國韻文
> 裏頭所表現的情感》[12]

《荒原》和《錦瑟》有相似之處：讀者會覺詩中有的文字優美（如描寫風信子姑娘的三五至四一行），有的文字情理交融（如描寫菲利巴斯的三一二至二一行），有的文字崇人如夢魘（如描寫荒原缺水的三三一至五八行），有的文字雷霆萬鈞，有極大的震撼力（如描寫恆河陷落、荏葉待雨的三九五至九九行）。不過，他們也會像梁任公讀《錦瑟》那樣：許外段落，「講的甚麼事，[他們] 理會不著」；許多詩行，「連文義也解不出來」。

晦澀的第三個原因，最為常見；本書第六章隨機──或者應該說「胡亂」──拼湊《秋興》的詩句時，已經詳加分析交代。不少論者曾提醒我們：詩不是散文，不是一步一步的走路，而是跳舞，是大幅度的飛躍。請看《秋興》第六首的開頭：

---

11 如果這位情人有一位閨密，彼此無所不談，則這位閨密可能是罕如鳳毛的「解人」。

12 轉引自網上《維基文庫》（多倫多時間二〇二一年六月二十二日下午三時登入）。

瞿塘峽口曲江頭，萬里風煙接素秋。

上句和下句之間以至第一句的「瞿塘峽口」和「曲江頭」之間的關係靈活，增加了詩義和聯想的模稜——或者應該說「蘊藉」。就詩義而言，這兩行至少可以給讀者兩種體會或感覺：（一）「瞿塘峽口」和「曲江頭」相隔「萬里」，「萬里」的空間盡是「風煙」；「風煙」中，兩地同時接來「素秋」。（二）「瞿塘峽口」和「曲江頭」相隔「萬里」，「萬里風煙」此刻接來了「素秋」。此外，還依稀有第三種感覺或聯想，「素秋」中，「瞿塘峽口」和「曲江頭」在「萬里風煙」中彼此相接。以「依稀」一詞形容第三種感覺或聯想，是因為這種感覺或聯想超越言詮層次，不能循詩句的語法尋求。[13] 可是，艾略特作品的不連貫，卻不是《秋興》的飛躍；只會叫人像肯納所說那樣，面對「永遠無從穿透的模稜，叫人不能猜度，詩中發生的，到底該是甚麼」；甚至像雷尼所說：面對「無可救藥的晦澀」。

　　晦澀的第四個原因，是作品沒有給讀者——包括最有資格的讀者——足夠的資料或暗示。就艾略特的作品而言，所謂「最有資格的讀者」，應該包括龐德、艾肯、維珍尼亞·吳爾夫。寫詩的人，本來有合乎詩藝、詩法的提示、暗示能夠助讀者接收所播的電波，卻靳而不予；結果就是晦澀，甚至黑不透光。海倫·伽德納 (Helen Gardner) 提到艾略特的晦澀時，稱為「深奧的模稜」("a deep ambiguity")；「消除這種模稜，並非評論家的工作」("which it is not the critic's business to

---

13 《秋興》是筆者數十年來閱讀過的中外詩作中最濃縮的組詩，沒有第二組詩作可以匹敵。古今中外，還有誰能像杜甫那樣，在四百四十八字之內，濃縮那麼豐厚的詩質呢？所謂「詩質」，指個人情懷、個人思想、個人感喟以至中國地理、中國歷史、中國景物，而又不限於個人情懷、個人思想、個人感喟，也不限於中國地理、中國歷史、中國景物。《秋興》八首，大概是筆者幾十年來提得最多、讀得最頻的中國古典詩。《秋興》八首還有一個罕有的特點：常味之而不厭，屢詠之而不倦，能夠隨讀者年紀的增長變得更醇厚、更迷人。有關筆者對杜詩（包括《秋興》八首）的看法，參看黃國彬著，《中國三大詩人新論》（香港：學津書店，一九八一年八月；台北：皇冠出版社，一九八四年十一月）。

remove")。——「消除這種模稜」，的確「並非評論家的工作」，因為評論家沒有足夠的資料或暗示；結果只能眾說紛紜，各自猜測。

要把晦澀的第四個原因說得更清楚，不妨再以中國古典詩為例。為了方便討論，讓讀者更容易看出問題所在，在這裏只談中國古典詩中的小品。

假如有一位詩人，寫出下列一首「詩」給讀者欣賞：

> 打起黃鶯兒。

絕大多數讀者大概都會像龐德看了《聖灰星期三》第二部分的開頭那樣，承認「語義可釋，詩義卻不可解」；換言之，作品無從解讀；——也可以說，作品給論者無窮空間，讓他們提出數之不盡的猜測、附會。這些猜測、附會，可以是百花齊放，言人人殊，各自表述，甚至彼此矛盾，像冰炭那樣互不相容；也可以給文學理論家創造新理論的良機，說此詩屬開放型、可寫 (scriptible) 型，讓讀者跟作者一起自由書寫，遠勝於封閉型、可讀 (lisible) 型的《秋興》八首。[14] 按

---

14 法國理論家賀朗‧巴爾特 (Roland Barthes) 於一九七〇年出版 *S/Z* 一書，把文學文本分為可讀 (lisible) 型和可寫 (scriptible) 型。據巴爾特的說法，可讀型作品表現直接，不需特別費力即可理解；可寫型作品不是一看即懂，需要讀者費力。根據巴爾特的分類，喬治‧艾里奧特 (George Eliot) 的小說是可讀型；卓伊斯的《尤利西斯》是可寫型。可讀型作品的世界裏，人物和事件可以輕易辨識，人物及其行為可以理解；可寫型作品是刻意文學，語言繁複。"lisible"，英譯 "readerly"；"scriptible"，英譯 "writerly"。巴爾特的二分法一出，欠缺獨立思考能力的學者和大學生馬上趨之若鶩，讓他牽著鼻子走，開口閉口都在把文學作品像快餐那樣分類：甲作品是 "readerly"，乙作品是 "writerly"；卻不知道文學作品不可以遽爾分成兩種快餐。巴爾特大概沒有讀過《紅樓夢》。《紅樓夢》遠比《尤利西斯》易讀、易懂，按巴爾特的分類，大概要淪為可讀型。但是，可讀型的《紅樓夢》與可寫型的《尤利西斯》比較，只有過之而無不及。至於《紅樓夢》何以勝過《尤利西斯》，需要一篇長文來討論、分析。今日，巴爾特的理論已成為明日黃花，一如德里達 (Jacques Derrida) 的解構主義。唯「新」唯「奇」是鶩而不理會「新奇」理論是否真有價值的學者、學生，追逐到的往往「新奇」了不多久就淪為無用的過時術語。聽一位法國學者說過：「迷信德里達解構主義的人，一旦進入咖啡館，連叫一杯咖啡的語言能力也會失去。」對時髦術語心懷愚忠的，處境就

照這一理論，甲論者會說：「這首詩反映作者（或敘事者）能革命性地顛覆陳舊的價值觀：大多數人喜歡聽黃鶯唱歌；他（她）看黃鶯卻有獨特的視角，於是『打起黃鶯兒』。」乙論者會說：「敘事者民胞物與，聽到黃鶯唱歌，恐怕歌聲會吵醒勞苦大眾，影響他們第二天在稻田或車間的生產力。」丙論者會說……。看了甲、乙、丙……論者的詩評的論者又會說：「你看，這首詩的詩義多豐繁！不同的人讀了有不同的反應、不同的詮釋、不同的體會。——偉大的作品應該是這樣的嘛。」

當然，許多論者看了「打起黃鶯兒」之後，再看接著而來的「莫教枝上啼」時，「可寫」的空間會收窄，但仍然「大有可為」。比如說，丁論者可以指出：「敘事者欠缺慈愛之心，未能恩及禽鳥，看見黃鶯在門前的桑樹枝上鳴唱，怕它啄食桑椹，於是把它趕走。詩作反映的是狹隘自私的胸襟。」戊論者可以說：「敘事者是位好父親，要兒子專心讀書。黃鶯在枝上唱歌，即使動聽，也要把它趕走，以免影響兒子的學業。」

不過，在「莫教枝上啼後」，還有「啼時驚妾夢，不得到遼西」。也就是說，金昌緒不怕巴爾特貶他為「可讀型」作者，也沒有當「可寫型」詩人的虛榮，於是按藝術家的敏感向讀者提供應該提供的資料或暗示，寫出一首上乘的《春怨》：

> 打起黃鶯兒，
> 莫教枝上啼。
> 啼時驚妾夢，
> 不得到遼西。

連謫仙的同類作品也比了下去，[15] 叫讀者激賞之餘還同時嗟嘆：「這

是這樣。有關 "lisible" 和 "scriptible" 的分類，參看網上 *Encyclopaedia Britannica*, "Readerly and writerly literature" 條（多倫多時間二〇二一年三月一日上午十一時登入）。

15 李白也寫閨怨詩，但沒有一首比得上金昌緒的《春怨》。

位餘杭詩人到底是誰呢？手握這樣的妙筆，竟然只留下一首作品傳世。[16]可惜！可惜！」

再看陳陶《隴西行》四首其二：

> 誓掃匈奴不顧身，
> 五千貂錦喪胡塵。
> 可憐無定河邊骨，
> 猶是春閨夢裏人。

作者也大可以晦澀，戲弄一下讀者和評論家，寫了第一句或一、二句之後就收筆，讓評論家玩猜謎遊戲，讓巴爾特讚他為「可寫型詩人」。然而，陳陶沒有這樣做，也沒有像上世紀五六十年代華文詩壇某些詩人那樣，死守「客觀呈現」的清規戒律，只用蒙太奇技巧（「無定河邊骨，春閨夢裏人」），更不忌干犯艾略特關於「詩要無我」的信條；卻怡然加入「可憐」和「猶是」四字，為這首感人至深的絕唱增加感人程度。

然而，上面所述，只是一般詩作晦澀的原因。艾略特作品之所以晦澀，之所以不連貫，卻另有底蘊。先看Southam在《艾略特詩選導讀》(*A Guide to the Selected Poems of T. S. Eliot*) 附錄 (Appendix) 中提供的資料：

In approaching these three works [指《荒原》、《空心人》、《聖灰星期三》], it may be helpful to remember that they were, in fact, assembled from individual poems or fragments of verse that Eliot had already published on their own, or kept by him in manuscript for several years (just as, Eliot said, 'Prufrock' was made up of 'several fragments', as was the sequence of 'Preludes'); and it ws not until relatively late that he saw how these bits and pieces fitted together to

---

16 《全唐詩》裏，金昌緒只有《春怨》這首作品傳世。

make the poems we know today as single entities. In this light, we can see that the overall structure of these longer poems was a secondary matter which arose only after the individual sections were written. Eliot was then faced with the task of choice and arrangement, a course which can be followed through the bibliographical details set out here.[17]

> 其實，這三首作品 [指《荒原》、《空心人》、《聖灰星期三》]，是由個別詩作和零碎詩行拼合而成。這些詩作和詩行，早已由艾略特逐篇發表或以手稿形式存放多年（一如艾略特形容《普魯弗洛克》那樣，由幾個零碎片段組合而成，一如《前奏曲》組詩）。記住這點，對研讀上述三首詩作時會有幫助。艾略特發覺這些零碎片段可以拼湊成完整個體（即我們今日所認識的獨立詩作）時，已經是較後階段了。鑑於這一事實，我們可以看出，這些較長詩作的整體結構，是各個獨立部分寫成後才出現的次要問題。這時，艾略特面對的就是選擇和編排工作；其過程可以按照下列書目的細節追溯。

從Southam提供的資料可以看出，《荒原》、《空心人》、《聖灰星期三》、《J‧阿爾弗雷德‧普魯弗洛克的戀歌》、《前奏曲》都是用早已製成的「零件」或「部件」組合而成。五首作品之中，最不受這一創作——應該說組合——方式影響的是《前奏曲》，因為《前奏曲》是多首獨立作品，彼此無須連接呼應（艾略特也沒有把這些作品拼湊成「長詩」，要讀者視為長詩一首）。最受影響的是《荒原》、《空心人》、《聖灰星期三》；而三首作品之中，《荒原》所受的影響特別大。也因為如此，有獨立判斷力、鑑賞力的論者都發覺——也認為——此詩晦澀、凌亂而又不連貫。某些論者（如理查茲）把缺點說成優點，大概有兩個原因。第一，他們評《荒原》時，不知道作品是零碎片斷的拼湊，同時懾於艾略特的威名，預先假定作品無懈可

---

17 Southam, 257。

擊，是一首傑作；於是以理論遷就缺點，說作品是「意念音樂」。第二，他們視「拼湊」、「剪貼」為前衛技巧，同時在「前衛」和「佳篇」或「偉著」之間劃上等號。其實，艾略特的《荒原》，是布碎裁成的衣服。——說「裁成」其實有欠準確，因為「裁」字只適用於一幅完整的嶄新布料，而《荒原》這件衣服，並非剪裁自一幅完整的嶄新布料，而是縫綴自一片片的舊布碎。這樣的一件衣服，由於可以穿，可以保暖禦寒，當然不是皇帝的新衣，卻也不是捍衛《荒原》的論者所說的天衣。[18]

　　眾所公認的佳作《四重奏四首》，也是由部件拼湊、組合而成。

　　四首作品於一九四三年出版於紐約，一九四四年出版於倫敦；出版前曾獨立發表，其發表年份如下：一九三六年：《焚毀的諾頓》("Burnt Norton")，收入一九三六出版的*Collected Poems 1909-1935*；一九四〇年：《東科克》("East Coker")；一九四一年：《三野礁》("The Dry Salvages")；一九四二年：《小格丁》("Little Gidding")。各首作品可以單獨成篇，但同時談時間，談歷史，談哲理，彼此能夠呼應，合稱《四重奏四首》，完全無傷大雅，一如《協奏曲四首》、《奏鳴曲四首》一類題目：找來莫扎特或貝多芬所作的任何四首協奏曲或奏鳴曲，再納入《協奏曲四首》、《奏鳴曲四首》一類大題目之內就功德圓滿了，而且無可厚非。不過就艾略特的主要詩作（《J‧阿爾弗雷德‧普魯弗洛克的戀歌》、《前奏曲》、《荒原》、《空心人》、《聖灰星期三》、《四重奏四首》）而言，我們發現，沒有一首能夠從頭至尾一氣寫成，首首都是拼湊。受拼湊「寫作法」影響最小的，是《前奏曲》和《四重奏四首》。《前奏曲》和《四重奏四首》都是組詩，不必連貫；既然不必連貫，也就不會像《荒原》那樣，招來「零碎」、「割裂」、「散亂」、「不連貫」一類「指控」了。儘管如此，我們仍可以這樣總結：艾略特寫了幾十年詩，一直拙

---

18 本章的部分論點，第六章已經談過；不過第六章聚焦於《荒原》一詩，第七章則概論詩作（尤其是艾略特大多數的重要詩作）晦澀的一般原因。

於謀篇；作品一超過某一長度（幾十行或超過一百行），就要乞靈於「拼湊術」。[19] 也因為如此，在《T. S. 艾略特——偽學問詩作》("T. S. Eliot: The Poetry of Pseudo-Learning") 一文中，學者兼評論家F. W. 貝森 (F. W. Bateson) 對艾略特有以下評語：

> The verbal brilliance that Pope and Eliot share is accompanied in both by a similar uncertainty and occasional sheer clumsiness in the structure of their poems. Eliot bluffs his way out generally by an abrupt transition, but to the critical reader this defect is a serious and central one. The poems are all too often brilliant fragments only perfunctorily stitched together.[20]

> 蒲柏和艾略特的行文都高超；但在兩人的詩作中，行文高超的同時，作者對結構都有相類的胸無成竹，有時候根本是笨手笨腳。通常，艾略特靠突如其來的轉折裝腔作勢地脫身；但是在懂得判別的讀者看來，這一缺點是嚴重而又關鍵的缺點。他的詩作，在太多的情形下都只是草率縫綴起來的精彩碎片。

在藝術世界，貝多芬和杜甫都是結構大師。貝多芬的《第五交響曲》是音樂結構的典範；[21] 杜甫的《秋興》八首，規模比《第五交響曲》小得多，但從中也可以看出詩聖謀篇的精絕高超。《秋興》既然分為八首，就結構而言，少陵寫完第一首之後，不必回顧就可以直接寫第二首；寫完第二首，不必理會第一、二首，就可以直接寫第三首……；換言之，少陵只要寫出八首獨立的好詩，即使這八首獨立

---

19 把缺點視為優點的論者或者會說：「拼湊、散亂、割裂是現代詩精神的體現，能準確反映現代世界的散亂、割裂；非拼湊作品已經落伍了，過時了。」這類論點，上引溫特斯的文字已經駁斥過，在此不贅。

20 *Journal of General Education*, 1968, vol.20, no. i, page 13。關於貝森對艾略特的評價，本書第十二章還會進一步討論。

21 貝多芬《第五交響曲》的結構如何精妙，需要一篇極長的樂評才說得完全；不過讀者只要點擊YouTube細聽，就會贊同筆者的看法。

的好詩互不連屬，也「光榮地」完成任務了；但少陵畢竟是少陵，寫《秋興》時為自己定下更高的標準，要求八首律詩緊密呼應，升降起伏，迴旋舞動如常山之蛇；結果沒有辜負對自己的期望，寫成結構上鮮有倫比的組詩。——以結構的標準衡量，艾略特是杜甫和貝多芬的反面。

第八章
模擬音樂的作品

在倫敦西敏寺詩人祠 (Poets' Corner)，在亨利・詹姆斯的紀念碑旁，地面上嵌有紀念艾略特的大理石匾，石匾上刻有下列文字：

THOMAS

STEARNS

ELIOT

O. M.

BORN 26 SEPTEMBER 1888

DIED 4 JANUARY 1965

'The communication

Of the dead is tongued with fire beyond

the language of the living'

托馬斯・

斯特恩斯・

艾略特

功績勳銜

生於一八八八年九月二十六日

卒於一九六五年一月四日

「死者的

溝通以火焰為舌

超越生者的語言」

艾略特的名字之上，是一朵有萼的帶莖玫瑰，由九舌大小不一的飄燃火焰圍繞。

　　遊客如果對英詩夠敏感，讀了大理石上的墓誌銘，心中會凜然一震，接著會暗忖：「多強烈、多有力的詩啊！誰寫的？」一查，知道墓誌銘是艾略特本人的作品──《四重奏四首・小格丁》的第五十二至五十三行；默誦或朗吟間瞿然發覺，詩，是有重量的；就像「天網恢恢，疏而不漏」那樣有重量；[1] 就像「日蝕，晝晦 [……] 彗星數丈，天狗過梁野」那樣有重量。[2]

　　是的，詩有重量，有撼人心魄的重量，像 "the communication / Of the dead is tongued with fire beyond the language of the living"（「死者的 / 溝通以火焰為舌，超越生者的語言」）那樣。

　　《四重奏四首》是艾略特最出色的作品，完成於不同時期；雖然仍有晦澀詩節，[3] 有時也會散亂而不連貫，但情形已不像《荒原》

1　出自《老子》，原文為：「天網恢恢，疏而不失。」

2　司馬遷，《史記・天官書》：「諸呂作亂，日蝕，晝晦。吳楚七國叛逆，彗星數丈，天狗過梁野。」

3　比如說，《焚毀的諾頓》四九至六三行 ("Garlic and sapphire in the mud / Clot the bedded axle-tree. / The trilling wire in the blood / Sings below inveterate scars / Appeasing long forgotten wars. [...] And hear upon the sodden floor / Below, the boarhound and the boar / Pursue their pattern as before / But reconciled among the stars."（「泥濘中的大蒜和藍寶石 / 把被嵌的輪軸涸住。 / 血中顫動的弦線 / 在根深柢固的疤痕下唱歌 / 安撫遺忘已久的戰爭。 / [……] 同時聽到下面地板滲漉， / 其上有獵犬和野豬 / 追逐它們的秩序，一如往古， / 最後卻在星際調和。」)) 就仍然有艾略特商標的晦澀；論者詮釋時都止於猜測，彼此矛盾，誰也不能證明誰對誰錯。艾略特終其一生，都擺脫不了晦澀癖習，是否因為他的精神崩潰過，思維或想像機制受到影響，不得不如此寫詩呢，則有待心理分析家探究。沒有經歷過艾略特精神創傷的作者當然無須效颦；無須以為，像艾略特那樣晦澀才能寫出「有深度」的好詩。杜甫、但丁、莎士比亞……甚至在詩國以外的韓德爾、莫扎特、貝多芬……，是更佳的的榜樣。

那麼嚴重。在一九二二年十一月十二日寫給《日晷》(*The Dial*) 常務編輯 (Managing Editor) 格爾伯特・塞爾德斯 (Gilbert Seldes) 的信中，艾略特說：「我覺得這首詩 [指《荒原》] 已成過去，遙如普魯弗洛克 [指《J・阿爾弗雷德・普魯弗洛克的戀歌》]。現在，我對詩的看法已大大不同。」("I find this poem as far behind me as Prufrock now: my present ideas are very different.")[4] 在同年十一月十五日寫給理查德・奧爾丁頓 (Richard Aldington) 的信中，艾略特又說：「至於《荒原》，於我而言，已經是明日黃花了。目前，我正朝新的形式和風格探索。」("As for 'The Waste Land', that is a thing of the past so far as I am concerned and I am now feeling toward a new form and style."[5] 從兩封信可以看出，艾略特正在求變。求變的最重要成果，是《四重奏四首》。四首作品，雖然發表於不同的時間，彼此卻有連屬關係，按統一的構思寫成；第二、三、四首以第一首為藍本，結構大致相同。就結構而言，四首作品遠勝《荒原》。[6] 早在一九四九年，海倫・伽德納 (Helen Gardner) 已有中肯的評語：「在這首長詩裏 [……]，他 [指艾略特] 的詩藝顯得最敢創新、最有自信」(In this long poem [...] his art appears at its most daring and assured")。[7] 然後進一步說：

> *Four Quartets* is the mature achievement of a poet who has in a long period of experiment effected a modification and an enrichment of the whole English poetic tradition. It is impossible to believe that poets a hundred years hence will not be aware of what Mr Eliot has done with the English language. They may be developing his way of writing, or they may be reacting against it; they will, one feels certain,

---

4　Southam, 201。

5　Southam, 201。

6　談到《荒原》時，艾略特自己也承認，作品「沒有組織」("structureless") (Rainey, 38)。

7　Helen Gardner, *The Art of T. S. Eliot*, 2。

be conscious of his poetry as part of their poetic inheritance. Such a modification works backwards as well as forwards. His poetry, in becoming part of English literature, has modified our reading of earlier poetry. We, who have grown up with it, find that we read earlier poetry to some extent through it. It has affected our taste and judgment, by awakening responses to what we might otherwise not have noticed, and by attuning our ears to particular poetic effects and rhythms. Most important of all, it has made us more critically alert to the language of poets. By refreshing the poetic vocabulary of our own day, Mr Eliot has refreshed our appreciation of the poetic diction of earlier poets. He has made us more aware of its different vigour, by making us conscious of the potentialities of the language which we make dull by our common use.[8]

《四重奏四首》是一位詩人成熟期的成就。經過長期實驗,詩人調整了整個英詩傳統,使它變得更豐富。我們不能相信,一百年後的詩人,會覺察不到艾略特先生給英語所加之工。他們可能會發揚其為文之道,也可能反其道而行;不過,我們可以肯定,他們必會意識到,艾略特的詩,是他們繼承的詩歌傳統中的一部分。艾略特對傳統的調整,既向將來,也向過去發揮作用。他的詩歌在成為英國文學一部分的過程中,也調整了我們閱讀先輩詩歌的角度。艾略特詩歌伴我們成長,結果我們會發覺,閱讀先輩詩歌時多少會採用艾略特詩歌的角度。艾略特的詩歌,影響了我們的品味和鑑賞方式。所以如此,是因為艾略特詩歌喚醒了我們的感覺,對本來不注意的特色有所反應;同時也因為艾略特詩歌調節了我們的耳朵,讓我們注意到某些獨特的詩歌效果和節奏。最重要的,是讓我們對詩人的語言變得更敏感,更富辨識力。在

8　Gardner, *The Art of T. S. Eliot*, 2-3。

更新當代詩歌詞彙的同時，艾略特也更新了我們欣賞先輩詩人用語的方法。語言因大眾經常運用，會變得遲鈍；艾略特使我們意識到常用語言的各種可能時，也使我們更加覺察先輩詩語的不同活力。

伽德納盛讚《四重奏四首》的文字，發表於上世紀四十年代。當時，艾略特的聲譽和影響正處於最高峰；伽德納的盛讚，受《傳統與個人才具》（"Tradition and the Individual"）一文的影響顯而易見；因此行文時不乏溢美之詞。儘管如此，深諳艾略特詩歌的論者，大概都會同意，《四重奏四首》雖然仍有瑕疵，但不失為艾略特最出色的作品。作品中語言的彈性、思想的深微、意象的超拔，都勝過作者以前的篇什。

　　詩的題目為《四重奏四首》，自然不可以不談艾略特在結構上的新嘗試。四首作品，每首共有五節，等於音樂的五個樂章。在五個樂章中，艾略特設法模擬某些音樂技巧。這種模擬，在多方面都可以看到。首先，一個意象出現後，可以繼續推展下去；推展過程中在不同的語境產生音樂般的變化（詩中有關火的意象是例子之一）。第二，某一短語、某一行以至超過一行可以重複，喚起讀者的回憶和聯想，藉此把詩的各小節、各部分連繫起來。這種重複，大致與音樂作品中主題或樂句的再現相似。比如說，《東科克》第一樂章以 "In my beginning is my end"（「在我的起點是我的終點」）開始，結束時再奏 "In my beginning"（「在我的起點」）（第五十一行）。到了《小格丁》第五樂章第一節的開頭，讀者聽到 "beginning"（「起點」）和 "end"（「終點」）的變調："What we call the beginning is often the end / And to make an end is to make a beginning. / The end is where we start from."（「我們所謂的起點往往就是終點，／到達終點就是離開起點。／終點是我們啟程的地方。」）（二一六—一八行）在《焚毀的諾頓》第五樂章將近結尾時，"Quick now, here, now, always"（「快點啦，此地，此時，永遠」）（一七六行）幾個字出現後，在《小格丁》第五樂章再出現："Quick now, here, now, always"（「快點啦，此地，此時，永遠」）（二五四行）。英國地下火車的經驗在《焚毀的諾頓》第三樂章出現後，在《東科克》第三樂章再出現；再出現時篇幅較短，有如音樂中主題重複時同中有異的變化。護壁鑲板後的老鼠，首先出現在《東科克》第一樂章："And to shake the wainscot where the field-mouse trots"（「搖動有野鼠竄過的護壁鑲板」）（全詩的第十二行）；在《小格丁》第二樂章再出現："The wall, the wainscot and the mouse"（「牆壁、護壁鑲板和老鼠」）（全詩的第六十一行）。《四重奏四首》的主題，在最後一首（《小格丁》）結尾的詩行中組成類似音樂的「結束樂段」（"coda"，又譯「結尾」或「尾聲」）：

> And all shall be well and
> All manner of thing shall be well
> When the tongues of flame are in-folded
> Into the crowned knot of fire
> And the fire and the rose are one.
>
>   (ll. 257-61)

> 一切都會沒事
> 一切事物都會沒事
> 當炯焰諸舌捲進了
> 烈火的冠結
> 而烈火與玫瑰合而為一。
>   （二五七—六一行）

　　詩的轉折，有時也模擬音樂。眾多例子之一，是《焚毀的諾頓》第一樂章：

> Footfalls echo in the memory
> Down the passage which we did not take
> Towards the door we never opened

Into the rose-garden. […]"

    (ll. 11-14)

跫音在記憶裏回響，
傳到我們沒有走過的通道
傳向我們從未開過的門
傳入玫瑰園裏。

    （一一――四行）

這節之前（一―十行）的文字，是冷靜的哲理反思，談的是時間本質：

Time present and time past

Are both perhaps present in time future,

And time future contained in time past.

If all time is eternally present

All time is unredeemable.

What might have been is an abstraction

Remaining a perpetual possibility

Only in a world of speculation.

What might have been and what has been

Point to one end, which is always present.

    (ll. 1-10)

現在的時間和過去的時間
也許都存在於將來的時間，
而將來的時間則包含於過去的時間。
假如所有的時間永屬現在，
所有的時間都無從收復。
可能發生過的是個抽象概念，

只有在一個揣測的世界裏
才一直是個永恆的可能。
可能發生過和發生過的
指向一個終點，這終點永屬現在。
（一—十行）

這節之後（二五—四八行），則描寫神祕經驗：

There they were, dignified, invisible,
Moving without pressure, over the dead leaves,
In the autumn heat, through the vibrant air,
And the bird called, in response to
The unheard music hidden in the shrubbery,
And the unseen eyebeam crossed, for the roses
Had the look of flowers that are looked at […]
[…………]
Time past and time future
What might have been and what has been
Point to one end, which is always present.
　　　(ll. 25-48)

啊，他們就在那裏，莊嚴，無人得睹，
毫不著力地盈盈飄移，越過敗葉，
在秋天的灼熱裏穿過顫蕩的空氣；
鳥兒在鳴叫，回應
藏在樹叢中無人傾聽的音樂；
無人得睹的目光相交，因為這些玫瑰
看來像有人凝望的花朵。[……]
[…………]
過去的時間和未來的時間

可能發生過和發生過的

指向一個終點，這終點永屬現在。

（二五一四八行）

換言之，艾略特把張力較小的文字穿插在張力較大的文字之間。這一手法，叫人想起音樂的結構。比如說，在貝多芬的《第五交響曲》中，大音之間往往是大靜，結果大音因大靜而顯得更嘹亮，大靜因大音而顯得更耐聽。

艾略特在詩中模擬音樂，用了不少匠心。他這樣探索音樂在文字中的潛能，是因為他對詩的音樂有以下看法：[9]

I think that a poet may gain much from the study of music […] I think that it might be possible for a poet to work too closely to musical analogies: the result might be an effect of artificiality; but I know that a poem, or a passage of a poem, may tend to realize itself first as a particular rhythm before it reaches expression in words, and that this rhythm may bring to birth the idea and the image […] There are possibilities for verse which bear some analogy to the development of a theme by different groups of instruments; there are possibilities of transitions in a poem comparable to the different movements of a symphony or a quartet; there are possibilities of contrapuntal arrangement of subject-matter.[10]

我認為，詩人研聽音樂會獲益良多。[……] 我認為，詩人模擬音樂時會有過度類比的可能：結果會顯得造作；不過我知道，一首詩，或者詩中的一個段落，首先往往在某一特殊節奏中體現，然

---

9 當然，我們也可以這樣說：「他探索過音樂在文字中的潛能後，對詩的音樂乃有以下看法」。換言之，我們難以斷定，何者為因，何者為果。

10 T. S. Eliot, "The Music of Poetry", *On Poetry and Poets* (New York: Farrar, Straus and Giroux, 2009), 32。

後才藉文字表達詩意；而這一特殊節奏，可能會衍生詩作的意念和意象。[……] 詩語如果在某一程度與不同組別的樂器推演主題的過程相類，則這種詩語就會有各種發展的可能；一首詩中，各段落的過渡可以與交響曲或四重奏的不同樂章相仿；題材也可以有對位安排的各種可能。

這段話有對有錯。詩的某些特徵（如節奏、轉折、對位安排），的確可以與音樂類比；可是，文字畢竟不是音符，其音樂效果始終有限；類比太過，像艾略特本人所說，就會顯得造作。作曲家在音樂作品中變調或重複主題和樂句時，賞樂者的耳朵瞬間即能聽出。比如說，海頓的《降E大調小號協奏曲》和莫扎特的《弦樂小夜曲》重複主題或樂句時，耳朵一聽即可辨認；重複中同中有異、異中有同，耳朵也不會錯過。以文字仿效這類效果，卻會事倍功半，因為重複的句子或詞組經眼睛進入感覺，對讀者產生的效果始終有別於音樂主題或樂句的重複；重複的句子或詞組不容易留在讀者的記憶，反而會增添凌亂之感。以文字模擬音樂，大致只能在詩的發展中起伏、跌宕、頓挫，像杜甫的《秋興》八首那樣，每首開始後經過轉、承，然後下降。從「玉露凋傷楓樹林」到「白帝城高急暮砧」；從「夔府孤城落日斜」到「已映洲前蘆荻花」；從「千家山郭靜朝暉」到「五陵裘馬自輕肥」；從「聞道長安似弈棋」到「故國平居有所思」；從「蓬萊宮闕對南山」到「幾回青瑣點朝班」；從「瞿塘峽口曲江頭」到「秦中自古帝王州」；從「昆明池水漢時功」到「江湖滿地一漁翁」；從「昆吾御宿自逶迤」到「白頭吟望苦低垂」；其結構的精妙，以至其開闔、弛張、緩急、靜躁，都叫人想起貝多芬的音樂，尤其叫人想起貝多芬的《第五交響曲》。[11] 但是，由於文字畢竟不是音符，有不可逾越的局限，艾略特在《四重奏四首》設法以文字模仿音樂的其他效果時，成績也就不見得特別顯著了。

---

11 就規模而言，貝多芬的《第五交響曲》自然非四百四十八字的《秋興》八首可比；不過若以文字比擬音樂，則詩聖的八首傑作，最能叫人想起樂聖的偉曲。

第九章

艾略特的戲劇

艾略特在創作活動的後期，花了大量時間創作詩劇。

節慶劇《磐石》(*The Rock*) 於一九三四年五月二十八日在倫敦薩德勒的威爾斯劇院 (Sadler's Wells Theatre) 上演，戲劇導演為布朗，劇本作者為艾略特，由馬丁·蕭 (Martin Shaw) 作曲。不過根據艾略特本人的說法，劇本由他和E·馬丁·布朗 (E. Martin Browne)、R·韋布—奧德爾 (R. Webb-Odell) 合撰。今日，艾略特的詩集只收錄了劇作的合誦部分：Choruses from 'The Rock'（《磐石》合誦）。

《磐石》上演，是為了籌款在倫敦興建教堂；從一九三四年五月二十八日至六月九日上演了十四場，籌得一千五百英鎊。[1]

合誦之中有不少部分像牧師講道：

> We build in vain unless the LORD build with us.
>
> Can you keep the City that the LORD keeps not with you?
>
> A thousand policemen directing the traffic
>
> Cannot tell you why you come or where you go.
>
> A colony of cavies or a horde of active marmots
>
> Build better than they that build without the LORD.[2]

1　參看網頁 "The Rock: Historical Pageants"（多倫多時間二〇二一年四月二十七日下午四時登入）。

2　T. S. Eliot, *Collected Poems: 1909-1962*, 170。

上主不跟我們一起興建，我們興建也是徒然。
上主不跟你一起保留城市，你能把城市保留嗎？
一千個警員指揮交通，
不能夠告訴你，你此來何為或此去何往。
一大群豚鼠或一大批土撥鼠行動起來
比不靠上主而興建的人興建得更穩牢。

或像信徒祈禱：

> O Lord, deliver me from the man of excellent intention
>   and impure heart: for the heart is deceitful above all
>   things, and desperately wicked.
> [............]
> Preserve me from the enemy who has something to gain:
>   and from the friend who has something to lose.[3]

> 上主哇，拯救我，使我脫離胸中懷著極佳好意
>   而心術不純的人；因為呀，這樣的心比一
>   切都詐偽，且壞得不擇手段。
> [............]
> 保護我，使我脫離會獲某種利益的敵人
>   和蒙受某種損失的朋友。

下列文字，自問自答，更像教會的宣傳單張，在街上派發給途
人：

> Why should men love the Church? Why should they love her laws?
> She tells them of Life and Death, and of all that they would forget.
> She is tender where they would be hard, and hard where

---

3   T. S. Eliot, *Collected Poems: 1909-1962*, 173。

they like to be soft.

She tells them of Evil and Sin, and other unpleasant facts.

They constantly try to escape

From the darkness outside and within

By dreaming of systems so perfect that no one will need to be good.[4]

人類為甚麼要愛教會？為甚麼要愛教會的律法？

教會跟他們講生死，講他們想忘記的一切。

他們要嚴峻時教會會溫和；心欲柔弱時教會會嚴峻。

教會跟他們講邪惡、罪愆以及其他令人不快的事實。

他們一直設法逃離

外界和內心的黑暗，

辦法是夢想種種完美的制度——完美得誰也無須再行善。

都是思想多於感情的文字；非基督徒讀起來不容易產生共鳴，甚至不容易產生興趣。

　　儘管如此，作品的優點仍然不少。有些段落，脫胎自《聖經》，沉潛中不乏智慧：

In the beginning GOD created the world. Waste and void.

　　Waste and void. And darkness was upon the face of the deep.

And when there were men, in their various ways, they struggled in

　　torment towards GOD

Blindly and vainly, for man is a vain thing, and man without GOD

　　is a seed upon the wind: driven this way and that, and finding

　　no place of lodgement and germination.[5]

4　T. S. Eliot, *Collected Poems: 1909-1962*, 174。

5　T. S. Eliot, *Collected Poems: 1909-1962*, 176。

起初，神創造世界。荒涼混沌。荒涼混沌。淵面黑暗。

有了人之後，他們以不同的方式在折磨中向神奮進，

盲目而徒勞，因為人是個自負的傢伙；人而無神，只是風中

的一粒種子，吹向這邊那邊，找不到棲止萌芽之所。[6]

整篇作品的開端，境界恢弘，思通人天、生死，有史詩中祈呼 (invocation) 的重量，不愧為出色的啟篇之語：

The Eagle soars in the summit of Heaven,

The Hunter with his dogs pursues his circuit.

O perpetual revolution of configured stars,

O perpetual recurrence of determined seasons,

O world of spring and autumn, birth and dying![7]

天鷹軒然高翥於天堂的巔峰，

獵人帶著獵犬追逐其迴環道路。

啊，有序的眾星始終在運行不息，

啊，不移的季節始終在循環往復，

啊，春去秋來、方生方死的世界！

結尾部分，融匯了聖貝爾納的禱詞、但丁有關光的意象，與《神曲・天堂篇》呼應：

O Light Invisible, we praise Thee!

Too bright for mortal vision.

O Greater Light, we praise Thee for the less;

6　艾略特原文有的用字直接引自《舊約・創世記》，如 "And darkness was upon the face of the deep." 艾略特的 "In the beginning GOD created the world" 則與《創世記》的 "In the beginning God created the heaven and the earth" 稍異。艾略特原文與《創世記》相同時，漢譯直接引錄和合本《聖經》。

7　T. S. Eliot, *Collected Poems: 1909-1962*, 161。

The eastern light our spires touch at morning,

The light that slants upon our western doors at evening,

The twilight over stagnant pools at batlight,

Moon light and star light, owl and moth light,

Glow-worm glowlight on a grassblade.

O Light Invisible, we worship Thee!

We thank Thee for the lights that we have kindled,

The light of altar and of sanctuary;

Small lights of those who meditate at midnight

And lights directed through the coloured panes of win-
     dows

And light reflected from the polished stone,

The gilded carven wood, the coloured fresco.

Our gaze is submarine, our eyes look upward

And see the light that fractures through unquiet water.

We see the light but see not whence it comes.

O Light Invisible, we glorify Thee!

In our rhythm of earthly life we tire of light. We are glad
     when the day ends, when the play ends; and ecstasy
     is too much pain.

We are children quickly tired: children who are up in the
     night and fall asleep as the rocket is fired; and the day
     is long for work or play.

We tire of distraction or concentration, we sleep and are
     glad to sleep,

Controlled by the rhythm of blood and the day and the
     night and the seasons.

And we must extinguish the candle, put out the light and

relight it;

Forever must quench, forever relight the flame.

Therefore we thank Thee for our little light, that is
　　dappled with shadow.

[…………]

And when we have built an altar to the Invisible Light, we
　　may set thereon the little lights for which our
　　bodily vision is made.

And we thank Thee that darkness reminds us of light.

O Light Invisible, we give Thee thanks for Thy great
　　glory![8]

無從得睹的大光啊，我們稱頌你！
你的光華太盛，非肉眼所能看見。
盛大之光啊，我們因小光稱頌你：
我們的塔尖黎明時觸到的曙光，
黃昏時斜斜照落向西之門的夕光，
蝙蝠光裏停在滯寂池沼之上的暮光，
月光和星光，梟光和蛾光，
草葉薄片上螢火蟲的螢光。
無從得睹的大光啊，我們崇拜你！

我們因點燃了眾光而感謝你：
祭壇之光，聖殿之光；
午夜冥想者的小光；
透過窗戶的彩色玻璃射出來的光；
從打磨的石頭、鍍金的木刻、

8　T. S. Eliot, *Collected Poems: 1909-1962*, 183-85。

178　世紀詩人艾略特

色彩壁畫上反映的光。

我們的凝視在海面之下，眼睛上望，

透過不寧的海水，看見碎裂的光。

我們看到光，卻看不到光從哪裏來。

無從得睹的大光啊，我們讚美你！

在凡塵的早期節奏中，對於光，我們感到疲累。

　　日御西徂或戲劇結束，[9] 我們會高興；而

　　狂喜的感覺太痛苦。

我們是很快就感到疲累的小孩——夜裏不睡、

　　煙花施放時入睡的小孩；無論花在工作或

　　玩耍，一天都太長。

分心或專心，我們都疲累；我們睡眠，也樂於

　　睡眠，

受控於血液、晝夜、四季的節奏。

我們要熄滅蠟燭，把光熄掉再重燃；

總是要撲滅，總是要重燃火焰。

所以，我們因暗影斑駁的小光感謝你。

[⋯⋯⋯⋯]

我們一旦給無從得睹的大光建好了祭壇，

　　就可把小光放在上面；我們的肉眼，

　　為那些小光而創造。

黑暗叫我們想起光；為此，我們感謝你。

無從得睹的大光啊，因你的盛大榮耀，

　　我們向你致謝！

9　原文 "day ends"-"play ends" 押韻；漢譯以「御」和「劇」、「徂」和「束」押
　　韻。

合誦裏，神的大光與人的小光對照；結果能夠從《神曲》出發，在宗教之思和宗教之情中越鑽越深，越鑽越深時象徵隨詩行增加、推展，不愧為宗教詩人虔誠的吐屬。唯一的瑕疵，是各種各樣的光羅列得太多，超過了常人貫注力的限度，會叫觀眾或讀者感到睏倦。

在宗教的嚴肅中，作品也不乏機智——艾略特的一貫強項：

> It is hard for those who have never known persecution,
> And who have never known a Christian,
> To believe these tales of Christian persecution.
> It is hard for those who live near a Bank
> To doubt the security of their money.
> It is hard for those who live near a Police Station
> To believe in the triumph of violence.[10]

> 從未遭受過迫害的人
> 和從未認識過基督徒的人，[11]
> 難以相信基督徒遭迫害的這些故事。
> 在銀行附近居住的人，
> 難以懷疑他們的錢財欠安全。
> 在警署附近居住的人，
> 難以相信暴力會勝利。

在這節詩裏，宗教觀點藉日常例子、日常概念傳遞，叫讀者會心微笑之餘又看出道理所在。詩人艾略特，不但可以為教會寫宣傳單張，也可以在教堂當牧師向信眾宣道。基督教在聖奧古斯丁、十字架聖胡安和蘭斯洛特之後，找到了卓越的代言人。艾略特如果要講道揚名，葛

---

10 T. S. Eliot, *Collected Poems: 1909-1962*, 174。

11 原文 "have never known persecution" 的 "known" 和 "have never known a Christian" 的 "known" 同是一字，意義卻不相同：前者指「遭受」；後者指「認識」；因此漢譯不能同用一字，藝術效果也就遜色不少。

培理會遇到勁敵。

　　一九三五年，艾略特寫了另一劇本，題為《大教堂謀殺案》
(*Murder in the Cathedral*)；其縮略本於同年六月在坎特伯雷節
(Canterbury Festival) 上演；目前流行的，是其後在倫敦水星劇院
(Mercury Theatre) 上演的版本。

　　劇本寫托瑪斯・貝克特 (Thomas Becket) 的殉教事件。托馬斯・貝
克特，又稱「坎特伯雷的聖托馬斯」("Saint Thomas of Canterbury")、
「倫敦的托馬斯」("Thomas of London")、貝克特的托馬斯 ("Thomas à
Becket")，生於一一一九或一一二〇年十二月二十一日，卒於一一七
〇年十二月二十九日；原為英王亨利二世的大法官；後來，亨利二世
為了增加英國在教廷的影響力，舉薦貝克特為坎特伯雷總教區的大主
教。貝克特就任大主教後，辭去大法官一職，設法收回並擴大教區的
權力，結果與亨利二世發生衝突；衝突中不肯在王權下退讓，最後於
一一七〇年十二月二十九日遭亨利二世的隨從在大教堂殺害；遇害不
久即廣受歐洲的信徒膜拜，成為聲名顯赫的殉教者；一一七三年二月
二十一日獲教皇亞歷山大三世封為聖者。艾略特的詩劇，以貝克特遇
害事件為藍本。[12]

　　《大教堂謀殺案》受古希臘悲劇家（如埃斯庫羅斯、索福克勒
斯）和評論家亞里士多德的影響極深。

　　在《詩學》一書中，亞里士多德談到悲劇時有以下論斷：劇
作的情節必須完整，開始並結束於「太陽運轉一圈的時間，或接近
太陽運轉一圈的時間」("ὑπὸ μίαν περίοδον ἡλίου εἶναι ἢ μικρὸν
ἐξαλλάττειν [...]")[13]；情節要在同一地點發生。《大教堂謀殺案》與
埃斯庫羅斯或索福克勒斯的悲劇不完全相同，但情節完整，符合亞里

---

12 有關貝克特生平，參看*Wikipedia*, "Thomas Becket" 條（二〇二一年五月六日下午
　　五時登入）。

13 Aristotle, *Poetics* (*Περὶ ποιητικῆς*), ed. and trans., Stephen Halliwell, The Loeb Classical
　　Library, ed. Jeffrey Henderson, Aristotle XXIII LCL 199 (Cambridge, Massachusetts /
　　London, England: Harvard University Press, 1995), 46。

士多德的要求；劇情發生於一一七〇年十二月二日和二十九日，加上幕間穿插 (interlude) 部分（聖誕節早上），全劇時間也不足三天，大致符合亞里士多德的要求。至於劇情發生的地點，則只有兩處：大主教貝克特的大廳（第一幕）和大教堂（幕間穿插部分和第二幕）；雖與索福克勒斯的《俄狄浦斯王》稍異，[14] 但大致符合亞里士多德的標準。[15]

按照亞里士多德的標準撰寫戲劇，既有缺點，也有優點。劇情發展的時間短促，劇中人物難以成長，是缺點；[16] 劇情濃縮在較短的時間，如激光凝聚，[17] 震撼力特大，是優點。[18] 細讀《大教堂謀殺案》，讀者不難發覺，從頭至尾，全劇的情節緊湊，完全沒有

---

14 《俄狄浦斯王》的情節在忒拜的王宮門前發生（「忒拜」又稱「底比斯」（英語 *Thebes* 的漢譯））；就地點而言，比《大教堂謀殺案》更集中。參看Sophocles, *Ajax • Electra • Oedipus Tyrannus*, trans. Hugh Lloyd Jones, 1st ed. 1994, The Loeb Classical Library (Cambridge, Massachusetts / London, England: Harvard University Press, 1997 ed.), 325："[in] front of the palace at Thebes."

15 就時間和地點而言，《大教堂謀殺案》與古希臘悲劇近似而與莎士比亞的《哈姆雷特》迥異。《哈姆雷特》的情節發展超過數天；地點也一再變換。有關遵從與不遵從亞里士多德信條的好處和局限，筆者有英文論文 "Within and beyond Aristotle's Canon: Sophocles' *Oedipus Tyrannus* and Shakespeare's *Hamlet*" 詳加探討，見Laurence K. P. Wong, *Thus Burst Hippocrene: Studies in the Olympian Imagination* (Newcastle upon Tyne: Cambridge Scholars Publishing, 2018), 179-228。

16 在《詩學》中，亞里士多德這樣比較悲劇的情節和人物："ἀρχὴ μὲν οὖν καὶ οἷον ψυχὴ ὁ μῦθος τῆς τραγῳδίας, δεύτερον δὲ τὰ ἤθη [...]"（「因此，情節是首要；也可以說，是悲劇的靈魂。人物呢，則屬次要。」）以亞里士多德的標準衡量，人物既屬「次要」，在劇中難以成長也不是甚麼缺點了。原文見Aristotle, *Poetics* (Περὶ ποιητικῆς), ed. and trans., Stephen Halliwell, The Loeb Classical Library, ed. Jeffrey Henderson, Aristotle XXIII LCL 199 (Cambridge, Massachusetts / London, England: Harvard University Press, 1995), 52。

17 在 "Within and beyond Aristotle's Canon: Sophocles' *Oedipus Tyrannus* and Shakespeare's *Hamlet*" 一文中，筆者喻《俄狄浦斯王》為激光，喻《哈姆雷特》為陽光。

18 關於這點，"Within and beyond Aristotle's Canon: Sophocles' *Oedipus Tyrannus* and Shakespeare's *Hamlet*" 一文有詳細分析。

冷場。[19]

　　希臘悲劇的一大特色是合誦 (chorus)，出現於戲劇開始或結束時，也出現於人物的對白之間。詩劇的合誦至少有五大功能：第一，既可描敘劇情，也可為作品啟篇或收結。第二，評說劇中事件和人物。第三，預示未發生的事件。第四，渲染氣氛。第五，介入戲劇的情節，成為配角，與劇中人物互動、呼應。在《大教堂謀殺案》中，艾略特大致發揮了合誦文字的各種功能，為作品增添了姿采。以劇作開始時的合誦為例：

> Here let us stand, close by the cathedral. Here let us wait.
> Are we drawn by danger? Is it the knowledge of our safety, that draws our feet
> Towards the cathedral? What danger can be
> For us, the poor, the poor women of Canterbury? […]
> […………]
> […] There is no danger
> For us, and there is no safety in the cathedral. Some presage of an act
> Which our eyes are compelled to witness, has forced our feet
> Towards the cathedral. We are forced to bear witness.[20]

> 我們在這裏站立吧，緊靠大教堂。我們在這裏等候吧。
> 我們被危險牽引？是我們知道會安全，因此雙腳
> 被牽引向大教堂？我們會有甚麼危險呢？

---

19 論劇情之緊湊、作品對觀眾／讀者震撼力之巨大，就筆者觀看過／閱讀過的中外戲劇而言，沒有一齣比得上索福克勒斯的《俄狄浦斯王》。此劇在《詩學》裏獲亞里士多德盛讚，連歐洲詩歌之父荷馬的史詩也比了下去。《俄狄浦斯王》能否勝過《伊利昂紀》呢，在此暫且不論，但在《詩學》全書中，最受亞里士多德寵愛的作品，則肯定是《俄狄浦斯王》。就劇情的震撼力和緊湊程度而言，《大教堂謀殺案》雖然比不上索福克勒斯的偉著，但肯定勝過艾略特的其他詩劇。

20 T. S. Eliot, *Murder in the Cathedral*, 11。

我們這些窮而又窮的婦女，坎特伯雷的婦女。[……]

[…………]

[……] 我們不會

有危險。教堂裏也不會有安全。某種行動的預兆

逼我們的雙腳走向教堂。這行動，我們的眼睛

不得不目睹。我們被逼當見證。

婦女的話，不但為戲劇啟幕，也為劇情的發展埋下伏線，叫觀眾隱隱感到不安。

下列兩行，點出基督教主題，在預示的同時也增添劇作的氣氛，評述命運的源頭：

Destiny waits in the hand of God, shaping the still unshapen:
I have seen these things in a shaft of sunlight.[21]

命運在神的手中等候，塑造著未獲塑造的將來：
我曾經看過這類事情在一束陽光裏發生。

劇情發展間，合誦也配合感情升向高潮：

Evil the wind, and bitter the sea, and grey the sky, grey grey grey.
O Thomas, return, Archbishop; return, return to France.
Return. Quickly. Quietly. Leave us to perish in quiet.
You come with applause, you come with rejoicing, but you come
　　bringing death into Canterbury:
A doom on the house, a doom on yourself, a doom on the world.

We do not wish anything to happen.[22]

[…………]

---

21 T. S. Eliot, *Murder in the Cathedral*, 13。

22 T. S. Eliot, *Murder in the Cathedral*, 18。

邪惡呀，風；怨毒哇，海；灰暗哪，天；灰暗灰暗灰暗。

托馬斯啊，回去吧，大主教；回去，回法國去。

回去呀。疾然。悄然。讓我們悄悄毀滅。

你在歡呼中回來，你在歡欣中回來；但是，你回來時，把死
　　亡帶進坎特伯雷：

把厄運帶給邸宅，把厄運帶給自己，把厄運帶給世界。

我們不希望有任何事情發生。

[⋯⋯⋯⋯]

話語充滿凶兆，充滿悲觀，充滿驚恐，叫觀眾深受感染。

　　四個騎士殺害托馬斯時，合誦把劇情扭得更緊：

Clear the air! clean the sky! wash the wind! take stone from stone
　　and wash them.

The land is foul, the water is foul, our beasts and ourselves defiled
　　with blood.

A rain of blood has blinded my eyes. Where is England? where is
　　Kent? where is Canterbury?[23]

澄清空氣！潔淨天空！洗滌髒風！把石頭搬離石頭。把它們
　　洗滌。

土地污穢，水污穢，我們的牲畜和我們本身都遭血腥玷污。

血雨淋瞎了我們的眼睛。英格蘭在哪裏？肯特郡在哪裏？坎
　　特伯雷在哪裏？

　　托馬斯大難臨頭仍不肯逃跑，眾牧師以武力把他拖走時，婦女
再度合誦（合誦時，遠處有合唱團以拉丁文唱出《末日審判》(Dies
Irae)）：[24]

---

23 T. S. Eliot, *Murder in the Cathedral*, 74。

24 拉丁文 "Dies Irae" 直譯是「烈怒 [指神的烈怒] 之日」。

Numb the hand and dry the eyelid,

[............]

The agents of hell disappear, the human, they shrink and dissolve

Into dust on the wind, forgotten, unmemorable; only is here

The white flat face of Death, God's silent servant,

And behind the face of Death the Judgement

And behind the Judgement the Void, more horrid than active
    shapes of hell;

Emptiness, absence, separation from God;

The horror of the effortless journey, to the empty land

Which is no land, only emptiness, absence, the Void,

Where those who were men can no longer turn the mind

To distraction, delusion, escape into dream, pretence,

Where the soul is no longer deceived, for there are no objects, no
    tones,

No colours, no forms to distract, to divert the soul

From seeing itself, foully united forever, nothing with nothing,

Not what we call death, but what beyond death is not death,

We fear, we fear. [...]

[............]

Dust I am, to dust am bending,

From the final doom impending

Help me, Lord, for death is near.[25]

手已麻木，眼瞼已乾涸。

[............]

地獄的侍從消失；人群縮小，溶化為

---

25 T. S. Eliot, *Murder in the Cathedral*, 68-69。

風中的塵土，被遺忘，無從追憶；這裏只有
死亡——神的無聲僕役——扁平蒼白的面孔，
死亡的面孔後面是大審判，
大審判後面是大空無，比地獄活動的狀貌還可怖；
空虛，匱缺，與神分離；
毫不費力的旅程夠可怖，通向烏有國度——
絕不是國度，只是空虛、匱缺、大空無；
那裏，曾經一度是人的，再也不能讓精神轉移向
恍惚、幻覺，或逃進夢中，或裝模作樣；
那裏，靈魂不會再受騙，因為那裏沒有事物、沒有色調、
沒有顏彩、沒有形態能引起恍惚，能叫靈魂
不正視本身，子虛與子虛永遠穢然合為一體，
不是我們所謂的死亡，而是死亡以外並非死亡的狀態。[26]
我們害怕，我們害怕。[……]
[…………]

我是塵土，向塵土回歸；
逃離即將來臨的最終毀頹；
拯救我呀，上主，死亡快到了。

---

26 詹姆斯‧卓伊斯在《一位年輕藝術家的造像》(*A Portrait of the Artist as a Young Man*) 中，大幅度描寫地獄的可怖情景，用的是具象手法；艾略特在這裏反其道而行，另闢蹊徑，寫死後的情景時用抽象手法。具象手法較易捉摸；抽象手法欠缺實物、實景依附，近乎哲理，較難打動讀者。Southam (208) 指出，《空心人》大約完成於一九二一年十一月，即艾略特整理《荒原》期間。當時，艾略特因精神崩潰，要向銀行請病假，在馬蓋特(Margate)療養。詩中的第十一、十二行（"Shape without form, shade without colour, / Paralysed force, gesture without motion"（「沒有形狀的樣貌，沒有顏色的陰影，／癱瘓的力量，沒有動作的手勢」）），與艾略特當時所患的意志缺乏症(aboulie)病情吻合。《大教堂謀殺案》合誦裏的死後情景，與《空心人》的描寫十分相似，大概也是意志缺乏症的病情轉化為文字。此外，既然《荒原》整理於作者精神崩潰期間，詩中的意象、景物、轉折、結構以至描寫手法受作者當時的精神狀態影響，也就不是意外了。

預示死亡迫在眉睫時，艾略特把宗教和哲學共冶一爐，使劇情向高潮急升；加上《末日審判》的音樂效果，戲劇的張力更大大增強。

托馬斯被殺害，戲劇到達最高潮，亞里士多德要求的完整情節，就在《讚美頌》("Te Deum")的歌聲中圓滿結束：

> We praise Thee, O God, for Thy glory displayed in all the creatures
>   of the earth,
> In the snow, in the rain, in the wind, in the storm; in all of Thy
>   creatures, both the hunters and the hunted.
> For all things exist only as seen by Thee, only as known by Thee,
>   all things exist
> Only in Thy light, and Thy glory is declared even in that which
>   denies Thee; the darkness declares the glory of light.
> [............]
>
> Lord, have mercy upon us.
> Christ, have mercy upon us.
> Lord, have mercy upon us.
> Blessed Thomas, pray for us.[27]

> 神哪，因你的榮耀，我們讚頌你。你的榮耀展現在大地所有
>   的造物，
> 在雪裏，在雨裏，在風裏，在暴風雨裏；展現在你所有的造
>   物，包括獵者和被獵者。
> 因為萬物只按你的觀點、你的認知存在；萬物只存在於
>   你的榮光；即使在不認你的造物中，你的榮光也獲顯揚；黑
>   暗會顯揚光的榮耀。
> [............]

---

27 T. Eliot, *Murder in the Cathedral*, 83-86。

主哇，憐憫我們。

基督哇，憐憫我們。

主哇，憐憫我們。

聖佑的托馬斯啊，請為我們祈禱。

希臘型戲劇的篇幅有限，沒有足夠的空間讓人物展現性格，更無從讓人物成長。儘管如此，觀眾仍可以看出，托馬斯為人剛強、執著，為了信仰而願意從容赴死：

To meet death gladly is only

The only way in which I can defend

The Law of God, the only canons.[28]

欣然面對死亡，不過是我

能夠捍衛天律──唯一的

教規──的唯一方法。

在對白中，托馬斯顯得無比自信：

[…] I, who keep the keys

Of heaven and hell, supreme alone in England […][29]

[……] 我，掌管天堂和地獄的

鑰匙，英格蘭獨一無二的至尊 [……]

Shall I who ruled like an eagle over doves

Now take the shape of a wolf among wolves?[30]

我呀，曾經像蒼鷹統治群鴿，此刻

難道要搖身一變，變成狼群中的狼？

---

28 T. S. Eliot, *Murder in the Cathedral*, 67。

29 T. S. Eliot, *Murder in the Cathedral*, 30。

30 T. S. Eliot, *Murder in the Cathedral*, 34。

這是莎士比亞式的比喻語言，也是莎士比亞式的意象；[31] 叫人想起《尤利烏斯·凱撒》(*Julius Caesar*) 第三幕第一場主角遇刺前氣吞河岳的吐屬，充滿古希臘悲劇英雄顛隕前的傲慢：[32]

> But I am constant as the northern star,
> Of whose true-fix'd and resting quality
> There is no fellow in the firmament.

> 我呢，卻堅定如北極星，

---

31 在莎劇中，人物對話時往往全用比喻語言。在《李爾王》第一幕第一場，肯特 (Kent) 阻止李爾王放逐三女柯蒂麗亞的一段就是個突出的例子：

Lear.	Come not between the dragon and his wrath!
	[...]
Kent.	Royal Lear,
	[...]
Lear.	The bow is bent and drawn; make from the shaft.
Kent.	Let it fall rather, though the fork invade
	The region of my heart: [...]
	[...] What wouldst thou do, old man?
	(1.1.123-47)

李爾王	不要置身於怒龍跟龍怒之間！
	[…]
肯特	李爾大王，
	[…]
李爾王	弓弩已經拉滿；快躲開利箭。
肯特	讓利箭射來吧，儘管利鏃會射進
	臣下的心臟一帶 […]
	[…] 老頭子，你要怎麼樣？
	（第一幕第一場一二三—四七行）

《大教堂謀殺案》的對白中，沒有莎士比亞作品中環環相扣的比喻語言，但莎翁的影響顯而易見。艾略特雖然惡評過莎士比亞，後來卻盛讚《哈姆雷特》第一幕第一場的開頭，似乎有幡然改途之心；此後見賢思齊而師事莎翁，也是理所當然。關於艾略特浪子回頭，由大貶莎翁到大褒莎翁的變化，參看本書第十章。

32 "Julius Caesar"，一譯「凱撒大帝」。

其精確定位和穩牢本質，

天穹之中沒有任何匹儔。

托馬斯的對白，顯然脫胎自莎士比亞的名句。[33] 即使配角（第二名誘惑
者）說話時，觀眾／讀者也聽得出／看得出莎翁對艾略特的影響：

Then I leave you to your fate.

Your sin soars sunward, covering kings' falcons.[34]

那我就讓你自生自滅好了。

你的罪愆正朝著太陽高翥，連君王的鷹隼都蓋過。

「鷹隼」意象和「罪愆正朝著太陽高翥」的語言特徵，熟悉莎翁劇作
的觀眾都會覺得面善。

奉亨利二世之命殺害托馬斯的騎士即將衝進來的剎那，觀眾也看
得出牧師的忠耿，危難時護主心切。

第三名誘惑者 (Third Tempter) 遊說貝克特結盟反亨利二世時，短
短幾行，就展示了說話者的生動形象：

Well, my Lord,

I am no trifler, and no politician.

To idle or intrigue at court

I have no skill. I am no courtier.

I know a horse, a dog, a wench;

I know how to hold my estates in order,

---

33 在《尤利烏斯・凱撒》裏，作者要凱撒說話時說得這麼滿，充滿超人的自信，目
的是要展示主角的傲慢。在希臘悲劇中，主角的命運逆轉前，都會向觀眾表現傲
慢的行為或讓傲慢的言詞衝口而出。凱撒遇刺前，莎士比亞也以妙筆刻畫悲劇英
雄的這一弱點。嚴格說來，托馬斯殉教行為獲艾略特肯定，有別於希臘悲劇的主
角，不是狹義的悲劇英雄，但所說的「大言」的確顯示了某一程度的傲慢，與凱
撒的話語有相似之處。

34 T. S. Eliot, *Murder in the Cathedral*, 30。

A country-keeping lord who minds his own business.[35]

啊，老爺，

我不會開玩笑，也不搞政治。

在宮廷無所事事或者搞陰謀詭計，

也不是本人所長。我不是朝中人；

騎馬、跑狗、逛窯子倒熟悉。

我懂得怎樣料理家產；

是個老實地主，安於本分。

這段對白，反映的是個老油條，精於世故，能屈能伸，說起話來不乏幽默，也不介意自嘲；叫觀眾想起《哈姆雷特》中的波倫紐斯，也叫人想起《J・阿爾弗雷德・普魯弗洛克的戀歌》中主角的自白：

No! I am not Prince Hamlet, nor was meant to be;

Am an attendant lord, one that will do

To swell a progress, start a scene or two,

Advise the prince; no doubt, an easy tool,

Deferential, glad to be of use,

Politic, cautious, and meticulous;

Full of high sentence, but a bit obtuse;

At times, indeed, almost ridiculous—

Almost, at times, the Fool.[36]

不！我不是哈姆雷特王子，也沒人要我擔當這個角色；

我是個侍臣，各種雜務過得去的侍臣：

諸如給巡遊體面，演一兩場鬧劇去丟人，

為王子出主意；毫無疑問，是個工具，易於調派，

---

35 T. S. Eliot, *Murder in the Cathedral*, 31。

36 T. S. Eliot, *Collected Poems: 1909-1962*, 17。

畢恭畢敬，樂意為人效勞，

圓滑、機敏，而且誠惶誠恐；

滿口道德文章，不過稍欠頭腦；

有時候，甚至近乎懵懂——

近乎——有時候——一個大蠢材。

在《詩學》中，亞里士多德指出，「文思」的重要性位居第三，在情節和人物描寫之後：「位居第三的是文思，即貼切得宜的措詞能力」("τρίτον δὲ ἡ διάνοια· τοῦτο δέ ἐστιν τὸ λέγειν δύνασθαι τὰ ἐνόντα καὶ τὰ ἁρμόττοντα [...]")。[37] 這裏所謂「文思」，指情節和人物描寫以外的風格、詩律以至修辭技巧。就這方面而言，艾略特在《大教堂謀殺案》裏得分極高。首先，他善於營造戲劇的反諷效果：

Second Priest:

Our lord is at one with the Pope, and also the King of France.

We can lean on a rock […]

[………..]

Our lord, our Archbishop returns. And when the Archbishop returns

Our doubts are dispelled. Let us therefore rejoice,

I say rejoice […][38]

牧師二

我們大人跟教皇同一陣線，跟法國國王也如是。

我們可以倚靠在磐石上了 [⋯⋯]

[⋯⋯⋯⋯]

我們的大人，我們的大主教回來了。他一回來，

我們的疑惑就煙消雲散。那麼，我們歡欣吧——

是歡欣哪 [⋯⋯]

---

37 Aristotle, 52。

38 T. S. Eliot, *Murder in the Cathedral*, 17。

觀眾知道，貝克特一回來，就會遭遇不幸；牧師卻懵然不知，以為大喜將臨。現實與預期大相逕庭，於是產生強烈的反諷效果。[39]

艾略特受了希臘悲劇的影響，劇中人物的對白也不乏希臘戲劇式的智慧：

First Priest:

I know that the pride bred of sudden prosperity

Was but confirmed by bitter adversity.

[…………]

His pride always feeding upon his own virtues,

Pride drawing sustenance from impartiality,

Pride drawing sustenance from generosity […][40]

牧師一

我知道，生於勃興的傲慢，

逆境中只會變得更傲岸。

[……]

他的傲慢，總獲他的美德滋養──

傲慢吸啜生機於公正不阿，

傲慢吸啜生機於慷慨恕德。

Chorus

We have all had our private terrors,

Our particular shadows, our secret fears.

But now a great fear is upon us, a fear not of one but of many,

---

39 若論反諷效果之強，就筆者觀賞／閱讀過的劇作而言，沒有一齣能勝過索福克勒斯的《俄狄浦斯王》。這一悲劇的反諷效果如何強烈，"Within and beyond Aristotle's' Canon: Sophocles' *Oedipus Tyrannus* and Shakespeare's *Hamlet*" 一文有詳細討論，可參看。

40 T. S. Eliot, *Murder in the Cathedral*, 16。

A fear like birth and death, when we see birth and death alone
In a void apart.[41]

合誦

我們都有個人的駭怖、

特殊的陰影、祕密的恐懼。

不過現在，一種大恐懼降臨我們，不是一人，而是多人的恐懼，

一種像誕生和死亡的恐懼，在孤立的空無中獨自目睹

誕生和死亡的一刻。

托馬斯阻止牧師二斥責合誦的婦女時，表達的玄機則與老子呼應：

They speak better than they know, and beyond your understanding.

They know and do not know, what it is to act or suffer.

They know and do not know, that acting is suffering

And suffering is action. Neither does the actor suffer

Nor the patient act. But both are fixed

In an eternal action, an eternal patience [...][42]

她們所說超越她們所知，非你們所能理解。

她們知道，也不知道，何謂行動或忍受。

她們知道，也不知道，行動即忍受，

忍受即行動。行動者並不忍受，

忍耐者也不行動。但兩者凝定於

一種永恆的行動、一種永恆的忍耐。

托馬斯矢志殉教的決心：

---

41 T. S. Eliot, *Murder in the Cathedral*, 19。

42 T. S. Eliot, *Murder in the Cathedral*, 21。

　　　　　　　[...] We have only to conquer

Now, by suffering.[43]

　　　　　　　[⋯⋯] 現在，我們只須以忍受

去征服了。

更有點像《老子》第三十八章所說：

> 上德不德，是以有德；下德不失德，是以無德。[⋯⋯] 故失
> 道而後德，失德而後仁，失仁而後義，失義而後禮。

兩段文字，儘管「玄」而又「玄」，觀眾或讀者細味後都會覺得，托馬斯和老子的話，「矛盾」中有道理。

　　《大教堂謀殺案》的對白，一般不押韻，但為了突出主題、聚焦於某一論點或一醒觀眾耳輪時，作者又會靈活地使用各種押韻方式：

First Tempter

You see, my Lord, I do not wait upon ceremony:

Here I have come, forgetting all acrimony,

Hoping that your present gravity

Will find excuse for my humble levity [...][44]

誘惑者一

大人，你知道，我不會受繁文縟節役使：

我直接來到這裏，已經把宿怨棄置，

希望你在這一刻的嚴肅矜持

能找個藉口，包涵鄙人的輕佻行止。

這是偶句式 (couplet) 押韻，押韻的音節超過一個。[45]

---

43 T. S. Eliot, *Murder in the Cathedral*, 72。

44 T. S. Eliot, *Murder in the Cathedral*, 23。

45 漢譯設法模擬原詩的押韻方式：「役使」—「棄置」；「矜持」—「行止」。

再看眾騎士的對白：

Absolve all those you have excommunicated.
Resign the powers you have arrogated.
Restore to the King the money you appropriated.
Renew the obedience you have violated.[46]

赦免遭你逐出教會的所有無辜。
交出你霸佔的權力，讓王法運行如故。
把你侵吞的王家錢財歸還故主。
服從君王之禮遭干犯，要修復無誤。[47]

即使在人物以舌劍唇槍交戰的俄頃，韻腳也成為有機部分，能夠藉語音加強語義：

Thomas

Who are you? I expected
Three visitors, not four.

Fourth Tempter

Do not be surprised to receive one more.
Had I been expected, I had been here before.[48]

托馬斯

你是誰？我只期待
三個訪客，不是四個。

---

46 T. S. Eliot, *Murder in the Cathedral*, 73。

47 原詩每行結尾為 "-ated"。漢譯設法模擬其押韻效果：「無辜」—「如故」—「故主」—「無誤」。誘惑者一和眾騎士原文對白中的押韻有點像陰韻（feminine rhyme，又譯「弱韻」），唯一的分別是：陰韻是輕音節跟隨重音節；這裏原文的押韻中沒有重音節。

48 T. S. Eliot, *Murder in the Cathedral*, 35。

誘惑者四

多接待一個，也不必驚愕。

獲你期待，我就不是新來者。

在誘惑者三的對白中，艾略特利用行內韻（internal rhyme）強調論點時，強調得爽利簡潔：

Unreal friendship may turn to real

But real friendship, once ended, cannot be mended.[49]

不真的友誼可以成真，

但是真友誼一旦終結，就不能重接。[50]

在《自由詩反思》一文中，艾略特談到如何在自由詩中利用押韻，使押韻成為作品的有機部分而不致淪為機械公式。在上述對白和其他詩作中，他都能把理論付諸實踐——或者也可以說，由實踐歸納出理論。

二十世紀另一位大詩人葉慈也寫了不少詩劇，卻沒有一齣能像《大教堂謀殺案》那樣成功。艾略特寫詩劇，有點像米爾頓寫史詩：十七世紀，距離荷馬和維吉爾的史詩時代超過一千年，一般人大概會覺得，史詩這種體裁已經過時，甚至已經死亡；但米爾頓偏偏不信邪，以天縱之資寫出《失樂園》這部偉著。同樣，二十世紀距埃斯庫羅斯、索福克勒斯、歐里庇得斯的詩劇時代超過二千年，距莎士比亞的詩劇時代超過三百年；一般人也會覺得，詩劇再無發展空間；但艾略特也不信邪，以獨特的才華寫出《大教堂謀殺案》。米、艾二子的實踐證明，英雄既能造時勢，也能挽頹勢。

如要找《大教堂謀殺案》的弱點，我們可以說，艾略特利用陌生化技巧叫眾騎士在結尾時從劇中跳出來，直接對觀眾說話，與他們一

---

49 T. S. Eliot, *Murder in the Cathedral*, 31。

50 原詩的 "ended"-"mended" 是行內韻，也是陰韻；漢譯設法模擬原詩的押韻效果。

起分析劇情，弊處多於好處。

　　所謂「陌生化」，德語叫*Verfremdungseffekt*（又叫 "*V-Effekt*"）。[51]
其定義如下：

Der Verfremdungseffekt (*V-Effekt*) ist ein literarisches Stilmittel
und Hauptbestandteil epischen Theaters nach Bertolt Brecht. Eine
Handlung wird durch Kommentare oder Lieder so unterbrochen, dass
beim Zuchauer jegliche Illusionen zerstört werden. So kann er der
Theorie zufolge eine kritische Distanz zum Dargestellten einnehmen.[52]

陌生化是一種文學手法，也是貝爾托爾特・布萊希特史詩劇場的
重要組成部分。演出過程中，情節被評述或歌曲打斷，結果觀眾
的所有幻覺被摧毀。根據這一理論，幻覺摧毀後，觀眾就能從批
判性的距離看劇作。[53]

---

51 英譯 "distancing effect"、"alienation effect" 或 "estrangement effect"。

52 參看*Wikipedia*, "Verfremdungseffekt"、"Distancing effect"、"Defamiliarization" 各條
　（多倫多時間二〇二一年五月十八日下午三時登入）。

53 布萊希特的概念，衍生自俄國和蘇聯的形式主義理論家、批評家維克托・什
　克洛夫斯基 (Виктор Борисович Шкловский, 1893-1984) 的「陌生化」（俄語
　остранение，英語 Ostranenie）理論。一九三五年，布萊希特 (Bertolt Brecht, 1898-
　1956) 在莫斯科時，間接從什克洛夫斯基的劇作家朋友謝爾蓋・特列季亞科夫
　(Сергей Михайлович Третьяков, 1892-1937) 那裏學來。不過什克洛夫斯基的陌
　生化和布萊希特的陌生化有別。什克洛夫斯基的陌生化在《藝術即技巧》(*Art as
　Technique*) 中提出，指的是文學技巧。語言可以藉這一技巧，賦尋常、熟悉的事
　物以新面目。陌生化是一種轉化過程。在這一過程中，語言能影響讀者對事物的
　感覺，使他從一個新的角度看事物。一般語言的使用方式和詩歌語言的使用方
　式，分別就在這裏。詩歌的押韻、格律、比喻、意象、象徵，都是陌生化技巧。
　（參看Nasrullah Mambrol, "Defamiliarization", March 17, 2016，見 "Literary Theory
　and Criticism" 網頁；多倫多時間二〇二一年五月十八日下午十一時登入）。趙嘏
　《江樓感舊》的「月光如水水如天」，以水喻月，再以天喻水；賀知章《詠柳》
　的「不知細葉誰裁出，二月春風似剪刀」以「裁」字與柳葉結合，以「剪刀」喻
　春風；蘇軾《元月廿七日望湖樓醉書》的「黑雲翻墨未遮山，白雨跳珠亂入船」
　以「翻墨」喻「黑雲」，以「跳珠」喻「白雨」；都以詩的語言叫讀者的感覺復

按照這一理論，編劇或導演可以令演員在演出過程中加入各種動作或對白：比如說，演員甲對演員乙說話時，突然佯裝忘記了台詞，掉過頭來對觀眾說：「忘了台詞。」然後從口袋裏掏出一張紙，按照紙上的文字把台詞唸出來；或者在演出過程中，讓手機響起來，然後對觀眾說：「聽完電話繼續演，大家不介意吧？」根據布萊希特的理論，這樣的陌生化是為了提醒觀眾，他們此刻不過在看戲，千萬不要太投入；結果他們就會與戲劇保持客觀距離，能夠以批判眼光看劇情。

　　其實，布萊希特的陌生化，只是嘩眾取寵的小把戲，是約翰遜(Samuel Johnson) 所謂的「幼稚笑話」("childish mirth")，只叫人想起香港無厘頭電影中的搞笑場面、爆肚場面。[54] ——布萊希特，把什克洛夫斯基的黃金點成了爛鐵。觀眾去劇院看戲，當然知道是看戲了，不需希萊希特來提示。看戲時全面投入，有甚麼不好？投入——同時享受——一兩個鐘頭後，一走出劇院，自然會走出娛樂了他們一兩個鐘頭的「幻覺」，走回殘酷的現實世界了，何須別人多事，打斷他們花錢才買得到的「幻覺」？走出劇院後，他們有無窮的時間以「批判角度」，以「客觀焦距」檢視個多兩個鐘頭的「幻覺」，甚至寫長篇評論「批判性地」檢討觀劇經驗。布萊希特式的陌生化，就像音樂廳中以下一景：演奏中，樂團的指揮突然停下來，煞有介事地向聽眾宣佈：「對不起，肚子餓了，要吃點東西。」然後到後台拿出一份三明治，坐在舞台前吃起來。你問他為甚麼要這樣做。他說：「這是陌生化，目的是提醒聽眾，叫他們不要太投入，不要陶醉於韓德爾的《哈利路亞大合唱》；要他們知道，韓德爾的作品不過是一粒粒撒在五線譜上的豆豉；此刻，他們不是在聆聽音樂，是他們的耳膜在聲波中顫

　　活，使尋常——甚至陳舊——的景物以新面目撞擊讀者的感官，是陌生化的好例子，是詩歌的重要技巧，甚至像亞里士多德在《詩學》中所說，是「天才的標誌」。

54 「爆肚」，香港話，指叫人大笑不止，連肚皮也會笑爆。「搞笑」有多種結果；「爆肚」是最轟烈的一種。

動而已。」布萊希特的陌生化，又叫人想起兩個年輕男女，熱戀時有一個人類學家緊隨左右，每隔一段時間就提醒他們：「不要太投入哇；你們擁抱親熱時，不過在按照進化論程式，為生物繁衍的大佈局扮演該扮演的角色罷了。你們要跟戀愛經驗保持客觀焦距，以批判眼光加以檢討哇。」——世間還有更煞風景的事嗎？

還是兩千多年前亞里士多德的看法精到。在《詩學》中，這位哲學家兼文學評論家這樣為悲劇下定義：

ἔστιν οὖν τραγῳδία μίμησις πράξεως σπουδαίας καὶ τελείας μέγεθος ἐχούσης, ἡδυσμένῳ λόγῳ χωρὶς ἑκάστῳ τῶν εἰδῶν ἐν τοῖς μορίοις, δρώντων καὶ οὐ δι᾿ἀπαγγελίας, δι᾿ ἐλέου καὶ φόβου περαίνουσα τὴν τῶν τοιούτων παθημάτων κάθαρσιν.[55]

鑑於這點，悲劇乃模擬現實中高雅、完整而重大的情節；各部分的語言有獨特詞藻；採用呈現而非敘述方式；藉憐憫和驚怖淨化這兩種感情。

亞里士多德的定義不僅適用於狹義的悲劇，也可以應用於其他種類的戲劇，包括喜劇。觀眾要淨化其憐憫和驚怖之情，不可或缺的條件是投入劇中情節，甚至設身處地，想像自己是劇中人物；也就是說，要與布萊希特的陌生化「對著幹」，反布萊希特之道而行；只有這樣，他們才能進入淨化過程；像布萊希特那樣，要劇中演員在演出過程中突然像無厘頭電影的演員那樣插科打諢，打斷劇情，叫觀眾像平穩行駛著的火車隆然出軌，他們哪裏能淨化憐憫和驚怖？再談喜劇（無論是古希臘、古羅馬或英國伊麗莎白時期的喜劇）。觀眾買票入場，是要開心一場；如能從中吸取智慧，當然更好；觀眾沉醉於喜樂中，突然來一招布萊希特式把戲，結果就像吃餃子吃著泥沙。這樣看來，希

---

55 Aristotle, *Poetics* (Περὶ ποιητικῆς), ed. and trans., Stephen Halliwell, The Loeb Classical Library, ed. Jeffrey Henderson, Aristotle XXIII LCL 199 (Cambridge, Massachusetts / London, England: Harvard University Press, 1995), 46。

萊希特式陌生化的優點在哪裏？藝術效果在哪裏？

布萊希特的陌生化首次使用時，觀眾也許會覺得新奇有趣；一用再用，就會變成陳腔，變成濫調，變成叫人厭煩、惹人反感的小聰明。艾略特是傑出的劇作家，利用陌生化手法時當然不會像某些靠伎倆取寵的無才作者那樣無聊；眾騎士直接對觀眾說話時態度嚴肅，說時也言之有物，其節外生枝不算太大的缺點；但即使如此，像艾略特這一級數的作家，不與布萊希特同流才是上著。古希臘悲劇中的合誦，有廣闊的空間供他的詩才、劇才馳騁；何必為了布萊希特式的「現代」和「前衛」而給作品平添蛇足，破壞一部上佳詩劇的藝術效果呢？[56]

《大教堂謀殺案》出版後四年，也就是一九三九年，艾略特出版另一詩劇《家庭團聚》(*The Family Reunion*)。[57] 這一劇本，結合了希臘戲劇和偵探小說成分，[58] 寫主角如何由內疚獲得救贖的過程，

---

56 《大教堂謀殺案》的蛇足，雖與《獻給吾妻》("A Dedication to my Wife") 一詩的蛇足有別，但畢竟仍是蛇足。有關《獻給吾妻》的蛇足，本書第十章有詳細討論和分析。在 "Poetry and Drama" 一文中，艾略特也承認，劇中的陌生化（眾騎士直接對觀眾說話）是「小把戲」("a kind of trick")，可能受了《聖貞德》(*St. Joan*) 影響。參看 *On Poetry and* Poets, 86-87。"Poetry and Drama" 為艾略特在哈佛大學的演講稿，是西奧多‧斯賓塞紀念講座 (Theodore Spencer Memorial Lectures) 系列的第一講，其後收入 *On Poetry and Poets* 一書，見 *On Poetry and Poets* (New York: Farrar, Straus and Giroux), 75-95。

57 據艾略特在 "Poetry and Drama" 一文中的自述，《家庭團聚》的詩律如下：每行長短不一（音節的數目不固定），有一個行中停頓 (caesura)，共有三個重音 (stresses)；行中停頓和三個重音可以出現在行中不同的位置（幾乎是行中的任何位置）；重音可以密集，也可以由輕音 (light syllables) 分隔；行中停頓的一邊必須有一個重音，另一邊有兩個重音。見 *On Poetry and Poets* (New York: Farrar, Straus and Giroux), 88。

58 此劇以古希臘奧雷斯特斯 (Ὀρέστης) 的故事為藍本，所寫是現代題材。奧雷斯特斯的父親阿伽梅儂 (Ἀγαμέμνων) 遭妻子柯呂泰姆妮絲婭 (Κλυταιμνήστρα) 殺害。奧雷斯特斯為報父仇而弒母。在埃斯庫羅斯的劇作中，謀殺阿伽梅儂的是柯呂泰姆妮絲婭；在歐里庇得斯的劇作中，謀殺阿伽梅儂的是柯呂泰姆妮絲婭的情夫。在埃斯庫羅斯的劇作中，奧雷斯特斯因弒母而發瘋，被復仇女神追殺。奧雷斯特斯弒

一九三九年上演時並不成功；當時的《泰晤士報》也指出，劇本欠缺情節。在《詩與戲劇》("Poetry and Drama") 一文中，艾略特談到《大教堂謀殺案》所以成功的原因；[59] 然後進一步表示，《家庭團聚》寫得不成功。不成功的原因有二：第一，頭重尾輕，起、承太長，叫觀眾失去耐性和興趣；轉、合則太急，結尾變成了草草收場。第二，「不能叫希臘故事和現代情節彼此適應」("a failure of adjustment between the Greek story and the modern situation")。[60] 此外，艾略特指出，觀眾對主題的態度無所適從，不知道劇作的中心是「母親的悲劇還是兒子的救贖」("the tragedy of the mother or the salvation of the son")。[61]

艾略特在錯誤中吸取教訓後，創作下一齣詩劇《雞尾酒會》(The Cocktail Party) 時懂得何避何趨，[62] 成績要勝過《家庭團聚》。據艾略特自述，寫《雞尾酒會》時，他已在實踐中找到具備各種用途的詩語，不必倚賴散文也能從激昂的陳詞轉入舒徐的對話。在這一劇作中，他雖然仍以古希臘戲劇為藍本，但不再用合誦形式；借助前賢的作品時也不再著跡，結果連朋友和劇評家也看不出劇作的靈感來自歐里庇得斯的《阿凱絲蒂絲》(Ἄλκηστις)。在創作過程中，艾略特避免加入與劇情無關的詩；同時設法叫觀眾一直覺得，劇情發展中會有新事件發生。[63] 由於這緣故，《雞尾酒會》比《家庭團聚》成功。

在《詩與戲劇》("Poetry and Drama") 一文裏，艾略特對詩劇創作有以下看法：

> It seems to me that if we are to have a poetic drama, it is more likely to
> come from poets learning how to write plays, than from skilful prose

---

母，是奉太陽神阿波羅之命，但阿波羅也救不了他，最後要由智慧女神雅典娜介入才逃過一劫。

59 *On Poetry and Poets* (New York: Farrar, Straus and Giroux), 84-87。

60 *On Poetry and Poets* (New York: Farrar, Straus and Giroux), 90。

61 *On Poetry and Poets* (New York: Farrar, Straus and Giroux), 90。

62 《雞尾酒會》於一九五○年出版。

63 *On Poetry and Poets* (New York: Farrar, Straus and Giroux), 91-92。

dramatists learning to write poetry. That some poets can learn how to write plays, and write good ones, may be only a hope, but I believe a not unreasonable hope; but that a man who has started by writing successful prose plays should then learn how to write good poetry, seems to me extremely unlikely.[64]

個人覺得，如要創出一種新的詩劇，則這種詩劇，出自學寫戲劇的詩人之手，會比出自擅寫散文戲劇再學習寫詩的劇作家之手更有可能。說有些詩人能學習寫戲劇，而且會寫出優秀的戲劇，也許只是個希望，但我相信不是奢望；一個人始於寫散文劇作而成功，然後學習寫詩而寫出優秀作品，在我看來，可能性是微乎其微。

艾略特的意思是：詩才比劇才更難勉強。[65]

也許堅信詩劇非詩人莫屬，且有意「興滅繼絕」，《雞尾酒會》之後，艾略特還寫了兩部同類作品：一九五四年出版的《機要祕書》(*The Confidential Clerk*) 和一九五九出版的《政界元老》(*The Elder Statesman*)。兩部作品雖然吸收了《家庭團聚》的失敗經驗，但始終比不上《大教堂謀殺案》。

一九四二年，艾略特在《詩的音樂》("The Music of Poetry") 一文中說：

---

64 *On Poetry and Poets* (New York: Farrar, Straus and Giroux), 92。

65 這一現象，在中外文壇都可以看到：一直不寫散文，到四五十歲才動筆寫散文，結果成為優秀——甚至傑出——散文家的，例子不勝枚舉；一直不寫詩，到四五十歲才寫詩，結果成為優秀或傑出詩人的，筆者迄今還未曾見過。此外還有一個常見的現象：散文家的「存活率」遠比詩人的「存活率」高。散文家一旦成家，江郎才盡的危機較小；十多二十歲的優秀詩人，越不過三十、四十大關的多不勝數；詩人即使成家——甚至成為名家，仍往往逃不過江郎才盡的厄運；換言之，詩人比散文家容易「夭折」，也往往比散文家「命短」（這裏所說的「命」，是創作生命，不是肉體生命）。

We have still a good way to go in the invention of a verse medium for the theatre, a medium in which we shall be able to hear the speech of contemporary human beings, in which dramatic characters can express the purest poetry without high-falutin and in which they can convey the most commonplace message without absurdity.[66]

要為劇院創造一種以詩為體裁的媒介，還有很長的路要走。有了這種媒介，我們就可以聽到當代人說這樣的一種話語：利用這種話語，劇中人物能說出最精純的詩而不致浮誇，傳遞最平凡的信息而不會顯得可笑。

綜觀艾略特寫現代題材的詩劇，讀者不難發覺，作者在詩劇的語言實驗上取得可觀的成就。這些詩劇的對白既是詩，也是流暢、自然的話語，與劇情和人物配合；唯一不足之處，是未能升到《大教堂謀殺案》的層次。所以如此，大致有兩大原因。第一，《大教堂謀殺案》的題材，比現當代題材更適合以詩劇體裁處理。[67] 第二，艾略特雖有

---

66 T. S. Eliot, "The Music of Poetry", *On Poetry and Poets* (New York: Farrar, Straus and Giroux, 2009), 32. 此文是艾略特一九四二年在格拉斯哥大學的講稿，為W. P. 克爾紀念講座 (W. P. Ker Memorial Lectures) 系列之三，全文見*On Poetry and Poets* (New York: Farrar, Straus and Giroux, 2009), 17-33。引文見該書第三十二頁。

67 關於這點，艾略特早有詳細解釋：

When I wrote *Murder in the Cathedral* I had the advantage for a beginner, of an occasion which called for a subject generally admitted to be suitable for verse. Verse plays, it has been generally held, should either take their subject matter from some mythology, or else should be about some remote historical period, far enough away from the present for the characters not to need to be recognizable as human beings, and therefore for them to be licensed to talk in verse. Picturesque period costume renders verse much more acceptable. (*On Poetry and Poets* (New York: Farrar, Straus and Giroux), 84)

我寫《大教堂謀殺案》時，具備初寫詩劇者的有利條件：當時要寫的，是公認適合以詩表達的題材。公論一向是：詩劇應該取材自某類神話，否則就應該寫某一湮遠的歷史時期，與現代有足夠距離，無須讓觀眾看出劇中人物是

詩才，劇才仍有所欠缺，創造和編織情節時不能緊扣觀眾的注意力。以《家庭團聚》為例，作品不能像索福克勒斯的《俄狄浦斯王》或莎士比亞的《哈姆雷特》那樣，啟幕不久，對白展開不過一頁半頁，就把觀眾／讀者的注意力逮住。[68]

《雞尾酒會》寫得比《家庭團聚》成功。作品一開頭，就有警策之句，能吸引觀眾／讀者注意：

Alex

You've missed the point completely, Julia:
There *were* no tigers. *That* was the point.

Julia

Then what were you doing, up in a tree:
You and the Maharaja?

阿歷克斯

茉莉亞，你完全不明白重點所在：
根本沒有老虎。這，就是重點所在。

茉莉亞

那你們在樹上做甚麼？
你跟土邦主。

下列一句，以滑稽細節叫觀眾發噱之餘，也引起他們的好奇，並且為作品定調：

凡人，結果劇作會容許他們以詩交談。劇中人物穿上華麗古裝，說起詩來，獲觀眾接受的程度更會大大提高。

在評論的同一頁，艾略特還指出另外兩個原因：該劇「為相當特殊的一類觀眾製作」("produced for a rather special kind of audience")；作品是「宗教劇」("religious play")。
68 以《家庭團聚》為例，筆者看了二十多頁，仍看不到甚麼「亮點」，而耐性早已失去，注意力也早已分散，再沒有興趣看下去。

Peter

And how the butler found her in the pantry, rinsing her mouth out

with champagne.

I like that story.

彼得

還講到男管家在茶水間發現她用香檳漱口。

我喜歡這故事。

下列對白，簡潔明快，完全沒有冷場，證明經過《家庭團聚》的失敗教訓後，艾略特寫對白已大有進步：

Unidentified Guest

I know you as well as you know your wife;

And I knew that all you wanted was the luxury

Of an intimate disclosure to a stranger.

Let me, therefore, remain the stranger.

But let me tell you, that to approach the stranger

Is to invite the unexpected, release a new force,

Or let the genie out of the bottle.

It is to start a train of events

Beyond your control. […]

[…………]

Edward

It might turn out so, yet…

Unidentified Guest

Are you going to say, you love her?

Edward

Why, I thought we took each other for granted.

I never thought I should be any happier
With another person. Why speak of love?
We were used to each other. So her going away
At a moment's notice, without explanation,
Only a note to say that she had gone
And was not coming back—well, I can't understand it.
Nobody likes to be left with a mystery:
It's so…unfinished.

Unidentified Guest
Yes, it's unfinished;

And nobody likes to be left with a mystery.
But there's more to it than that. There's a loss of personality;
Or rather, you've lost touch with the person
You thought you were. You no longer feel quite human.
You're suddenly reduced to the status of an object—
A living object, but no longer a person.
It's always happening, because one is an object
As well as a person. But we forget about it
As quickly as we can. When you've dressed for a party
And are going downstairs, with everything about you
Arranged to support you in the role you have chosen,
Then sometimes, when you come to the bottom step
There is one step more than your feet expected
And you come down with a jolt. Just for a moment
You have the experience of being an object
At the mercy of a malevolent staircase.
Or, take a surgical operation.
In consultation with the doctor and the surgeon,

In going to bed in the nursing home,
In talking to the matron, you are still the subject,
The centre of reality. But, stretched on the table,
You are a piece of furniture in a repair shop
For those who surround you, the masked actors;
All there is of you is your body
And the 'you' is withdrawn.

神祕客人

我熟悉你，就像你熟悉你太太一樣；
我已經知道，向一個陌生人吐露心事的
豪奢，就是你所需要的一切。
那麼，我就繼續保持陌生人身分吧。
不過我得告訴你，找陌生人交談，
等於招惹不測，釋放一種新力量，
或者把妖怪從瓶子裏放出來。
那是啟動一連串
你所不能控制的事件。[⋯⋯]
[⋯⋯⋯⋯⋯]

愛德華

可能是這樣，可是⋯⋯

神祕客人

你要說你愛她？

愛德華

唉，我當時以為，彼此敷衍敷衍就是了。
我從未想過，跟另一個人一起
會幸福些。幹嗎講甚麼愛呢？
我們習慣了彼此就是了。因此，她說走

就走，沒有解釋，
只留下一張字條，說她走了，
以後不會再回來——嗯，我就是不明白。
誰也不喜歡承受一個疑團的呀；
這樣……沒有個了結。

神祕客人
對，沒有個了結。

是，誰也不喜歡承受一個疑團。
不過還有別的後果——還叫人失去個性。
或者應該說，你一度以為自己是某某人；
此刻卻跟這個某某人失去了聯繫，不再覺得自己完全是個人。
突然間，你被降格至物品的地位——
一件活著的物品，但不再是人。
這樣的情形一直在發生，因為我們既是物，
也是人；不過我們會儘快忘記
這一事實。你穿好了衣服，準備赴宴，
走下樓梯，周圍的一切
安排妥當，支持你所選擇的角色；
然後，有時你走到最低一級樓梯的俄頃，
卻多出一級，出乎你雙腳所料；
一腳著地時突然一頓。剎那之間，
你經歷變成物品的感覺，
受一排惡毒的樓梯宰制。
又以動手術為例：
跟大夫或外科醫生磋商，
在護老療養院上床，
或者跟護士長談話，你仍然是主體，
是現實的中心。但是，在手術枱上攤開，

你就是修理店中的一件家具，

等待在你周圍戴著口罩的演員修理。

你僅餘的一切，不過是一具肉體，

那個「你」已經被收回。

觀眾／讀者聽得出／看得出，對白是詩，與人物和劇情配合，既有哲理，也有幽默和機智；更難得的是，文字讀來流暢自然，既不矯揉，也不著跡，不會叫人覺得，艾略特故意用詩化文字給對白裝飾，以引人注意。艾略特為詩劇語言所做的實驗，在這段文字裏展示了成績。

再看下列對白：

Unidentified Guest

Do you know who the man is?

Edward

There was no other man—

None that I know of.

Unidentified Guest

Or another woman

Of whom she thought she had cause to be jealous?

Edward

She had nothing to complain of in my behaviour.

Unidentified Guest

Then no doubt it's all for the best.

With another man, she might have made a mistake

And want to come back to you. If another woman,

She might decide to be forgiving

And gain an advantage. If there's no other woman

And no other man, then the reason may be deeper

And you've ground for hope that she won't come back at all.
If another man, then you'd want to remarry
To prove to the world that somebody wanted you;
If another woman, you might have to marry her—
You might even imagine that you wanted to marry her.

Edward

But I want my wife back.

Unidentified Guest

　　　　That's the natural reaction.
It's embarrassing, and inconvenient.

神祕客人

你知道那個男人是誰嗎？

愛德華

　　　　沒有另一個男人——
就我所知是沒有。

神祕客人

　　　　也沒有另一個女人？——
她心目中值得妒忌的女人？

愛德華

我的行為，她找不到半點瑕疵。

神祕客人

那無疑是最佳的情況了。
要是有另一個男人，她可能識錯了人，
要再度回到你身邊。要是有另一個女人，
她可能立心要寬宏大量，

藉此取得優勢。要是沒有另一個女人，

也沒有另一個男人，原因可能藏得深一點；

你會有理由希望，她根本不會再回來。

要是有另一個男人，你會想再度結婚，

向世人證明，還有人要你；

要是有另一個女人，你可能要娶她——

甚至會假設，你本來有心娶她。

愛德華

但我要找回妻子。

神祕客人

那是自然的反應，

既尷尬，又不方便。

乾淨利落，了無贅語；其中有機智，有幽默，觀眾和讀者都會聚精會神地聆聽／閱讀。

下列對白（愛德華對茜莉亞說話），重複 "desire" 一詞，不但不會叫觀眾／讀者厭煩，反而越重複，越引人入勝：

The one thing of which I am relatively certain

Is, that only since this morning

I have met myself as a middle-aged man

Beginning to know what it is to feel old.

That is the worst moment, when you feel that you have lost

The desire for all that was most desirable,

Before you are contented with what you can desire;

Before you know what is left to be desired;

And you go on wishing that you could desire

What desire has left behind. But you cannot understand.

How could *you* understand what it is to feel old?

我比較肯定的一點是，

僅從今晨開始，

我以中年人身分面對自己，

開始知道，年老的感覺是甚麼回事。

那是最壞的一霎；那一霎，你覺得，

對於最可欲的一切，你失去了欲望；

這時候，你還沒有滿足你的可欲；

這時候，你仍未知道還有甚麼可欲；

結果會繼續希望仍能讓欲望

得到欲望留下的東西。不過你不能明白。

你呀，怎能明白年老是甚麼樣的感覺呢？

此外，《雞尾酒會》的對白還有一個特色：觀眾／讀者往往預測不到人物在下一句會說甚麼，結果會凝神追聽／追讀。第一幕第三場開始不久，愛德華和神祕客人的對白就是個突出的例子：

Edward

I take it that as you have come alone

You have been unsuccessful.

Unidentified Guest

Not at all.

I have come to remind you—you have made a decision.

Edward

Are you thinking that I may have changed my mind?

Unidentified Guest

No. You will not be ready to change your mind

Until you recover from having made a decision.

No. I have come to tell you that you will change your mind,

But that it will not matter. It will be too late.

Edward

I have half a mind to change my mind now
To show you that I am free to change it.

Unidentified Guest

You will change your mind, but you are not free.
Your moment of freedom was yesterday.
You made a decision. You set in motion
Forces in your life and in the lives of others
Which cannot be reversed. That is one consideration.
And another is this: it is a serious matter
To bring someone back from the dead.

Edward

From the dead?
That figure of speech is somewhat…dramatic,
As it was only yesterday that my wife left me.

Unidentified Guest

Ah, but we die to each other daily.
What we know of other people
Is only our memory of the moments
During which we knew them. And they have changed since then.
To pretend that they and we are the same
Is a useful and convenient social convention
Which must sometimes be broken. We must also remember
That at every meeting we are meeting a stranger.

Edward

So you want me to greet my wife as a stranger?
That will not be easy.

                    Unidentified Guest
                    It is very difficult.
But it is perhaps still more difficult
To keep up the pretence that you are not strangers.
The affectionate ghosts: the grandmother,
The lively bachelor uncle at the Christmas party,
The beloved nursemaid—those who enfolded
Your childhood years in comfort, mirth, security—
If they returned, would it not be embarrassing?
What would you say to them, or they to you
After the first ten minutes? You would find it difficult
To treat them as strangers, but still more difficult
To pretend that you were not strange to each other.

                    Edward
You can hardly expect me to obliterate
The last five years.

                    Unidentified Guest
                    I ask you to forget nothing.
To try to forget is to try to conceal.

                    Edward
There are certainly things I should like to forget.

                    Unidentified Guest
And persons also. But you must not forget them.
You must face them all, but meet them as strangers.

Edward

Then I myself must also be a stranger.

Unidentifed Guest

And to yourself as well. But remember,
When you see your wife, you must ask no questions
And give no explanations. I have said the same to her.
Don't strangle each other with knotted memories.
Now I shall go.

愛德華

你單獨到來，我猜
是不成功了。

神祕客人

　　　　絕非像你所說。
我到來，是要提醒你——你作出了一個決定。

愛德華

你以為我可能改變了主意嗎？

神祕客人

不，從作出決定這行為恢復過來之前，
你還不會做好改變主意的準備。
不，我到來，是要告訴你，你會改變主意。
不過不要緊；那時候要改變主意已經太晚。

愛德華

這一刻，我倒有意要改變主意了——
讓你知道，我有改變主意的自由。

神祕客人

你會改變主意，但是你並不自由。
你自由的一瞬已經隨昨天消逝。
你作出一個決定後，你在自己
和他人的生命中啟動了各種力量；
這些力量不可以逆轉。這只是要考慮的因素之一；
另一個因素是：把一個人
從陰間帶回陽間是嚴肅的事件。

愛德華

從陰間？
這個比喻未免有點……戲劇化了。
不過是昨天，我太太才離開我。

神祕客人

啊，對於彼此，我們每天都死一次。
我們認識的他人，只是記憶中的
一些剎那；我們認識的他人，
只在這些剎那中認識；之後，他們已經改變。
假裝他們跟我們依然故我
是一種有用而方便的社會習俗；
這習俗，有時必須打破。我們也必須記住，
每次見面，我們所見都是個陌生人。

愛德華

那你要我把太太當作陌生人那樣招呼？
那可不容易。

神祕客人

是十分困難。
但繼續假裝你們不是陌生人，
也許會更加困難。

那些親熱的鬼魅：祖母、
聖誕聚會中充滿活力的未婚叔叔、
親愛的保姆——那些以舒服、歡樂
和安全感覺擁抱你童年的人——
要是他們返回陽間，難道不尷尬嗎？
見面十分鐘後，你對他們或他們對你，
還有甚麼話可說呢？你會發覺，
把他們當作陌生人會有困難；但假裝
彼此並不陌生會更加困難。

愛德華

你不能要我把過去五年
一筆勾銷吧？

神祕客人

　　　　我沒有叫你忘記甚麼；
試圖忘記等於試圖隱瞞。

愛德華

某些事物我倒想忘掉。

神祕客人

也想忘掉某些人物。但你不可以忘掉他們。
他們哪，你要全部面對，不過像碰到陌生人那樣。

愛德華

那我本身大概也是個陌生人了。

神祕客人

對你本身也陌生。不過要記住，
見到你太太時，不可以問問題，
也不可以向她解釋。對於她，我也是這樣吩咐。

不要用糾纏的回憶把彼此扼殺。

　　我要走了。

花大量篇幅引述這段對白，是為了證明，劇中人物說話時既針鋒相對，又出人意表，叫觀眾無從預測。此外，劇中人物（尤其是神祕客人）的話，初聽似乎荒誕，細思又覺有理；結果觀眾的精神和注意力不得不保持警醒。——這，是上乘的對白，是詩劇的上乘對白：既有詩，又有哲理，同時又與人物、劇情緊密配合。在《詩與戲劇》一文中，艾略特大讚莎士比亞《奧賽羅》的主角面對憤怒的岳父和朋友時所說的一句話：「收回你們亮晃晃的劍；不然夜露會叫它們生鏽」("Keep up your bright swords, for the dew will rust them")；認為這行對白有多種效果，而且能配合人物的個性。[69] 艾略特寫《雞尾酒會》時，顯然從莎劇裏偷了不少師。

　　戲劇的第二幕在情調上大異於第一幕，氣氛由荒誕變得凝重，同時叫觀眾隱隱感到不安。神祕客人表露身分後，原來是心理醫生賴利，正開始診治愛德華和拉維尼亞夫婦。像第一幕一樣，第二幕的對白同樣出人意表，荒誕中隱含道理。試聽賴利如何診斷愛德華和拉維尼亞：

Reilly

May I interrupt this interesting conversation?

I say you are both too ill. There several symtoms

Which must occur together, and to a marked degree,

To qualify a patient for *my* sanatorium:

And one of them is an honest mind.

That is one of the causes of their suffering.

---

69 參看 *On Poetry and Poets* (New York: Farrar, Straus and Giroux), 89。

Lavinia

No one can say my husband has an honest mind.

Edward

And I could not honestly say that of *you*, Lavinia.

賴利

可以打斷這饒有意思的討論嗎？

哎呀，你們倆病得太重了。要有幾個病徵

同時出現，而且到了顯著程度，

病人才有資格入住我的療養院。

病徵之一，是心胸坦蕩。

這，也是他們患病的原因之一。

拉維尼亞

誰也不能說我丈夫心胸坦蕩啊。

愛德華

拉維尼亞呀，我也不能說你心胸坦蕩。

按照傳統觀念，誠實（心胸坦蕩）是美德；在這裏卻變成了精神病的原因之一。聽了三人的對白，觀眾要拒絕聽下去也不行了。

有時候，劇中人物繞著一個常用的詞語周旋，也會叫觀眾耳目一醒：

Reilly

[...........]

And the second symptom?

Celia

        That's stranger still.

It sounds ridiculous—but the only word for it

That I can find, is a sense of sin.

Reilly

You suffer from a sense of sin, Miss Coplestone?
That is most unusual.

Celia

It seemed to *me* abnormal.

Reilly

We have yet to find what would be normal
For *you*, before we use the term 'abnormal'.
Tell me what you mean by a sense of sin.

Celia

It's much easier to tell you what I don't mean:
I don't mean sin in the ordinary sense.

Reilly

And what, in your opinion, is the ordinary sense?

賴利

[⋯⋯⋯⋯⋯]
第二個病徵是？

茜莉亞

那就更奇怪了。
聽起來很滑稽──不過我只能想到
一個詞語來形容：犯罪感。

賴利

科普斯頓小姐，你遭犯罪感折騰？
那可十分不尋常。

茜莉亞
我本人看來是變態。

賴利
使用「變態」一詞之前，我們
得找出，對於你，甚麼才是常態。
告訴我，你所謂的「犯罪感」指的是甚麼？

茜莉亞
告訴你，我指的不是甚麼，會容易得多；
我指的不是一般所謂的罪。

賴利
按照你的看法，「一般所謂的罪」又是甚麼？

兩個人物，旗鼓相當，就幾個單詞／詞組 ("abnormal"、"normal"、"ordinary sense")咬文嚼字，你來我往，趣味盎然間叫觀眾耳不暇給。

上述引文，讓讀者得窺艾略特寫對白的一個技巧：人物甲提出某一觀點、某一單詞或詞組時，觀眾會以為人物乙——不管同意或不同意——必然在同一觀點、同一單詞或詞組的框架中回應；人物乙的回應卻出人意表，跳出了人物甲或觀眾預設的框架。以賴利的 "That is most unusual" 為例：絕大多數觀眾聽了這句話，大概以為茜莉亞的回應是 "Yes" 或 "No"，也就是說，跳入賴利所設的框架；可是，茜莉亞偏偏不循 "Yes, that is most unusual…" 或 "No, that is not unusual…" 的方向回應，而是另設自己的框架："It seemed to *me* abnormal." 在這種越出觀眾意表的一來一往中，對白乃產生張力，避免了單調，叫觀眾驚訝、驚愕或驚喜。——這，正是藝術的重要原理之一。

賴利看完病人茜莉亞後，對茱莉亞說：

And when I say to one like her
'Work out your salvation with diligence', I do not understand

What I myself am saying.

我對她這樣的一個人說
「努力找出自救的方法」時，對自己說的
是甚麼，也並不明白。

劇情峰迴路轉間，再給觀眾驚愕。在這裏，觀眾得窺艾略特劇藝的另
一斑：在賴利「招供」自己的弱點前，是賴利和茜莉亞談心理、哲理
的一大段文字，內容抽象得幾近玄虛；然而，即使懂心理學和哲學的
觀眾也開始感到沉悶的俄頃，艾略特突然要心理醫生「自爆內幕」，
猝不及防間，觀眾分散的注意力馬上再度凝聚。

到了第三幕，氣氛又與第二幕有別：雞尾酒會開始前，眾演員可
以大談猴子；大談基督徒吃猴子；就 "interrupt"（「打斷」）一詞，
劇中人物也可以「大打出手」：

Julia

My dear Henry, you are interrupting me.

Lavinia

If you can interrupt Julia, Sir Henry,
You are the perfect guest we've been looking for.

Reilly

I should not dream of trying to interrupt Julia...

Julia

But you're both interrupting!

Reilly

Who is interrupting now?

Julia

Well, you shouldn't interrupt my interruptions:

That's really worse than interrupting.

茱莉亞

我的好亨利呀，你打斷我的話了。

拉維尼亞

賴利爵士，要是你能打斷茱莉亞的話，
你是我們一直要找的理想客人。

賴利

我做夢也不敢打斷茱莉亞的話……

茱莉亞

可你們兩個都在打斷我的話了。

賴利

這一刻，誰在打斷誰的話啦？

茱莉亞

哎呀，你不該打斷我的打斷——
那真是比單一打斷還要糟。

仍然是荒誕的對話。荒誕的對話後，又轉入嚴肅話題：劇中人物開始談死亡，談痛苦。

　　三幕戲劇，大致是喜劇，荒誕中有嚴肅，嚴肅中有荒誕。處理嚴肅題材，固然是艾略特的強項；但劇中不少荒誕情節（如阿歷克斯硬要替愛德華煮晚餐，茱莉亞忘記拿雨傘，忘記拿眼鏡），也證明他有幽默感，有創造滑稽場面的本領。至於劇中人物無論談心理還是談哲理，都能給觀眾深刻的印象，大概因為艾略特唸過哲學，本身又有非常敏感、非常精密的心理結構，並且能善用精神崩潰的一手經驗。美中不足的是，就結構而言，與第一、二幕比較，第三幕（也是最後一幕）是弱了些。文學作品，尤其是史詩、小說、戲劇，最後一章或最後一幕應該是高潮所在;《雞尾酒會》的最後一幕不大像高潮,欠缺殿後和收結全劇的力量。[70]

一九五四年,艾略特出版另一劇作《機要祕書》(*The Confidential Clerk*)。作品寫科洛德・穆爾漢默 (Claude Mulhammer) 如何把私生子以機要祕書身分帶回家中。戲劇開始不久,從人物的對白裏,觀眾就知道穆爾漢默和他的機要祕書是父子關係;交代的手法經濟利落,人物的描寫也舉重若輕。比如說,露卡絲妲 (Lucasta) 幾乎對誰(即使初次見面)都直呼其名,就叫觀眾覺得,她是個粗線條人物。劇中的對白介紹、描畫這個「粗線條」人物時不乏幽默:

Eggerson

But you needn't worry

About her [Lucasta Angel], Mr. Simpkins. She'll marry Mr. Kaghan

In the end. He's a man who gets his own way,

And I think he can manage her. If anyone can.

Colby

But is she likely to be a nuisance?

Eggerson

Not unless you give her encouragement.

I have never encouraged her.

---

70 筆者有英文論文 "Where Homer Nods: The Unequal Combat between Achilles and Hector in the *Iliad*",談藝術作品的結尾,指出荷馬《伊利昂紀》的結尾欠缺高潮應有的力量,是作品的瑕疵。全文見Laurene K. P. Wong, *Thus Burst Hippocrene: Studies in the Olympian Imagination* (Newcastle upon Tyne: Cambridge Scholars Publishing, 2018), 49-74。有關《伊利昂紀》結尾的討論,見該書頁七三—七四(註四九)。

Colby

But you have Mrs. Eggerson.

Eggerson

Yes, she's a great protection. And I have my garden
To protect me against Mrs. E. That's my joke.[71]

艾格森

　　不過，辛金斯先生，你不必
因她而擔心。她最終會嫁給
凱根先生的。凱根先生是個有主見的人；
而且我認為他能駕馭露卡絲妲——如果真有這樣的能人。

科爾比

不過，她會不會煩人？

艾格森

不會的——除非你鼓勵她煩你。
我從來不會鼓勵她。

科爾比

　　但你有艾格森太太。

艾格森

對，艾太太是一大保護。保護我的還有花園，
不讓艾太太煩我。——這是我愛說的笑話。

　　之後，科洛德和私生子科爾比大談藝術（陶藝、音樂）和人生
哲理，戲劇進入靜態。這時，觀眾對劇情的興趣會退減，甚至感到乏
味，感到厭煩。

---

71 T. S. Eliot, *The Confidential Clerk*, 29。

到了第二幕，科爾比和露卡絲妲獨談時向彼此披露內心世界。露卡絲妲承認，她喜歡科爾比。這樣的深談，超越了一般的寒暄，叫觀眾以為，兩人內心已萌生情愫；發展下去，應該是浪漫故事了。不料就在這一刻，露卡絲妲告訴科爾比，許多人以為她是科洛德的情婦；其實她是科洛德的私生女。換言之，觀眾突然發現，科洛德的私生子正在和科洛德的私生女談心事。從這一瞬開始，劇情急轉直下：在科爾比表示震驚的剎那，露卡絲妲怨憤間所說的對白充滿戲劇反諷 (dramatic irony)：

Colby

Oh Lucasta, I'm not shocked. Not by you,

Not by anything you think. It's to do with myself.

Lucasta

Yourself, indeed! Your precious self!

Why don't you shut yourself up in that garden

Where you like to be alone with yourself?

Or perhaps you think it would be bad for your prospects

Now that you're Claude's white-headed boy.

Perhaps he'll adopt you, and make you his heir

And you'll marry another Lady Elizabeth.

But in that event, Colby, you'll have to accept me

As your sister! Even if I am a guttersnipe…[72]

科爾比

露卡絲妲呀，我並不震驚。──不是因為你，
不是因為你所想的甚麼。原因只跟我自己有關。

---

72 T. S. Eliot, *The Confidential Clerk*, 72。

是啊，你自己呀！[73] 你珍貴的自己呀！

為甚麼不把你自己關在那個花園裏？

你喜歡在裏面一個人獨處嘛！

不然你就覺得會影響你的錦繡前程——

現在，你已經是科洛德的寵兒啦。

說不定他會認你為乾兒子，當他的繼承人；

之後，你就娶另一位伊麗莎白女士啦。

不過，科爾比，那時候，你得認我

為妹妹——就算我是個骯髒流浪女……

這是情人吵架了。露卡絲妲愛上了科爾比，卻不知道情人是自己的哥哥；一句「你得認我／為妹妹」變成了典型的戲劇反諷。[74]

再看另一例：凱根在科爾比面前對露卡絲妲所說的對白：

Kaghan

Now, I'll tell you the difference

Between ourselves and Colby. You and me—

The one thing *we* want is security

And respectability! Now Colby

Doesn't really care about being respectable—

He was born and bred to it. I wasn't, Colby.

Do you know, I was a foundling? You didn't know that!

Never had any parents. Just adopted, from nowhere.[75]

---

73 原文 "Yourself, indeed!" 有情侶之間反唇相稽的語氣。

74 所謂「戲劇反諷」（"dramatic irony"），指觀眾和劇中某一（或某些）角色（在這裏是科爾比）已經知道真相；說話的人卻懵然不知，無意中道出了殘忍的事實。

75 T. S. Eliot, *The Confidential Clerk*, 77。

凱根

好，我告訴你，我們

跟科爾比的分別在哪裏。你跟我——

我們哪，最想要的一樣東西是安全感

跟體面！科爾比呢，

根本不介意有沒有體面——

他的出身跟教養就已經有體面。科爾比，我可不是這樣。

你知道嗎？我是個棄嬰。——你以前不知道！

從來沒有父母。只是被人領養，憑空領來。

棄嬰凱根不知道科爾比的身世，懵然對私生女露卡絲姐說，私生子科爾比「根本不介意有沒有體面——／他的出身跟教養就有體面」。——又是殘忍的戲劇反諷。

到了第三幕，伊麗莎白和丈夫科洛德一開始對話，就叫觀眾的耳朵一豎：

Elizabeth

I don't believe in facts.

You do. That is the difference between us.

Sir Claude

I'm not so sure of that. I've tried to believe in facts;

And I've always acted as if I believed in them.[76]

伊麗莎白

我不相信事實；

你倒相信。這是我們之間的分別。

---

76 T. S. Eliot, *The Confidential Clerk*, 105。

科洛德爵士

我倒不敢這麼肯定。我試過相信事實；

而且行動時也一直恍如相信事實。

在常人的觀念中，「相信事實」是理所當然；然而在劇中人物的討論中，信不信事實也成了議題。這種似非似是的對白，在艾略特寫現當代生活的劇作裏大派用場：「逼迫」觀眾不得不全神貫注地看戲。作品完成，小說家總希望讀者會追讀；作曲家總希望聽眾會追聽；戲劇家呢，則希望觀眾會追看。就這點而言，艾略特取得了可觀的成績。[77]

《機要祕書》最突出的特點，是結尾時的峰迴路轉。就情節、人物身分、人物關係而言，此劇比《雞尾酒會》還要離奇。

不過，真相大白的過程全由格扎德太太 (Mrs. Guzzard) 一人撮述，而不是以呈現方式一步步傳遞給觀眾，戲劇的張力不足；與索福克勒斯《俄狄浦斯王》揭露真相時的抽絲剝繭比較，這弱點尤其明顯。

艾略特最後一齣戲劇《政界元老》(*The Elder Statesman*)，於一九五九年出版，以索福克勒斯的劇作《俄狄浦斯在科洛諾斯》(*Οἰδίπους ἐπὶ Κολωνῷ*) 為藍本。主角克拉維頓 (Claverton)，在政界和金融界都有地位和影響力，退休後被過去的罪疚纏心。這驅之不去的罪疚主要由兩個角色代表：戈梅斯 (Gomez) 和卡格希爾太太 (Mrs. Carghill)。

克拉維頓的罪疚感，可以從他的台詞看出：

What is this self inside us, this silent observer,
Severe and speechless critic, who can terrorise us
And urge us on to futile activity,
And in the end, judge us still more severely

---

77 接著，科洛德告訴妻子，年輕時期曾希望當陶工。結婚後，一直沒有跟妻子談過夙願，是因為怕妻子瞧不起他。對白雖然簡單，喜劇效果卻十分顯著。

For the errors in which his own reproaches drove us?[78]

這內心的自我是甚麼呢？這個不做聲的觀察者，
嚴厲卻不說話的指責者；他能叫我們驚怖，
驅使我們去行動，卻徒勞無功；
結果呢，對我們裁判得更嚴厲，
只因為他本身的譴責逼我們犯錯。

這種被崇於過去的罪疚，在下列台詞中獲得具體而深刻的呈現：

They are merely ghosts:
Spectres from my past. They've always been with me
Though it was not till lately that I found the living persons
Whose ghosts tormented me, to be only human beings,
Malicious, petty...[79]

他們只是鬼魅，
來自我過去的幽魂。他們一直跟我一起，
雖然我最近才發覺這些活人
不過是血肉之軀；他們的鬼魂曾經折磨我；
他們惡毒、小氣……

劇中，卡拉維頓的兒子邁克爾是父親的影子（也是第三個幽魂），有
引發父親自省的作用：

What I want to escape from
Is myself, is the past. But what a coward I am,
To talk of escaping! And what a hypocrite!
A few minutes ago I was pleading with Michael

78 T. S. Eliot, *Collected Plays*, 317。
79 T. S. Eliot, *Collected Plays*, 341。

Not to try to escape from his own past failures:
I said I knew from experience.[80]

> 我要逃避的
> 是自己，是過去。但我真是個懦夫，
> 竟然談逃避！也真是個偽君子！
> 幾分鐘之前，我還在請求邁克爾
> 別企圖逃避自己過去的敗績；
> 還說經驗這樣教訓我。

《政界元老》的對白，寫得出色時像《雞尾酒會》的對白那樣，能緊扣觀眾或讀者的注意力。比如說，戈梅斯和卡格希爾太太對克拉維頓所說的要脅之言，暗含不祥之兆；觀眾聽了，讀者看了，會不由自主投入劇中，替主角感到不安。不過，對白寫得失色時，又會叫觀眾或讀者失望。譬如卡拉維頓的「坦白招供」就欠自然，過於造作；結尾時女兒蒙妮卡的台詞：

Age and decrepitude can have no terrors for me,
Loss and vicissitude cannot appal me,
Not even death can dismay or amaze me
Fixed in the certainty of love unchanging.[81]

> 安穩地置身恆定不變的慈愛中，
> 年老和衰頹不能使我驚怖，
> 損失和變故不能使我震駭，
> 即使死亡也不能使我惶愕悚慄。

也是概念先行，是艾略特——不是劇中角色——在說話；觀眾聽了，讀者看了，會覺得蒙妮卡矯情。

---

80 T. S. Eliot, *Collected Plays*, 337。
81 T. S. Eliot, *Collected Plays*, 355。

按照艾略特的「象徵安排」，蒙妮卡是卡拉維頓的安蒂歌妮。[82]
結尾時卡拉維頓向女兒認罪懺悔，獲得諒解後出外散步。這一行動有
弦外之音：克拉維頓在後台了結殘生。不過這自殺結局，與主角的罪
愆不成正比，說服力不強。

艾略特的詩劇，大都取材自古希臘作品。未完成的詩劇《鬥士
斯威尼》(Sweeney Agonistes) 除了模仿阿里斯托芬（Αριστοφάνης，約
公元前四四六—約公元前三八六），[83] 還模仿米爾頓的《鬥士參孫》
(Samson Agonistes) 一劇的題目。他的詩劇，以《大教堂謀殺案》較接
近希臘大師作品的高度，也最成功。對於艾略特寫現代題材、現代人
物的劇作，曉·阿利斯泰爾·戴維斯 (Hugh Alistair Davies) 有客觀中
肯的評語：

> [...] these plays [*The Cocktail Party*, *The Confidential Clerk*, and
> *The Elder Statesman*] succeed in handling moral and religious
> issues with some complexity while entertaining the audience with
> farcical plots and some shrewd social satire.[84]

---

82 安蒂歌妮：希臘文*Αντιγόνη*，英文*Antigone*，俄狄浦斯王的女兒，在索福克勒斯
  《俄狄浦斯在科洛諾斯》一劇中是父親的嚮導。

83 《鬥士斯威尼》(Sweeney Agonistes) 是未完成的鬧劇；除了下列幾行：

  Birth, and copulation, and death.
  That's all, that's all, that's all, that's all,
  Birth, and copulation, and death. (T. S. Eliot, *Collected Poems: 1909-1962*, 131)

  出生和交媾和死亡。
  就是這樣，就是這樣，就是這樣，就是這樣。
  出生和交媾和死亡。

  有一點點的人生哲理外，其餘都是香港的「無厘頭」式「搞笑」文字；不知艾略
  特為何會收入詩集裏。艾略特曾譏諷拜倫敝帚自珍，嘲他從來不毀棄劣質作品；
  讀者看了《鬥士斯威尼》一類蕪篇，會覺得艾略特譏諷拜倫時也在譏諷自己；是
  五十步笑百步，甚至是一百步笑五十步。

84 見*Encyclopaedia Britannica* 網頁（多倫多時間二〇二一年五月三十一日下午五時登
  入）。

[⋯⋯] 這些劇作 [《雞尾酒會》、《機要祕書》、《政界元老》]，內容頗為豐繁，能處理道德和宗教問題，同時以鬧劇情節和一些對社會的敏銳諷刺娛樂觀眾。

第十章
評論家艾略特

詩人艾略特聲譽之隆，在二十世紀，尤其是二十世紀四十至六十年代，沒有同行能望其項背；即使愛爾蘭詩人葉慈，就聲譽而言，也要屈居其下。[1]艾略特的聲譽無與倫比，固然因為他的詩作應該揚名；儘管這一「揚名」，也因《荒原》發表後舉世矚目，引起的爭議之多，在二十世紀鮮有匹儔。另一重要原因，是評論家艾略特為奠定詩人艾略特的地位立了大功。艾略特如果只是詩人，只能寫詩，不能寫艾略特式評論，[2]他在二十世紀的聲譽會大打折扣。葉慈也寫評論，但其評論文字對建立個人聲譽的貢獻比不上艾略特的評論大，結果讓「世紀詩人」的榮銜落入艾略特手中。

艾略特的評論產量甚豐，[3]在二十世紀引起的反應以至對世界詩壇的影響，也無人可及；其筆鋒之犀利，其文字的吸引力和說服力（有時是鼓動力、煽惑力）之大、之強，在二十世紀的英語評論界也無人堪與比肩。

請看他大貶米爾頓的文章如可啟篇：

---

1 說「即使愛爾蘭詩人葉慈，就聲譽而言，也要屈居其下」，是因為就詩作的數量或質量而言，葉慈之於艾略特，有過之而無不及。兩位詩人孰高孰低，需要一篇長文來討論。支持葉慈的論者，肯定有充分理由證明，葉高於艾。

2 「艾略特式評論」一語，既含褒義，也含貶義。至於何以會如此，下文有詳細交代。

3 「產量甚豐」四字，對於他的詩作並不適用。關於這點，下文會有交代。

> While it must be admitted that Milton is a very great poet indeed, it is something of a puzzle to decide in what his greatness consists.[4]

> 儘管我們得承認，米爾頓確是十分偉大的詩人，但要斷定他偉大在哪裏，卻也頗費思量。

原文一個 "While"（「儘管」）字，已隱約露出「殺機」。看完第一句（請注意，只是一句），對米爾頓稍有認識的讀者就會欲罷不能，非看下一句不可：

> On analysis, the marks against him appear both more numerous and more significant than the marks to his credit.[5]

> 進一步分析，我們會發覺，他所失之分既多於所得之分，也比所得之分更值得注意。

看了第二句，就不得不看畢全文了。為甚麼會這樣呢？因為幾百年來，在識者的心目中，米爾頓在英國詩壇的地位僅次於莎士比亞，是無可爭議的第二大詩人；現在竟然有人說：「他所失之分既多於所得之分，也比所得之分更值得注意」，豈不是驚世駭俗？何況說話的人並非不見經傳的張三、李四，而是一言九鼎的艾略特？

　　讀了石破天驚的啟篇之句，熟悉行文之道的讀者已可肯定，艾略特是文章高手，懂得如何吸引讀者，如何掌控讀者的心理。——不出所料，艾略特把全文的第一、二句像尖銳的鐵撬楔入米爾頓神像墊座

4　這是《米爾頓（之一）》("Milton I") 一文的第一段第一句。文章原題為 "A Note on the Verse of Milton"，最初於一九三六年在英語協會 (English Association) 雜誌 *Essays and Studies* (Oxford University Press) 發表，後來收錄於 *On Poetry and Poets*（題目改為 "Milton I"）。見 T. S. Eliot, *On Poetry and Poets* (New York: Farrar, Straus and Giroux, 2009), 156-64；引文見 T. S. Eliot, *On Poetry and Poets* (New York: Farrar, Straus and Giroux, 2009), 156。

5　T. S. Eliot, *On Poetry and Poets* (New York: Farrar, Straus and Giroux, 2009), 156。

下的罅隙後，就開始搖動屹立了二百多年的巨大神像：

> As a man, he is antipathetic.[6]

> 就人論人，米爾頓惹人反感。

長句（第一、二句）之後是挈領並蓄勢的短句（第三句）；然後是超長句（第四句）排山倒海向米爾頓發動全面攻擊：

> Either from the moralist's point of view, or from the theologian's point of view, or from the psychologist's point of view, or from that of the political philosopher, or judging by the ordinary standards of likeableness in human beings, Milton is unsatisfactory.[7]

> 無論從道德家的觀點看，還是從神學家的觀點看，還是從心理學家的觀點看，還是從政治哲學家的角度考量，還是以做人是否可親的一般標準來判斷，他都不及格。

未摧其詩，先毀其人。左擊、右掊、前刺、後捅，從四面八方和不同角度出招，招招都要置英國詩壇第二大詩人於死地；經道德家、神學家、心理學家、政治哲學家四面包抄，再加上做人的一般標準殿後，米爾頓變成了英國項羽，在垓下五面楚歌；要活命，就只有化身為飛鳥一途了。到了 "unsatisfactory"（「不及格」）一詞，定力較弱的讀者在霍霍劍光中被艾略特催眠，也真的覺得米爾頓「不及格」了。

　　然而，超長句的劍光雖然像漫天飛雪，但還不是最厲害的一超；──最厲害的一招是第五句：

6　T. S. Eliot, *On Poetry and Poets* (New York: Farrar, Straus and Giroux, 2009), 156。

7　T. S. Eliot, *On Poetry and Poets* (New York: Farrar, Straus and Giroux, 2009), 156。

The doubts which I have to express about him are more serious than these. [...][8]

我要提出的質疑比上述各點都嚴重。[……]

啊，五面楚歌還不是艾略特的最後一著。經五項標準評估都不及格，米爾頓已經到了「死豬不怕開水燙」的地步了；不料艾略特還有「比上述各點都嚴重」的「質疑」；而這些「質疑」，此刻仍蓄勢未發。

看了上面一句，讀者大概以為，艾略特的陣勢已全面佈好，下一瞬就是「擊殺」米爾頓的最後行動了。——不，艾略特的陣勢還有另一著：欺凌 (bullying)。請看文章的第三段：

There is a large class of persons, including some who appear in print as critics, who regard any censure upon a 'great' poet as a breach of the peace, as an act of wanton iconoclasm, or even hoodlumism. The kind of derogatory criticism that I have to make upon Milton is not intended for such persons, who cannot understand that it is more important, in some vital respects, to be a good poet than to be a great poet; and of what I have to say I consider that the only jury of judgment is that of the ablest poetical practitioners of my own time.[9]

有這樣的一大批人，其中包括一些在刊物上以批評家身分出現的人，認為對一位「大」詩人的任何訾議，都是破壞安寧，是肆意摧毀神聖偶像的行為，[10]甚至是惡棍的暴力行

8　T. S. Eliot, *On Poetry and Poets* (New York: Farrar, Straus and Giroux, 2009), 156。哪一位讀者要當一流律師，在法庭上辯才無礙；哪一位英文系學生要成材，希望寫一流英文，在學術界就各種問題與對手展開爭論時摧枯拉朽；首先要細研這篇文章的祕技。

9　T. S. Eliot, *On Poetry and Poets* (New York: Farrar, Straus and Giroux, 2009), 157。

10「摧毀神聖偶像的行為」，原文 "iconoclasm"，指 iconoclast 的信仰或行

動。我要對米爾頓提出的負面批評，不是說給這些人聽的。這些人不能明白，就至關重要的某些方面而言，做一個好詩人比做一個大詩人重要。下文要說的，我認為只有我這一代最卓越的詩人行家，才能成為評判團加以審裁。

細察這欺凌之陣，讀者會發覺陣內有陣。首先是白眼陣：一句充滿鄙夷的 "some who appear in print as critics"（「一些在刊物上以批評家身分出現的人」）；然後是詖辭陣："it is more important, in some vital respects, to be a good poet than to be a great poet"（「就至關重要的某些方面而言，做一個好詩人比做一個大詩人重要」）；換言之，大詩人或偉大詩人都比不上好詩人，雖然邏輯和常理告訴讀者，成為大詩人或偉大詩人之前，先要成為好詩人，就像大學生本科畢業方能唸碩士、博士課程。不過艾略特之筆，可以使曲變直，使直變曲。

看了陣中之陣，再看欺凌本陣："of what I have to say I consider that the only jury of judgment is that of the ablest poetical practitioners of my own time"。本陣列成，一切沒有詩人身分證的論者馬上矮了一大截；即使不同意艾略特貶米之詞，也不敢聲張了。——何況身為詩人的艾略特高高在上，以無限權威、無限優越感宣佈："the only jury of judgment is that of the ablest poetical practitioners of my own time"（「只有我這一代最卓越的詩人行家，才能成為評判團加以審裁」）。"my own time"（「我這一代」）中的 "my"（「我」）字，真是唯「我」獨尊，幾乎等於中國皇帝口中的「朕」字了。艾文最初在牛津大學出版社的雜誌上發表；——啊，作者原來為了叫牛津的學者、教授噤口，使出了殺傷力極大的撒手鐧。

牛津大學是世界數一數二——甚至數一——的學術重鎮，校內見過世面的大學者、大教授雲集；可是，這些大學者、大教授之中，有誰敢自封為 "[one of] the ablest poetical practitioners of [Eliot's] own time"

動：iconoclast指反傳統、反體制或摧毀宗教偶像的人；在艾略特的評論中，"iconoclasm" 指摧毀米爾頓這一偶像。

（「[艾略特] 這一代最卓越的詩人行家 [之一]」）呢？既然誰也不敢，艾略特就可以放心「解決」米爾頓，不會有後顧之憂了。[11]

後顧之憂排除，艾略特馬上宣佈：米爾頓的「感官本能」（"sensuousness"），「早被書本的學問凋萎」（"had been withered early by book-learning"）；[12] 然後抬出莎士比亞來壓米爾頓，並比較兩位作家的語言，說「米爾頓筆下的英語，恍如死語言」（"Milton writes English like a dead language"）。[13] 莎翁是英國詩壇的至尊；莎翁一出，米爾頓還有甚麼希望？

米爾頓真的沒有希望了嗎？非也。莎士比亞是英國詩壇的至尊，全面成就自然高於米爾頓；可是，艾略特在文章中所舉的莎士比亞和米爾頓詩句，都不能支持他的論點；甚至叫人覺得，他沒有細讀莎士比亞和米爾頓的作品，只從書架上拿下莎士比亞的劇本和米爾頓的詩

---

11 艾略特的欺凌，直接或間接增加了他的評論火力；此後無論提甚麼見解，即使錯誤偏頗，都容易獲人支持；本來要反駁的人，意識或潛意識都儘量避免被「大方之家」白眼，被視為不懂深奧道理的無知之輩；結果也就「多一事不如少一事」，不敢「非議艾公」了。當然，這也是人之常情，不能怪噤聲的論者。不過，儘管艾略特的評論常常聲勢洶洶，字裏行間不乏壓制或防止異見的浪頭，在二十世紀，駁斥艾略特詖辭的也大有人在。關於這點，下文會有評述。

12 T. S. Eliot, *On Poetry and Poets* (New York: Farrar, Straus and Giroux, 2009), 157。艾略特這一論點，偷自撒繆爾・約翰遜 (Samuel Johnson) *Lives of the English Poets*（《英國詩人傳記》，此書英文題目又叫*The Lives of the Most Eminent English Poets*（見本書參考書目））一書中的《米爾頓傳》（"Life of Milton"）："He saw nature, as Dryden expresses it, 'through the spectacles of books': and on most occasions, calls learning to his assistance."（「正如德萊頓所說，他『透過書本的眼鏡』看大自然；在大多數情況下，都要求助於學問。」）；不過偷技高超，一般讀者不容易看見那出神入化的第三隻手。艾略特寫過長文 "Johnson as Critic and Poet"（《評論家兼詩人約翰遜》）（見*On Poetry and Poets* (New York: Farrar, Straus and Giroux), 2009, 184-222)，應該讀過約翰遜這篇重要文章（儘管艾略特的貶米章發表在《評論家兼詩人約翰遜》之前）。當然，他的贓物也可以直接來自德萊頓的原著，或同時來自兩位失主。

13 T. S. Eliot, *On Poetry and Poets* (New York: Farrar, Straus and Giroux, 2009), 159。

集，隨便翻出幾段，就天馬行空地立論。[14] 真正有力的文學批評，所舉的例證必須恰到好處，能充分支持作者的論點。艾略特所舉的《麥克伯斯》詩句，尤其是第一例：

> This guest of summer,
> The temple-haunting martlet, does approve
> By his loved mansionry that the heaven's breath
> Smells wooingly here: no jutty, frieze,
> Buttress, nor coign of vantage, but this bird
> Hath made his pendent bed and procreant cradle:
> Where they most breed and haunt, I have observed
> The air is delicate. [Macbeth Act 1, scene 6][15]

---

14 讀者深研艾略特所評論的對象後，大概也會有這種感覺。艾略特舉證時好像有橫掃西方文學的大視野；但細究他所評的眾多作家，再以細究後的發現與他的評估印證，我們往往會發覺，他沒有對所評對象深入研究就輕率狂貶；評莎士比亞如是，評米爾頓如是，評葉慈也如是。讀者只要看看莎士比亞專家布雷德利 (A. C. Bradley) 的 *Shakespearean Tragedy: Lectures on* Hamlet, Othello, King Lear, Macbeth 和米爾頓專家路易斯 (C. S. Lewis) 的 *A Preface* to Paradise Lost，再看艾略特狂貶莎、米的評論；比較之下，就不難發現，他對《哈姆雷特》和《失樂園》的涉獵止於浮光掠影；也因為如此，他大貶莎士比亞和米爾頓時其實在信口開河。他對莎、米的認識尚且如此，對級數次於莎、米的作家認識有多深入、多全面，就可以思過半矣。艾略特的文學評論，除了個別例外（如《但丁》("Dante") 和《批評家兼詩人約翰遜》("Johnson as Critic and Poet")），大都是較短的演講稿或書評，深度和廣度比得上布雷德利論莎和路易斯論米等專著的，可說付之闕如。他的《追求怪力亂神——現代異端淺說——維珍尼亞大學披治—巴巴講稿》(*After Strange Gods: A Primer of Modern Heresy: The Page-Barbour Lectures at the University of Virginia*)，是篇幅較長的專著；可惜此書是評論家艾略特的滑鐵盧；作者出了第一版之後，再不敢——或羞於——出第二版。《但丁》一文，是評論家艾略特的力作，在但丁學的領域地位顯赫；不過艾略特對原文《神曲》或意大利其他詩作中普通單詞的理解，不止一次出錯，——儘管他的出錯沒有影響他對《神曲》的鑑賞能力。要知道艾略特理解意大利文時如何出錯，參看《艾略特詩選》中《荒原》和《聖灰星期三》的註釋和本書第十二章（《艾略特的外語》）。

15 Eliot, *On Poetry and Poets* (New York: Farrar, Straus and Giroux, 2009), 158。

這個夏天客人，

這隻經常出沒於寺廟的岩燕，

以他珍愛的邸宅證明，天堂的呼息

在這裏芬芳得誘人：在所有凸岩、中楣、

扶壁或位置有利的外角，這隻鳥兒

都會建造懸床和用來繁衍的搖籃——

它們生殖和出沒最頻的地方，我都發覺

空氣溫馨。

不但不是恰到好處，而且是恰到不好處。艾略特這樣讚譽上述引文：

[it] convey[s] the feeling of being in a particular place at a
particular time. [...] In comparison, Milton's images do not give
this sense of particularity [...]"[16]

[這段文字，]叫讀者覺得置身於某一特定地點、某一特定時
間。[⋯⋯]與之比較，米爾頓的意象不能給人這樣的特定感
覺 [⋯⋯]

然後舉米爾頓的詩句為「反面教材」：

While the ploughman near at hand,

Whistles o'er the furrowed land,

And the milkmaid singeth blithe,

And the mower whets his scythe,

And every shepherd tells his tale,

Under the hawthorn in the dale.

(引自 *"L'Allegro* and *Il Penseroso* 中的 *"L'Allegro"* ll.
63-68)[17]

---

16 Eliot, *On Poetry and Poets* (New York: Farrar, Straus and Giroux, 2009), 158。

17 T. S. Eliot, *On Poetry and Poets* (New York: Farrar, Straus and Giroux, 2009), 159。

這時候，在場的犁田農夫
吹著口哨對著有犁溝的泥土；
擠奶姑娘唱著歌，心情歡怡；
刈草的人正在把鐮刀磨利；
幽谷之中，一個個牧羊人
都在山楂樹下把故事敷陳。[18]

（引自《〈快樂人〉與〈沉思人〉》中的《快樂人》
六三—六八行）

然後大加撻伐：

It is not a particular ploughman, milkmaid, and shepherd that
Milton sees [as Wordsworth might see them] ; the sensuous effect
of these verses is entirely on the ear […]"[19]

米爾頓所見，並不是某一特殊的犁田農夫、擠奶姑娘和牧羊
人 [華茲華斯所見大概不會這樣]；這幾行詩的感官效果完全
訴諸耳朵 [……]。

莎士比亞的詩句自然有作者的一貫水平，但不能因為米爾頓的詩句與
莎翁的詩句有別，就揚莎抑米。艾略特揚莎抑米，有多處值得商榷。
首先，莎翁的詩句引自戲劇《麥克伯斯》，米爾頓的詩句引自抒情詩
（也有論者稱為「田園詩」）；把劇作和非劇作硬扯在一起比較，
批評方法已經有問題。如要比較，艾略特應該以莎翁的十四行詩和

艾略特的引文在 "at hand" 之後有逗號；Douglas Bush 的版本 (Douglas Bush, ed.,
Milton: Poetical Works (London: Oxford University Press, 1966), 88) 在 "at hand" 之後
沒有標點符號。按照英語語法，Douglas Bush的版本比艾略特的引文精確。

18 原文 "every shepherd tells his tale" 既可指牧羊人數綿羊的數目，也可指牧羊人講故
事。在這裏，譯「牧羊人講故事」較能配合詩中的情調。有關原文的意思，參看
Douglas Bush, ed., *Milton: Poetical Works*, 90。

19 T. S. Eliot, *On Poetry and Poets* (New York: Farrar, Straus and Giroux, 2009), 159。

《快樂人》並論相提。一旦英國第一大詩人和第二大詩人的類似作品並列，讀者就會發覺，艾略特對米爾頓的惡評也可以施諸莎翁："It is not a particular x, y, and z that Shakespeare sees [...]"（「莎士比亞所見，並不是某一特殊的 x、y 和 z [⋯⋯]」）。也就是說，莎翁十四行詩的不少描寫，也不會「叫讀者覺得置身於某一特定地點、某一特定時間」。第二，《麥克伯斯》是莎翁的四大悲劇之一，完成於莎翁創作生涯的最高峰時期。據莎學專家考證，莎翁四十二歲那年（一六〇六年）寫成《麥克伯斯》，當時早已飛越少作期，進入爐火純青之境，一如杜甫寫《秋興》八首時期的大盛階段。《快樂人》呢，米爾頓寫於二十二歲那年。以米爾頓的少作與莎士比亞的巔峰之作比較，公平何在？第三，莎士比亞的詩句，是班科 (Banquo) 在《麥克伯斯》第一幕第六場所說的台詞；既然是台詞，所描的事物自然有戲劇中的時間和地點，有各種相關的具體細節（「這個夏天客人」、「這隻經常出沒於寺廟的岩燕」、「他珍愛的邸宅」、「天堂的呼息」、「芬芳」、「凸岩」、「中楣」、「扶壁」、「位置有利的外角」、「懸床」、「用來繁衍的搖籃」、「它們生殖和出沒最頻的地方」、「空氣溫馨」）。米爾頓的《快樂人》和《沉思人》寫共相，不是寫班科台詞所描畫的殊相；正如芭芭拉・路瓦爾斯基 (Barbara Lewalski) 所說：是「從一般角度探討並對照適合互殊的兩種生活方式的至樂 [⋯⋯] 兩種生活方式，詩人可以選擇其一，或在不同時期——或依次——選擇其一」("explore and contrast in generic terms the ideal pleasures appropriate to contrasting lifestyles...that a poet might choose, or might choose at different times, or in sequence")。[20] 米爾頓既然有不同的寫作目標，自然不會——也不應該——像莎翁那樣寫殊相了；否則詩不對題，反而會貽笑莎翁專家和米爾頓專家。在此且打個比喻：莎翁志在細描愛芬河斯特拉福 (Stratford-upon-Avon) 某年某月某日的天氣；

---

20 轉引自 *Wikipedia*, "L'Allegro" 條（多倫多時間二〇二一年七月六日下午五時登入）。

米爾頓志在概述英格蘭全年的氣候。莎翁的目的既是細描，自然可以——也應該——向讀者這樣報告：「當天早上，斯特拉福有毛毛細雨；雨後有一道彩虹橫跨阿頓 (Arden) 林區，斑鳩、金翅雀、紅嘴山鴉在樺樹、黃楊、杜松、紫杉林出沒；到了下午，雨雲在東邊出現；不久下起傾盆大雨，愛芬河之水暴漲……。」——的確「叫讀者覺得置身於某一特定地點、某一特定時間」；但是，責任在於提綱挈領介紹英格蘭全年氣候的米爾頓，可以像莎翁那樣鋪敘嗎？米爾頓如果仿效莎翁，就會見樹不見林，變得囉唆而不著邊際。換一個比喻：莎翁是鑄劍大師，米爾頓是冶刀高手；艾略特責米爾頓的刀不能像莎翁的劍那樣捅刺，不亦謬乎！第四，米爾頓的詩句，除了「吹著口哨」("Whistles") 和「唱著歌」(singeth) 是聽覺意象，其餘都是視覺意象；艾略特卻說「這幾行詩的感官效果完全訴諸耳朵 [……] ("the sensuous effect of these verses is entirely on the ear [...]")；難道他只聽到引文的語音，接收不到引文的語意？或接收了莎翁的語意後就關掉接收語意的官能，不再理會米爾頓？[21] 讀者只要看看德格勒斯·布什 (Douglas Bush) 如何評 *"L'Allegro"* 和 *"Il Penseroso"*，[22]，就知道真正的米爾頓學者研究米爾頓有多謹嚴、多深入，艾略特讀米爾頓有多粗疏，品評其作品時有多偏頗。[23]

細讀過《失樂園》和荷馬、維吉爾史詩的，再細讀艾略特的貶米文章，會發覺艾略特的論點有嚴重缺失。艾略特抨擊米爾頓的語言，主要因為艾略特本身偏重口語。[24] 莎士比亞所寫是戲劇，自然著重口

---

21 「其感官效果完全訴諸耳朵」一句，語焉不詳，其真正意思只能止於猜測。在艾略特一生所寫的評論中，這類欠缺解釋、沒有佐證、似非似是的評說和斷言多的是。關於這點，下文會進一步討論。

22 見Douglas Bush, ed., *Milton: Poetical Works*, 88。

23 這點下文還會詳談。

24 杜撰優點或缺點，也是艾略特的強項，叫許多讀者懾於其威名，失去了勇氣和冷靜頭腦，不能或不敢深入分析其似是而非的論點。此外，艾略特還有另一強項：他是文字的魔術大師兼詭辯大師，在評論中能夠催眠，能夠變非為是，叫不少讀者迷迷糊糊間樂意接受其謬論，並且廣為傳揚。艾略特的詭辯術，下文會有交代。

語；米爾頓所寫，是路易斯 (C S. Lewis) 所謂的後期史詩 (secondary epic)，與初期史詩 (primary epic) 有別。初期史詩，以荷馬的《伊利昂紀》為代表，以口語為主；後期史詩，衍生自初期史詩，語言有別，書面語成分較濃，用典也多，有初期史詩所無的妙處。[25]

貶米過程中，艾略特找古代大詩人莎士比亞助陣後，再拉來現代小說家詹姆斯壯聲勢。方法是：先引《失樂園》為「反面教材」：

Thrones, dominations, princedoms, virtues, powers,[26]
If these magnific titles yet remain
Not merely titular, since by decree
Another now hath to himself engrossed
All power, and us eclipsed under the name
Of King anointed, for whom all this haste
Of midnight march, and hurried meeting here,
This only to consult how we may best
With what may be devised of honours new[27]
Receive him coming to receive from us
Knee-tribute yet unpaid, prostration vile,
Too much to one, but double how endured,
To one and to his image now proclaimed?[28]

---

25 「初期史詩」和「後期史詩」兩個名詞不含褒貶，只標示創作時代的分別。參看 C. S. Lewis, *A Preface to* Paradise Lost (New York: Oxford University Press, 1961)。Lewis是米爾頓專家；此書見解精到，文字清暢可讀；既能矯艾略特的偏頗，也能證明，一九三六年（四十八歲）的艾略特未懂米爾頓之妙。——其後（也就是一九四七年寫《米爾頓（之二）》("Milton II") 時）也不見得太懂。艾略特對米爾頓的認識、欣賞到達甚麼層次，下文會有交代。

26 在Douglas Bush的*Milton: Poetical Works*, 316, 此行作 "Thrones, Dominions, Princedoms, Virtues, Powers," [...] 每字都以大寫字母開始。

27 在Douglas Bush的*Milton: Poetical Works*, 此行的 "honours new" 作 "honors new"。

28 引文為《失樂園》卷五，七七二一八四行。原文見Douglas Bush, ed., *Milton: Poetical Works*, 316。這段引文，出自天使拉斐爾 (Raphael) 在伊甸園對亞當所說的上座天神、宰制天神、統權天神、異力天神、大能天神——

就假設到目前為止，這些宏偉稱呼

並非虛銜吧——由於上方有敕令下達，

現在又另有其靈，把全部權力集中於

一己之身，同時在膏浴君王這個

名字下叫我們失色；就是因為他，才有

這午夜行軍的一切倉猝、這裏的匆匆集會，

只為了商討，如何能利用構思出來的

新榮光，以最佳方式接待新客；那新客，

馬上就要來接收我們尚未繳付的

屈膝之禮和匍匐在地的肉麻儀節；

對一個如此已經受不了，更何況兩個——

對他，對獲封為他的形貌那一個？[29]

然後引詹姆斯《象牙塔》(*The Ivory Tower*) 中的一句為楷模：

However, he didn't mind thinking that if Cissy should prove all that was likely enough their having a subject in common couldn't but practically conduce; though the moral of it all amounted rather to a portent, the one that Haughty, by the same token, had done least to reassure him against, of the extent to which the native jungle harboured the female specimen and to which its ostensible cover, the vast level of mixed growths stirred wavingly in whatever breeze, was apt to be

---

話，講述撒旦如何與上帝為敵，如何煽惑其隨從（引文是撒旦對隨從所說的話，由拉斐爾複述），艾略特徵引時沒有加引號，也沒有交代引文的來龍去脈；叫讀者覺得，他貶米貶到這裏，要找文字「罪證」了，就隨便翻開《失樂園》，目光落在哪一段就以哪一段為孤立例子；也沒有理會上下文的關係，沒有理會引文出自誰之口，更沒有理會引文是否真能支持他的論點。

29 由於英漢兩種語言有不可逾越的大別，漢譯無法譯出原文的全部句法；本書討論句法時以原文為準。

identifiable but as an agitation of the latest redundant thing in ladies' hats.[30]

「反面教材」和「範文」引述完畢，立刻使出他一貫的「高招」：無中生有，為詹姆斯杜撰優點（說得準確些，是把詹姆斯的缺點以強詞、詭詞說成優點），為米爾頓杜撰缺點：

[…] the style of James certainly depends for its effect a good deal on the sound of a voice, James's own, painfully explaining. But the complication, with James, is due to a determination not to simplify, and in that simplication lose any of the real intricacies and by-paths of mental movement; whereas the complication of a Miltonic sentence is an active complication, a complication deliberately introduced into what was a previously simplified and abstract thought.[31]

[……] 詹姆斯的文體，當然在很大程度上靠語調——詹姆斯本人的語調，煞費苦心地解釋原委——發揮效果。但是，在詹姆斯的作品中，句子複雜是因為作者立心避免簡化，避免在簡化過程中喪失思維活動中任何真正的錯綜複雜和側道旁徑。米爾頓式句子的繁複，則是主動的繁複；這繁複，是作者刻意插進本已簡化的抽象意念的繁複。

艾略特所舉的例子並非好例子：兩段文字都不能證明他的論點。詹姆斯的文字，除了句法糾纏、化簡為繁、思路混亂、指涉不清等毛病外，看不出「作者立心避免簡化，避免在簡化過程中喪失思維活動中任何真正的錯綜複雜和側道旁徑」（艾略特又怎會知道，詹姆斯是「立心」寫糾纏不清的文字，還是手低或草率而寫出糾纏不清的文

---

30 艾略特分別引自《失樂園》和《象牙塔》的兩段文字，見Eliot, *On Poetry and Poets* (New York: Farrar, Straus and Giroux, 2009), 159-60。

31 *On Poetry and Poets* (New York: Farrar, Straus and Giroux, 2009), 160-61。

字呢？）。[32] 艾略特舉這樣的壞句為例，叫人懷疑，他是詹姆斯的死敵，故意寓貶於褒，找來極為罕見的英語壞句，目的是暴露敵人的致命弱點。反之，米爾頓的句法清晰有力，準確地反映撒旦妒忌聖子之心，也細膩地反映他煽惑部下的本領。艾略特先入為主，一開始就認定米爾頓「有罪」，於是以雄辯術構陷，結果弄巧反拙，讓明眼的讀者知道，他的鑑賞力可以失誤到甚麼地步。結果呢，米爾頓的文字沒有因他的厚誣而失色，詹姆斯的文字也沒有因他的盛讚而出色。[33] 艾

---

32 詹姆斯的文字糾纏不清，思路混亂，其實另有原因；這一原因，下一註釋會有交代。

33 詹姆斯無疑是出色的小說家，寫了很多作品，善於描畫人物的心理，其小說理論是實踐的結晶。筆者在這裏不是要否定詹姆斯的整體成就；只想指出，艾略特舉證不當，引自《象牙塔》的長句並不是範文，不值得盛讚；不但不值得盛讚，而且應該批評。論者不滿《象牙塔》「生硬而不自然的對話」（"stilted, unnatural dialogue"）（見 *Wikipedia*, "The Ivory Tower" 條（多倫多時間二〇二一年九月十二日下午十時登入）），實在不滿得有理。理查茲把《荒原》的凌亂、割裂說成「意念音樂」，本書第六章已提出異議；艾略特把糾纏、冗贅、混亂說成優點，牽強處不下於理查茲的「意念音樂」說，因此也應該反對。《象牙塔》是詹姆斯未完成的作品，作者卒後才出版，因作品迎合當時某種政治氣候而獲得不成比例的讚譽。艾略特不從詹姆斯的名作（如《一位女士的畫像》(*The Portrait of a Lady*)、《金碗》(*The Golden Bowl*)、《奉使記》(*The Ambassadors*) 裏找例句，大概有兩個原因：第一，他認為即使詹姆斯乙級——甚至丙級——作品中的例句，也可以輕易擊敗《失樂園》的文字。第二，他的貶米文章倉猝命筆，沒有工夫做充分研究，也沒有時間細查詹姆斯的作品；寫評論時，手頭只有《象牙塔》一書；為了省工夫，省時間，懶得找其他例句。兩個原因之中，第二個原因的可能性較大；不但「可能性較大」，而且學者已經證明，艾略特引用的資料，常常來自二手，如《捧著導遊手冊的伯班克：叼著雪茄的布萊斯坦》一詩的引言之三，就不是直接來自亨利‧詹姆斯的《阿斯潘文件》(*The Aspern Papers*) 的第一章，而是間接抄自福德‧胡法 (Ford Madox Hueffer) 的著作《亨利‧詹姆斯論評》(*Henry James: A Critical Study* (1918))。參看 Southam, 84。也由於他經常依賴二手資料，他的引文和論點經常牛頭不對馬嘴；也就是說，其引文往往不能支撐其論點。其實，「作者立心避免簡化，避免在簡化過程中喪失思維活動中任何真正的錯綜複雜和側道旁徑」的佳句，《失樂園》裏多的是；該詩卷一中橫跨十六行的第一句（"Of man's first disobedience […] Things unattempted yet in prose or rhyme."），就是突出的例子。奈何艾略特不能接收米爾頓的頻率，再突出的例子也會視而不見，

略特評語中的 "the complication of a Miltonic sentence"（「米爾頓式句子的繁複」）應該改為 "the complication of a Jamesian sentence"（「詹姆斯式句子的繁複」）。句子訂正後，論斷才會公正：「詹姆斯式句子的繁複，則是主動的繁複；這繁複，是作者刻意插進本已簡化的抽象意念的繁複。」（"whereas the complication of a Jamesian sentence is an active complication, a complication deliberately introduced into what was a

---

或乾脆誣為大過失。說「艾略特不能接收米爾頓的頻率」，並非誇張之詞；他的《米爾頓（之一）》("Milton I") 固然是鐵證；他的認錯文章《米爾頓（之二）》("Milton II")（發表於一九四七年），也不見得能證明，十一年的時間調整了他的頻率接收器，讓他毫無障礙地接收波瀾壯闊的《失樂園》。詹姆斯文字的冗贅，幾乎成了其作品的招牌，即使其名作《金碗》也不能免。詹姆斯何以有這樣的一面招牌呢？《維基百科》有準確的解釋："Gore Vidal attributed this verbosity in part to James's habit at the time of dictating his novels to stenographers rather than typing the manuscript himself."（「戈爾·維達爾認為，詹姆斯的文字這樣冗贅，部分原因與他的寫作習慣有關：當時，他習慣口述小說，由速記員筆錄，而不是親自用打字機把手稿打好。」）參看 *Wikipedia*, "The Golden Bowl" 條（多倫多時間二〇二一年九月十二日下午十一時登入）。詹姆斯創作時，如果親自以鋼筆或原子筆書寫，或以打字機代替鋼筆或原子筆，親自打小說的手稿（說得準確些，是打「打字稿」(typescript)，不是打「手稿」(manuscript)），書寫或打字的過程會「逼」他把思路整理得準確些才落筆或者按鍵盤，之後又可以讓他親自修改自己書寫的初稿或手打的打字稿；結果他的文字一定不會變得這麼冗贅，句法不會變得這麼糾纏，思路也不會變得這麼混亂不清。把小說口述，讓速記員筆錄，往往會思索不足就讓文字衝口而出，沙石遠多於手寫或手打。當然，速記員的「手稿」完成後，詹姆斯仍有修改的機會；但由於惰性 (inertia) 和其他原因，品質的「保障率」難免大打折扣。那麼，與其說詹姆斯的壞句展示了「思維活動中真正的錯綜複雜和側道旁徑」("the real intricacies and by-paths of mental movement")，倒不如說這一壞句展示了「精神混亂的真正病徵」("the real symptoms of mental chaos")。艾略特把詹姆斯有缺陷的「寫作」過程所造成的缺點說成優點，一如理查茲、利維斯、布魯克斯把《荒原》的拼湊、補綴法所造成的缺點說成優點一樣。——都是二十世紀西方文學界的異數，幾乎與「皇帝的新衣」無異。——「皇帝的新衣」這一比喻在這裏有語病：皇帝的新衣是甚麼都沒有；《荒原》的凌亂、割裂和詹姆斯壞句的冗贅、糾纏則是具體的現象，由白紙、黑字顯示出來，都不是「皇帝的新衣」，只不能算上等衣裳。也因為如此，筆者在「與『皇帝的新衣』無異」之前加上「幾乎」二字。

previously simplified and abstract thought.")[34]

艾略特比較《舊約·創世記》和《失樂園》時，偏頗得更嚴重：

So far as I perceive anything, it [*Paradise Lost*] is a glimpse of a theology that I find in large part repellent, expressed through a mythology which would have better been left in the Book of *Genesis*, upon which Milton has not improved.[35]

就我所知的一點半點，《失樂園》是某一神學信仰的一瞥；這一神學信仰，大部分叫我倒胃，在《失樂園》裏藉另一神學信仰表達；這另一神學信仰，沒有因米爾頓借用而添輝；還是別碰，留在《創世記》一書裏為妙。

---

34 與詹姆斯同代或日後的現代作家，都認為他後期的文字難讀，而且並無必要寫得那麼詰屈聱牙。他的朋友——小說家伊蒂芙·沃頓 (Edith Wharton)，雖然喜歡他的作品，但也說他的作品中有些段落「不可解」(incomprehensible)。H. G. 威爾斯 (H. G. Wells) 把他喻為「一隻河馬，在籠中辛辛苦苦地設法把一粒掉進了一角罅隙的豌豆摳出來」("a hippopotamus laboriously attempting to pick up a pea that had got into a corner of its cage")。麥克斯·比爾波姆 (Max Beerbohm) 在《中距離塵埃——H*nry J*m*s》("The Mote in the Middle Distance, H*nry J*m*s") 裏戲擬並諷刺詹姆斯的文字。其他論者（包括 E. M. 佛斯特 (E. M. Forster)），則訾議詹姆斯的超長句法和晦澀風格。王爾德說詹姆斯「寫『小說，彷彿是履行痛苦的責任』」("writing 'fiction as if it were a painful duty'")。霍赫·路易斯·波爾赫斯 (Jorge Luis Borges) 說：「儘管詹姆斯為人審慎，情結精微，其作品卻有一個大缺點：沒有生氣。」("Despite the scruples and delicate complexities of James, his work suffers from a major defect: the absence of life.") 維珍妮亞·吳爾夫 (Virginia Woolf) 在寫給利頓·斯特雷奇 (Lytton Strachey) 的信中說：「請你告訴我，你在亨利·詹姆斯的作品中找到甚麼。……我們這裏都有他的作品集。我看了，卻甚麼都不能找到，除了染有淡淡的玫瑰水；溫文爾雅，衣冠楚楚，卻庸俗蒼白如沃爾特·蘭姆。他的作品真的有甚麼意思嗎？」）("Please tell me what you find in Henry James. …we have his works here, and I read, and I can't find anything but faintly tinged rose water, urbane and sleek, but vulgar and pale as Walter Lamb. Is there really any sense in it?") 參看 *Wikipedia*, "Henry James" 條（多倫多時間二〇二一年九月十三日下午七時登入）。

35 T. S. Eliot, *On Poetry and Poets* (New York: Farrar, Straus and Giroux), 163。

《失樂園》的藍本，是《創世記》第三章。該章敘夏娃受蛇引誘，結果夏娃和亞當都吃了禁果，被上帝逐出伊甸樂園。夏娃和亞當吃禁果的故事，在《聖經・舊約》裏只佔一頁左右的篇幅；《失樂園》長達十二卷，超過一萬行，其波瀾之壯闊、文字之瑰麗、思想之宏深，早已奠定米爾頓為「英國第二大詩人」的地位；[36] 艾略特竟妄圖把米爾頓的傑作一筆抹煞，其偏頗和不公平的程度，在西方文學批評史上罕見其匹，[37] 是「平理若衡，照辭如鏡」的反面教材。看了這「石破天驚」的「偉說」，細讀過《失樂園》的讀者只會有以下結論：艾略特沒有全面或仔細讀過《失樂園》十二卷；不然，就是束於性情或稟賦，接收不到米爾頓《失樂園》一類英雄史詩的音波，就像亞歷山大・蒲柏 (Alexander Pope) 束於性情或稟賦，譯不好荷馬的《伊利昂紀》。[38] 艾略特的《荒原》自註，十分粗疏。[39] 註自己的詩作尚且如此，面對長逾萬行的《失樂園》而匆匆翻閱就魯莽動筆寫大貶米爾頓的文章，也不是沒有可能。當然，第二個原因的可能性同樣高。縱觀艾略特所寫的評論，文章談到歐洲詩歌傳統時，會循例提提荷馬（荷馬是歐洲詩歌之父，不得不提）；但沒有一篇細析過荷馬的史詩，像他細析但丁和莎士比亞的作品那樣。[40] 也就是說，他沒有留下其詩歌

---

36 《失樂園》出自凡人之筆，當然不是十全十美，就像荷馬、但丁、莎士比亞的作品不是十全十美一樣；但瑕不掩瑜，其偉著的地位當然不是艾略特一篇大貶文章可以動搖的。至於《失樂園》美中的不足，筆者將來會詳細討論。

37 龐德也不喜歡米爾頓。艾略特是否受了龐德的影響而附和，附和時要與龐德比狠、比辣，則有待進一步研究。不少論者指出，龐德和艾略特不喜歡米爾頓，主要因為這位史詩巨匠所寫的詩，風格上與龐德和艾略特所寫的作品迥異。當然，兩人故意嘩眾取寵，藉摧毀偶像之舉以建立個人聲名的可能性也不可以排除。

38 關於本譯者對蒲柏譯荷馬《伊利昂紀》的看法，參看 "Channelling the Amazon into a Channel: Pope's Translation of Homer's *Iliad*" 一文，見 Laurence K. P. Wong, *Thus Burst Hippocrene: Studies in the Olympian Imagination* (Newcastle upon Tyne: Cambridge Scholars Publishing, 2018), 350-413。

39 艾略特《荒原》的自註如何粗疏，參看 Southam, 27-28。有關資料，筆者譯註的《艾略特詩選》也有引述。

40 原因嗎，艾略特在 "Virgil and the Christian World" 一文裏已經招供：

感應器能接收荷馬頻率的明證。由於上述兩個原因，或兩個原因之一，也就寫出《米爾頓（之一）》("Milton I") 一類極度偏頗——甚至無知——的評論了。[41]

When I was a schoolboy, it was my lot to be introduced to the *Iliad* and to the *Aeneid* in the same year. I had, up to that point, found the Greek language a much more exciting study than Latin. I still think it a much greater language: a language which has never been surpassed as a vehicle for the fullest range and the finest shades of thought and feeling. Yet I found myself at ease with Virgil as I was not at ease with Homer. It might have been rather different if we had started with the *Odyssey* instead of the *Iliad*; for when we came to read certain books of the *Odyssey* – and I have never read more of the *Odyssey* in Greek than those selected books – I was much happier." (*On Poetry and Poets* (New York: Farrar, Straus and Giroux, 2009), 138-39)

學童時期，恰巧在同一年啟蒙，初讀《伊利昂紀》和《埃涅阿斯紀》。在此之前，我發覺讀希臘文時心情遠比讀拉丁文興奮。今日，我仍然認為，希臘文這種語言遠比拉丁文精妙。希臘文能表達最大幅度而又最精微的思想和感情；就這一點而言，沒有任何語言能勝過希臘文。可是，讀維吉爾時我會感到安舒，讀荷馬時卻並非如此。如果我們開始時先讀《奧德修斯紀》而不是《伊利昂紀》，情形可能大不相同；因為，我們開始讀《奧德修斯紀》的某些選卷時（除了這些選卷，我再也沒有讀過《奧德修斯紀》希臘原文的其他片段），我快樂得多。

從招供中，讀者可以得到好幾項重要的信息：第一，艾略特的希臘文造詣有限。第二，他不喜歡《伊利昂紀》；他喜歡的《奧德修斯紀》，也只看了部分原文。第三，《失樂園》在多方面都接近《伊利昂紀》而不接近《奧德修斯紀》。接收《伊利昂紀》的頻率有困難，自然也難以喜歡《失樂園》了。

41 在上述引文中，也看得出評論家艾略特討人嫌憎的文格："So far as I perceive anything" 這一從句，驟看好像謙遜，其實暗藏傲慢和咄咄逼人的自信。表面看來，這一從句彷彿在說，以下只是個人所觀察到的微末；但按照前後語境詮釋，從句卻給讀者傳遞以下的弦外之音：這個「I」有無上權威，即使微末，也足以一言九鼎。也就是說，艾略特如果刪去 "So far as I perceive anything" 而單刀直入："[*Paradise Lost*] is a glimpse of a theology that I find in large part repellent, expressed through a mythology which would have better been left in the Book of *Genesis*, upon which Milton has not improved"，語調反而沒有那麼傲慢。在艾略特的文學評論中，這類暗藏傲慢的「謙虛語」比比皆是。許多讀者、論者、作家不喜歡艾略特，這類「謙虛語」應該是重要原因之一。

艾略特之於米爾頓，頗像俞平伯之於曹雪芹。俞平伯花了一輩子時間去「證明」，《紅樓夢》後四十回是高鶚的偽作；到後來卻來一個一百八十度轉變，努力為高鶚「平反」了。艾略特呢，一九三六年把米爾頓貶得一文不值，在不少人的心目中，幾乎把米爾頓的神像砸得稀巴爛；到了一九四七年，卻寫另一篇文章──《米爾頓（之二）》("Milton II")，否定昨日之我而大讚米爾頓了：

> […] it is his ability to give a perfect and unique pattern to every paragraph, such that the full beauty of the line is found in its context, and his ability to work in larger musical units than any other poet – that is to me the most conclusive evidence of Milton's supreme mastery.[42]

> 米爾頓能夠賦作品的每一段落以完美而獨特的秩序，讓詩行的全部妙處在語境中展現；他駕馭音樂單位的幅度也大於其他任何詩人──這一本領，在我看來，最能確證米爾頓對詩藝的掌控已臻極致。

再看這篇寓認錯於不認錯的文章中的其他讚米片段：

> To say that the work of a poet is at the farthest possible remove from prose would once have struck me as condemnatory: it now seems to me simply, when we have to do with a Milton, the precision of its peculiar greatness.[43]

> 說一位詩人的作品與散文的距離遠得不能再遠，以前會叫我覺得是貶斥之辭；現在，於我而言，描述對象如果是米爾頓這樣的一位詩人，這句話只不過精確地指出，其作品偉大得特殊。

---

42 此文最初發表於一九四七年十月的 *Proceedings of the British Academy*；其後收入 *On Poetry and Poets*。引文見 Eliot, *On Poetry and Poets* (New York: Farrar, Straus and Giroux, 2009), 179。

43 Eliot, *On Poetry and Poets* (New York: Farrar, Straus and Giroux, 2009), 176。

I repeat that the remoteness of Milton's verse from ordinary speech, his invention of his own poetic language, seems to me one of the marks of his greatness. Other marks are his sense of structure, both in the general design of *Paradise Lost* and *Samson*, and in his syntax [...][44]

我要再次強調，米爾頓之詩語與一般話語的遙遠距離、他為自己獨創的詩藻，在我看來，是他所以偉大的特徵之一。他所以偉大的其他特徵，是他的結構感；這種結構感，既見諸《失樂園》和《鬥士參孫》的構思，也見諸他的句法 [……]。

米爾頓「所失之分」不再「多於所得之分」了；其「筆下的英語」不再像「死語言」了；米爾頓沒有「依循實際言語和思維」（"follow actual speech or thought"），[45] 不但不是過失，反而是「偉大的特徵之一」了；與詹姆斯的長句比較，「米爾頓式句子的繁複」，不再是「主動的繁複」了；其「繁複」不再「是作者刻意插進本已簡化的抽象意念的繁複」了。是艾略特知錯，覺察當年的無知？是的。[46] 不過，

---

44 Eliot, *On Poetry and Poets* (New York: Farrar, Straus and Giroux, 2009), 176。

45 Eliot, *On Poetry and Poets* (New York: Farrar, Straus and Giroux, 2009), 161。

46 為甚麼知錯呢？是細讀了米爾頓的《失樂園》，還是賞詩的頻率有所調整，還是看了識者的反駁文章而醒悟，則不得而知。在《米爾頓（之二）》裏，一九三六年慘遭鞭韃的許多缺點（如長句）變成了優點。在《四重奏四首》（《小格丁》一八一一一八三行），艾略特提到米爾頓時，也一反一九三六年的賤視態度而表示尊敬了：

> […………]
> And of one who died blind and quiet,
> Why should we celebrate
> These dead men more than the dying?

> 想起另一個失明的安靜去世。
> 我們頌揚這些已死的人，
> 為甚麼要比頌揚瀕死的人熱烈呢？

僅從語調，讀者就聽得出，這時的米爾頓，不再是一九三六年的米爾頓了；

一九四七年，他已經是萬方矚目的大詩人、大評論家，再也放不下身段坦白承認一九三六年的錯誤，只好以文字的高度技巧（這是評論家艾略特的最強項）兜一個美妙的圈子為自己打圓場。怎麼打圓場呢？先聽他於一九三六年以無限權威宣佈米爾頓的「罪狀」：

> [...] although his work realizes superbly one important element in poetry, he may still be considered as having done damage to the English language from which it has not wholly recovered.[47]

> [⋯⋯] 雖然他的作品以高超的技巧體現了詩藝的某一面，但他仍可視為給英語這一語言造成損害的人；英語遭他損害後，迄今仍沒有完全復原過來。

艾略特甚麼時候進行過研究或問卷調查，或掌握了充分的大數據，能證明英語曾遭米爾頓損害，並準確地評估過受損程度？

在《米爾頓（之二）》裏，艾略特像油浸泥鰍那樣在文字海中游弋完畢，結尾時變回法王之身，以同樣的權威宣佈：

> In studying *Paradise Lost* we come to perceive that the verse is continuously animated by the departure from, and return to, the regular measure; and that, in comparison with Milton, hardly any subsequent writer of blank verse appears to exercise any freedom at all. We can also be led to the reflection that a monotony of unscannable verse fatigues the attention even more quickly than a monotony of exact feet. In short, it now seems to me that poets are sufficiently liberated from Milton's reputation, to approach the study of his work without danger,

---

一九三六年的米爾頓，「無論從道德家的觀點看，還是從神學家的觀點看，還是從心理學家的觀點看，還是從政治哲學家的角度考量，還是以做人是否可親的一般標準來判斷，[⋯⋯] 都不及格」。這種前倨後恭的文格，在艾略特的評論集裏絕非罕見。關於這點，下文會有交代。

47 Eliot, *On Poetry and Poets* (New York: Farrar, Straus and Giroux, 2009), 164。

and with profit to their poetry and to the English language.[48]

研讀《失樂園》後，我們發覺，其詩律時而脫離常規，時而重返常規，並因此而一直獲賦活力；與米爾頓比較，隨後寫無韻詩的作家中，鮮有一位叫人覺得，運用無韻詩體裁時有一點半點的得心應手。研讀《失樂園》後，我們也會有這樣的反思：不符格律的詩句單調起來，比精確的音步單調時叫精神疲倦得更快。一言以蔽之，此刻在我看來，詩界已經從米爾頓的聲名獲得足夠的解放，可以親近並研讀其作品而不虞有危險；而且在研讀過程中，他們的詩和英語之為英語都會獲益。

十一年前（一九三六年），「英語遭 [米爾頓] 損害後，[……] 仍沒有完全復原過來」；十一年間，艾略特又在甚麼時候，進行過第二次研究或問卷調查，或再度收集到大數據，發覺「詩界已經從米爾頓的聲名獲得足夠的解放」[……]？自米爾頓《失樂園》出版的一年（一六六七年）到一九三六年，超過二百年了，英語還未能「完全復原過來」；怎麼在一九三六年到一九四七年，短短的十一年間，米爾頓籠罩了英國二百多年的壞影響就煙消雲散，英語就「完全復原過來」了呢？不但「完全復原過來」，「詩界」還「可以親近並研讀 [米爾頓的] 作品而不虞有危險；而且在研讀過程中，他們的詩和英語之為英語都會獲益」。是上帝可憐英語遭米爾頓「蹂躪」而大展弘恩，以大能拯救了英語，把籠罩英國二百多年的「米爾頓妖氛」一掃而空？非也，是艾略特下不了台，不得不用他的一流英文、一流辯才寓認錯於不認錯。讀者只要細研《米爾頓（之二）》，就知道艾略特的英文寫得多漂亮、多惑人；但也會忍俊不禁：「哈哈，神也是他！鬼也是他！」甚至嗤之以鼻，乾脆說他是騙子 (con man)。[49]

---

48 Eliot, *On Poetry and Poets* (New York: Farrar, Straus and Giroux, 2009), 183。

49 這類未經證實、每從證實的信口開河，艾略特的評論集裏多的是。其他例子，下文會繼續列舉，並加以分析。

艾略特在「認錯」文章中，沒有直截了當地「收回」一九三六年的貶米論點，卻把十八世紀的大評論家約翰遜 (Samuel Johnson) 抓來，要他和自己一起承擔偏頗、無知之罪。在《米爾頓（之二）》長長的第一、二、三段中，艾略特先用高超的文字技巧左拐右兜，轉彎抹角，顧左右而言他，帶讀者漫遊以文字建成的美麗花園；一進入比第一、二、三段都長的第四段，就圖窮而匕首見：

There is one prejudice against Milton, apparent on almost every page of Johnson's *Life of Milton*, which I imagine is still general: we, however, with a longer historical perspective, are in a better position than was Johnson to recognize it and to make allowance for it. This is a prejudice which I share myself: an antipathy towards Milton the man. Of this in itself I have nothing further to say: all that is necessary is to record one's awareness of it. But this prejudice is often involved with another, more obscure: and I do not think that Johnson had disengaged the two in his own mind.[50]

約翰遜對米爾頓有一種偏見，在他的《米爾頓傳》中，幾乎昭然見諸每一頁。這偏見，就我個人猜想，目前仍廣泛流傳。但是，我們今日看歷史，焦距較遠，站在比約翰遜更有利的位置，能夠看出偏見之為偏見，並加以體諒。這一偏見，我本人也有：對米爾頓其人心懷反感。就這一態度本身，我再無任何意見補充；唯一要做的，是識諸文字，表示個人已有所覺察。不過，這偏見往往與另一種較為隱蔽的偏見交纏；而我覺得，約翰遜心中並沒有把兩者的糾結關係解開。

這段文字魔術，真叫人嘆為觀止；其中有數點值得注意。首先，約翰遜在《米爾頓傳》裏既談米爾人的為人，也談米爾頓的作品；[51] 談米

---

50 Eliot, *On Poetry and Poets* (New York: Farrar, Straus and Giroux, 2009), 167-68。

51 約翰遜的《米爾頓傳》見Samuel Johnson, *The Lives of the Most Eminent English*

爾頓的為人時也有負面之詞，卻絕非艾略特《米爾頓（之一）》第一段那樣的人身攻擊。艾略特把約翰遜的客觀批評和自己的人身攻擊——惡毒的人身攻擊——混為一談，是淆亂視聽，以減輕自己的罪責；或者可以說，把約翰遜扯入水中，陪自己一起受溺。第二，「昭然見諸每一頁」一句，把約翰遜「偏頗」之罪放大；同時傳遞言外之意：自己評米爾頓的為人，即使有偏見，也僅僅限於《米爾頓（之一）》中的第一段；相形之下，艾略特的重罪成了小眚，約翰遜的無辜變成了重罪。一招金蟬脫殼，無辜與罪犯交換了位置。第三，「並加以體諒」一句一招三打：強調自己站在有利的高地，約翰遜囿於無利的低谷；約翰遜評米爾頓時，不知體諒；自己則與約翰遜迥然不同，有體諒之心。第四，「這一偏見，我本人也有：對米爾頓其人心懷反感。就這種態度本身，我再無任何意見補充；唯一要做的，是識諸文字，表示個人已有所覺察」兩句，以四兩撥千斤，把米學中最偏頗的文章一筆勾銷，出招高妙絕倫，錯而不直接承認，卻轉彎抹角，藉語言魔術文過飾非。第五招（「不過，這偏見往往與另一種較為隱蔽的偏見交纏；而我覺得，約翰遜心中並沒有把兩者的糾結關係解開」）是最毒辣的一招：艾略特「毅然」與約翰遜劃清界線，搖身一變，變成了污點證人——不僅是證人，而且是主控官，在文學史法庭上指控約翰遜所犯的重罪。

看完《米爾頓（之二）》，熟悉米爾頓和約翰遜的讀者，大概只有一個結論：評論家艾略特狡猾，欠缺坦誠認錯的勇氣。[52] 此外，

Poets: With Critical Observations on Their Works, with an Introduction and Note by Roger Lonsdale, 4 vols. (Oxford: Clarendon Press, 2006), Vol. 1。

52 艾略特的兩篇論米文章中，至少有三個論點不是他的創見。在 "Milton I" 的第一段，他對米爾頓為人的劣評，其實脫胎自約翰遜在《米爾頓傳》評米爾頓為人的文字；不過約翰遜客觀的評語，進入艾略特的語域後，立刻變成了惡毒的人身攻擊。另一論點，在 "Milton II" 出現：

> [...] to me it seems that Milton is at his best in imagery suggestive of vast size, limitless space [...] (*On Poetry and Poets* (New York: Farrar, Straus and Giroux), 178)

[⋯] 在我看來，米爾頓最善於營造涉及龐大事物和無限空間的意象。[⋯]

這一論點，約翰遜在《米爾頓傳》裏早已提出，而且比艾略特說得好：

[...] The characteristic quality of his poem is sublimity. He sometimes descends to the elegant, but his element is the great. He can occasionally invest himself with grace; but his natural port is gigantic loftiness. He can please when pleasure is required; but it is his peculiar power to astonish.

[⋯⋯] 米爾頓詩作 [指《失樂園》] 的特質是壯麗之風。他有時會降落優雅之境，不過宏偉氣象才是他的性情所適。他偶爾會賦作品以婉約之美；不過恢宏崇高才是他的自然氣度。需要歡樂時他可以提供歡樂；令人駭異才是他的獨家本領。

He seems to have been well acquainted with his own genius, and to know what it was that Nature had bestowed upon him more bountifully than upon others—the power of displaying the vast, illuminating the splendid, enforcing the awful, darkening the gloomy, and aggravating the dreadful; he therefore chose a subject on which too much could not be said, on which he might tire his fancy without the censure of extravagance.

他似乎深諳自己的天縱之資，並且知道，他比別人宏富的天賜異稟是甚麼——展現決溔、昭顯偉象、增強驚畏、黯黯晦冥、加深駭怖的力量；因此，他選擇了這樣的題材：無論怎樣大寫特寫都不會過火，無論怎樣瘁其恣肆的想像去盡情發揮都不會招致鋪張揚厲的指摘。

第三論點（米爾頓的「感官本能」，「早被書本的學問凋萎」），同樣偷自約翰遜的《米爾頓傳》。由於這論點的來源上文已經談過（見註十二），在這裏就無須重複了。

此外，艾迪森 (Joseph Addison) 下面的著名評語（艾略特在 "Milton II" 也有引用（見 *On Poetry and Poets* (New York: Farrar, Straus and Giroux, 2009), 174））：

Our language, says Addison, *sunk under him.*

艾迪森說，我們的語言 [指英語] 因他的重壓而下沉。

經艾略特以偏見和憎惡「點化」後，變成了：

[...] he may [...] be considered as having done damage to the English language from which it has not wholly recovered.

艾迪森的評語充滿驚佩之情，與艾略特的亂貶、狂貶大有分別。

艾略特在《菲利普‧馬辛傑》("Philip Massinger") 一文中說過：

> One of the surest of tests is the way in which a poet borrows. Immature poets imitate; mature poets steal; bad poets deface what they take, and good poets make it into something better, or at least something different. The good poet welds his theft into a whole of feeling, which is unique, utterly different from that from which it was torn; the bad poet throws it into something which has no cohesion. ("Philip Massinger", T. S. Eliot, *Selected Essays* (London: Faber and Faber, 1951), 206.)

> 要鑑別詩人的高下，看他如何借用別人的材料，是極為可靠的一個方法。不成熟的詩人會模仿；成熟的詩人會偷盜。拙劣的詩人會把所得的材料弄得面目全非；出色的詩人則會加以改良，至少是推陳出新。出色的詩人會把贓物熔鑄為圓滿而獨特的詩情，與被掠者的作品完全不同；拙劣的詩人卻會把贓物拼湊成雜亂無章的東西。

艾略特如何偷人家的詩，《艾略特詩選》和本書談艾略特作品的有關章節已有交代。在這裏不妨指出，他寫評論時也偷人家的評論。上述三個論點，兩個偷自約翰遜的《米爾頓傳》，一個偷自艾迪森於《觀者》雜誌第二九七期 (*Spectator*, No. 297)（一七一二年二月九日星期六）發表的評米文章：

> Our Language sunk under him, and was unequal to that Greatness of Soul, which furnished him with such glorious Conceptions.

> 我們的語言 [指英語] 因他的重壓而下沉，勝任不了他心靈的偉大。他心靈的偉大，給他提供如此輝煌的構思。

在這裏要指出，艾迪森像約翰遜一樣，對米爾頓提出負面批評時，不會像艾略特那樣攻擊人身。艾迪森和約翰遜還有另一相似之處：兩人對米爾頓的作品都有詳細而深入的研究，提出的論點都有明證，所舉例子往往恰到好處，能支持所提出的論點。艾略特則不然：論者指出，他為了多賺稿費，常要趕工，寫大量的評論／書評；結果在游擊式的散論中，往往不能叫讀者相信，他命筆前對課題有深入而詳細的研究；反而叫人覺得，他是隨手翻閱手頭的書籍，草率舉例；所舉例子，往往不能支持其論點；所提論點，本身又往往欠缺說服力。他游談時，由於說得巧，說得妙，說得玄，說得虛，涵蓋面無比廣闊，結果驗證無從。比如說，在《玄學詩人》("The Metaphysical Poets") 這篇書評中，他信口斷言，英詩到了十七世紀，出現「感知官能分離」("dissociation of sensibility") 現象。但「感知官能分離」是甚麼呢，他不能解釋清楚，讀者只能瞎猜；至於要他證明，這子虛烏有的現象何以出現在十七紀，而不是十六或十八、十九世紀，就強其所難了。

細讀約翰遜的《米爾頓傳》和艾略特貶、褒米爾頓的兩篇評論後，他

當然，既然是子虛烏有，就不必證明，也無從證明了。有趣的是，艾略特自鑄新詞，叫文學界不少「前衛」人士爭相推廣後，卻常會在猝不及防間與自己的術語劃清界線。艾略特手握呼風喚雨、驅山走海之筆，從容游走於詭辯領域，常能把懾於其威名或欠缺獨立思考能力的讀者催眠，叫他們無條件接受其論點，並廣為傳播，甚至誓死捍衛，擁立成公論、定論。在《米爾頓（之二）》一文中，談到「感知官能分離」時，他坦白承認："If such a dissociation did take place, I suspect that the causes are too complex and too profound to justify our accounting for the change in terms of literary criticism. [...] and for what these causes were, we may dig and dig until we get to a depth at which words and concepts fail us."（「如果這樣的分離 [指艾略特所謂的「感知官能分離」] 的確發生過，我猜分離的原因太複雜、太深遠，結果從文學批評的角度解釋這種變化並不恰當。[……] 至於這些原因是甚麼，我們可能會一直挖掘下去，直到某一深度，連言詞和概念都不能為我們解釋。」）(*On Poetry and Poets* (New York: Farrar, Straus and Giroux, 2009), 173)。評論家弗蘭克・克牟德 (Frank Kermode) 在《浪漫影像》(*Romantic Image*) 一書中，對艾略特「感知官能分理」說有精闢的批評，可參看。

艾略特所偷的另一論點，則可在《但丁》一文中看到。在這篇文章中，他談《神曲》的結構美時，偷了格蘭真特的評語：

Of the external attributes of the *Divine Comedy*, the most wonderful is its symmetry. With all its huge bulk and bewilderingly multifarious detail, it is as sharply planned as a Gothic cathedral. Dante had the very uncommon power of fixing his attention upon the part without losing sight of the whole: every incident, every character receives its peculiar development, but at the same time is made to contribute its exact share to the total effect. The more one studies the poem, the clearer become its general lines, the more intricate its correspondences, the more elaborate its climaxes. (Grandgent, *La Divina Commedia di Dante Alighieri*, xxxvii)

就《神曲》的外在特點而言，最奇妙的莫過於作品的勻稱結構。《神曲》雖是長篇鉅製，各種各樣的細節多得叫人眩惑，其構思卻準確得像一座哥特式大教堂。但丁有非常罕見的本領，能把注意力集中於局部，而又不忽視整體：每一事件、每一角色，在他的筆下都能按本身的需要發展，同時又為整體效果服務，而且恰到好處。這部作品越是細讀，其輪廓就越見清晰，其呼應就越見精微，其高潮也越見細密。（見但丁著，黃國彬譯註，《神曲・地獄篇》，九歌文庫九二七（台北：九歌出版社有限公司，二〇一九年四月，訂正版九印），頁二八）

不過他偷得極有技巧，讀者要細讀《神曲》和格蘭真特介紹但丁的文字才看得

們還應該發覺，就人格和文格而言，約翰遜遠高於艾略特。讀《米爾頓傳》，我們會覺得約翰遜可親；讀《米爾頓（之一）》和《米爾頓（之二）》，我們不會有這樣的感覺。艾略特沒有約翰遜的性情，也沒有約翰遜的學問和耐性，[53] 寫不出《米爾頓傳》。

　　僅從《米爾頓（之一）》和《米爾頓（之二）兩篇文章，讀者就可以看出艾略特評論的一些重要特點。

　　首先，他的文章一啟篇，就能吸引讀者看下去。就寫作技巧而言，開端和結尾是所有文章的關鍵，而開端尤為重要；一篇文章如果不能一啟篇就留住讀者的目光，其餘段落無論寫得多精彩、多神奇，都是白費工夫。學習寫英文的大學生，對艾略特的啟篇技巧多加研究，必會得益。

　　第二特點，是人身攻擊。新批評提倡就詩論詩；艾略特本身是新批評陣營的健將、主將，甚至是創立陣營的元勛，本身卻不恪守新批評陣營的信條，大貶米爾頓之前先做「預備工夫」，從道德家、神學家、心理學家、政治哲學家的角度攻米爾頓的為人。[54]

出。參看C. H. Grandgent, ed. and annotated, Dante Alighieri, *La Divina Commedia di Dante Alighieri*, first ed. 1909 (Boston: D. C. Heath and Company, 1933)。格蘭真特所編的《神曲》於一九〇九年發行初版；艾略特於一九二九年發表《但丁》一文，也就是格蘭真特所編的《神曲》出版後二十年。因此，我們可以肯定，是艾略特偷格蘭真特，不是格蘭真特偷艾略特。由於《但丁》和《米爾頓（之二）》發表的年代不是學術規格極其謹嚴的今日，而艾略特也不是投稿到規格極其嚴謹的學術期刊，不註明論點的出處也不會有人指控他剽竊。當然，正如上文所說，艾略特偷別人的評論時，偷技十分高超，一般讀者不容易看出贓物的來源，學術法庭也不容易判他有罪。有關艾略特所談的偷技，參看黃國彬，《從近偷、遠偷到不偷——香港作家與創作的三個階段》（此文已收入黃國彬，《莊子的蝴蝶起飛後——文學再定位》，九歌文庫七八六（九歌出版社有限公司，二〇〇七年四月））。關於艾略特式無從驗證的其他論點或「大論述」，下文還會詳談。

53 有關艾略特的學問，參看本書第十一章。

54 米爾頓如果在生，想以牙還牙也毫無困難；以牙還牙之前，只要看看艾略特的傳記和他寫給艾米莉‧黑爾的信，就有用不完的利齒了。不過，米爾頓也不必返回塵世，親自報仇，因為與艾略特同代的不少作家和評論家，早已對艾略特表示不滿，甚至不齒。以下僅舉兩個例子。著名小說家、詩人、評論家金斯利‧艾米一九三六年發表的《米爾頓（之一）》裏，艾略特攻擊的是米爾頓的人格、心理……以至做人的可親程度；一九三七年發表《拜倫》("Byron") 一文時，攻擊的是這位浪漫派詩人的相貌。讚完沃爾特·斯科特 (Walter Scott) 之後，艾略特這樣說：

> But Byron – that pudgy face suggesting a tendency to corpulence, that weakly sensual mouth, that restless triviality of expression, and worst of all that blind look of the self-conscious beauty; the bust of Byron is that of a man who was every inch the touring tragedian.[55]

斯 (Kingsley Amis) 在寫給好友菲利普·拉金 (Philip Larkin) 的信中說：「你知道我憎恨誰嗎？艾略特。我憎恨的，就是艾略特。」("Do you know who I hate? T. S. Eliot. That's who I hate.")（轉引自 Matt Hanson, "Eliot the Enigmatic", "The American Interest" 網頁（多倫多時間二〇二一年三月十一日下午四時登入））。大名鼎鼎的小說家海明威，則於一九五〇年七月寫信給作家兼編輯哈維·布萊特 (Harvey Bruit)，說：「就人論人，艾略特只配吻我的屁股。[……] 如非老傢伙艾茲拉　[龐德]——那個憨詩人，那個蠢材賣國賊，他根本不會存在。」("[T. S. Eliot] can kiss my ass as a man […] he would not have existed [if not] for dear old Ezra [Pound], the lovely poet and the stupid traitor.")（轉引自網頁 "Ernest Hemingway: T. S. Eliot 'Can Kiss My Ass as a Man'"（多倫多時間二〇二一年三月十二日下午五時登入））。龐德曾投靠墨索里尼的法西斯政權，並支持希特勒，一九四五年因叛國罪被捕。由於這緣故，海明威稱他為「賣國賊」。

55 "Byron", in Eliot, *On Poetry and Poets* (New York: Farrar Straus and Giroux, 2009), 224-25。十八年後，也就是一九五五年，在《智者歌德》("Goethe as the Sage") 一文中，艾略特談歌德時，不但不從道德家角度先攻其人，也沒有像他對待拜倫那樣把歌德醜化，反而大讚其相貌。一個人的相貌，受之父母，誰也不該譏嘲；何況譏嘲別人相貌的人，本身也未必是俊男、美女；對於相貌，不同的人有不同的看法，評斷十分主觀；談一位作家的智慧或作品時不必著重，甚至連談也不必談。中外古今，「貌寢」的大智、大賢多不勝數；何況凡間並沒有阿波羅，任何凡軀的形相都不會完美無缺；在文學評論中攻擊人身，會叫公平的讀者不齒，覺得評論者品味低劣。艾略特大貶拜倫的相貌時，大概不會想到，其他論者如要對艾略特展開人身攻擊，也有不少資料可用：諸如他精神崩潰後的精神狀態。論者大可以說，艾略特寫評論時這樣惡毒地攻擊人身，大有可能因精神崩潰後人格被扭曲，心理產生變態現象（如果真是這樣，艾略特反而值得同情了）。《智者歌德》一文，是艾略特獲頒漢薩同盟歌德獎 (Hansischer Goethe-Preis) 時的演詞。

可是拜倫——那張有肥胖傾向的腫面孔，那性感得單薄的嘴巴，那神情中瑣屑的躁動，而最壞的，是那盲睛中自以為英俊的目光；拜倫的半身像，徹頭徹尾是一個巡迴悲劇演員的半身像。

這哪裏是文學批評？這是惡毒的詛咒。——艾略特的筆鋒蘸有劇毒。英語評論界有分量的作者群中，像艾略特那樣惡毒攻擊人身的，恐怕找不到第二人。[56]

由於獲獎，在德國人面前一反其對米爾頓和拜倫的苛刻、狠辣而隱惡揚善：既褒歌德之智，也從形而下的角度盛讚其相貌、眼神。平心而論，讀過米爾頓、拜倫、歌德生平資料的讀者都知道，從道德家的角度看，歌德不比米爾頓或拜倫高尚；其相貌也不見得勝過米爾頓或拜倫；歌德最著名的傑作《浮士德》與米爾頓的《失樂園》比較，仍有相當大的距離。然而艾略特評論三位詩人時，卻用雙重標準。此外，艾略於一九二七年十一月二日歸化英籍，米爾頓和拜倫成了他的同胞；對同胞嚴苛——甚至狠辣；獲歌德獎時用相反的標準大讚歌德，讚時幾達阿諛地步；這樣的行為，不但有「利益衝突」，也有「媚外」之嫌，叫明眼人不齒。看完艾略特評米爾頓、拜倫、歌德的三篇文章，客觀的讀者大有理由以艾略特形容米爾頓的話來形容艾略特本人：「就人論人，艾略特惹人反感。」評論家的文字，會反映評論家的心胸、個性、人格。撒繆爾‧約翰遜 (Samuel Johnson) 評米爾頓，布雷德利 (A. C. Bradley) 評莎士比亞，都有負面之詞，發表負面之詞時不徇私，也不淡化兩位大詩人的弱點；同是負面之詞，約翰遜和布雷德利的文字所反映的人格、文格遠比一九三六年評米爾頓、一九三七年評拜倫的艾略特可親。此外，約翰遜評米爾頓，布雷德利評莎士比亞，都比艾略特的文章深入、全面、客觀。除了《但丁》("Dante") 和少數較長的文章，艾略特一般只善於寫較短的散篇。較短的散篇，尤其是艾略特論文集裏見解精闢、文字優美的作品，當然有其價值；不過要全面了解一位作家時，約翰遜和布雷德利那樣的專著會給讀者更大的滿足。參看Samuel Johnson, *The Lives of the Most Eminent English Poets: With Critical Observations on Their Works*, with an Introduction and Note by Roger Lonsdale, 4 vols. (Oxford Clarendon Press, 2006), Vol. 1, "Milton" 和A. C. Bradley, *Shakespearean Tragedy: Lectures on* Hamlet, Othello, King Lear, Macbeth (London: Macmillan and Co. Ltd., 1965)。

56 在《傳統與個人才具》("Tradition and the Individual Talent") 一文中，艾略特強調：「誠實的批評和敏感的鑑賞，其目標不是詩人，而是詩作。」("Honest criticism and sensitive appreciation is directed not upon the poet but upon the poetry.") 評米爾頓和拜倫時，艾略特顯然忘記了自己要別人遵守的信條；叫人想起宣揚道德的道德家，對信眾宣揚完畢，一轉身就去嫖賭飲吹。以行動否定言論的同時，艾略特也艾略特兩篇評米爾頓的文章，前後態度截然不同，等於以今日之我否定昨日之我。——這是艾略特評論中常見的第三特點。一位評論家活動了數十年，論點有所調整，誰也不應該非議；有哪一位活動了數十年的評論家，其觀點、態度、立場會自始至終一成不變，像鐵板一塊的呢？果真有這樣的評論家，則這位評論家就是一塊活化石。假設一個年輕人在文學界「三十而立」，有了一點點的識見和學問，開始從事文學批評；到了七十歲，對文學和芸芸作家的看法完全沒有調整，則這位評論家三十歲就在時間裏定格，沒有成長，白活了四十年；這樣的評論家所寫的評論，價值有多高呢，值得懷疑。這道理有點像文學欣賞：一個文學愛好者，中學或大學時期喜歡、傾慕某一作家；到了三四十歲，視野擴闊，鑑賞力提高，當日喜歡、傾慕的作家不再符合他的鑑賞標準；這時，他發現或看懂了境界更高的作家，就像攀山者進入青藏高原，看一座座雪峰在鳥道之上巍峨聳峙，一座比一座高，一座比一座磅礡。這時，他會在心中的英雄殿替早期傾慕的作家再定位。不過艾略特的評論經常展示的，並不是這類調整，而是前後矛盾，甚至矛盾得離譜，如上述兩篇大貶、大褒英國第二大詩人的文章那樣。

　　評英國第一大詩人時，艾略特給讀者的感覺也相同。

　　在《哈姆雷特》("Hamlet") 一文裏，[57]艾略特有這樣的評語：

[…] far from being Shakespeare's masterpiece, the play is most certainly an artistic failure. In several ways the play is puzzling, and disquieting as is none of the others. Of all the plays it is the longest and is possibly the one on which Shakespeare spent most pains; and yet

---

犯了新批評陣營所聲討的「傳記謬誤」("biographical fallacy")。艾略特寫文學評論時何以會這樣兇狠地攻擊人身呢？是因為他曾經精神崩潰，心理失去了平衡，性格慘遭扭曲？還是有其他原因？有興趣研究其人格、文格的學者，不妨進一步考證。其實，拜倫如果在生，也大可攻擊艾略特的相貌和身體。艾略特對拜倫人身攻擊時，忘記了自己不是阿波羅。

57 Eliot, *Selected Essays*, 141-46。

he has left in it superfluous and inconsistent scenes which even hasty revision should have noticed. The versification is variable. Lines like

> Look, the morn, in russet mantle clad,[58]
> Walks o'er the dew of yon high eastern hill,

are of the Shakespeare of *Romeo and Juliet*. The lines in Act V. Sc. ii,

> Sir, in my heart there was a kind of fighting
> That would not let me sleep...
> Up from my cabin,
> My sea-gown scarf'd about me, in the dark
> Grop'd I to find out them: had my desire;
> Finger'd their packet;

are of his quite mature. [...] And probably more people have thought *Hamlet* a work of art because they found it interesting, than have found it interesting because it is a work of art. It is the 'Mona Lisa' of literature.[59]

[...] *Hamlet*, like the sonnets, is full of some stuff that the writer could not drag to light, contemplate, or manipulate into art.[60]

The only way of expressing emotion in the form of art is by finding an 'objective correlative'; [61] in other words, a set of objects,

---

58 在其他版本裏，這行作 "But look, the morn in russet mantle clad" (Thompson and Taylor, 163; Wells et al., 694); "But, look, the morn in russet mantle clad," (Craig, 872)。

59 Eliot, *Selected Essays*, 143-44。

60 Eliot, *Selected Essays*, 144。

61 "objective correlative" 這一術語，艾略特最初在 "Hamlet and His Problems"（收入一九二〇年出版的 *The Sacred Wood*）一文裏採用，許多人以為由艾略特自鑄；艾略特本人談到這一術語時，不知有意還是無意，說了誤導讀者的話：

a situation, a chain of events which shall be the formula of that *particular* emotion; such that when the external facts, which must terminate in sensory experience, are given, the emotion is immediately evoked.[62]

We must simply admit that here Shakespeare tackled a problem which proved too much for him.[63]

[⋯⋯]《哈姆雷特》一劇，絕非莎士比亞的傑作，而是無可置疑的藝術敗筆。就多方面而言，這部劇作都叫人費解；而且在所有的莎劇中，沒有一部像《哈姆雷特》那樣叫人不安。莎士比亞所有的劇作中，以《哈姆雷特》的篇幅最長，也可能是莎士比亞最費苦心才完成的作品。儘管如此，劇中仍留有多餘而相互矛盾的場景。這些場景，即使在倉猝修改的過程中也看得出。劇中的詩

I believe that the general affirmation represented by the phrase 'dissociation of sensibility' [one of the two or three phrases of my own coinage – like 'objective correlative' – which have had a success in the world astonishing to their author] retains some validity [...] （前一個方括號為艾略特本人所加；後一個方括號為本書筆者所加）

我相信，「感知官能分離」這個詞組的概括性判斷，迄今在某一程度上仍然有效。像「客觀對應」一樣，「感知官能分離」面世後，其成功程度叫鑄造新詞的作者感到驚詫。

其實，"objective correlative" 這一術語，由美國畫家兼作家華盛頓・奧爾斯頓 (Washington Allston, 1779-1843) 所創，出現在他論畫的講稿中，述及精神與外間世界的關係；其後由喬治・桑塔亞納 (George Santayana, 1863-1952) 在一九〇〇年出版的 *Interpretations of Poetry and Religion* 一書擴而充之。有些論者認為，艾略特引用這一術語時受龐德影響，而術語的意念可以上溯至艾德加・愛倫・坡 (Edgar Allan Poe, 1809-1849)。參看 *Encyclopaedia Britannica* 網頁（二〇二一年七月十五日下午十一時登入）。不過，桑塔亞納是艾略特在哈佛的老師，艾略特也可以直接受他的影響而把術語據為己有。

62 Eliot, *Selected Essays*, 145。
63 Eliot, *Selected Essays*, 146。

律參差不齊。例如下列兩行：

> 你看，黎明穿著赤褐的披風
> 走過東邊那座高山的露水了，

屬莎士比亞寫《羅密歐與朱麗葉》時期的風格。[64] 下列幾行，出自第五幕第二場：

> 告訴你，我心中有莫名的掙扎，
> 叫我不能入睡……
> 從船艙中起來，
> 圍巾般披著水手袍，黑暗之中，
> 摸索著找尋他們，而得償所願；
> 偷來他們的公文；[65]

則屬於作者的完全成熟期。［……］有些人覺得《哈姆雷特》有趣，因而認為此劇是藝術品；有些人則因為《哈姆雷特》是藝術品，於是覺得此劇有趣。第一類人大概比第二類人多。《哈姆雷特》，是文學中的「蒙娜·麗莎」[66]。

　　［……］莎士比亞的十四行詩裏，有某些素材，作者不能夠曳進光中諦觀之，或駕馭之，使之成為藝術。《哈姆雷特》像莎士比亞的十四行詩一樣，充滿這類素材。

　　外界事物經過觀照，最終都會成為感官經驗。以藝術形式表

---

64 何以「屬莎士比亞寫《羅密歐與朱麗葉》時期的風格」呢，艾略特語焉不詳，讀者也不易首肯。

65 原文何以「屬於作者 [莎士比亞] 的完全成熟期」呢，同樣語焉不詳；讀者完全不覺得一段「屬莎士比亞寫《羅密歐與朱麗葉》時期的風格」，另一段「屬於作者 [莎士比亞] 的完全成熟期」——又是不能支持論點的引文，又是草率列舉的例子。

66 一譯「莫娜麗莎」。以意大利原文 "Mona Lisa" 的發音衡量，「莫娜麗莎」比「蒙娜麗莎」準確。

達情感，只有循「客觀對應」一途。所謂「客觀對應」，[67]指某一組物體、某一種處境或某一系列事件，而這些物體、處境、事件必須是表達該特定情感的方式；結果，這些外界事物一經呈現，就立刻喚起該種情感。

我們只好乾脆承認，在《哈姆雷特》一劇中，莎士比亞要解決的問題太困難了，結果無從解決。

艾略特貶莎之論（指《哈姆雷特》「是無可置疑的藝術敗筆」一說），引起莎學專家哈羅德・詹金斯 (Harold Jenkins) 不客氣的批評：[68]

"The difficulty, in ultimate terms," says Waldock, "is to know what the play is really about". He is not alone in finding "suggestions of meanings not fully worked out in the action". This surely has something to do with Eliot's feeling that Hamlet "is dominated by an emotion which is…in *excess* of the facts as they appear'. Unfortunately Eliot was led to exaggerate the "excess" by his limited and indeed perfunctory view of the play—apparent in his accepting from

---

67 在《解讀〈哈姆雷特〉——莎士比亞原著漢譯及詳注》一書的前言中，筆者把 "objective correlative" 譯為「客觀景物」；當時尚未知道這術語出自華盛頓・奧爾斯頓的講稿。為了照顧奧爾斯頓的概念，現在改譯為較向心的「客觀對應」。其實「客觀對應」或「客觀景物」的概念，與中國文學的「興」、「情景交融」、「融情入景」、「以景托情」等說法頗有相通之處；也就是說，要表達某種情感、情懷、氣氛，需要以客觀的實物、實景為媒介。"objective correlative" 稍微離心的譯法可以是「相關客體」。也有論者譯為「客觀投射」。這一譯法不錯，可惜平添了放映意象。"objective correlative" 和 "dissociation of sensibility" 兩個術語，在二十世紀英美文學界經常為評論家和學者所引用，可能是該世紀文學批評中最流行的兩個術語。

68 哈羅德・詹金斯是阿頓版莎士比亞劇作系列 (Arden Shakespeare) 的總編輯，而且單獨編註過《哈姆雷特》一劇，是莎學權威。細讀詹金斯的版本，可以看出編者的莎學造詣有多高。

Robertson "that the essential emotion of the play is the feeling of a son towards a guilty mother"—and so to pronounce the play, notoriously and absurdly, "an artistic failure".[69]

「歸根結柢，」沃爾多克說：「困難在於如何理解劇作 [指《哈姆雷特》] 的真正旨趣。」沃爾多克認為：「劇中隱約有一些題旨，未能在情節中表現得透徹。」有這種看法的論者，不僅是沃爾多克一人。艾略特也認為，哈姆雷特「為某種情感所支配；這種情感……就劇中展現的情節而言，是情過其實。」艾略特的這種感覺，肯定在某一程度上與沃爾多克所指出的弱點有關。可惜艾略特對這部劇作的認識有限，說得確切點，是對劇作的認識粗疏，結果把「情過其實」這一瑕疵誇大，並且進一步宣稱，《哈姆雷特》是「藝術敗筆」。——宣稱得駭俗驚世而又荒謬滑稽。論者羅伯遜認為，《哈姆雷特》的劇情，不外乎兒子如何看待懷有罪疚的母親。艾略特接受這種看法，正顯出他對《哈姆雷特》的認識如何有限，如何粗疏。[70]

---

69 Harold Jenkins, ed., *Hamlet,* by William Shakespeare, The Arden Shakespeare (London: Methuen, 1982), 127.

70 詹金斯是莎學——尤其是《哈姆雷特》學——專家；就《哈姆雷特》學而言，其地位之於艾略特，猶正規軍之於游擊隊（儘管這支游擊隊不可小覷）。詹金斯下列一語：

> 論者羅伯遜認為，《哈姆雷特》的劇情，不外乎兒子如何看待懷有罪疚的母親。艾略特接受這種看法，正顯出他對《哈姆雷特》的認識如何有限，如何粗疏。

戳中了艾略特評論的「硬傷」：艾略特對所評的作家認識粗疏（其認識甚至可能是二手：比如說，看了Waldock和Robertson的論點後就據為己有，當作自己的跑道，讓自己的飛機起飛）。對一位作家「認識粗疏」（詹金斯 "perfunctory" 一詞，也可譯「草率」或「敷衍了事」）就放言高論，很容易露出馬腳。艾略特評米爾頓和莎士比亞的文章，是他一生所露馬腳中最明顯的兩隻。就評論工作的基本方法而言，要評一位作家，上上之法是先讀其原文全集，再讀有關評論；讀完了有關評論，該引述的引述，該駁斥的駁斥。如果限於時間或語言能力，不能看

C・S・路易士 (Clive Staples Lewis, 1898-1963) 對艾略特的論點也提出有力的駁斥：

> Mr. Eliot suggests that "more people have thought *Hamlet* a work of art because they found it interesting, than have found it interesting because it is a work of art". When he wrote that sentence he must have been very near to what I believe to be the truth. This play is, above

原文全集，最好避免輕率發石破天驚之言。偏偏艾略特拿起評論之筆時，喜歡在評論界當「革命家」或嘩眾取寵，動輒發石破天驚之言；有這種習慣的人，出事率特高是意料之內。艾略特一再出事，為甚麼仍會一言九鼎，成為二十世紀影響力最大的評論家呢？原因有三：第一，艾略特不出錯時，所寫的評論的確充滿智珠，有獨到的見解。第二，即使出錯，他那管鮮有倫比之筆能補其不足，甚至使非變「是」；即使不能使非變「是」，也能把非撥進似幻似真的大羅天。看文學評論的讀者，能看出其非的，畢竟人數不多；大多數讀者反而會喜歡他鮮有匹敵的英文和高超的詭辯術，不再理會文章的指涉，也未必能深入認識艾略特所論的作家、作品或課題。第三，絕大多數讀者都懶惰，不願意花大量時間看路易斯的 *A Preface to* Paradise Lost 和布雷德利的 *Shakespearean Tragedy* 一類才、學、識兼備的專著，只喜歡看耗時不多的快餐式文章。如果快餐式文章充滿石破天驚之言、嘩眾取寵之論，把傳統的偶像砸得稀巴爛，有動作片的刺激、緊張，就更添看熱鬧的過癮；這種過癮的感覺，*A Preface to* Paradise Lost 和 *Shakespearean Tragedy* 一類專著不能——也不屑——提供；而知道 *A Preface to* Paradise Lost 和 *Shakespearean Tragedy* 一類專著勝過 "Milton I"、"Milton II" 和 "Hamlet" 的識者，畢竟屬於少數。學術界信口開河的粗疏例子多的是。艾略特是其一；法國作家、史家、哲學家伏爾泰 (Voltaire, François-Marie Arouet, 1694-1778) 是其二。哈里・萊文 (Harry Levin) 指出，伏爾泰曾胡亂痛詆莎士比亞的《哈姆雷特》；原因是，他對《哈姆雷特》的認識止於該劇情的撮要：

> Voltaire utilized a synopsis of *Hamlet* as a *reductio ad absurdum* in his notorious attacks on Shakespeare. (Harry Levin, *The Question of* Hamlet (New York: Oxford University Press, 1959), 47)

> 伏爾泰對莎士比亞的惡評，有負面名聲。他提出惡評，對莎士比亞歸謬時，所據不過是《哈姆雷特》的劇情撮要。

又一個膚淺、粗疏的快餐式評論家。可見文學界或學術界的大名、虛名，並不是真才實學的保證。

all else, *interesting*. But artistic failure is not in itself interesting, nor often interesting in any way: artistic success always is. To interest is the first duty of art; no other excellences will even begin to compensate for failure in this, and very serious faults will be covered by this, as by charity.[71]

艾略特先生有這樣的說法:「有些人覺得《哈姆雷特》有趣,因而認為此劇是藝術品;有些人則因為《哈姆雷特》是藝術品,於是覺得此劇有趣。第一類人 [⋯⋯] 比第二類人多。」艾略特先生寫這句話時,應該十分接近我心目中的事實了。《哈姆雷特》的確是有趣的劇作。而這一優點,比劇作的其他優點都顯著。不過,藝術敗筆本身並不有趣,而且往往毫無趣味;藝術佳筆則必然有趣。叫人產生興趣是藝術的首要任務;藝術作品一旦無趣而設法用其他優點來彌補,則談也不用談;藝術作品一旦有趣,則十分嚴重的缺失都可以彌補;就像慈愛能彌補十分嚴重的缺失一樣。

另一位莎學專家哈里・萊文 (Harry Levin),提到艾略特對《哈姆雷特》的惡評時有以下評語:

T. S. Eliot, in his cavalier days, pronounced *Hamlet* 'most certainly an artistic failure'.[72]

在輕狂歲月,艾略特曾經宣稱《哈姆雷特》為「無可置疑的藝術敗筆」。

《哈姆雷特》一文發表於一九一九年。三十二年後,也就是一九五一年,艾略特發表另一篇重要評論,題為《詩與戲劇》("Poetry

---

71 C. S. Lewis, "Hamlet: The Prince or the Poem", in Laurence Lerner, ed., *Shakespeare's Tragedies: An Anthology of Modern Criticism* (Harmondsworth: Penguin Books), 76。
72 Harry Levin, *The Question of* Hamlet (New York: Oxford University Press, 1959), 7。

and Drama")。[73] 在這篇文章裏，艾略特對《哈姆雷特》的評價，一反一九一九年的大貶，變成了大褒：

It is indeed necessary for any long poem, if it is to escape monotony, to be able to say homely things without bathos, as well as to take the highest flights without sounding exaggerated. And it is still more important in a play, especially if it is concerned with contemporary life. The reason for writing even the more pedestrian parts of a verse play in verse instead of prose is, however, not only to avoid calling the audience's attention to the fact that it is at other moments listening to poetry. It is also that the verse rhythm should have its effect upon the hearers, without their being conscious of it. A brief analysis of one scene of Shakespeare's may illustrate this point. The opening scene of *Hamlet*—as well constructed an opening scene as that of any play ever written—has the advantage of being one that everybody knows.

What we do not notice, when we witness this scene in the theatre, is the great variation of style. Nothing is superfluous, and there is no line of poetry which is not justified by its dramatic value. The first twenty-two lines are built of the simplest words in the most homely idiom. Shakespeare had worked for a long time in the theatre, and written a good many plays, before reaching the point at which he could write those twenty-two lines. There is nothing quite so simplified and sure in his previous work. He first developed conversational, colloquial verse in the monologue for the character part—Falconbridge in *King John*, and later the Nurse in *Romeo and Juliet*. It was a much further step to carry it unobtrusively into the dialogue of brief replies. No poet

---

73 此文是艾略特在美國哈佛大學的講稿，現已收入T. S. Eliot, *On Poetry and Poets* (London: Faber and Faber Limited, 1957), 72-88。

has begun to master dramatic verse until he can write lines which, like these in *Hamlet*, are *transparent*.[74] You are consciously attending, not to the poetry, but to the meaning of the poetry. If you were hearing *Hamlet* for the first time, without knowing anything about the play, I do not think that it would occur to you to ask whether the speakers were speaking in verse or prose. The verse is having a different effect upon us from prose; but at the moment, what we are aware of is the frosty night, the officers keeping watch on the battlements, and the foreboding of a tragic action. I do not say that there is no place for the situation in which part of one's pleasure will be the enjoyment of hearing beautiful poetry—providing that the author gives it, in that place, dramatic inevitability. And of course, when we have both seen a play several times and read it between performances, we begin to analyse the means by which the author has produced his effects. But in the immediate impact of this scene we are unconscious of the medium of its expression.

From the short, brusque ejaculations at the beginning, suitable to the situation and to the character of the guards—but not expressing more character than is required for their function in the play—the verse glides into a slower movement with the appearance of the courtiers Horatio and Marcellus.

> *Horatio says 'tis but our fantasy,...*

---

74 名評論家海倫・加德納 (Helen Gardner) 對詩劇語言的看法與艾略特的看法有別，認為艾略特的區分過於板滯："In his British Academy lecture (1947) on Milton Mr Eliot does not quite see this [指Gardner書中前一頁提到的詩語問題] because of the too rigid distinction he makes between dramatic and non-dramatic verse"（「由於艾略特先生對戲劇詩體和非戲劇詩體的區分過於板滯，結果他在不列顛學院的講演 (1947) 中未完全看出這點」(Gardner, 23)。加德納提到的講演，後來收入 Eliot, *On Poetry and Poets*, 146-61，題為 "Milton II"。

and the movement changes again on the appearance of Royalty, the ghost of the King, into the solemn and sonorous

What art thou, that usurp'st this time of night,⋯

(and note, by the way, this anticipation of the plot conveyed by the use of the verb *usurp*); and majesty is suggested in a reference reminding us whose ghost this is:

> *So frown'd he once, when, in an angry parle,*
> *He smote the sledded Polacks on the ice.*

There is an abrupt change to staccato in Horatio's words to the Ghost on its second appearance; this rhythm changes again with the words

> *We do it wrong, being so majestical,*
> *To offer it the show of violence;*
> *For it is, as the air, invulnerable,*
> *And our vain blows malicious mockery.*

The scene reaches a resolution with the words of Marcellus:

> *It faded on the crowing of the cock.*
> *Some say that ever 'gainst that season comes*
> *Wherein our Saviour's birth is celebrated,*
> *The bird of dawning singeth all night long;...*

and Horatio's answer:

> *So have I heard and do in part believe it.*
> *But, look, the morn, in russet mantle clad,*
> *Walks o'er the dew of yon high eastern hill.*
> *Break we our watch up.*

This is great poetry, and it is dramatic; but besides being poetic and dramatic, it is something more. There emerges, when we analyse it, a kind of musical design also which reinforces and is one with the dramatic movement. It has checked and accelerated the pulse of our emotion without our knowing it. Note that in these last words of Marcellus there is a deliberate brief emergence of the poetic into consciousness. When we hear the lines

> *But, look, the morn, in russet mantle clad,*
> *Walks o'er the dew of yon high eastern hill,*

we are lifted for a moment beyond character, but with no sense of unfitness of the words coming, and at this moment, from the lips of Horatio. The transitions in the scene obey laws of the music of dramatic poetry. Note that the two lines of Horatio which I have quoted twice are preceded by a line of the simplest speech which might be either verse or prose:

> *So have I heard and do in part believe it,*

and that he follows them abruptly with a half line which is hardly more than a stage direction:

> *Break we our watch up.*

[…] I think that the examination of this one scene is enough to show us that verse is not merely a formalization, or an added decoration, but that it intensifies the drama.[75]

任何長詩要避免單調，甚至要做到下面一點：既能述說平實

---

75 Eliot, *On Poetry and Poets*, 74-77。

的東西而不會由神奇降至腐朽，也能軒輊到至高境界而不會顯得揚厲誇張。這一要求，對戲劇尤其重要；對描寫當代生活的戲劇更是這樣。即使詩劇中較平凡的部分，也要用詩體而非散文體來寫；不過，作者須要這樣做，不僅為了避免引起觀眾注意，避免叫他們意識到，在其他時候，他們所聽的是詩；也為了叫聽詩劇的觀眾，受詩的節奏感染時覺察不出詩的節奏。試把莎劇中的一場稍加分析，也許就可以說明這點。在這裏就以《哈姆雷特》開頭的一場為例吧。這一場結構佳妙，不遜於戲劇史上任何劇作開頭的一場；拿來討論，勝在大家都熟悉。

這一場的筆觸變化多端。劇中沒有一句贅語，也沒有一行詩不為戲劇效果而存在。最初的二十二行，用語至為平實，都是簡單不過的字眼。這些特色，我們在劇院裏觀劇時還不會覺察。莎士比亞要長時間在劇院裏工作，撰寫過多部劇本，才能到達這種境界的。到了這種境界，他方能寫出這二十二行。這二十二行，反璞歸真而又精確穩妥；在此之前，莎士比亞的劇作從未有過完全堪與比擬的片段。在劇藝發展的最初階段，莎士比亞在角色的獨白中練就對話式口語詩體——首先見諸《約翰王》中的福爾肯布里奇，然後見諸《羅密歐與朱麗葉》中的保姆。能夠把這種詩語不著痕跡地引進對白中精簡的一問一答，又向前邁進一大步了。《哈姆雷特》中的這些詩行，透明而不隔；詩人能寫出這樣的詩行，才算掌握了戲劇詩體。傾聽這些詩行時，你凝神貫注的並不是詩語，而是詩義。如果你從未聽人提過《哈姆雷特》，首度聽這齣戲劇上演，我相信你不會問：劇中人物說的是詩體還是散文體。劇中的詩體對我們產生的作用異於散文；不過我們聽劇中人物對答時，只意識到霜天的黑夜、雉堞上站崗的衛士和悲劇將臨之兆。我不是說，傾聽優美的詩而樂在其中，不應該是觀劇樂趣之一。這樣的情形，觀劇時也會有；不過就戲劇效果衡量，這樣的情形出現時，劇作者必須給人非如此不可的感覺。當然，一齣戲劇觀賞了數次，並且在此次賞畢，下次重賞前閱讀過劇作，我們就會分析劇作者創造各種戲劇效果的手法。但是，受這場戲劇感染的俄頃，我們不會覺察劇作者用甚麼媒介來表達其信息。

這一場開始時，人物彼此對答，對答時話語簡短，驟起驟結，配合了當時的處境和衛士的個性——不過表現的個性恰如其分，沒有過火，剛好符合劇情所需。宮廷中的人物賀雷修和馬瑟勒一上場，詩語對答即滑入較緩的速度。

　　　　賀雷修說，那只是我們的幻覺……

王室成員——即國王的鬼魂——一上場，速度再次改變，由莊嚴而洪亮的

　　　　甚麼東西，膽敢篡奪深夜時分……

　　　　取而代之（在此順便一提，作者用「篡奪」這個動詞，預示了劇中篡奪王位的情節）；台詞說到鬼魂時提醒觀眾，鬼魂是誰的鬼魂，同時暗示了鬼魂是帝王：

　　　　　　　　有一次
　　　　談判，他動了怒，在冰上擊打
　　　　乘雪橇的挪威人，也是這樣皺眉。

鬼魂第二次出現時，賀雷修的台詞突然變得不連貫；不連貫的節奏在下面幾句話中再起變化：

　　　　它的樣子這麼莊嚴。我們
　　　　這樣威脅動粗，是對它不敬。
　　　　它就像空氣，我們傷不了它；
　　　　要打它是徒然，惡意變成了笑柄。

然後是馬瑟勒的話：

雄雞一啼，它就飄然而逝。
　　救世主誕生的季節，大家會慶祝。
　　有的人說，這季節將臨的時候，
　　這黎明之鳥總會整夜啼叫。……

和賀雷修的回應：

　　我也聽說過，而且也有點相信。
　　你看，黎明穿著赤褐的披風
　　走過東邊那座高山的露水了。
　　我們結束這輪崗哨吧。

馬瑟勒和賀雷修說上述的話時，戲劇到了關鍵階段。這關鍵階段中，角色所說的話是絕妙好詩，同時富戲劇效果；不過，這些話不僅是絕妙好詩，富戲劇效果，而且還另有優點。細加分析，我們會發覺兩個角色對話時，字裏行間還呈現一種音樂結構；這種結構進一步推動了劇情的發展，同時又與劇情的發展合而為一，不知不覺間控制了我們情感的律動或為我們情感的律動加速。請注意，在馬瑟勒所說的最後幾句話中，出於作者的匠心安排，有詩思的剎那湧現，進入觀眾的意識。我們聽到下列兩行時：

　　你看，黎明穿著赤褐的披風
　　走過東邊那座高山的露水了，

注意力瞬間被提升到另一層面，不再集中在劇中角色；不過由於這句話在這一刻出自賀雷修之口，我們並不覺得突兀。這一場的各種轉折，都遵循戲劇詩音樂的各種法則。請注意：上面一再引述的兩行之前，還有一行至為簡單的話：

　　我也聽說過，而且也有點相信。

這句話可以是詩，也可以是散文。兩行結束，莎士比亞突然以半行殿後：

> 我們結束這輪崗哨吧。

這半行，幾乎與一句演出說明無異。

[⋯⋯] 筆者覺得，審視這一場，我們就可以看出，在詩劇中，詩的體裁並不是虛設的形式，也不是多餘的踵事增華；相反，詩劇中的詩體，有加強戲劇效果的作用。

艾略特在《哈姆雷特》一文中，對《哈姆雷特》一劇是大貶，在這裏是大褒。在《哈姆雷特》一文中，說「劇中仍留有多餘而相互矛盾的場景。這些場景，即使在倉猝修改的過程中也看得出」；在這裏卻說「劇中沒有一句贅語」；前後態度迥異，叫讀者難以相信，今日毫不保留地大讚《哈姆雷特》一劇的作者，當年曾把同一部作品貶為「無可置疑的藝術敗筆」。無條件維護艾略特的艾迷也許會說：在《哈姆雷特》一文裏，艾略特所貶是莎士比亞表達戲劇主題和塑造主角哈姆雷特的手法；在這裏所褒，則是莎士比亞運用戲劇詩體的匠心。不過這一論點欠缺說服力。既然說《哈姆雷特》「是無可置疑的藝術敗筆」，自然指整部劇作都是敗筆了；何況「多餘」和「劇中沒有一句贅語」兩種說法，猶水之與火？艾略特說上面大褒莎翁的一段話時，是否對當年大貶《哈姆雷特》（說劇作「是無可置疑的藝術敗筆」）的做法有悔意呢，後人只能猜測，無從考證。《哈姆雷特》一文，發表於一九一九年，當時艾略特只有三十一歲；雖有才華，卻未成大器。大概也因為這樣，提到艾略特年輕時的評論，哈里・萊文 (Harry Levin) 才會說："T. S. Eliot, in his cavalier days, pronounced *Hamlet* 'most certainly an artistic failure'"「在輕狂歲月，艾略特曾經宣稱《哈姆雷特》為『無可置疑的藝術敗筆』」）。《詩與戲劇》一文，發表於一九五一年。當時艾略特六十三歲，與發表第一篇文章的時間相距三十二年。當時，他已經獲頒功績勛銜 (Order of Merit) 和諾貝爾文學獎，是萬方矚目的大師，也是世界各國小詩人模仿、大詩人學習的對象，聲名和地位比一九四七年大褒米爾頓時更隆、更高；明知當年錯估了莎翁，而且年少氣盛，目中無人，出手就用了重拳，說莎翁的傑作「是無可置疑的藝術敗筆」；其後發覺「判詞」已出，駟馬難追，處境十分尷尬；要放下身段，直截了當地當眾改口，坦誠認錯，全面否定昔日之我，又比一九四七年更困難；繼續知錯不糾，此後會永披「錯評莎翁」、「冤枉莎翁」之惡名（請注意，是莎翁，不是張三、李四）；權衡利害後，只好再兜一個圈子，從另一角度落墨，分析《哈姆姆特》第一幕第一場時盛讚莎翁，為當年的失敬、失言「贖罪」。

其實，艾略特說《哈姆雷特》「是無可置疑的藝術敗筆」後八年，也就是一九二七年，已經揮動魔術之筆為自己開脫了——也許應該說「為自己詭辯」。一九二七年，他發表了另一篇評論，題為《莎士比亞與塞涅卡的斯多噶哲學》（"Shakespeare and the Stoicism of Seneca"）。[76] 在評論中，艾略特說：

About anyone so great as Shakespeare, it is probable that we can never be right; and if we can never be right, it is better that we should from time to time change our way of being wrong. Whether Truth ultimately prevails is doubtful and has never been proved; but it is certain that nothing is more effective in driving out error than a new error.[77]

就莎士比亞這麼偉大的一位人物發表意見，我們可能永遠都說不正確；既然永遠都說不正確，那麼，不時改變一下錯誤的方式會比不改變好。真理最終是否會得勝呢，是個疑問，而且從來得不到證明；不過有一點卻可以肯定：驅逐錯誤，甚麼東西都不會比新的錯誤更有效。

說得既巧妙，又機智，是艾略特行文的本色，但也是無可置疑的賴

---

76 此文已收入 T. S. Eliot, *Selected Essays*, 126-40。

77 T. S. Eliot, *Selected Essays*, 126。

皮,是批評艾略特的論者所說的一貫「狡猾」。[78]他說上述一段話,是否要為八年前的魯莽、冒失辯解呢,迄今仍沒有定論。不過,誰也不能否認,這段話可以為艾略特八年前的「不正確」「脫罪」。[79]

看了艾略特評莎翁和米爾頓的五篇文章,讀者大概會同意,艾略特的文筆犀利,有無比魅力、魔力和煽動力;詭辯起來,在二十世紀的英語世界無人可及。看了這五篇文章,讀者會覺得,艾略特是個雄辯家、詭辯家,有本領把黑說成白,把白說成黑。艾略特參加辯論,不管是正方或反方,都能騎著艾氏的雄辯／詭辯神駒馳騁縱橫,把對手擊敗。以數學為喻,讀者明明知道一加一等於二;艾略特卻可以把他們帶進運算過程的迷宮;迷宮之遊結束,能夠向他們「證明」,一加一等於三、四……一百……。伊沃・溫特斯 ((Arthur) Yvor Winters) 對艾略特的這一「強項」有一針見血的批評:

[…] at any given time he can speak with equal firmness and dignity on both sides of almost any question.[80]

[……] 任何時候,幾乎就任何問題,他都可以為正負兩方發言,而且說得同樣肯定,同樣堂哉皇也。

批評艾略特這一「強項」時同樣一針見血的,是引述溫特斯評語的米爾頓學者克里斯托弗・里克斯 (Christopher Ricks):

Mr. Eliot's second piece, his British Academy lecture of 1947 ["Milton II"], is often seen as the return of the prodigal. But it is not exactly a recantation; Mr. Eliot still sees in Milton what he saw before. True,

---

78 這點下文會有交代。

79 聽了艾略特賴皮之言,我們可以這樣說:「艾略特先生,『既然永遠都說不正確』,你還喋喋不休幹嗎呢?你閉了嘴,不再聒噪,大家豈不是耳根清淨?」不過,這樣的質詢,肯定毫無用處;因為狡猾的詭辯大師會說:「驅逐錯誤,甚麼東西都不會比新的錯誤更有效嘛。」說時面不改容。

80 Ricks, *Milton's Grand Style*, 6-7。

he now sees it as worthy of praise instead of blame, but the praise is quite exceptionally feline, even for Mr. Eliot. Take, for example, his equilibrist admiration for 'Milton's skill in extending a period by introducing imagery which tends to distract us from the real subject'. […] The whole essay is a fine example of an evasiveness in Mr. Eliot which is so strong as to become almost a mark of greatness—though the greatness is that of Houdini.[81]

艾略特先生的第二篇文章，即一九四七年在英國學會的講稿［後來經過刪削，成為 "Milton II" 一文，收入 *On Poetry and Poets* 一書］，常常被視為浪子回頭。可是，這篇文章並不是真正的收回前言；在艾略特先生眼中，米爾頓作品中的特點依然如故。不錯，此刻，在他眼中，這些特點值得褒揚，不應再遭貶斥；不過他在文中褒揚得異常狡猾——即使就艾略特先生而言也是異常狡猾［里克斯言下之意是：艾略特行文一向狡猾，這次則特別狡猾］。[82] 試看他如何像個走鋼絲的雜技員那樣平衡身體，表示他欣賞米爾頓「以意象延長圓周句的技巧——這類意象，往往會把我們的注意力岔離正題」。［……］整篇文章是艾略特先生閃爍其詞的典範。這種閃爍其詞的風格是他的強項，幾能成為特徵，顯示他的偉大——雖然這種偉大是胡迪尼的偉大。

艾略特評米爾頓和莎士比亞時前後矛盾；評其他作家時也同樣反覆。請看一九三三年他如何貶葉慈：

---

81 Ricks, *Milton's Grand Style*, 5-6。Ricks文中的 "Houdini" 是美國魔術師，全名Harry Houdini，原名Erich Weiss，生於一八七四年，卒於一九二六年。參看Flexner et al., 926。上述有關艾略特評論莎士比亞各段，摘錄自黃國彬譯註，《解讀〈哈姆雷特〉——莎士比亞原著漢譯及詳註》，《譯本前言》；摘錄時文字有增刪、修改。英語原文由黃國彬漢譯。

82 「狡猾」一詞，原文為 "feline"；"feline" 是「貓」的形容詞，有動物意象；換言之，里克斯把艾略特喻為狡猾的貓，其反感在意象中顯而易見。不過，里克斯後來成了艾略特專家；原因有待考證。

It is, I think, only carrying Mr. Richards's [I. A. Richards's] complaint a little further to add that Mr. Yeats's 'supernatural world' was the wrong supernatural world. It was not a world of spiritual significance, not a world of real Good and Evil, of holiness or sin, but a highly sophisticated lower mythology summoned, like a physician, to supply the fading pulse of poetry with some transient stimulant so that the dying patient may utter his last words. In its extreme self-consciousness it approaches the mythology of D. H. Lawrence on its more decadent side.[83]

理查茲先生對葉慈有過批評。我覺得，以下補充只不過把理查茲先生的說法稍加推演而已。葉慈先生的神話世界是錯誤的神話世界。這一神話世界，在精神上無關宏旨，並不是真正的美善與邪惡的世界，不是聖潔與罪愆的世界，而是十分精密的低級神話，像一個醫生受召，給詩歌奄奄一息的脈搏提供某種短暫有效的興奮劑，讓瀕死的病人吐出最後的話語。這一神話，到了自我意識的極端，則接近 D・H・勞倫斯神話中更頹廢的一面。

這段文字，也夠尖酸刻薄──甚至惡毒──了。然而多年後，也就是一九四○年，他這樣盛讚葉慈：

There are some poets whose poetry can be considered more or less in isolation, for experience and delight. There are others whose poetry, though giving equally experience and delight, has a larger historical importance. Yeats was one of the latter: he was one of those few whose history is the history of their own time, who are a part of the consciousness of an age which cannot be understood without them. This is a very high position to assign to him: but I believe that it is one

83 Eliot, *After Strange Gods: A Primer of Modern Heresy: The Page-Barbour Lectures at the University of Virginia, 1933*, 46。

which is secure.[84]

有些詩人，其詩作多少可以單獨考慮，從中吸取經驗和樂趣。另一些詩人，其詩作雖然也給讀者相等的經驗和樂趣，卻同時有更重要的歷史意義。葉慈呢，屬於詩人中的第二類。為數不多的詩人，其個人歷史就是其本人時代的歷史；他們是時代精神的一部分；忽略了他們，就不能了解該時代。這樣評葉慈，是把他放在十分崇高的地位了；不過我相信，他這樣的地位已經穩牢可靠。

此外，對於其他作家、其他問題，艾略特的立場和論點也經常反覆，前後矛盾。由於篇幅所限，也就不能鉅細無遺地一一臚列了。——即使不受篇幅限制，也無須進一步舉例，因為艾略特本人早已認罪：

I can never re-read any of my own prose writings without acute embarrassment: I shirk the task, and consequently may not take account of all the assertions to which I have at one time or another committed myself; I may often repeat what I have said before, and I may often contradict myself.[85]

---

84 Eliot, *On Poetry and Poets* (New York: Farrar, Straus and Giroux, 2009), 308。引文的語調，是艾略特一貫的語調——教皇的語調，信心薄天、永不錯誤的先知居高臨下、點醒蚩蚩者氓的語調。這段文字，也展示了艾略特討讀者嫌憎的文格。二十一世紀不懾於艾略特威名的讀者，看了這類「一言而為天下法」的文字，大有可能「呸」的一聲，然後說：「幹嗎要聽這可憎的『聖旨』？」由於這段讚詞頒佈於一九三三年的惡毒詛咒後，讀者會想起咒詞和讚詞的同一撰稿人歷年反反覆覆的眾多例子，覺得他做人沒有原則：此一時，彼一時；此刻說西，下一刻就會說東；此刻說南，下一刻就會說北；與風信雞 (weathercock) 無異。也就是說，他的貶抑和讚揚都作不得準，叫人禁不住質問：「艾略特先生，你叫我們相信你說的哪一句呢？」

85 Eliot, "The Music of Poetry", in *On Poetry and Poets* (New York: Farrar, Straus and Giroux, 2009), 17。在《文學批評的邊境》("The Frontiers of Criticism") 一文中，艾略特又說：

我從來不能重讀自己的散文文章中的任何一篇而不感到極度尷尬。我逃避這項工作，結果可能沒有檢視在過去不同時間發表而又首肯的所有論斷。我可能常常重複過去說過的話，並可能常常自我矛盾。

艾略特評論的第四特點，在他褒貶米爾頓的文章裏也可以看到：難以驗證或根本無從驗證的大幅度概括。就這一特點，克文‧德特馬(Kevin Dettmar) 有精闢的論析：

[…] he [Eliot] betrays a particular fondness for the vast generalization and the unsupported assertion—unsupported, that is to say, but for the magisterial tone and sonorous sweep of his prose. Take, for example, the opening gambit of "Tradition": "In English writing we seldom speak of tradition though we occasionally apply its name in deploring its absence." Before the era of big data and text mining, what would

In 1923 I wrote an article entitled *"The Function of Criticism"*. I must have thought well of this essay ten years later, as I included it in my *Selected Essays*, where it is still to be found. On re-reading this essay recently, I was rather bewildered, wondering what all the fuss had been about […] (T. S. Eliot, *On Poetry and Poets*, 103).

一九二三年，寫了一篇題為《文學批評的功能》一文。十年後，大概仍覺得該文寫得不錯，因為我把它收入了《評論選集》裏。今日，該文仍可在《選集》裏找到。最近重讀該文，卻頗感困惑，不明白當年大費周章，為的是甚麼。

按不同場合所需而寫的游擊式批評會前後矛盾，是意料之內。許多學者，無條件把艾略特一時興到，衝口而出的片言隻語（包括風魔一時的術語、論點）全部奉為金科玉律；一旦發覺艾略特本人突然來一個「告魯夫轉身」，剎那間與自己的論點、術語劃清界線，就會比艾略特本人還要尷尬，不知該繼續擁抱遭艾略特拋棄的術語、論點，「永遠緊跟艾略特」，還是與自己熱情擁抱過的論點、術語割席。「告魯夫轉身」，譯自英語 "the Cruyff Turn"，是香港足球界術語，指荷蘭著名球星告魯夫（Hendrik Johannes Cruijff, 國際一般拼 "Johan Cruyff"）在足球場上盤球時突然電閃般急轉，叫對手措腳不及的姿勢。這姿勢在一九七四年世界盃決賽中風魔全球，成了告魯夫球技的「商標」，足球界模仿者眾。

evidence for such a claim look like? By means of that "we" [...] Eliot as much suggests that this is conventional wisdom—what kind of a person would insult our intelligence by proving it?[86]

[……] 他 [指艾略特] 無意間顯示，他對大幅度概括和沒有佐證的判斷有獨特偏愛——所謂「沒有佐證」，指除了法官般的權威口吻和文中橫掃一切的聲威。以《傳統與個人才具》啟局的一著為例：「在英文文章中，我們很少提及『傳統』一詞；雖然，我們談到欠缺傳統的現象時偶爾會採用這個詞語。」在大數據和文本挖掘的時代來臨前，這種聲稱的證據是甚麼樣子的呢？是用「我們」一詞來概括 [……] 艾略特無異暗示，他的話是常識。——哪個張三、李四會證明這一說法，來侮辱我們的智慧呢？

這種大幅度而沒有佐證的「宣言」，正如德特馬在《艾略特〈傳統與個人才具〉一百年》("A Hundred Years of T. S. Eliot's 'Tradition and the Individual Talent'") 中所說，「《傳統》一文，充滿各種癖習；這些癖習，在作者的整體評論中經常出現」("'Tradition' is filled with mannerisms that become familiar across the body of Eliot's critical writing")，即艾略特「對大幅度概括和沒有佐證的判斷的獨特偏愛」的」("a particular fondness for the vast generalization and the unsupported assertion")。在貶褒米爾頓的兩篇評論裏，這一常用技巧再次出現：一九三六年說米爾頓有壞影響；到了一九四七年，說米爾頓不再有壞影響了；兩次「聲稱」，都是大規模的判斷，都是沒有事實證明的「大論述」，有不易錯認的「艾略特商標」。從事文學批評，概

---

86 Dettmar, "A Hundred Years of T. S. Eliot's 'Tradition and the Individual Talent'", *New Yorker*, October 27, 2019。轉引自互聯網。Dettmar指出，不少文人喜歡說這類沒有佐證的「大話」。沃爾特·佩特 (Walter Pater) 有類似的「大論述」：「所有藝術，總在希望進入音樂狀態。」("all art constantly aspires to the condition of music.")佩特有理據支撐這樣的「大論述」、「大概括」嗎？沒有，就像艾略特的許多「大論述」、「大概括」一樣。

括——甚至大幅度概括——有時無可避免，甚至不可或缺。譬如說，比較唐詩和明詩時，我們會說：唐詩的堂廡比明詩大。這類概括，當然不能像物理定律或化學報告那樣接受驗證，因為文學不是物理或化學；但是，我們讀過相當數量的唐詩和明詩後，就會贊同上述論點。

艾略特的「大論述」，大致可分兩類：第一類是識者看了，會有同感的判斷，如下列評語：

The *Paradiso* is not monotonous. It is as various as any poem. And take the *Comedy* as a whole, you can compare it to nothing but the *entire* dramatic work of Shakespeare [...] Dante and Shakespeare divide the modern world between them; there is no third.[87]

《天堂篇》並不單調；其變化不遜於任何詩作。整部《神曲》合而觀之呢，則只有莎士比亞的全部劇作堪與比擬。[⋯⋯] 現代天下，由但丁和莎士比亞均分，再無第三者可以置喙。

熟悉但丁和莎士比亞的讀者，讀了上述文字，大致會同意艾略特的看法。[88] 當然，他們對論點的小部分可能有保留：就分量而言，整部《神曲》固然會超過一部或兩部、三部⋯⋯莎劇；但說它等於莎士比亞三十多部劇作的總和，讀者會躊躇良久，仍不能跟隨艾略特投票。不過這一保留，對上述論點沒有太大的影響。

比較但丁和莎士比亞的深度、高度、廣度時，艾略特的概括也會

---

87 Eliot, *Selected Essays*, 265。

88 公元第二個一千年，全球最偉大的兩位詩人是但丁和莎士比亞；這種看法，已經是文學界的共識，並非艾略特的創見；也因為這樣，大概沒有人會對艾略特的論斷提出異議。艾略特的功勞，是把一個陳舊的共識翻新，表達得警策而新穎，叫人過目難忘："Dante and Shakespeare divide the modern world between them; there is no third."（「現代天下，由但丁和莎士比亞均分，再無第三者可以置喙。」）他偷約翰遜、艾迪森、格蘭真特的意念時，所用也是同一技巧，儘管他「偷陳出新」後的「新」，不能勝過所偷的「陳」。如果他投稿規格謹嚴的學術期刊，而且又在今日的學術界活動，就必須向約翰遜、艾迪森、格蘭真特鳴謝，同時註明自己的「新語」來自哪裏，否則就是剽竊。

獲深諳但、莎作品的讀者首肯：

> Shakespeare gives the greatest width of human passion; Dante the greatest altitude and greatest depth.[89]

> 莎士比亞所展示的，是人類感情的至廣；但丁所展示的，是人類感情的至高和至深。

再看他評《天堂篇》第三十三章：

> the last canto of the *Paradiso* […] is to my thinking the highest point that poetry has reached or ever can reach […][90]

> 《天堂篇》末章，在我看來，是有史以來詩歌所臻的頂點；也可以說，是任何時候，詩歌可臻的極致。

細讀過《神曲》的人，拿這一偉著與世界文學其他的偉大詩篇比較後，大概也會贊同艾略特的判斷；因為，論構思和寫作的艱巨，莫過於描寫神祕無限的上帝，而但丁是描寫上帝最成功的詩人。[91] 僅就這點而言，艾略特的說法已可成立。[92]

艾略特的第二類「大論述」，是沒有根據、難以驗證或根本無從驗證的放言高論。他對米爾頓的大貶，就屬這類。他貶米的「大論述」，細讀過《失樂園》的讀者都會強烈反對。[93]

---

89 Eliot, *Selected Essays*, 265。

90 Eliot, *Selected Essays*, 251。

91 但丁寫上帝如何成功，筆者有英文論文 "The Ultimate Portraiture: God in *Paradise Lost* and in *The Divine Comedy*" 詳細探究，可參看。論文見Laurence K. P. Wong, *Thus Burst Hippocrene: Studies in the Olympian Imagination* (Newcastle upon Tyne: Cambridge Scholars Publishing, 2018), 134-78。

92 當然，如果有哪一位讀者為辯論而辯論，對筆者提出質詢：「甚麼叫『頂點』？艾略特所謂的『頂點』可以量度嗎？高多少公尺？」我們就只能承認：彼此沒有共同語言，不能再討論下去。

93 艾略特貶米的文章，筆者在大學時期已經讀到，當時已經不同意他的說法。他於再看艾略特在《玄學詩人》("The Metaphysical Poets") 一文裏如何比較、褒貶約翰‧德恩 (John Donne, 1572-1631)、[94] 坦尼森 (Alfred Tennyson, 1809-1892)、布朗寧 (Robert Browning, 1812-1889)：

> In Chapman especially there is a direct sensuous apprehension of thought, or a recreation of thought into feeling, which is exactly what we find in Donne […]

> 尤其在查普門的作品中，感官直接運思，或者可以說，思想會獲重塑，成為感覺；這一特色，正是我們在德恩作品中所讀到的特色 [……]

然後以查普門 (George Chapman, 1559-1634) 劇作《布西‧當布瓦復仇記》(*The Revenge of Bussy d'Ambois*) (1610-1611) 中的一段對白和布朗寧《布魯格藍姆主教的致歉詞》("Bishop Blougram's Apology") (1855) 的一節比較；接著再比較赫伯特勳爵 (Lord Herbert) 的頌歌和坦尼森《雙聲》("The Two Voices") 中的一節。比較完畢，立刻展開他的「大論述」：

> The difference is not a simple difference of degree between poets. It is something which had happened to the mind of England between the time of Donne or Lord Herbert of Cherbury and the time of Tennyson and Browning; it is the difference between the intellectual poet and the reflective poet. […] Tennyson and Browning are poets, and they think; but they do not feel their thought as immediately as the odour of a rose. A thought to Donne was an experience; it modified his sensibility. When a poet's mind is perfectly equipped for its work, it is constantly amalgamating disparate experience; the ordinary man's experience

---

　　一九四七年所寫的褒米文章，既證明他錯，也證明筆者對；證明筆者當年反對他的偏頗，反對得有理。

94 英國詩人 John Donne 的 "Donne" 唸 /dʌn/，不唸 /dɒn/；因此譯「德恩」，不譯「多恩」。

is chaotic, irregular, fragmentary. The latter falls in love, or reads Spinoza, and these two experiences have nothing to do with each other, or with the noise of the typewriter or the smell of cooking; in the mind of the poet these experiences are always forming new wholes.

[…] The poets of the seventeenth century […] possessed a mechanism of sensibility which could devour any kind of experience. […] In the seventeenth century a dissociation of sensibility set in, from which we have never recovered […][95]

作品的分別，所牽涉的並非詩人之間純粹在程度上的分別，而是在德恩或徹伯里赫伯特勛爵時代和坦尼森、布朗寧時代之間，英國的集體心靈所發生的某種變化；是心智型詩人和沉思型詩人的分別。[……] 坦尼森和布朗寧都是詩人，而且都思考；但是他們感受自己的意念時不像嗅一朵玫瑰的香氣那麼直接。對於德恩，一個意念是一種經驗，會調整其感知官能。一位詩人的心靈完全稱職時，總在熔鑄截然不同的經驗。常人的經驗混亂、無序、零碎。常人會戀愛或者讀斯賓諾沙；兩種經驗卻互不相關，與打字機的聲響、煮菜的氣味也互不連屬。在詩人的心中，這些經驗卻一直在合併成嶄新的完整組合。[……]

[……] 十七世紀詩人的感知官能 [……] 有一種機制，可以吞噬任何種類的經驗。[……] 十七世紀，開始出現一種感知官能分離；我們迄今仍未從這種分離狀態復原過來。

在上述文字中，艾略特談詩思或靈感之所自來，指出某些詩人有點化任何經驗的能力，[96] 直接與讀者分享個人對創作的看法，深得詩道三昧，相信許多詩人都會首肯；不會首肯的，是文中的「衛星高度」。所謂「衛星高度」，是艾略特橫掃十六至十九世紀英詩的大幅度論

---

95 Eliot, *Selected Essays*, 74-75。
96 有這種能力的，中國和英國分別以杜甫和莎士比亞為最突出的代表。

述。誠然，正如上文談唐詩和明詩時所說，論者縱覽的詩篇一多，就會歸納；準確的歸納會言之成理。但是，艾略特一句「在德恩或徹伯里赫伯特勛爵時代和坦尼森、布朗寧時代之間，英國的集體心靈 [⋯⋯] 發生 [⋯⋯] 某種變化 ("something […] happened to the mind of England between the time of Donne or Lord Herbert of Cherbury and the time of Tennyson and Browning")，卻不是準確的歸納；反而是空口無憑的信口開河。他自鑄的兩個新詞組 ("intellectual poet" 和 "reflective poet")，「新」是夠「新」了，也充分表現了他創造術語的一貫本領，可惜欠缺說服力；因為他在文中比較、分析查普門（其實也在分析德恩了）和布朗寧、坦尼森的作品時十分牽強，不能叫人覺得，查普門、德恩是「心智型」("intellectual")，坦尼森和布朗寧是「沉思型」("reflective")。[97] 至於說德恩的詩像查普門的詩一樣，有所謂「感官直接運思，或者可以說，思想會獲重塑，成為感覺 [的現象]」("a direct sensuous apprehension of thought, or a recreation of thought into feeling")，也是主觀、虛渺之詞，所舉例子都不能支持這論點，一如他在《米爾頓（之一）》貶米時所舉的例子不能支持其論點一樣。細讀他所舉的例子後，讀者反而會覺得布朗寧勝過查普門，坦尼森勝過赫伯特勛爵；覺得他在信手翻書，草率舉例。這一習慣，他寫《米爾頓（之一）》時仍在繼續。《玄學詩人》發表於一九二一年；《米爾頓（之一）》發表於一九三六年；也就是說，十五年後，他在一九二一年草率舉例的做法，到了一九三六年變成了他的癖習。[98] 他遁入比喻語言闡釋論點時：

---

97 何謂「心智型」，何謂「沉思型」，艾略特也語焉不詳，沒有進一步解釋。

98 艾略特一生所寫的評論文章，所舉例子的涵蓋範圍極廣，提到的作家極多，學問好像淵博得驚人，叫一時不察的讀者凜然生畏、生敬；細研他所舉的例子和所提的作家後，讀者卻會有不同的印象。曾經有論者指出，艾略特引用的外語或學問，往往來自二手資料。這樣看來，他的實際學問和一般讀者的粗略印象有極大的距離。關於艾略特的學問和外語，本書第十一、十二章會進一步討論。

Tennyson and Browning are poets, and they think; but they do not feel their thought as immediately as the odour of a rose […]

坦尼森和布朗寧都是詩人，而且都思考；但是他們感受自己的意念時不像嗅一朵玫瑰的香氣那麼直接 [……]

同樣不能證明他正確；只徒然叫讀者無從捉摸。當然，既然是比喻，讀者也無從證明他錯誤。說理一旦遁入主觀的比喻語言，而主觀的比喻語言又不能引起共鳴，讀者就會進入李白《夢遊天姥吟留別》的世界：「煙濤微茫信難求」；讀者正等待艾略特解釋，「意念」（"thought"）如何去「感受」（"feel"）的俄頃，談瀛洲的海客已經說聲「疾」，把「意念」化為「一朵玫瑰的香氣」（"the odour of a rose"），讓讀者自己去「心領神會」，去揣摩坦尼森和布朗寧何以「感受自己的意念時不像嗅一朵玫瑰的香氣那麼直接」（"do not feel their thought as immediately as the odour of a rose"）；至於「一個意念」（"A thought"）如何「調整」（"modified"）德恩的「感知官能」（"sensibility"），艾略特同樣要讀者瞎猜。當然，讀者也不知道「感知官能分離」（"dissociation of sensibility"）是甚麼回事；而這一「分離」（"dissociation"）在十七世紀如何「開始出現」（"set in"），艾略特也沒有交代。其實，在文中，艾略特同意約翰遜對玄學詩人的說法，認為「他們的努力總是分析性的」（"their attempts were always analytic"）。「分析」純是思想層次的活動，完全屬於知性；既然完全屬於知性，又怎能接受 "a direct sensuous apprehension" 呢？

　　談完玫瑰的香氣後，艾略特繼續說：受了米爾頓和德萊頓影響的詩人，如柯林斯 (Collins)、格雷 (Gray)、約翰遜 (Johnson)，甚至戈爾德斯密斯 (Goldsmith)，在某些方面，語言是進步了，感情卻變得更粗糙：

But while the language became more refined, the feeling became more crude. The feeling, the sensibility, expressed in the *Country*

Churchyard (to say nothing of Tennyson and Browning) is cruder than that in the *Coy Mistress*.

> 不過，語言變得更精緻的同時，感情卻變得更粗糙。《寫於郊野墓地的輓歌》（更不要說坦尼森和布朗寧了）所表達的感情，所表達的感知官能，比《致他的害羞情人》所表達的感情，所表達的感知官能粗糙。[99]

又是按個人好惡發表的主觀言論，立論者無從證明其論點正確。在這段文字中，艾略特用了他常用的「拖刀法」，在括弧中順手一刀，就結束了坦尼森和布朗寧的性命。當然，有獨立思考能力的讀者不會同意艾略特的偏頗之言。[100]

在《玄學詩人》一文中，我們可以看到艾略特評論的兩大「絕技」：一是以巧語代替論證；"they do not feel their thought as immediately as the odour of a rose"（「他們感受自己的意念時不像嗅一朵玫瑰的香氣那麼直接」）；"A thought to Donne was an experience; it modified his sensibility"（「對於德恩，一個意念是一種經驗，會調整其感知官能」）。——說得巧，說得妙，許多讀者、論者在潛意識中會驚嘆其巧、其妙時會變得迷迷糊糊，不再分析，不再質詢，就輕易接受了未經證實——也無從證實——的主觀意見。艾略特的第二絕技，是在文學疆土上大幅度掃描，最基本的論點還未證實，作者已

---

99 艾略特提到的 "Country Churchyard"，指托馬斯・格雷 (Thomas Gray) 的 "Elegy Written in a Country Churchyard"（《寫於郊野墓地的輓歌》）；"Coy Mistress" 指安德魯・馬維爾 (Andrew Marvell) 的 "To His Coy Mistress"（《致他的害羞情人》）。

100 在偏頗之言中，他又施展另一慣技：信筆一揮，就召來多位作家（柯林斯 (Collins)、格雷 (Gray)、約翰遜 (Johnson)、戈爾德斯密斯 (Goldsmith)）；結果又會贏得不少讀者的驚佩，驚佩他橫掃英國文學的視野，驚佩他融會貫通的偉力。當然，認識這些作家的讀者，知道這些作家的「感情」並沒有像艾略特所說那樣，「變得更粗糙」；同時也知道，艾略特又在信口開河，在文學的股票市場買空賣空。

經拉來但丁 (Dante)、圭多・卡瓦爾坎提 (Guido Cavalcanti)、圭尼澤利 (Gunizelli)、齊諾 (Cino) ……來壯聲勢。這些名字，當然顯赫；但進一步深究，由於艾略特隨手拈來，不見得能幫助他證明其主觀、偏頗的論點；當然也不能證明，艾略特全部深入地研讀過這些詩人的作品。[101] 不過，許多讀者，面對文中表現的「廣闊視野」，早已嚇得不敢聲張；於是往往會不由自主，接受並傳揚艾略特偏頗之論。艾略特本人也自知論點未必為識者接受，於是留一個免責條款，為自己開脫：

After this brief exposition of a theory—too brief, perhaps, to carry conviction [...][102]

簡短地闡釋這一理論後——也許闡釋得太簡短，不能叫人信服[……]

問題不是「闡釋」得「太簡短」("too brief")；而是艾略特根本不能為偏頗的論點提出有說服力的證據。

《玄學詩人》一文的中心思想，是玄學詩人與其後詩人的大別：玄學詩人的作品中，有「思想和感情的交融」("fusion of thought and feeling") 這一特色；其後的詩人則沒有。舉證時，艾略特先提德恩的《告別詞——禁哀》("A Valediction: Forbidding Mourning")，然後直接徵引《告別詞——說哭》("A Valediction: Of Weeping")。兩首詩都是德恩的佳作，而第一首比第二首的名氣更大。在第一首裏面，德恩（或

---

101 艾略特對但丁的作品有深入研究，而且發表過著名評論《但丁》；至於他對其餘詩人是否有同樣深入的認識呢，則不得而知。不過看他連《哈姆雷特》和《失樂園》的認識都那麼粗疏，粗疏得出了大錯；我們就有充分理由懷疑，他寫評論時，有「掉名字」("name-dropping") 的傾向。大概也因為如此，貝森 (F. W. Bateson) 才稱他的學問為「偽學問」(pseudo-learning)。關於艾略特的「偽學問」，參看本書第十一章（《艾略特的學問》）。

102 Eliot, *The Waste Land: Authoritative Text, Contexts, Criticism*, edited by Michael North, 126。

敘事者）將要離開情人，叫她不要哀傷；然後以一個奇喻 (conceit) 把
自己和情人的靈魂比作圓規的雙腳：

> As virtuous men pass mildly away,
>   And whisper to their souls to go,
> Whilst some of their sad friends do say
>   The breath goes now, and some say, No:
>
> So let us melt, and make no noise,
>   No tear-floods, nor sigh-tempests move;
> 'Twere profanation of our joys
>   To tell the laity our love.
>
> Moving of th' earth brings harms and fears;
>   Men reckon what it did, and meant;
> But trepidation of the spheres,
>   Though greater far, is innocent.
>
> Dull sublunary lovers' love
>   (Whose soul is sense) cannot admit
> Absence, because it doth remove
>   Those things which elemented it.
>
> But we by a love so much refined,
>   That our selves know not what it is,
> Inter-assured of the mind,
>   Care less, eyes, lips, and hands to miss.
>
> Our two souls therefore, which are one,
>   Though I must go, endure not yet
> A breach, but an expansion,
>   Like gold to airy thinness beat.

If they be two, they are two so
　　As stiff twin compasses are two;
Thy soul, the fixed foot, makes no show
　　To move, but doth, if the other do.

And though it in the centre sit,
　　Yet when the other far doth roam,
It leans and hearkens after it,
　　And grows erect, as that comes home.

Such wilt thou be to me, who must,
　　Like th' other foot, obliquely run;
Thy firmness makes my circle just,
　　And makes me end where I begun.[103]

有德行的人柔柔逝世解脫，
　　會低聲叫他們的靈魂離開；
這時，哀傷的朋友中，有些會說：
　　「呼吸停了」；有些則說：「還在。」

我們也這樣融去吧，無聲無息；
　　不掀眼淚洪水或嘆息風暴；
向世俗展示我們彼此的愛意，
　　會對我們的歡悅褻瀆騷擾。

地球震動會帶來驚恐和災殃，
　　大家會顧慮其徵兆和後果；
但是，天球震動呢，力量

---

103 此詩是德恩於一六一一或一六一二年到歐陸遠行前寫給妻子安妮 (Anne) 的作品；
　　詩中的拼法為現代英語，與十七世紀的拼法不盡相同。

雖然大得多，卻不會肇禍。

凡俗情人，其靈魂是感官；
　　他們的愛情不能容忍
離別，因為離別會切斷
　　愛情賴以生存的根本。

我們相愛，則變得更純淨，
　　本身不知道愛情為何物；
彼此相信對方的心靈，
　　不介意告別雙手、唇目。

我們的兩個靈魂是一體；
　　我雖然要走，卻不會遭受
割裂，反而會擴大增益，
　　像黃金，錘得既薄且柔。

如果是兩個個體，兩個
　　就翹然像圓規的雙腳聚攏；
你的靈魂──固定的腳，不見得
　　在動，但另一腳動時就會動。

此外，它雖然坐鎮於中央，
　　但是，另一腳在遠處漫遊，
它就會前傾，留意其動向；
　　另一腳回家，它就直立仰首。

對於我，你也會這樣：我得
　　像另一腳，斜著身旋繞向前；
你的堅定，使我的圓圈完美，
　　使我的起點成為我的終點。

再看德恩的另一首詩——《告別詞——說哭》(A Valediction: Of Weeping)：

> Let me pour forth
> My tears before thy face, whilst I stay here,
> For thy face coins them, and thy stamp they bear,
> And by this mintage they are something worth,
> > For thus they be
> > Pregnant of thee;
> Fruits of much grief they are, emblems of more,
> When a tear falls, that thou falls which it bore,
> So thou and I are nothing then, when on a diverse shore.
>
> On a round ball
> A workman that hath copies by, can lay
> An Europe, Afric, and an Asia,
> And quickly make that, which was nothing, all;
> > So doth each tear
> > Which thee doth wear,
> A globe, yea world, by that impression grow,
> Till thy tears mix'd with mine do overflow
> This world; by waters sent from thee, my heaven dissolved so.
>
> O more than moon,
> Draw not up seas to drown me in thy sphere,
> Weep me not dead, in thine arms, but forbear
> To teach the sea what it may do too soon;
> > Let not the wind
> > Example find,
> To do me more harm than it purposeth;

Since thou and I sigh one another's breath,
Whoe'er sighs most is cruellest, and hastes the other's death.[104]

　　讓我把眼淚
在你面前傾瀉──趁我仍在這裏；
淚珠由你的面孔衝製，蓋著其印記；
這樣鑄造而成，幣值就在淚內。
　　因為這樣，淚珠
　　乃能懷你於腹；
是果實，結自大哀；是標誌，大哀外蘊更多意義；
淚珠墜地，印在淚上的你也墜地；
因此，涯岸相異時，你我就再無痕迹。

　　在一個圓球上面，
有多個摹本的工匠能繪就
一個歐洲、非洲，一個亞洲，[105]
使全無變全有，在頃刻之間。
　　同樣，每一滴淚珠，
　　穿戴著你的面目，
藉著那畫圖，變成地球儀──甚至寰宇，
直到你我的眼淚相混，寰宇泛濫成災區，
我的天堂，也因此被你傾瀉的大水溶去。

　　啊，你強於月亮控潮；
不要掀起海洋，在你的天球把我溺斃；
不要在你懷裏以哭泣殺我；克制自己：
大海可能做的事，別教它做得太早。

---

104 根據埃瑟克・沃爾頓 (Izaak Walton, 1593-1683) 的說法，此詩是德恩於一六一一年
　　往法國和德國前寫給妻子的作品；原文的拼法也是現代英語。
105 原詩 "lay" 和 "Asia" 不押全韻；「就」和「洲」（普通話發音）也不押全韻。

不要讓風有樣

學樣；它雖想

害我，但不要教它害上加害；

由於你我的嘆息自同一呼吸而來，

誰嘆息得最多就最殘忍，叫對方死得更快。

兩首詩都充分表現了玄學詩的特點：奇喻 (conceit) 突出，比擬工巧，看來毫不相干的事物或意念硬箍在一起，說起理來一環扣一環，大幅度的誇張大違常理，卻又警策有趣。論者稱德恩為「巧智之王」("The Monarch of Wit")，[106] 一點也沒錯。就寫作玄學詩的成就而言，沒有人比得上德恩。可是，艾略特舉上述兩首作品為思想、情感（或情思／感知）交融的例子，卻差之毫釐，謬以千里；這兩首作品，不但沒有思想和情感的交融，反而是感知官能分離的典型例子，是艾略特論點（假設這論點能成立）的反面教材。兩首詩 a 等於 b、c 等於 d、x 等於 y 地一個比喻接一個比喻地推理，已經與代數沒有多大分別；而代數是最抽象的學科，有思而無情；兩首詩也因為太像代數，結果思多情少，知多感少。一首詩比喻太巧，會變成花言巧語；以花言巧語向妻子／情人說話，已經是俏皮，近乎嘻皮笑臉了。[107] 嘻皮笑臉地向妻子／情人示愛，向她表達「心意」，可以有很多風趣或幽默成分，手法近乎滑稽的喜劇；但滑稽的喜劇手法，不是表達男女深情的最佳途徑。艾略特除了盛讚上述兩首詩，也厚愛安德魯・馬維爾 (Andrew Marvell) 的《致他的害羞情人》("To His Coy Mistress")，而馬維爾的作品，所用的誇張手法和調侃口吻，已經像今日所謂的「性騷擾」。當然，男女調情，女方會歡迎男方的性騷擾；男方的性騷擾太溫文，女方反而不樂不歡。儘管如此，馬維爾這首名作，仍然是趣多於情，思

---

106 參看J. B. Leishman, *The Monarch of Wit: An Analytical and Comparative Study of John Donne* (London: Hutchinson, 1965)。

107 當然，身為詩人的男人向妻子或情人示愛，完全有權嘻皮笑臉；但讀者是否覺得作品感人，是否覺得作者示愛的語言感知交融，則是另一回事。

多於情。縱觀德恩全集，[108] 讀者會發覺集裏大多數情詩都像上述兩首作品那樣，十分「玄學」。[109] 這些作品之情，不見得有艾略特讚揚的情思交融、感知文融。

要找情思交融、感知交融的詩句，我們不妨看看莎士比亞《哈姆雷特》第五幕第二場的精彩片斷。第五幕第二場，是全劇的最後一場。在這一場裏，哈姆雷特中了毒，將要死去；好友賀雷修要喝剩下的毒酒跟哈姆雷特一起死；哈姆雷特愛友心切，把毒酒搶了過來，不讓賀雷修喝；這一刻，他的對白就是情（友情、感情）思（思想、意念）交融的極佳例子：

> As thou 'rt a man,
> Give me the cup. Let go! By heaven, I'll ha 't.

---

108 參看*Donne: Poetical Works*, ed. H. J. C. Grierson, Oxford Standard Authors (London: Oxford University Press, 1933)。在《跳蚤》("The Flea") 一詩裏，德恩（或敘事者）極盡奇詭的能事，說跳蚤咬了他，然後咬他的情人，兩人的血液就會在跳蚤體內相混："It sucked me first, and now sucks thee, / And in this flea our two bloods mingled be"（「它先吸我的血，現在吸你的血；/ 在這隻跳蚤裏，我們倆的血液交結」）；因此，在現實世界，他們也應該合而為一，也就是說，應該交歡。在《致上床的情人》("To His Mistress Going to Bed") 一詩，德恩（或敘事者）叫情人把衣飾一件件的脫下，然後叫她上床交歡；情人的身體是地球，要讓他好好探索："Licence my roving hands, and let them go, / Before, behind, between, above, below. / O my America! my new-found-land, / My kingdom, safeliest when with one man mann'd […] To teach thee, I am naked first; why then / What needst thou more covering than a man?"（「給我徜徉的雙手批准，讓它們游弋呀，/ 在前，在後，在中間，在上，在下。/ 啊，我的美利堅！我的新大陸，/ 我的好王國，由男人一個來操控就最穩固 [……] 為了給你示範，我首先赤裸；來，來，/ 除了一個男人，你還要甚麼把身體覆蓋？」）淫褻得俏皮，淫褻得有趣——用粵語說，是「鹹濕得抵死！」德恩，是個鹹濕鬼、下流鬼、急色鬼。但丁、米爾頓不寫（也不願寫）這樣的詩；莎士比亞則優為之——莎士比亞是德恩的師父。要看這位師父如何厲害，不妨翻閱他的十四行詩和戲劇集。德恩詩的原文，是德恩時代的拼法；引述時用當代英語拼法。

109 德恩寫宗教詩、寫人神關係時，雖然仍多妙語，仍涉及性意象，但花言之舌會在神聖氣氛中有所收斂。

O God, Horatio, what a wounded name,

Things standing thus unknown, shall I leave behind me!

If thou didst ever hold me in thy heart,

Absent thee from felicity awhile

And in this harsh world draw thy breath in pain

To tell my story,

> 你是個男子漢，
> 把杯子給我。放手！老天哪，給我！
> 天哪，賀雷修，真相不為人知，
> 我留下的名聲會大受傷害！
> 要是你曾經把我放在心上，
> 請暫時放棄往極樂世界的機會，
> 在殘酷的凡間痛苦地苟延殘喘，
> 好為我交代。[110]

直接簡單的用語，沒有玄學詩人的奇喻，比喻語言極少（「名聲會大受傷害」一語，幾乎與直述無異），卻用得恰到好處。八行對白，當然有思，但哈姆雷特對賀雷修的朋友之情與對白中的思想渾然交融，感人至深。

再看杜甫的《月夜》：

> 今夜鄜州月，閨中只獨看。
> 遙憐小兒女，未解憶長安。
> 香霧雲鬟濕，清輝玉臂寒。
> 何時倚虛幌，雙照淚痕乾？

---

110 參看莎士比亞著，黃國彬譯註，《解讀〈哈姆雷特〉——莎士比亞原著漢譯及詳
　　注》。

寫夫妻之情，寫父子、父女之情，也是情思交融的上乘作品；全詩不用一個比喻，全是白描，同樣感人至深。在這首詩中，詩聖寫夫妻之情如何高妙，千多年來已有數之不盡的選家、註家、學者詳加分析；在這裏值得一提的是第三行：一個「憐」字加上「小兒女」這一詞組，把父親對子女的憐愛寫絕。莎翁在西，詩聖在東，把情（一是朋友之情，一是夫妻之情，父子、父女之情）寫得淋漓盡致，叫喜歡文學的讀者既敬且佩。那麼，在上述作品中，「思」在哪裏呢？如要勉強劃分：在哈姆雷特對賀雷修的掛念、關懷；在杜甫身處長安望月時對鄜州妻子、兒女的思念、憐惜。——既然是「掛『念』」、「思『念』」，自然屬於知性領域，是艾略特所謂的意念 ("thought") 了。[111] 德恩的兩首作品自然是佳作，但艾略特徵引為「情思交融」的例子，是找錯了對象。

其實，所謂「感知官能分離」的現象根本不存在，更不在德恩和坦尼森、白朗寧之間的年代發生；所謂「感知官能分離」，不過是艾略特杜撰的術語（杜撰術語，是艾略特的強項），讀者、學者無須讓艾略特牽著鼻子走。任何詩作，都會有「思」（那是文字的語意）；同時也往往有情；完全無情的文字，也許只有代數、化學的方程式。人類的詩作，絕大多數只有多思、少思、多情、少情之分，鮮有思、情完全分離的現象。請看宋朝的哲理詩：

> 古人學問無遺力，少壯工夫老始成。
> 紙上得來終覺淺，絕知此事要躬行。
> （陸游：《冬夜讀書示子聿》）

---

111 「關懷」和「憐惜」已經是「情」了；或者可以說，「情」的成分多於「思」。「掛念」、「思念」也有「情」的成分。正因為這樣，把莎翁和杜甫作品中的「思」和「情」截然劃分，是十分困難的——甚至完全不可能。杜甫的《贈衛八處士》，更是思（「人生不相見」和相見後再分別所引起的感觸、思緒）、情（朋友之情、長輩對世姪之情）、景渾然交融的極佳例子；而詩中的感觸、思緒本身又思中有情，情中有思；要以艾略特的牽強理論繩墨之，真不知從何入手。

陸游以詩講讀書的道理，詩中思多情少——甚至可以說，只有思，沒有情。如要找情思分離、「感知官能分離」的例子，此詩可能是個例子。不過我們也可以說，陸游寫詩示兒，表現了父親愛子之情，因此也不能斬釘截鐵地說，作品有思無情。

其他哲理詩，即使說理而偏重思想，偏重知性，也鮮能完全脫離感情：

> 梅雪爭春未肯降，騷人擱筆費評章。
> 梅須遜雪三分白，雪卻輸梅一段香。
> （盧梅坡：《雪梅》，其一）[112]

三、四句雖然在說理，但雪之白、梅之香已經在讀者懷裏勾起一點點的感覺或情緒，因此也不可以說，全詩只有思想和知性。

再看程顥的《秋日》：

> 閑來無事不從容，睡覺東窗日已紅。
> 萬物靜觀皆自得，四時佳興與人同。
> 道通天地有形外，思入風雲變態中。
> 富貴不淫貧賤樂，男兒到此是豪雄。
> （程顥：《秋日》）[113]

作品也在說哲理，但第二、三、四句展現敘事者（或程顥）的閑適從容；而閑適從容是一種心境、感受、情懷，因此作品思、情皆有，儘管思（哲理）多而情少。

側重機智的戲謔詩 (nonsense verse)，[114] 一般也是思多情少，有時甚至有思無情。請看愛德華·利爾 (Edward Lear) 的《有一個老漢，長

---

112 《雪梅》二首其二（「有梅無雪不精神，有雪無詩俗了人。日暮詩成天又雪，與梅並作十分春。」），也可以這樣分析：「日暮詩成天又雪」一句，借景生情；因此也不能說，全詩只有意念和思想。

113 有些版本題為《秋日偶成》。

114 "nonsense verse"，又譯「打油詩」或「胡話詩」。

著鬍子一把》（"There Was an Old Man with a Beard"）：

> There was an Old Man with a beard,
> Who said, "It is just as I feared!—
> Two Owls and a Hen,
> Four Larks and a Wren,
> Have all built their nests in my beard!"

> 有一個老漢，長著鬍子一把。
> 他說：「事情一如之前所害怕：
> 兩隻貓頭鷹跟一隻母雞，
> 四隻雲雀跟一隻鷦鷯，一起
> 在我的鬍子裏把鳥巢蓋搭。

全詩充滿機智，叫人發噱；即使韻腳，也能增添諧趣；可是像哲理詩一樣，由於著重「智」，也就沒有甚麼「情」可言了。假如十七世紀的英國詩壇，真如艾略特所說，「開始出現一種感知官能分離」，則從那時候開始，所有詩人——或大多數詩人——就只寫《有一個老漢，長著鬍子一把》一類作品了；但事實並非如此。[115]

　　放眼古今中外的詩壇，我們當會發覺，所謂「感知官能分離」，根本是子虛烏有；任何國家、任何時代的詩，其感知分量都因詩人和作品而異；即使同一位詩人（如莎士比亞或杜甫），第一首可能思多情少，第二首卻會思少情多，到了第三首，思、情又會分量均等，渾然難分。至於「在德恩和徹伯里赫伯特勛爵時代和坦尼森、布朗寧時代之間，英國的集體心靈產生了某種變化」一類橫掃二三百年的「大論述」，更是向壁虛構之詞；驟看似有衛星的視角和高度，諦觀卻毫

---

115 艾略特說「十七世紀，[英國詩壇] 開始出現一種感知官能分離」，所指自然是一個現象——許多人都只寫《有一個老漢，長著鬍子一把》的現象，而不是絕無僅有或所見極稀的例子。——何況即使絕無僅有或所見極稀的例子，他也沒有——或無從——徵引？

無根據，純屬瞎吹。

上文花了大量篇幅反駁艾略特，其實是多此一舉，虛耗時間和精神。為甚麼呢？因為艾略特早已在一九四七年自我檢討；而這一自我檢討，上文已簡略地引述過：

> If such a dissociation did take place, I suspect that the causes are too complex and too profound to justify our accounting for the change in terms of literary criticism. […] and for what these causes were, we may dig and dig until we get to a depth at which words and concepts fail us.[116]

> 如果這樣的分離 [指艾略特所謂的「感知官能分離」] 的確發生過，我猜分離的原因太複雜、太深遠，結果從文學批評的角度解釋這種變化並不恰當。[……] 至於這些原因是甚麼，我們可能會一直挖掘下去，直到某一深度，連言詞和概念都不能為我們解釋。[117]

這段文字，節錄自《米爾頓（之二）》。在這篇曲線認錯的評論中，艾略特指出，「感知官能分離」("dissociation of sensibility") 一語，是他自鑄的兩三個詞語之一；像「客觀對應」("objective correlative") 一樣，在文學界之風行，叫他本人也覺得驚奇。他認為，這一概念，在某一程度上仍然用得著。不過他此時已傾向提利厄德 (E. M. W. Tillyard) 博士的看法：把「感知官能分離」歸咎於米爾頓和德萊頓 (Dryden) 是錯誤的做法。「如果這樣的分離 [指艾略特所謂的「感知官能分離」] 的確發生過」，他「猜分離的原因太複雜、太深遠，結果從文學批評的角度解釋這種變化並不恰當」。接著，他為自己開

---

116 Eliot, *On Poetry and Poets* (New York: Farrar, Straus and Giroux, 2009), 173。

117 艾略特帶讀者遊花園的整段原文，參看*On Poetry and Poets* (New York: Farrar, Straus and Giroux, 2009), 173。

脫，說「感知官能分離」的現象與英國的內戰有某一程度的關係；但說「感知官能分離」由內戰導致並非明智之舉；而應該說，「感知官能分離」是內戰成因所導致的結果；我們應該在歐洲——不僅在英國——找結果。「至於這些原因是甚麼，我們可能會一直挖掘下去，直到某一深度，連言詞和概念都不能為我們解釋。」——真是經典艾略特 (vintage Eliot)：兜兜轉轉，長時間帶讀者遊詖辭花園，卻不肯直接認錯。不過，從「如果這樣的分離 [指艾略特所謂的「感知官能分離」] 的確發生過」("If such a dissociation did take place") 一語看，當年以教皇的權威宣佈「大論述」的肯定語調已經由不大肯定的「如果 [……] 的確發生過」取而代之。既然這樣，我們也不必就「感知官能分離」這片虛渺的蒜皮駁斥艾略特了。

　　把詩人分為「心智型」和「沉思型」，認為前者高於後者，也徒然給理論界和讀者「添煩添亂」。艾略特創造了這兩個術語後，並沒有解釋清楚；就算根據他所提出的模糊定義衡量作品，[118] 德恩的作品不見得純屬心智，坦尼森和布朗寧的作品也不見得純屬沉思；反之，坦尼森和布朗寧的作品，往往比德恩的作品更屬心智型。假設——假設而已——真的有「心智型」和「沉思型」之分，一位出色的詩人，其作品有時屬心智，有時屬沉思，心智和沉思並無高下之分。以艾略特的作品為例，《四重奏四首》就有許多片段是沉思型文字：

> Time past and time future
> Allow but a little consciousness.
> To be conscious is not to be in time
> But only in time can the moment in the rose-garden,
> The moment in the arbour where the rain beat,
> The moment in the draughty church at smokefall
> Be remembered; involved with past and future.

---

118 這句話當然有語病：既然「定義」「模糊」，這「定義」自然不能成為準則，讓讀者用來「衡量」詩作了。

Only through time time is conquered.

　　("Burnt Norton", ll. 85-92)

　　　　　　過去的時間和未來的時間
只給人一點點的知覺。
有知覺不等於置身時間內
但只有在時間內，玫瑰園裏的俄頃、
雨水擊打時藤架裏的俄頃、
煙降時多風教堂中的俄頃
才能夠為人記住，與過去和未來相軵轕。
只有藉時間，時間才可以征服。

　　（《焚毀的諾頓》，八五─九二行）

　　　　　　You say I am repeating
Something I have said before. I shall say it again.
Shall I say it again? In order to arrive there,
To arrive where you are, to get from where you are not,
　　You must go by a way wherein there is no ecstasy.
In order to arrive at what you do not know
　　You must go by a way which is the way of ignorance.
In order to possess what you do not possess
　　You must go by the way of dispossession.
In order to arrive at what you are not
　　You must go through the way in which you are not.
And what you do not know is the only thing you know
And what you own is what you do not own
And where you are is where you are not.

　　("East Coker", ll. 135-48)

你說我在重複

我以前說過的一些話。我會再說一遍。
我該再說一遍嗎？要到達那裏，
到達你此刻所在，離開非你所在處，
　　你必須走沒有狂喜的途徑。
要到達你不認識的境界，
　　你所走的途徑必須是無識的途徑。
要擁有你未曾擁有的東西，
　　你必須走褫奪擁有的途徑。
要到達你尚未身處的狀態，
　　你必須走尚未身處的途徑。
你所不知的是你唯一所知
你的所有是你的所沒有
你所置身處是你所非置身處。

　　　（《東科克》，一三五—四八行）

I sometimes wonder if that is what Krishna meant—
Among other things—or one way of putting the same thing:
That the future is a faded song […]

　　　("The Dry Salvages", ll. 126-28)

有時候，不知道黑天的意思是否如此——
是否他要說的意思之一——或者是同一意思的說法之一：
未來是一支已逝的歌曲 [……]

　　　（《三野礁》，一二六—一二八行）

What we call the beginning is often the end
And to make an end is to make a beginning.
The end is where we start from.

　　　("Little Gidding", ll. 216-18)

> 我們所謂的起點往往就是終點，
>
> 到達終點就是離開起點。
>
> 終點是我們啟程的地方。
>
> （《小格丁》，二一六─一八行）

上引詩行，思多情少，沉思成分比坦尼森和布朗寧的詩行濃得多；我們甚至可以說，《四重奏四首》是沉思型作品；以詩談時間，談歷史，談宗教……進入抽象世界、意念世界，怎能不「沉思」呢？當然，這一沉思型作品，是艾略特全集裏最佳的詩作。也就是說，艾略特以自己的作品否定了自己的理論。艾略特的理論和實踐之間有這樣的矛盾，也並不出奇：《玄學詩人》一文，發表於一九二一年，當時艾略特三十三歲；《四重奏四首》發表於一九四三年，[119] 當時艾略特五十五歲。無論就視野、詩藝以至心智的成熟程度而言，三十三歲的艾略特，怎比得上五十五歲的艾略特？[120] 五十五歲的艾略特，以佳作否定了三十三歲的艾略特。那些緊抱《玄學詩人》一文不放，奉之為無上真理的「忠誠」詩人、「忠誠」論者，讀了《四重奏四首》後，不知會不會醒悟，會不會有受騙的感覺。艾略特於一九二一年杜撰「心智型」一詞褒德恩；杜撰「沉思型」一詞貶坦尼森和布朗寧；並且用玫瑰香氣這新穎卻玄虛的比喻加強其論點；二十多年後以「沉思型」筆法寫《四重奏四首》，成績斐然。這時，他即使心有歉意，覺得二十多年前年少氣盛，一時孟浪，既誤導了讀者，也錯貶了坦尼森和布朗寧，大概也羞於坦誠認錯了。[121]

---

119 《四重奏四首》一九四三年出紐約版，一九四四年出倫敦版。

120 江郎才盡的詩人或評論家，三十三歲的表現可能勝過五十五歲的表現；不過，艾略特顯然不是江郎才盡型詩人或評論家。

121 勇於坦誠認錯，走直線認錯，並不是艾略特的強項；迫不得已要認錯時，他也只會走曲線，或者寓認錯於不認錯，或者避重就輕，以輕筆輕輕帶過。就艾略特的錯誤批評而言，莎士比亞和米爾頓要比坦尼森和布朗寧幸運。前兩位詩人所坐，是英國詩壇第一、二把交椅；艾略特對他們輕率大貶、狂貶後，面對的無論是良知壓力還是輿論壓力，即使老大不願意，也不得不公開認錯；認錯時放不下身上文花了大量篇幅反駁艾略特，又是多此一舉，虛耗時間和精神，因為艾略特早已在一九四二年自我檢討；而這一自我檢討，上文已經引述過：

I can never re-read any of my own prose writings without acute embarrassment: I shirk the task, and consequently may not take account of all the assertions to which I have at one time or another committed myself; I may often repeat what I have said before, and I may often contradict myself.[122]

我從來不能重讀自己的散文文章中的任何一篇而不感到極度尷尬。我逃避這項工作，結果可能沒有檢視在過去不同時間發表而又首肯的所有論斷。我可能常常重複過去說過的話，並可能常常自我矛盾。

至於艾略特把詩人強分為「心智型」和「沉思型」之後，有沒有「感到極度尷尬」呢，則不得而知了。

艾略特提出沒有證據支撐的「大論述」，有時另有目的：為自己的作品辯護或建立理論基礎，左右讀者評鑑其作品的立場和角度。請看下列宣言：

We can only say that it appears likely that poets in our civilization, as it exists at present, must be *difficult*.[123]

段，只好用迂迴的曲筆挽回面子。坦尼森和布朗寧無疑是傑出詩人，在英國詩壇都獨樹一幟；坦尼森呢，更是桂冠詩人 (Poet Laureate)；可惜都不能聳峙到莎、米的捫天高度，掀不動足夠的公憤給艾略特的心理造成足夠的壓力而逼他認錯；結果只好受點委屈，在《玄學詩人》一文中繼續蒙冤。

122 Eliot, "The Music of Poetry", in *On Poetry and Poets* (New York: Farrar, Straus and Giroux, 2009), 17。

123 轉引自Dettmar, "A Hundred Years of T. S. Eliot's 'Tradition and the Individual Talent'", *The New Yorker*, October 27, 2019。Dettmar在文中指出，許多詩人都喜歡像艾略特那樣，發表斬釘截鐵、不容置疑、未經證明而又無從證明的宣言；華茲

我們只能說，就目前情況而言，活在我們這一代文明的詩人，似乎必須艱澀。

又是艾氏式「大論述」：一開口就是「我們這一代文明」("our civilization")，既有衛星的高度，又有橫掃一切的氣概。對於這一「大論述」，Dettmar有這樣的評說：

> One of the most daring critical pronouncements of Eliot's career—the assertion that difficulty isn't an unfortunate artifact but actually the litmus test of advanced writing—is just dropped on the page as if it were too painfully obvious to warrant discussion. The scholar Leonard Diepeveen aptly describes this feature of Eliot's critical prose: "Though he regularly asserts the need for evidence, Eliot doesn't often provide it."[124]

華斯 (William Wordsworth) 在《抒情民謠》(*Lyrical Ballads*) 的前言所說，是艾略特之前的突出例子："all good poetry is the spontaneous overflow of powerful feelings [...] recollected in tranquillity"（「所有好詩，都是強烈情感 [⋯⋯] 經過寧靜回憶後的自然湧溢」）。這一「大論述」有證明嗎？沒有。是識者首肯的公論嗎？不是。——像艾略特的「大論述」一樣，只是個人意見、個人信仰；其價值也只是個人意見、個人信仰的價值。

124 Dettmar, "A Hundred Years of T. S. Eliot's 'Tradition and the Individual Talent'", *The New Yorker*, October 27, 2019。在 "A Hundred Years"一文中，Dettmar指出，艾略特寫 "Tradition and the Individual Talent" 時只有三十歲，在銀行的國際匯兌部（Foreign-Exchange Division）工作，只出版了一本薄薄的詩集、幾篇評論文章和書評，信心卻大得驚人，寫信給母親時說："I really think that I had far more *influence* on English letters than any other American has ever had, unless it be Henry James."（「我真的認為，我對英國文壇的影響啊，遠遠超過了有史以來其他任何一位美國人——除非把亨利・詹姆斯也計算在內。」）Dettmar同時指出："'Tradition' is stamped with the voice of a young man intoxicated with a belief in his own authority; as he wrote in that same letter [指艾略特寫給母親的信],'I can have more than enough power to satisfy me.' In 'Tradition,' we first see him flex those muscles."（「《傳統與個人才具》一文，蓋有一位年輕人的聲音印記；這位年輕人，深信自己的權威，而且沉醉其中；一如他在同一封信裏所說：『要做到

在評論家艾略特的一生中，這是最大膽的宣示之一——斷言作品艱澀並非不幸的缺點，反而是高級作品的試金石。而這一斷言，艾略特若無其事地丟進字裏行間，彷彿道理太顯淺，說出來都難過，不值得討論。學者倫納德・狄匹維恩形容艾略特評論文章的這一特點時深中肯綮：「艾略特雖然經常強調，立論需要證據，但他本人立論時往往不提供證據。」

在同一篇文章的同一段，艾略特又說：

The poet must become more comprehensive, more allusive, more indirect, in order to force, to dislocate if necessary, language into his meaning.

詩人要更加概括，更加間接，以更多典故去暗示，對語言施壓——必要時令其錯位，以表達詩意。

這是主觀的敕令，是個人的信念、個人的意見，沒有對錯——艾略特不能證明自己對；讀者當然也不能證明艾略特錯；情形就像評論家各執一詞：甲說：「出色的詩人應該吃素」；乙說：「一流詩人應該常常打牌」；丙說：「有現代精神的詩人，應該在月圓之夜跟三數知己一起抽菸斗，抽時把煙霧向彼此的臉上噴」。

艾略特的「大論述」、「大宣言」，往往反映自己的偏愛或偏惡，或為自己將要發表或已經發表的作品辯護，或企圖洗讀者的腦，改變他們的詩觀，使他們按艾略特本人的詩觀讀詩。浪漫派詩人華茲華斯 (William Wordsworth, 1770-1850) 在《抒情民謠》(Lyrical Ballads)

這點，我的力量游刃有餘。」在《傳統與個人才具》裏，我們首次看見他展示這游刃有餘的實力。」）《自我》(The Egoist) 是一本小型文學雜誌，印行四百冊，訂戶四十五名，編輯為哈麗艾蒂・維弗 (Harriet Shaw Weaver)，自一九一七年起，助理編輯為艾略特。在一本小型雜誌上發表的文章，日後的影響力比得上 "Tradition and the Individual Talent" 的，大概不易找到。

的前言宣佈：「所有好詩，都是強烈情感 [……] 經過寧靜回憶後的自然湧溢」("all good poetry is the spontaneous overflow of powerful feelings [...] recollected in tranquillity")。對於這一說法，艾略特在《傳統與個人才具》中加以駁斥，說華茲華斯的宣言「欠準確」("inexact")：「詩既不是情感，也不是情感的回憶，──如實傳遞華茲華斯的意思，也不是寧靜。」("it is neither emotion, nor recollection, nor, without distortion of meaning, tranquillity.") 然後，為了另起艾略特牌子的爐灶，取華茲華斯的「大論述」而代之，他發表自己的「大論述」：

Poetry is not a turning loose of emotion, but an escape from emotion; it is not the expression of personality, but an escape from personality.

寫詩並非釋放情感，而是逃離情感；並非表達自我，而是逃離自我。[125]

---

125 艾略特在論文中聲討浪漫，反對釋放情感，認為詩人應該逃離情感，逃離自我；但私生活中，濫情的程度恐怕要超過浪漫派詩人。在寫給情人艾米莉·黑爾的信中，他釋放情感時，簡直把心肝都掏了出來；情話中不但充滿情色，而且肉麻。在《T. S. 艾略特繆斯的祕史》("The Secret History of T. S. Eliot's Muse") 中，Michelle Taylor 這樣評論艾略特的浪漫情信和浪漫行為：

Most readers know Eliot as the arch-impersonal poet, who bewildered the world with "The Waste Land" and proclaimed that "poetry is not a turning loose of emotion, but an escape from emotion." Readers of this Eliot might, at first, have difficulty recognizing the gushy, hyperbolic admirer who signed his letters to Hale as "Tom." In many of his letters, he described Hale as a kind of divinity, or at least nobility: "my Dove," "my paragon"; his "one Fixed Point in this world."

Eliot divulged a great deal in his letters—[...] about his sexual experience (or lack thereof), and even about the men who had made physical and emotional advances on him.

Eliot wrote to her obsessively, often twice a week. He learned when the ships carrying mail departed from England and kept track of which ones sailed fastest. Hale, for her part, was clearly burdened by Eliot's unceasing correspondence.

[…] in 1934, […] Hale began an eighteen-month holiday in England and Europe. Whenever Hale came to London during her trip, Eliot let her borrow his flat […]. The two of them spent the night before she left for America together [此句英語欠準確，應該改為："The two of them spent the night together before she left for America"], with Eliot literally at Hale's feet. "I am filled with wretchedness and rejoicing," he wrote, almost as soon as she was gone, "and when I go to bed I shall imagine you kissing me; and when you take off your stocking you must imagine me kissing your dear feet and striving to approach your beautiful saintly soul." (In January, 1936, Eliot wrote, "I love your foot, and to kiss it has special symbolism, because you have to take off your stocking to let me kiss it, and that is a kind of special act of consent.")

大多數讀者所認識的艾略特，是徹頭徹尾的無我詩人。這位無我詩人以《荒原》一詩叫世人摸不著頭腦，並且宣佈，「寫詩並非釋放情感，而是逃離情感」。認識這位艾略特的讀者，要認出另一位艾略特，開始時可能有困難。另一位艾略特，在寫給情人艾米莉的信中，表示傾慕時用詞誇張，感情噴薄而出，以「湯姆」[「湯姆」是艾略特名字「托馬斯」的暱稱] 為下款。在多封信中，他把艾米莉形容為某種仙女，或者至少是貴婦：「我的鴿鴿」、「我的絕世佳人」；是他「在這個世界的唯一定點」。

在信中，艾略特透露了許多敏感資料：[……] 關於他的性經驗（或者應該說：「性經驗的匱乏」），甚至關於在肉體或情感上向他示愛的男人。

艾略特給艾米莉寫信，經常每星期兩封，到了不能自拔的地步。他查到運載郵件的輪船甚麼時間離開英格蘭，並記錄其速度，知道哪些郵輪航速最快。至於艾美莉，顯然因艾略特給她不斷寫信而不勝其煩。

一九三四年，艾米莉展開為期十八個月的英格蘭和歐洲大陸度假之旅。旅程中，艾米莉每到倫敦，艾略特都把公寓借給她，讓她暫住。艾米莉返美前夕，兩人共度春宵。當夜，艾略特是名副其實地俯首艾米莉足下。艾米莉幾乎一離開，艾略特就寫信給她，說：「我的心充滿慘惻和欣喜。上床睡覺時，我會想像你在吻我。你脫下長襪時，得想像我在吻你的可愛玉足，力圖接近你聖美的靈魂。（一九三六年一月，艾略特在信中說：「我迷戀你的玉足；吻你的玉足有特殊的象徵意義，因為，讓我吻你的玉足前，你得脫下長襪，而脫襪是一種特許行為。」）

根據Michelle Taylor的敘述，一九一三年，在哈佛大學校園附近一所房子的客廳，艾略特和艾米莉一起飾演改編自珍・奧斯汀 (Jane Austen) 小說《愛瑪》

接著是一招回馬槍：

> But, of course, only those who have personality and emotions know what it means to want to escape from these things. […] The progress of an artist is a continual self-sacrifice, a continual extinction of personality.

> 當然，有個性和情感的人才知道，要逃離這兩樣東西是甚麼意思。[……] 一位藝術家的發展，是不斷犧牲自我，不斷毀滅個性。[126]

乾淨利落地取消了沒有「個性和情感的人」提出異議的資格。當然，像華茲華斯的「大論述」一樣，艾略特的「大論述」也是未經證明、無從證明的宣言，只是個人的意見、個人的信念；能獨立思考的人都不會當真，不會無條件按華茲華斯或艾略特的「大宣言」讀詩、寫詩。能夠獨立思考的人會像王國維那樣說：「詩既可有我，也可無

(*Emma*) 的一齣戲劇中的角色。艾米莉受過聲樂訓練，舉止優雅，一出現就引人矚目。當時，艾略特是哈佛大學哲學博士生，「侷促古怪，害羞得叫人難過」("gawky and painfully shy")。兩人約會一年後，艾略特向艾米莉示愛；可惜艾米莉在猝不及防間未能投桃報李；結果失戀的艾略特去了英國；到英國後一年，就脫胎換骨，一九一五年發表力作《J・阿爾弗雷德・普魯弗洛克的戀歌》。作品中害羞的男主角就是艾略特本人的寫照。

看了艾略特的情信和Michelle Taylor的評述，讀者會瞿然驚覺，這位普魯弗洛克雖然「侷促古怪，害羞得叫人難過」，卻也非常浪漫；不但非常浪漫，而且有戀足癖 (foot fetishism)。

上文說艾略特寫給艾米莉的情信「肉麻」，其實有欠公平：情人之間，甚麼話不可以說？情人之間說甚麼、寫甚麼都不會肉麻，說甚麼、寫甚麼都沒有錯；錯的是無數「包打聽」，或在普林斯頓大學圖書館外耐心輪候看艾略特寫給艾米莉的情信，或上網「八卦」，偷聽人家的「夜半私語」。——說來慚愧，無數「八卦」之徒中，也包括筆者。

126 年方三十的艾略特，為甚麼以無上權威發表「無我」的「大論述」呢？下文會有交代。

我。」也就是說，華茲華斯和艾略特齦齦不休地發表「大論述」，都浪費了時間，能獨立思考的人根本不會把這類「大宣言」奉為圭臬。請看莎翁的作品。莎翁寫十四行詩時往往「有我」；寫戲劇時又往往「無我」。莎翁的作品，就像如來神掌那樣，輕而易舉，就攏起了華茲華斯和艾略特的「大論述」。其實，靈感來時（就假設有「靈感」這回事吧），十位詩人可以有十種不同的創作途徑；寫起詩來，也可以有十種不同的方法。我們甚至可以說，同一位詩人，寫甲詩時會如此，寫乙詩時又如彼，寫丙詩時既非如此，亦非如彼；一句話，寫詩的方法千變萬化，不主故常。華翁、艾翁或其他喜歡以主觀「大論述」替人畫地為牢的「巨擘」，何必如此拘泥呢？

艾略特發表「詩要無我」的「大論述」，其實另有動機。

艾略特承認，《荒原》有許多自傳性質，說「此詩不過在抒發個人對人生的牢騷，一點也不重要；只是一篇有節奏的嘟囔」（"it was only the relief of a personal and wholly insignificant grouse against life; it is just a piece of rhythmical grumbling"）。Southam (32) 指出：「[⋯⋯] 儘管結構刻意，設計富有心思，《荒原》讀起來卻像一位受過個人『荒原』之痛後的作品。」("[…] *The Waste Land*, for all its constructedness and intellectual design, reads as the creation of a poet who has suffered his own 'waste land'.") 艾肯則指出，《J・阿爾弗雷德・普魯弗洛克的戀歌》和《一位女士的畫像》是自傳性作品 (Southam, 33)。彼得・阿克羅伊德 (Peter Ackroyd) 的艾略特傳記，也肯定艾略特的作品所寫是詩人本身。細讀艾略特的作品和傳記，我們不難發覺，艾略特作品的有我成分，與他本人所詬詈的浪漫派詩人的作品不遑多讓。看了他寫給艾米莉・黑爾的情信，這種感覺尤其強烈。有不少論者指出，這一「無我」理論，不過是作者的面具。請看戈勒姆・門森 (Gorham Munson) 的評語：

It is a reasonable conjecture to say that Mr. Eliot does not want to communicate his suffering to the general reader. To such he desires to be incomprehensible. [...] He constructs a mask for himself.[127]

> 我們可以說，艾略特先生不想向一般讀者傳達自己的痛苦，而要
> 讓他們對作品了解無從。這一揣測，言之成理。[…] 他給自己造
> 了一個面具。

艾略特大概以為，讓自我在詩中披上一個「敘事者」的面具，就可以掩蓋行藏。哪一位學習寫詩的年輕人，看了艾略特的理論而無條件遵從，就會把創作天地縮減一半。正如王國維所說，詩詞有「有我」之境，有「無我」之境；[128] 彼此相輔相成，詩詞的境界才夠圓滿；自囿於某一理論而不知變通，無論從事創作或者寫文學批評，都只會有害而無益。

「詩要無我」之論的「版權」持有人，其實並非艾略特。德特馬在 "A Hundred Years of T. S. Eliot's 'Tradition and the Individual Talent'" 一文中就指出，無我之論，浪漫派詩人濟慈於一八一八年十月二十七日致理查德·伍德豪斯 (Richard Woodhouse) 的信中已經提到：

> A poet is the most unpoetical of anything in existence [...] the poet
> has [...] no identity—he is certainly the most unpoetical of all God's
> creatures.

---

127 Gorham Munson, "The Esotericism of T. S, Eliot", *Manchester Guardian*, October 31, 1923, p. 7; 轉引自Eliot, The Waste Land: *Authoritative Text, Contexts, Criticism*, 159。

128 細加分析，王國維的「無我」與艾略特的「無我」稍有不同。王國維在《人間詞話》裏說：「有有我之境，有無我之境。『淚眼問花花不語，亂紅飛過秋千去』，『可堪孤館閉春寒，杜鵑聲裏斜陽暮』，有我之境也；『採菊東籬下，悠然見南山』，『寒波澹澹起，白鳥悠悠下』，無我之境也。有我之境，以我觀物，故物皆著我之色彩；無我之境，以物觀物，故不知何者為我，何者為物。」王國維的「無我」較抽象，著重意境，哲理和美學色彩較濃；艾略特的「無我」較具體，只強調詩人在作品中要避免釋放自我的情感，寫自我時要戴上「敘事者」的面具。不過一般說來，兩人都把作品分為兩類。王國維比艾略特圓通，對「有我」和「無我」的作品能夠兼容；艾略特較狹隘，大褒「無我」，大貶「有我」；要把「有我」作品放逐，彷彿要褫奪浪漫派作者的詩國公民身分。

世上一切，以詩人最無詩意 [⋯⋯] 詩人沒有 [⋯⋯] 身分——在上
帝創造的所有生物中，他肯定最無詩意。

在卓伊斯的小說《年輕藝術家的一幅肖像》(*A Portrait of the Artist as a
Young Man*) 中，[129] 主角斯提芬・德達勒斯 (Stephen Dedalus) 代作者發
言：

The artist, like the God of the creation, remains within or behind or
beyond or above his handiwork, refined out of existence, indifferent,
paring his fingernails.

藝術家像創世的上帝，隱身在他創造的手工之內、之後、之外、
之上，粹然不再存在，漠然，削著指甲。

艾略特的「無我」理論，顯然偷自濟慈和卓伊斯；[130] 不過由於偷得巧
妙，贓物到了艾略特手中，變成了自己的財物，在二十世紀的矚目程
度反而遠勝濟慈和卓伊斯的失物。

艾略特評論文字的另一特點，是以科學（德特馬稱為「偽科
學」(pseudo-scientific)）術語包裝文學批評的概念或理論。《哈姆
雷特》("Hamlet") 一文中的「客觀對應」("objective correlative")、
《玄學詩人》("The Metaphysical Poets") 一文中的「感知官能分離」
("dissociation of sensibility") 就屬這類「商品」。兩個意念，如果以富
勒 (Fowler) 或喬治・奧威爾 (George Orwell) 所提倡的簡潔、直接的
英語表達，[131] 肯定不必用這麼「宏大」的多音詞。可是，學術界偏

---

129 《年輕藝術家的一幅肖像》於一九一四至一九一五年在《自我》(*The Egoist*) 雜誌
連載。艾略特曾任該雜誌的助理編輯，應該讀過。

130 情形就像《米爾頓（之一）》、《米爾頓（之二）》和《但丁》中的一些論點，
偷自其他人的作品。三篇文章如何偷其他人的論點，上文已經談過。

131 亨利・富勒 (Henry W. Fowler) 著有 *A Dictionary of Modern English Usage*，提倡直
接、有力、生動的英文，反對矯揉造作，反對大而無當的用字和糾纏不清的句
法。喬治・奧威爾 (George Orwell) 著有 "Politics and the English Language" 一文，
提倡簡潔、清晰、直接、有力的英文。

偏喜歡「宏大」、新奇或者多音節的術語，像巴爾特的「可讀型」("lisible") 和「可寫型」("scriptible")，像艾略特的「客觀對應」和「感知官能分離」。於是，二十世紀最流行、引用率最高的文學理論術語中，"objective correlative" 和 "dissociation of sensibility" 位居最前列。

德特馬指出，艾略特有「科學妒羨情結」("science envy")，[132] 並且舉下列文字為例：

> I [...] invite you to consider, as a suggestive analogy, the action which takes place when a bit of finely filiated platinum is introduced into a chamber containing oxygen and sulphur dioxide. [...]

> 為了提供一點點的提示，請讀者尋思下列比喻：把一小截白金細絲放進一個貯有氧氣和二氧化硫的箱子，會產生甚麼樣的化學作用。[……]

然後，艾略特以催化劑的化學作用比擬詩人的寫詩過程：詩人是催化劑，把題材催化成詩後，自己卻不會產生變化。這一過程，也就是艾

---

132 艾略特很矛盾：一方面有「科學妒羨情結」，另一方面又反科學，在《三野礁》中說：

>   It seems, as one becomes older,
> That the past has another pattern, and ceases to be a mere sequence—
> Or even development: the latter a partial fallacy
> Encouraged by superficial notions of evolution,
> Which becomes, in the popular mind, a means of disowning the past.
>   ("The Dry Salvages": ll. 87-91)

>   人老了，過去就好像
> 有另一種秩序，不再僅是前後的連屬——
> 連發展也不是。所謂發展，是局部謬誤；
> 這局部謬誤由那些關於進化的膚淺概念鼓動；
> 而進化，在大眾心目中成為與過去脫離關係的手段。
>   （《三野礁》，八七─九一行）

短短兩行（九○─九一行），就把達爾文的進化論一筆抹煞。

略特「詩要無我」的理論。他提出這一理論時，是因為當時他剛剛開始寫《荒原》。《荒原》一詩，有許多個人資料，其中有不少涉及私隱，包括詩人和妻子維維恩的爭執、糾紛。艾略特提出「詩要無我」的理論，目的是佈置疑陣，與這些資料保持距離，掩飾作品中強烈的「有我」成分，讓讀者覺得，他不是寫自己；換言之，艾略特偷了濟慈和卓伊斯的理論，然後改頭換面，拿來引導讀者、論者賞詩、評詩的方向。[133] 不過，正如 Southam (35) 所說，艾略特的「無我」，是「高度有我的無我」（"a highly personal impersonality"）；想靠「無我論」轉移讀者的視線，敏銳的讀者反而更容易發覺，他的「無我」作品，其實十分「有我」，是「此地無銀三百兩」。

　　艾略寫了幾十年詩，一直在詩中壓抑自我，結果久假而不知返；到了晚年，寫起情詩來，竟寫得十分彆扭：

> A Dedication to my Wife
>
> To whom I owe the leaping delight
> That quickens my senses in our wakingtime
> And the rhythm that governs the repose of our sleepingtime,
> 　　The breathing in unison
>
> Of lovers whose bodies smell of each other
> Who think the same thoughts without need of speech
> And babble the same speech without need of meaning.

---

133 在同一篇文章中，艾略特說：「藝術家越是完美，其人格中受苦的自我和負責創造的心靈就分離得越全面。」（"The more perfect the artist, the more completely separate in him will be the man who suffers and the mind which creates […]"）這是艾略特故佈疑陣時所用的另一高招；言下之意是：「讀者諸君，你們千萬別搞錯：作品中的人物可不是我艾略特呀。」讀了他寫給艾米莉的情信，明眼人都可以肯定，《J・阿爾弗雷德・普魯弗洛克的戀歌》、《一位女士的畫像》、《荒原》等詩作的男主角就是艾略特。——這裏要補充一句，《荒原》的人物眾多，當然不可以說所有男性角色都是艾略特。

No peevish winter wind shall chill
No sullen tropic sun shall wither
The roses in the rose-garden which is ours and ours only

But this dedication is for others to read:
These are private words addressed to you in public.

獻給吾妻

皆因你，我才有這跳躍的欣悅；
這欣悅，我們醒時激活我的感官。
皆因你，我才有這節奏，調控我們睡時的安恬，
　　這一起共振的呼吸，

情侶的呼吸，身體有彼此氣息的情侶；
無需言語，就思索同樣的思想；
無需意義，就嘮叨同樣的言語。

不許有暴躁的冬天寒風凜凜砭傷，
不許有慍怒的熱帶太陽炎炎凋殘
玫瑰園中的玫瑰——我們的玫瑰園，只屬於我們。

不過，這首獻詩，寫來給別人閱讀：
是私人話語，當眾向你呈獻。

作品的第三節，有莎士比亞十四行詩的痕跡。模仿莎翁，雖欠獨創精神，但不是大缺點。大缺點有二：第一、二節有德恩和馬維爾作品的風格：機智多，感情少；也就是說，知性多於感性。「情詩」一詞，既然「情」字先行，甚至「獨行」，像德恩那樣以圓規設喻，甲腳是你，乙腳是我……如此這般，像代數的公式那樣推演下去，的確夠巧、夠妙，卻只能叫讀者欣賞作者設譬的巧妙，不能叫讀者進入感情世界。第二個大缺點比第一個大缺點更嚴重：好好的一首情詩，卻添

兩行「陌生化」陳腔的蛇足，[134] 幾乎像免責條款那樣聲明：請讀者不要責備作者「釋放情感」；作者仍然在恪守「無我」理論哪。艾略特「恪守」自己的理論，逃離情感逃離了幾十年；到了最後，竟不懂得如何釋放情感了。——說句艾略特式刻薄話：竟沒有情感供他釋放了。與其讀這樣的情詩，讀者寧願讀艾略特詬詈的浪漫派詩人的情詩。其實，情人艾米莉的美足都吻過了，而且情感泛濫，在情信中大事渲染；現在寫情詩給妻子維樂麗，放下身段，不再壓抑自我而「釋放情感」又何妨？

上世紀五六十年代，西方流行過一首情歌，題為《傻瓜闖進來》("Fools Rush In")；歌詞如下：

> Fools rush in where angels fear to tread,
> And so I come to you, my love, my heart above my head,
> Though I see the danger there.
> If there's a chance for me, then I don't care.
>
> Fools rush in where wise men never go.
> But wise men never fall in love, so how are they to know?
> When we met, I felt my life begin.
> So open up your heart and let this fool rush in [...]

> 天使裏足處，傻瓜闖進來。
> 就這樣，我來了，心高於腦哇，吾愛，
> 雖然我知道，這一闖有危險。
> 我要是有機會，顧慮會拋在一邊。
>
> 智者永遠裏足處，傻瓜闖進來。
> 智者呀，永不墮愛河，又怎會懂得愛？

---

134 情詩一旦出版，自然也「寫來給別人閱讀」了；「是私人話語，當眾向 [情人] 呈獻」；何須作者嘮嘮叨叨，說「一個圓形的圓形」一類廢話？

我們一相逢，我頓覺吾生才萌發。

那就打開你的心，讓這個傻瓜闖進來吧 [……]

要寫感人的情詩，有時要當傻瓜；像艾略特那樣，要一生在大眾眼前當智叟，要一生在大眾眼前「逃離情感」，拒絕把情感釋放，就只能寫出上述的彆扭情詩了。大概艾略特這位普魯弗洛克，一如蜜歇兒·泰勒 (Michelle Taylor) 所說，「侷促古怪」，「害羞得叫人難過」；與艾米莉偷情時，可以釋放戀足癖的情慾；公開寫情詩給合法妻子，卻要走德恩和馬維爾的路線，巧思多於情感；結尾還要加免責條款。

　　不走「無我」論路線的葉慈，不會像艾略特那樣故作矜持，不介意在大眾面前當傻瓜：「智者永遠裹足處，傻瓜闖進來」；寫起情詩就遠勝艾略特。請看他的《他希望有天上的錦繡》("He Wishes for the Cloths of Heaven")：

> Had I the heavens' embroidered cloths,
> Enwrought with golden and silver light,
> The blue and the dim and the dark cloths
> Of night and light and the half-light,
> I would spread the cloths under your feet:
> But I, being poor, had only my dreams;
> I have spread my dreams under your feet;
> Tread softly because you tread on my dreams.[135]

---

135 這首詩有兩個題目：在詩集《蘆葦中的風》(*The Wind Among the Reeds*) 裏題為 "Aedh Wishes for the Cloths of Heaven"（《艾德希望有天上的錦繡》）；後來在全集 *Collected Poems* 中改為 "He Wishes for the Cloths of Heaven"（《他希望有天上的錦繡》）。"Aedh" 是葉慈神話中的人物，與另外兩個基型人物 (archetypal characters) Michael Robartes（邁克爾·羅巴茨）、Red Hanrahan（紅髮韓拉漢）一起出現。三個人物象徵精神的三種型態。羅巴茨象徵心智的力量；紅髮韓拉漢象徵原始的浪漫；艾德象徵蒼白、失戀的男子，受制於無情的美女。參看 *Wikipedia*, "Aedth Wishes for the Cloths of Heaven" 條（多倫多時間二〇二一年四月二十五日中午十二時登入）。

假如我有天上的錦繡，

其織料為金光和銀光，

蔚藍、朦朧、冥暗的錦繡——

夜芒、晝光和微明之光，

我會把它鋪在你腳下；

可是我窮困，有的只是夢；

我已把夢鋪在你腳下；

輕輕踐踏呀，你在踐踏我的夢。

簡單、自然、浪漫，是作者／敘事者在釋放情感——對，是「浪漫」，是「釋放情感」；不過請注意，在這裏，「浪漫」和「釋放情感」是優點，不是缺點，雖然「浪漫」和「釋放情感」兩個詞／詞組（說得準確些，是一詞、一片語）早被艾略特「唱衰」。[136]《他希望有天上的錦繡》是葉慈為情人茉蒂·戈恩 (Maud Gonne) 而寫；雖有所謂「敘事者」，但「敘事者」就是葉慈。看了艾略特寫給妻子的情詩，再看葉慈的《他希望有天上的錦繡》，讀者就會發覺，艾略特的理論既誤人，也誤己——誤自己脫下面具時寫不出優秀的情詩。艾略特說過，葉慈的神話世界「是十分精密的低級神話，像一個醫生受召，給詩歌奄奄一息的脈搏提供某種短暫有效的興奮劑，讓瀕死的病人吐出最後的話語」。看了兩首不同的情詩，讀者會有這樣的結論：「瀕死 [……] 病人吐出 [的] 最後 [……] 話語」，勝過艾略特健在時小心謹慎地設計出來的詩句。」

艾略特對葉慈的惡毒詛咒，是他在《追求怪力亂神——現代異端淺說》(*After Strange Gods: A Primer of Modern Heresy*) 裏眾多的歪論之一。《追求怪力亂神》一書，是艾略特的滑鐵盧，在他的評論生涯中地位「顯赫」，值得在這裏詳談。

---

136 當然，有獨立頭腦的讀者不會被艾略特洗腦，反而會質疑他的「無我」論。「唱衰」，香港話。「唱」，指重複地說；「衰」，壞的意思，可以用作比喻，可以指品格、道德敗壞。「唱衰」，有「抹黑」、「醜化」、"bad-mouth" 的意思。

《追求怪力亂神》是作者於一九三三年在維珍尼亞大學的三篇演講稿，一九三四年出版，此後再沒有重印，在費伯與費伯出版社 (Faber and Faber) 的艾略特著作一覽表中「隱形」。筆者多年前在香港各大學圖書館遍尋這一絕版書，結果都徒勞無功；後來在多倫多大學圖書館找到這三篇在英語出版界驚鴻一現的講稿，影印後從頭到尾看了多次；看時像福爾摩斯那樣，要找出此書不再重印的原因。但無論從頭至尾看多少遍，此書不再重印的原因都止於猜測；要得到真正答案，恐怕要起艾略特於泉下了。——起艾略特於泉下也無濟於事，因為艾略特在世時經常不講真話，經常顧左右而言他，甚至捉弄讀者。按照筆者閱讀後的感覺猜測，此書不再重印的原因大致有三。第一，此書是艾略特寫得最差的一本評論：常常囉唆兜轉，久久未入正題，其中以講稿一和講稿三最叫讀者失望，與他的《論詩與詩人》 (On Poetry and Poets) 和《評論選集》(Selected Essays) 比較，分別有如天壤。儘管如此，就出版社賺錢的立場而言，這不會是真正原因；上世紀三十年代的艾略特，尤其是艾略特如日中天的四十年代至六十年代，他的任何著作，無論寫得多差，都是暢銷保證。因此，第二原因的可能性較大：講稿不乏偏執之論，而且直闖「種族歧視」這一禁區。評論家艾略特，一生不知發表了多少偏執之論；這些偏執之論（包括貶米、貶莎之文），絕大多數都一版、再版、三版……；只有《追求怪力亂神》遭作者自我審查而絕版；可見敏感的「種族歧視」大有可能是此書絕版的原因之一。第三個原因可能性也大。在這本書裏，艾略特全面出擊，偏頗、兇狠——甚至惡毒——地向多位成就和他相埒——甚至有過之而無不及——的傑出作家瘋狂掃射；掃射時居高臨下，充滿了優越感，自始至終都站在道德家、宗教家的位置，展現了極其狹隘的胸懷，結果書中幾乎每一頁都滿佈污衊之詞。落入射程內的作家，除了葉慈和勞倫斯 (D. H. Lawrence)，還有白璧德 (Irving Babbitt)、龐德 (Ezra Pound)、斯溫伯恩 (Algernon Charles Swinburne)、喬治・艾利奧特（也可譯「艾略特」）(George Eliot)、哈代（按原文發音，譯「哈迪」較準確）(Thomas Hardy) 等等。此書出版後，艾略特後悔一時魯莽或忘形而失言，只好列個人的著作為「禁書」，可能性也極大。一位作家，自覺才華橫溢，或少年得志，或年少氣盛，或大名附身後變得獨斷專橫、跋扈囂張，甚至目中無人，不再有謙卑當諫臣，一時衝動，就容易說不該說的話，寫不該寫之言。細讀艾略特的評論，讀者會覺得，這位名批評家的頭腦異常精密敏感，但由於上述部分原因或全部原因，一時失去平衡而滑倒，也不出奇；到事後發現闖了禍，已經馴馬難追，只好不再讓魯莽、狂妄和惡毒之言重印，以免謬種進一步流傳。要看《追求怪力亂神》有甚麼謬種，在此謹舉一些較突出的例子。

在書中，艾略特這樣評勞倫斯：

What I wish chiefly to notice at this point, is what strikes me in all of the relations of Lawrence's men and women: the absence of any moral or social sense. […] the characters themselves, who are supposed to be recognizably human beings, betray no respect for, or even awareness of, moral obligations, and seem to be unfurnished with even the most commonplace kind of conscience. (36-37)

在這裏要指出的主要是：勞倫斯的作品中，所有男女之間的關係，都有叫人矚目的共通點：完全沒有道德或社會意識。[……]這些人物本身，本來要讓讀者認得出是人；但是這些人物對道德責任所流露的態度全無尊重之情；甚至不知道有道德責任這回事；即使最平凡的一類良知，他們都似乎不具備。

And Lawrence is for my purposes, an almost perfect example of the heretic. (38)

就我要申述的論點而言，勞倫斯幾乎是異端分子的絕佳例子。

[…] and such effects of decadence as are manifest in Lawrence's work he [Irving Babbitt] held in abomination." (39)

在勞倫斯作品顯露的頹廢所產生的影響，他 [歐文·白璧德] 深惡痛絕。

在上述貶勞倫斯的末句，艾略特讚完白璧德之後，馬上掉轉槍頭向受讚者開火：

And yet to my mind the very width of his culture, his intelligent eclecticism, are themselves symptoms of a narrowness of tradition, in their extreme reaction against that narrowness. [此句說得十分糾纏] His attitude towards Christianity seems to me that of a man who had had no *emotional* acquaintance with any but some debased and uncultured form [...] It would be exaggeration to say that he wore his cosmopolitanism like a man who had lost his *complet bourgeois* and had to go about in fancy dress. But he seemed to be trying to compensate for the lack of living tradition by a herculean, but purely intellectual and individual effort." (39-40)

可是，就我看來，他的文化廣度、他聰明的折衷主義，本身就是傳統狹窄所呈現的病徵；這些病徵，在他的文化廣度和聰明的折衷主義對該狹窄現象的極端反應中顯露出來。[「病徵」在「病徵」對 xyz 的極端反應中顯露出來？——思路和句法都糾纏不清] 他對基督教的態度，在我看來，是在感情上對基督教不曾有任何認識的人的態度；這種人在感情上認識的基督教，止於某種低劣粗野的教派 [……]。如果說，他穿起世界主義這件服裝，像一個人失去了資產階級的西服後，要穿奇裝異服到處跑，也許會言過其實。但他似乎費盡了九牛二虎之力，設法補償他欠缺活傳統這一事實；不過這種努力，純粹是心智和個人層次的努力。

尖酸刻薄地貶完白璧德後，艾略特開始擊殺他的大恩人龐德：

The name of Irving Babbitt instantly suggests that of Ezra Pound (his peer in cosmopolitanism) [...] Extremely quick-witted and very learned, he is attracted to the Middle Ages, apparently, by everything except that which gives them their significance. His powerful and narrow post-Protestant prejudice peeps out from the most unexpected places: one can hardly read the erudite notes and commentary to his edition of Guido Cavalcanti without suspecting that he finds Guido much more sympathetic than Dante, and on grounds which have little to do with their respective merits as poets: namely, that Guido was very likely a heretic, if not a sceptic [...] (41-42)

提到歐文・白璧德這個名字,會立刻想起艾茲拉・龐德(白璧德的世界主義同儕)[⋯⋯] 龐德這個人極度機智,而且是飽學之士。他顯然鍾情於中世紀的一切——除了賦中世紀意義的東西。他那強烈而狹隘的新教建立後的偏見,會在最出人意表的地方向外窺探。他的圭多・卡瓦爾坎提一書,評註淹博;但是讀了這些評註,難免會懷疑,他覺得圭多遠比但丁適合他的脾性。原因呢,卻鮮與兩位詩人本身的優點有關;只因為,圭多即使不是無神論者,也大有可能是個異端分子。

Mr. Pound's Hell, for all its horrors, is a perfectly comfortable one for the modern mind to contemplate, and disturbing to no one's complacency: it is a Hell for the *other people*, the people we read about in the newspapers, not for oneself and one's friends." (43)

龐德先生的地獄,儘管有林林總總的駭怖,但這個地獄能讓現代心靈完全舒服地思量,而且不會驚擾任何人的躊躇滿志;龐德先生的地獄,是寫給另一些人——報章的新聞中人——的地獄,不是寫給他本人及其朋友的地獄。[137]

---

137 艾略特幾十年的寫作生涯中,最大的恩人是龐德。沒有龐德,就沒有《荒原》;沒有《荒原》,他就不會成為「世紀詩人」。即使「荒原」這一題目,也是龐

德刪削作品初稿到了最後階段才起的。刪削工作開始前，原稿的題目為 "He Do the Police in Different Voices"（《他能用不同的口音扮警察》）。刪削工作進行期間，艾略特對龐德表現謙卑，頗像徒弟那樣甘願讓師父刪改自己的作品；書信來往時禮貌地向龐德徵詢意見，沒有展現名滿天下後的「大信心」。起初，艾略特打算以康拉德 (Joseph Conrad) 作品《黑暗之心》(Heart of Darkness) 的句子為《荒原》引言。但龐德不贊成，說：「我不敢肯定，康拉德是否有足夠分量受《荒原》引用」("I doubt if Conrad is weighty enough to stand the citation")（龐德大力支持艾略特，因此把《荒原》抬得高不可攀）；結果艾略特接受了龐德的意見，改用佩特羅紐斯《薩提里孔》中的句子。(Southam, 134-35) Southam (261) 指出，遲至一九二五年十月，艾略特對《空心人》一詩仍欠信心；把詩稿寄給龐德後，在信中對龐德說："Is it too bad to print? If not, can anything be done to it? Can it be cleaned up in any way?"（「此詩是否太差，不可以付梓？如非太差，有沒有挽救之方？其繁蕪到底能否清除？」）不過，藝術界——尤其是文學界——常有這樣的現象：某一徒弟或後輩，微時受師父或恩人教導、提攜；或像武俠小說中的人物，從師父、恩人那裏學來武功；一旦成名，就會想辦法殺害師父或恩人，再不念教導或提攜之恩，不再回想自己的武功來自何處。這種現象，《列子‧湯問》篇有精彩的描寫。這篇古典妙文先交代甘蠅的箭術，接著說飛衛「學射於甘蠅，而巧過其師」；之後，敘紀昌「學射於飛衛」，射藝一精，就要殺害老師：「既盡衛之術，計天下之敵己者，一人而已，乃謀殺飛衛。相遇於野，二人交射；中路矢鋒相觸，而墜於地，而塵不揚。飛衛之矢先窮。紀昌遺一矢，既發，飛衛以棘刺之端扞之，而無差焉……」；最後寫飛衛原諒了紀昌，兩人結拜為「父子」。龐德和艾略特的關係，當然不能完全以飛衛和紀昌的關係類比。可是，對二十世紀英美詩壇稍有認識的人都知道，龐德是艾略特的良師益友 (mentor)，《荒原》經龐德刪削方能成詩。一九四六年，艾略特本人也承認，他那「散亂的詩」("sprawling, chaotic poem") 經龐德刪削後，「縮成約等於原詩一半的長度」("reduced to about half its size") (Southam, 136)。Southam (135) 指出，直到一九二〇年代，龐德始終在努力不懈，為艾略特爭取詩壇地位；艾略特早期的詩作能夠印行，要歸功於龐德；他的第一本詩集 (Prufrock and Other Observations) 由龐德安排出版；出版後，龐德「在書評中為之吹噓」("puffed it in reviews")。艾略特日後風格獨具，固然因為他有詩才，但龐德的支持、鼓勵也十分重要；《不朽私語》("Whispers of Immortality") 一詩，實際上就是兩人合撰的作品。龐德愛才，覺得銀行朝九晚五的刻板工作會影響艾略特寫作；於是在朋友之間為艾略特募捐，希望能籌到足夠款項，把他從朝九晚五的「囹圄」中「贖」出來，好讓他專心寫作。艾略特徵引的典故，常常來自（或偷自）龐德的作品。這樣看來，海明威說「如非老傢伙艾茲拉 [龐德]——那個憨詩人，那個蠢材賣國賊，他 [艾略特] 根本不會存在」，完全不是誇張。艾略特成名後，這段歷史——

尤其是龐德刪改《荒原》初稿這一事實，大有可能變成他心中的疙瘩。為甚麼會變成疙瘩呢？因為龐德的刪改「工程」，是名副其實的「斧正」，是「大刀闊斧」的左塗右抹；是利矢在打字稿上飛射，越過遼闊的空間；這裏一個 "OK"，那裏一個 "STET"；大段大段的文字被毫不留情的「利斧」「屠殺」。這樣「大刀闊斧」的刪改，最不客氣的老師（即使老師有大量時間可以耗費）也不會施諸學生的習作，更何況被「斧正」的詩稿由頗具名氣的詩人寫成？因此，海明威稱龐德為「老傢伙艾茲拉——那個憨詩人」，一點也沒錯；因為要像這個「老傢伙」那樣刪改《荒原》初稿，必須夠「憨」，夠勇氣，夠大膽，並且有足夠分量的「魯莽」，不怕傷害——或者不知道會傷害——朋友的自尊。艾略特名滿天下時，想到這份被刪得面目全非的打字稿，心中大概不會好受（這是人之常情，敏感如艾略特者更會如此）；何況詩稿經龐德大刪特刪、大改特改後，既沒有化為貝多芬的《第五交響曲》，也沒有變成理查茲所謂的「史詩十二卷」？——仍然凌亂，仍然割裂，仍然是不連貫的拼湊；許多典故和外語引文，讀者辛辛苦苦翻查後仍會大嘆「所得不償勞」。今日看龐德刪削過的《荒原》初稿，筆者有這樣的感覺：龐德為艾略特所動的手術，是詩壇手術枱上極為罕見——甚至絕無僅有——的大手術：四肢被截斷、被縫合，心、肝、脾、肺、腎幾乎全被剖過、切過、換過。艾略特成為舉世矚目的大詩人後，想到這椿時的「敏感事件」，以人之常情推測，大概會感到尷尬，並且希望事件會淡化，逸出文壇的集體記憶，讓名聲受損的程度減到最輕。艾略特在中天勁射著萬丈光芒期間，當年送給約翰・昆 (John Quinn, 1870-1924) 的《荒原》初稿不知所終。再以人之常情推測，艾略特心底大概也希望這份「敏感文件」再也找不到。一九六八年，艾略特的第二位妻子維樂麗發現了這份「敏感文件」；大概為了保護丈夫，為丈夫建立形象，乃順水推舟，在公開場合說：艾略特卒前吩咐，手稿一旦發現，應公之於世，因為他「[要] 大家明白，[他] 對艾茲拉欠下的人情有多大」("[wanted] people to realize the extent of [his] debt to Ezra")。艾略特是否說過這樣的話，當然只有維樂麗才知道。——即使說過，也不能確鑿證明，艾略特衷心希望這份「敏感文件」能出現。此外，《荒原》最初出版時，並沒有作者給龐德的獻詞："For Ezra Pound / il miglior fabbro"（「獻給艾茲拉・龐德 / 更富匠心的詩人 / 作者」）；"il miglior fabbro" 是意大利文，除了可譯「更富匠心的詩人 / 作者」外，也可譯「鋪采摛文，比我優勝」或直譯為「更佳的工匠」。這一獻詞，是後來添加的。參看Southam, 136-37。從上述資料可以看出，艾略特對龐德的「感激之情」並非不假思索的自然流露；一般詩人（指磊落坦蕩、沒有城府的詩人）得了大恩，大概在詩集初版時就會爽快大方地向恩人衷心致謝的了；艾略特沒有在詩集初版時以獻詞向龐德表示謝意；後來大概想到，龐德對他的恩典盡皆知，如果不表達謝意，舉世——以至歷史——會責備他忘恩；於是只好找機會增補獻詞。至於經龐德大刪特刪——也可以說「遭」龐德大刪特刪——的《荒原》手稿，即使出接著，貶抑的筆鋒指向郝普金斯 (Gerard Manley Hopkins) 和梅里狄斯 (George Meredith)，說梅里狄斯「只有相當廉價而膚淺的人生哲學提供給讀者」("has only a rather cheap and shallow philosophy of life to offer")；郝普金斯沒有梅里狄斯那麼糟，全因「他有教會的尊嚴在後面支持，結果與現實有比較密切的接觸」("has the dignity of the Church behind him, and is consequently in closer contact with reality") (47-48)。

最後，艾略特像教皇頒佈諭旨那樣總結第二篇講稿：

> What I have wished to illustrate, by reference to the authors whom I
> have mentioned in this lecture, has been the crippling effect upon men
> of letters, of not having been born and brought up in the environment

---

現，他心底大概也不希望公之於世；大概也因為如此，有關資料並沒有顯示，艾略特卒前曾設法打聽手稿的下落。（當然，艾略特也可能太忙，沒有時間理會當年的稿件。）其後的發展（如手稿出現，妻子把「敏感文件」整理出版），當然不是泉下的艾略特所能控制的了。艾略特是絕頂聰明的人，頭腦之精密、世故，在二十世紀的詩人群中鮮有匹儔。他成名後的許多行動，都叫我覺得是精心算計的結果。不過歷史上數之不盡的例子告訴我們，絕頂聰明的人，百密中往往有一疏。一九三三年，艾略特的日車已馳入中天；相形之下，龐德變成了暗淡的天體。那一年，艾略特寫維珍尼亞大學的演講稿時，自知地位已凌駕龐德，不再是吳下阿蒙，一時得意而把犀利的筆鋒揮得太快，讓久匿心屋的感覺排闥而出，結果露了殺機；在演講中發泄了一口鳥氣後大感舒暢；在接著的日子裏，又一時疏忽忘了刪改講稿中藏有殺機的文字；結果《追求怪力亂神》一出版，文壇中人乃得以窺視艾略特心屋中一個黑暗的角落。多年後，艾略特的不少行動（諸如為《龐德詩選》(Selected Poems of Ezra Pound) 寫導論），表面上都顯示他沒有忘恩；但也可以視為補救 ("damage control") 措施。無條件捍衛偶像的艾迷當然可以說：艾略特鞭撻龐德，是「對事不對人」，是發揮「吾愛恩人，但更愛真理」的可敬精神。不過，這樣的論點不能成立；因為，既然「愛真理」是這麼崇高的情操，艾略特就應該讓他的「傑作」《追求怪力亂神》一印、再印⋯⋯十印⋯⋯；不應該在一印之後就讓「傑作」「絕版」。

經龐德刪削的《荒原》手稿，艾略特於一九二二年送給資助人約翰・昆。昆是律師、藝術鑑賞家兼收藏家，於一九二四年猝逝。今日，手稿收藏於紐約公共圖書館 (New York Public Library) 的英美文學貝格收藏館 (Henry W. and Albert A. Berg Collection of English and American Literature)。至於手稿如何從昆的「遺產」輾轉進入紐約公共圖書館，一個小小的腳註也就難以詳盡地描述、分析了。

of a living and central tradition. In the following lecture I shall be concerned rather with the positive effects of heresy, and with much more alarming consequences: those resulting from exposure to the diabolic influence. (49)

在這篇講稿中，我提到多位作家，希望藉此說明，文人出生和成長的環境，如果不屬於位居中心的活傳統，會遭受甚麼樣的摧殘。在下一講裏，我要討論的，反而是異端的正面影響——所引起的後果更加可驚：這類後果，是接觸邪魔外道影響的後果。

最後一句，話鋒急轉，由教皇的諭旨變成了驅魔人的預告。

在第三篇講稿中，艾略特的教皇語氣有增無減：

George Eliot seems to me of the same tribe as all the serious and eccentric moralists we have had since: we must respect her for being a serious moralist, but deplore her individualistic morals. What I have been leading up to is the following assertion: that when morals cease to be a matter of tradition and orthodoxy—that is, of the habits of the community formulated, corrected, and elevated by the continuous thought and direction of the Church—and when each man is to elaborate his own, then *personality* becomes a thing of alarming importance." (54)

在我看來，喬治·艾利奧特與我們迄今所談到的所有嚴肅而怪異的道德家屬同一族。[138] 她身為嚴肅的道德家，我們要尊敬她；但對她個人化的道德觀念感到遺憾。我最後要說的，是以下判斷：

---

138 今日，在漢語世界，提到「艾略特」時，大家都會想到 Thomas Stearns Eliot (T. S. Eliot)；「艾略特」幾乎成了《荒原》作者的專用名字。為了避免讓讀者以為 George Eliot是T. S. Eliot的親人，在這裏不用「艾略特」，而用一般的譯法翻譯這位女作家的「姓」。「喬治·艾利奧特」是英國維多利亞時期的著名小說家瑪麗·安·艾文斯 (Mary Ann Evans) 的筆名；"Eliot" 並非她的姓氏。

道德觀念一旦不再屬傳統和正統範疇，而人人各自闡發自己的道德觀念時，個性的比重就會變成叫人擔心的東西。所謂「傳統」和「正統」，指由教會延繼不斷的思想和指示制訂、修改、提升的社會風尚。

看到這裏，讀者會憬然猛省：啊，艾略特無論看甚麼，評甚麼，都以教會為標準；以他的標準衡量，除了他本人，除了他捍衛的教會，天下的作家都錯，都走上了歧途，遭異端毒害。艾略特，是塔利班成員，是伊斯蘭國 (ISIS) 戰士：所有異己，都要殺無赦。

接著的一段，是同樣的偏執和武斷：

The work of the late Thomas Hardy represents an interesting example of a powerful personality uncurbed by any institutional attachment or by submission to any objective beliefs; unhampered by any ideas, or even by what sometimes acts as a partial restraint upon inferior writers, the desire to please a large public. He seems to me to have written as nearly for the sake of 'self-expression' as a man well can; and the self which he had to express does not strike me as a particularly wholesome or edifying matter of communication. (54)

已故作家托馬斯・哈代的作品，是個饒有意思的例子，代表一個強烈的個性，不受附屬於任何制度的關係或依順任何客觀信仰的精神約束。討好大眾之心，有時多少會成為次等作家的制約。哈代呢，既不受任何理念妨礙，連次等作家的制約也不能阻撓。在我看來，在所有作家中，他是最接近純粹為表達自我而寫作的人了；而我的印象中，他要表達的自我，並不是特別健康或有益世道的東西，不值得向人傳達。

說哈代「不受附屬於任何制度的關係 [⋯⋯] 約束」("uncurbed by any institutional attachment")，等於說他沒有像艾略特那樣皈依聖公會（英國天主教）。此外，「信仰」("beliefs") 難道不是主觀的嗎？難道艾略特本人的信仰才客觀？人間難道有客觀的信仰？如果艾略特活在中世紀，大有可能變成宗教法庭的刑訊官，把信仰「異端」的作家（至少包括書中提到的一些）燒死。[139] 他這本書的副題——*A Primer of Modern Heresy*（《現代異端淺說》）——已經露出了他的真面目。這本書出版後，當時反應如何，有待進一步考證；不過在強調信仰自由的現代，當時群起而攻之者應該大不乏人。《追求怪力亂神》(*After Strange Gods*) 一書，是信教太篤而走火入魔者不自覺的供詞。這樣的供詞，在作者醒悟後——不管是自我醒悟還是朋友或評論家逼他醒悟，還會有重印的可能嗎？

艾略特會寫出《追求怪力亂神》一類評論，主要因為他信教信到了病入膏肓的超級迷信地步，變成了一個可怕的狂熱分子(fanatic)、激進分子，視所有信仰不同的作家為異端。[140] 至於幾十年來，他對所評對象或所談問題所知不多，就天馬行空，信口開河，則有其他原因：第一，他成名前在中學教書，生活拮据，要寫大量快餐式的書評賺取外快；後來到銀行工作，朝九晚五，讀書、研究的時間也不會多，甚至更少，但評論之筆仍要就有限的所知、有限的學問四面出擊；寫起文章來所點作家的名字極多，但對芸芸作家的認識往往止於蜻蜓點水，甚至空空如也；他寫書評談格里厄森 (Grierson) 的玄學詩選時亂貶坦尼森和布朗寧就是這現象的反映。第二，名滿天下時忙於各種與沉潛研究無關或關係甚微的活動或應酬，發表「高見」前沒有時間

---

139 看了艾略特在《四重奏四首‧三野礁》裏對進化論所流露的態度，我們可以推斷，身為宗教法庭的刑訊官，他也會燒死布魯諾 (Giordano (Filippo) Bruno)，囚禁伽利略 (Galileo Galilei)；達爾文活在十九世紀的英國，則會幸免於難。宗教法庭 (Inquisition) 是一頁可恥的天主教歷史；從中可以看出，天主教的教皇、教士曾如何愚昧，如何可怕，對人類的文明曾造成多大的禍害。

140 要知道艾略特信教之篤，可參看他的 *The Idea of a Christian Society and Other Writings*（《基督教社會理念及其他論文》）一書。在一九五八年初版（一九六二年Faber 新版）的《文化定義試釋》(*Notes towards the Definition of Culture*) 中，他仍然聲稱："[...] no culture can appear or develop except in relation to a religion"（「與宗教連繫，文化方能出現或發展」）（頁二七）。

或精神對評論的對象深入研究，結果往往要吃老本——吃成名前積聚的知識和學問。就作家兼評論家而言，這類「成名的危機」在古代較為罕見，因為古代文壇的「殺時」活動遠少於現代。一位作家兼評論家成名後，如果避免不了成名帶來的負面影響，大量時間會不斷「被殺」，結果要修煉更高層次的武功也「時不從心」。艾略特成為文壇的大明星後，來自四面八方、吞噬寶貴時間的打擾還會少嗎？一個人每天只有二十四小時；大量時間「被殺」，「受害人」就無暇補充腹笥的「存貨」了。——老子福倚禍伏的道理，即使在「成名」和「不成名」之間也可以看到。

　　由於第二原因顯而易見，在此無須進一步解釋；要稍加說明的，是第一原因。在這裏，就以《荒原》發表前後的一段日子為例吧。一九一五年，也就是二十七歲那年，艾略特在海·威科姆文法學校 (High Wycombe Grammar School) 任教，月薪一百四十英鎊（包晚餐）。這一年「當務之急 [……] 是財困」("The immediate problem […] was money" (Eliot, *The Waste Land: A Facsimile and Transcript of the Original Drafts Including the Annotations of Ezra Pound*, ix)；一九一六年轉往海蓋特小學 (Highgate Junior School) 任教，年薪一百六十英鎊（包晚餐和下午茶），待遇稍有改善，但經濟仍有困難；正如《荒原》手稿的導論所說：「對財困和維維恩健康情況的擔憂，叫他分心不暇」("he had been so 'taken up with the worries of finance and Vivien's health'" (Eliot, *The Waste Land: A Facsimile and Transcript of the Original Drafts Including the Annotations of Ezra Pound*, x)。經濟如此拮据，結果艾略特要寫大量的快餐式書評幫補生計。那麼，這個時期的艾略特，是怎樣寫評論的呢？請聽他本人的自白：

The school takes up most of my days, and in my spare (sic) time I have been writing: philosophy for the *Monist* and the *International Journal of Ethics*, reviews for the *New Statesman*, the *Manchester Guardian* and the *Westminister Gazette*....I am now trying to get an introduction to the *Nation*…I have reviewed some good books and much trash. It is good practice in writing, and teaches one speed both in reading and writing. It is bad in this way, that one acquires an extraordinary appetite for volumes, and exults at the mass of printed matter which one has devoured and evacuated. I crave a new book every few days…. (Eliot, *The Waste Land*: *A Facsimile and Transcript of the Original Drafts Including the Annotations of Ezra Pound*, x)

教書花去了大部分日子。餘下（姑且叫「餘下」吧）的時間一直在寫作：給《一元論者》和《國際倫理學報》寫哲學文章，給《新政治家》、《曼徹斯特衛報》、《西敏報》寫書評。……目前正等人向《國民報》引薦……評了些好書，也評了許多垃圾。寫書評是良好的寫作訓練，而且能同時教人讀得快、寫得快；其毛病是：這樣寫作會養成大得異乎尋常的貪多胃口，重量不重質，吞噬並掃掉大量印刷品後會洋洋得意。每隔幾天，我就會亟欲吃一本新書……。

「讀得快、寫得快」；「會養成大得異乎尋常的貪多胃口，重量不重質，吞噬並掃掉大量印刷品後會洋洋得意。每隔幾天，我就會亟欲吃一本新書……」沒有深入研究就命筆，怎能不天馬行空？怎能不信口開河？

一九一七年，艾略特轉往倫敦市勞埃德銀行 (Lloyds Bank) 當僱員，任職時間長達八年。朝九晚五，寫評論前對評論對象、對所談問題深入研究的時間就更少了。

鑑於上述背景，艾略特評莎士比亞、米爾頓、坦尼森、布朗寧、葉慈……時大放厥詞，就不是意料之外。鑑於上述背景，艾略特不得不馳騁想像，發揮杜撰之才，揮動犀利的文筆買空賣空，宣佈莎翁的《哈姆雷特》「是無可置疑的藝術敗筆」，宣佈英語遭米爾頓損害後，過了幾百年「仍沒有完全復原過來」……。

一九五六年，艾略特發表《文學批評的邊境》("The Frontiers of

Criticism") 一文，說他的文學批評是「個人詩歌創作室的副產品」
("a bi-product of my private poetry workshop")，是「個人詩歌創作時
實踐反思的延伸」("a prolongation of the thinking that went into my own
verse")。這一副產品和這一延伸，雖然會反映艾略特個人的好惡，
有時也有所偏，卻是艾略特評論中的最強項，也最珍貴，對其他創
作者有極高的參考價值。請再看他大讚《哈姆雷特》前所說的一
段話：

> It is indeed necessary for any long poem, if it is to escape monotony,
> to be able to say homely things without bathos, as well as to take the
> highest flights without sounding exaggerated. And it is still more
> important in a play, especially if it is concerned with contemporary
> life. The reason for writing even the more pedestrian parts of a verse
> play in verse instead of prose is, however, not only to avoid calling the
> audience's attention to the fact that it is at other moments listening to
> poetry. It is also that the verse rhythm should have its effect upon the
> hearers, without their being conscious of it.

> 任何長詩要避免單調，甚至要做到下面一點：既能述說平實的東
> 西而不會由神奇降至腐朽，也能軒舉到至高境界而不會顯得揚厲
> 誇張。這一要求，對戲劇尤其重要；對描寫當代生活的戲劇更是
> 這樣。即使詩劇中較平凡的部分，也要用詩體而非散文體來寫；
> 不過，作者須要這樣做，不僅為了避免引起觀眾注意，避免叫他
> 們意識到，在其他時候，他們所聽的是詩；也為了保證聽詩劇的
> 觀眾，受詩的節奏感染時覺察不出詩的節奏。

這是真知灼見，是艾略特的創作心得。接著，艾略特詳細分析《哈姆
雷特》第一幕第一場；——也是冷暖已知的飲水者之言。一九一九
年，艾略特說《哈姆雷特》「是無可置疑的藝術敗筆」；一九五一
年，他一百八十度調整錯誤的判斷，大概因為這時候他有了詩劇創作

的經驗，實踐中糾正了以前的嚴重偏頗。[141]

再看他的《詩與戲劇》("Poetry and Drama") 如何談詩劇和散文劇的分別：[142]

There are great prose dramatists—such as Ibsen and Chekhov—who have at times done things of which I would not otherwise have supposed prose to be capable, but who seem to me, in spite of their success, to have been hampered in expression by writing in prose. This peculiar range of sensibility can be expressed by dramatic poetry, at its moments of greatest intensity. At such moments, we touch the border of those feelings which only music can express. We can never emulate music, because to arrive at the condition of music would be the annihilation of poetry, and especially of dramatic poetry. Nevertheless, I have before my eyes a kind of mirage of the perfection of verse drama, which would be a design of human action and of words, such as to present at once the two aspects of dramatic and of musical order.[143]

戲劇界有傑出的散文劇作家（諸如易卜生和契訶夫）。這些劇作家所寫，有時候出乎我的意料，能散文所不能。不過，儘管這些劇作家成就非凡，但是我仍然覺得，由於他們用散文寫作，表達力仍受到掣肘，無從抒發某些情感；而這一獨特的情感範疇，戲劇中的詩體到了高潮時刻卻能夠加以表達。有些情感，只有音樂能夠傳遞。但是，在戲劇詩體到了高潮的時刻，我們也能觸到這些情感的邊界。我們永遠不可能與音樂爭勝，因為，一進入音樂狀態，詩——尤其是戲劇詩——就會毀滅。儘管如此，在我眼

---

141 三十二年間，也可能因為他的視野擴大了，看到了《哈姆雷特》的劇藝如何超凡，胸中的信心不再令他失去平衡而胡亂貶莎。

142 此文是艾略特在美國哈佛大學的演講稿，現已收入Eliot, *On Poetry and Poets* (London: Faber and Faber Limited, 1957), 72-88。

143 Eliot, *On Poetry and Poets*, 87。

前，仍出現某種蜃景：詩劇有臻於完美的可能。到了這境界，詩劇就會把人情和文字融為一體，在同一時間呈現戲劇秩序和音樂秩序的兩面。

筆者在詩劇《蜜蜂的婚禮》的代序中，徵引了上述文字，並附加了以下按語：「這段文字，鞭闢入裏，只有長期研究詩劇、創作詩劇的大師才說得出；其主要論點是：詩劇能散文劇所不能。」事隔多年，原來的看法沒有改變；筆者此刻仍十分欣賞劇作家艾略特對詩劇和散文劇的論斷。艾略特談兩種戲劇時智珠在握，主要因為他在自己的工作室寫過詩劇，有一手經驗為立論的基礎。

在《自由詩反思》一文裏，從實踐得來的結論也語語中肯，證明艾略特深諳詩藝三昧：

[…] and there is no freedom in art. […] the so-called *vers libre* which is good is anything but 'free' […] And I can define it [that is, *vers libre*] only in negatives: (1) absence of pattern, (2) absence of rhyme, (3) absence of metre. […] It is this contrast between fixity and flux, this unperceived evasion of monotony, which is the very life of verse. […] Or, freedom is only truly freedom when it appears against the background of an artificial limitation. […] Rhyme removed, the poet is at once held up to the standards of prose. Rhyme removed, much ethereal music leaps up from the word, music which has hitherto chirped unnoticed in the expanse of prose.[…] And this liberation from rhyme might be as well a liberation *of* rhyme. Freed from its exacting task of supporting lame verse, it could be applied with greater effect where it is most needed. There are often passages in an unrhymed poem where rhyme is wanted for some special effect, for a sudden tightening-up, for a cumulative insistence, or for an abrupt change of mood. But formal rhymed verse will certainly not lose its place. […] And as for *vers libre*, we conclude that it is not defined by absence of pattern or absence of rhyme, for other verse is without these; that it is not defined by non-existence of metre, since even the *worst* verse can be scanned; and we conclude that the division between Conservative Verse and *vers libre* does not exist, for there is only good verse, bad verse, and chaos.[144]

藝術並沒有自由。[⋯⋯] 所謂「自由詩」中的好作品，說它是甚麼都可以，就是不可以說它「自由」[⋯⋯] 自由詩的定義只能正話反說：第一，沒有固定的格式；第二，沒有固定的韻腳；第三，沒有固定的抑揚規律。[⋯⋯] 詩歌的真正生命，就在於固定不變和變動不居之間的這一對照，在於這不為讀者覺察的避免單調。[⋯⋯] 或者可以說，以人為局限為背景的自由，才是真正的自由。[⋯⋯] 韻腳一旦取消，詩人馬上要接受散文的標準衡量。韻腳一旦取消，許多空靈的樂音會馬上從個別用字中躍出──一直在大段散文中鳴響而不為讀者注意的樂音。[⋯⋯] 從固定的押韻方式中獲得解放，大可以視為押韻手法本身獲得解放。韻語一旦獲釋，不必再負擔支撐蹩腳詩作的苛刻任務，就可以在最有押韻需要的地方加以運用，產生更大的藝術效果。在一首無韻詩中，往往有各種段落需要押韻，以產生某一特殊效果：或突然把作品拉緊，或把語氣逐步增強，或倏地把情調扭轉。不過正式的押韻詩作肯定不會失去其地位。[⋯⋯] 至於自由詩，我們的結論是：自由詩之所以是自由詩，並不是由於它沒有格式或韻腳，因為其他詩作也可以沒有格式和韻腳；也不是由於它沒有抑揚規律，因為即使最劣的詩作也可以用抑揚規律加以分析。我們的結論是：詩歌沒有保守詩和自由詩之分，因為詩歌世界只有好詩、劣詩和混亂。

---

144 Eliot, "Reflections on Vers Libre", first published in *New Statesman*, March 3, 1917, republished in *To Criticize the Critic* (New York: Farrar, Straus and Giroux, 1965), again by Faber and Faber, 1978。

全是知言，是艾略特評論中閃爍生輝的洞見，經過長期實踐的詩人才說得出。艾略特的不少佳作，是上述理論的體現。[145]

在《詩的音樂》("The Music of Poetry") 一文中，從實踐得來的可貴心得也隨處可見：

It would be a mistake, however, to assume that all poetry ought to be melodious, or melody is more than one of the components of the music of words. […] Dissonance, even cacophony, has its place: just as, in a poem of any length, there must be transitions between passages of greater and less intensity, to give a rhythm of fluctuating emotion essential to the musical structure of the whole; and the passages of less intensity will be, in relation to the level on which the total poem operates, prosaic – so that, in the sense implied by that context, it may be said that no poet can write a poem of amplitude unless he is a master of the prosaic.[146]

但是，以為所有詩歌都應該悅耳，否認悅耳之音不過是文字音籟的一部分，都是錯誤的。[……] 不和諧音，甚至刺耳雜音，都有其職能；情形一如長達某一程度的詩作：較強和較弱段落之間必須有過渡部分調節情緒的升降；而這一調節，對整篇作品的音樂結構不可或缺。在這種情形下，就全篇作品發揮效果的層面而言，較弱段落讀起來會顯得平淡。因此，就這一意義而言，我們可以說，一位詩人能駕馭平淡文字，方能寫出長篇作品。

As for 'free verse', I expressed my view twenty-five years ago by saying that no verse is free for the man who wants to do a good job. No

---

145 上文已經談過，艾略特創作時如何把自由詩理論付諸實踐，實踐時又如何取得顯著成果。

146 "The Music of Poetry", *On Poetry and Poets* (New York: Farrar, Straus and Giroux, 2009), 24-25。

one has better cause to know than I, that a great deal of bad prose has been written under the name of free verse [...] only a bad poet could welcome free verse as a liberation from form.[147]

至於「自由詩」，我在二十五年前發表個人的看法時說過，就有心寫出好作品的人而言，甚麼詩都不會「自由」。許多差劣的散文，就假自由詩之名寫成。關於這點，沒有誰比我更應該知悉[……] 只有差劣的詩人，才會歡迎自由詩，視之為作者從格式中獲得解放。

Forms have to be broken and remade: but I believe that any language, so long as it remains the same language, imposes its laws and restrictions and permits its own licence, dictates its own speech rhythms and sound patterns.[148]

格式要打破，也要重建；但是我相信，任何語言，只要仍然是同一語言，就會施加本身的規律和限制，按本身特點容許破格的自由，決定本身的話語節奏和音聲秩序。

談悅耳之音，談不和諧音和刺耳雜音，談自由詩，談格式，談語言與詩的關係……句句到位，是實踐中得來的灼見。

由於艾略特是傑出詩人，深諳詩道，一旦鑑賞頻率相同的詩人，[149] 就有許多獨到的見解，叫不少同行難以企及。表現艾略特這一強項的文章難以枚舉，其中以《但丁》一文最出色。過去幾十年，筆者看過許多評論但丁的文章，包括但丁同胞以意大利文所寫的鴻篇；發覺能與艾略特《但丁》一文頡頏的，少之又少。也因為如此，筆者

---

147 "The Music of Poetry", *On Poetry and Poets* (New York: Farrar, Straus and Giroux, 2009), 31。

148 "The Music of Poetry", *On Poetry and Poets* (New York: Farrar, Straus and Giroux, 2009), 31。

149 說「一旦鑑賞頻率相同的詩人」，是因為艾略特的頻率與米爾頓的頻率大不相同。

在不同的場合說過，要欣賞但丁，要知道但丁如何了不起，艾略特的導論不可不讀。[150]

　　評論家艾略特，有許多偏見；寫了幾十年評論，說了不少偏頗的話；他的《追求怪力亂神》一書，更是他的一大污點；相信也叫他引以為羞，引以為恥，結果出了第一版之後就不再重印。在二十世紀的英語世界，大概沒有一位評論家會像艾略特那麼偏頗，偏頗得那麼極端，極端得與中世紀宗教法庭的刑訊官沒有多大分別。借用他大貶米爾頓的口吻說：他的評論，所失之分極多。可是，他的強項，諸如行文的優美、辯才的高超、對詩藝中某些方面的敏感、不受偏頗之葉障目時對作品的洞見，尤其是對二十世紀世界詩壇的深遠影響，沒有一位評論家堪與倫比。[151]

---

150 正如上文所說，《但丁》一文，巧妙地偷了格蘭真特 (C. H. Grandgent) 關於《神曲》結構的論點；但由於偷得巧，幾達無跡可尋的地步，除了細研《神曲》的論者，文學法庭上的一般法官或陪審團，已經無從判艾略特有罪。——何況文中大多數精到的見解是艾略特本人的財產？因此，一眚不能掩大德：要認識評論家艾略特興酣時的出色表現，要認識與莎翁均分現代天下的大詩人，《但丁》仍然是一篇不應錯過的力作；儘管其中有一二論點（比如說，一部《神曲》的分量，等於莎翁的所有劇作），筆者未敢苟同。

151 在小說家、評論家大衛・洛奇 (David Lodge) 的小說《小世界》(*Small World*) (1984) 裏，珀斯・麥伽里戈 (Persse McGarrigle) 在學術會議上對學術界說，他的碩士論文所談，是「艾特特對莎士比亞的影響」。洛奇的這一怪招，旨在諷刺學術界；不過從中也可以看出，評論家艾略特對文學界、學術界的影響有多大。愛爾蘭詩人葉慈也寫評論，沒有像艾略特那樣失分；但也不能像艾略特那樣，以評論操控千千萬萬讀者（包括詩人、評論家、學者、教授、研究生、本科生）寫詩、評詩、研詩、選詩、教詩、讀詩、賞詩的方向，並從中獲得巨大的個人利益。因此，在二十世紀，若論影響力之深廣，評論家葉慈肯定遜於評論家艾略特。至於二十一世紀或以後，情形會否改變，就不是筆者所能預測了。

第十一章

艾略特的學問

在《艾略特詩選導讀》(*A Guide to the Selected Poems of T. S. Eliot*) 的導言中，作者騷薩姆 (Southam) 介紹艾略特作品之前，先說下列開場白：

No one, however learned, has ever claimed that Eliot's poetry makes easy reading. [...][1]

從來不曾有人——不管這人多有學問——說過，艾略特的詩易讀。[……]

This book is designed to elucidate one particular kind of difficulty – the special problems of meaning which face the reader immediately, on the very surface of the poems, in Eliot's use of quotations and allusions, his reference to many languages and literatures, and his implication of a wide range of fact and learning. Sometimes quotation and allusion become the very language of the poetry [...][2]

此書的寫作目標，在於闡釋艾略特詩作的一個獨有困難——讀者展卷立刻要面對的有關詩義的特殊問題。這些問題，在詩作的最

1　Southam, 1。

2　Southam, 1。

表層，在艾略特徵引的各種引文、各種典故，在他提到的多種語言、多國文學，在他廣博的知識和學問（要了解詩作，讀者先要掌握這些知識和學問）。有時，引文和典故會成為詩語本身。

The Waste Land […] involves a 'concentration' of learning 'resulting from a framework of mythology and theology and philosophy' (to quote Eliot's comment on the poetry of Dante). Sometimes the learning seems to raise a barrier, a literal barrier, as it becomes at the head of 'Burbank', whose epigraph is a maze of scrambled quotations to be penetrated before ever the poem comes into light.[3]

引用艾略特對但丁詩作的評語：《荒原》涉及學問的「濃縮」；這一「濃縮」，「來自神話、神學、哲學的架構」；有時候，這學問看來會設置路障——名副其實的路障；《伯班克》[指《捧著導遊手冊的伯班克：叼著雪茄的布萊斯坦》一詩] 的開頭就是這樣。這首詩的引言是拉雜湊成的引文所建造的迷宮；詩作如真能變得豁然可睹，讀者也先要把這座迷宮穿透。

It is no surprise then that Eliot has been accused of obscurity and pretentiousness.[4]

那麼，論者指他 [艾略特] 晦澀，指他虛張聲勢，[5] 也就不足為奇了。

3　Southam, 1。

4　Southam, 2。

5　英語 "pretentiousness"（名詞），一般英漢詞典譯「炫耀」，其實並不準確。"pretentious"（形容詞），谷歌 (Google) 網上詞典有很好的定義："attempting to impress by affecting greater importance, talent, culture, etc., than is actually possessed."（「為了給人深刻印象，設法充有地位、才華、文化等等而充過其實。」）從英語的定義可以看出，"pretentiousness" 不應譯「炫耀」；因為「炫耀」是為了給人深刻印象⋯⋯而故意展示已有的地位、才華、文化等等。「充」是以無充有，以寡充多，以弱充強⋯⋯；「炫耀」是以有炫有，以多炫多，以強炫強。窮人到處張羅，企圖擺闊，是「充」；富人在不該展示財富時展示財富，是「炫耀」。論者以 "pretentious" 一詞形容艾略特，是指艾略特「充」有學問。

在同一導言中，騷薩姆提到學者兼評論家F・W・貝森 (F. W. Bateson) 談艾略特的一篇文章——"T. S. Eliot: The Poetry of Pseudo-Learning"（《T・S・艾略特——偽學問詩作》）[6]。文章的第二段，先比較蒲柏 (Pope) 和艾略特的詩：

> The close parallel between Eliot's poetry and Pope's—as in a different way between that of Auden and Dryden—has often struck me. The verbal brilliance that Pope and Eliot share is accompanied in both by a similar uncertainty and occasional sheer clumsiness in the structure of their poems. Eliot bluffs his way out generally by an abrupt transition, but to the critical reader this defect is a serious and central one. The poems are all too often brilliant fragments only perfunctorily stitched together.[7]

> 艾略特的詩作和蒲柏的詩作很相類——就像奧登詩作和德萊頓詩作那樣相類，雖然相類的方式有別；這一相類，常常叫我矚目。蒲柏和艾略特的行文都高超；但在兩人的詩作中，行文高超的同時，作者對結構都有相類的胸無成竹，有時候根本是笨手笨腳。通常，艾略特靠突如其來的轉折裝腔作勢地脫身；但是在懂得判別的讀者看來，這一缺點是嚴重而又關鍵的缺點。他的詩作，在太多的情形下都只是草率縫綴起來的精彩碎片。[8]

6　Southam, 26。Bateson的文章發表於*Journal of General Education*, 1968, vol.20, no. i。

7　*Journal of General Education*, 1968, vol.20, no. i, page 13。

8　貝森一針見血，指出了艾略特詩作的致命傷。請注意，貝森是泛指，是總而言之；也就是說，這一缺點，不僅見諸《荒原》，也見諸其他詩作，如他的名作《J・阿爾弗雷德・普魯弗洛克的戀歌》、《聖灰星期三》、《四重奏四首》，儘管這一缺點在這些作品中出現時，嚴重的程度有別。貝森與理查茲、利維斯、布魯克斯不同：不會視艾略特明顯的缺點為優點；沒有像理查茲那樣，創造「意念音樂」(music of ideas) 一類術語替艾略特文過飾非（這點在第六章已經談過）。「他的詩作，在太多的情形下都只是草率縫綴起來的精彩碎片」一語，更是言簡意賅，準確地撮述了艾略特作品（尤其是《荒原》）中一個顯著的特徵。

然後評價兩人的學問：

It is tempting to connect with this general stylistic characteristic the
local stimulus that Pope and Eliot both appear to derive from moments
of learning, or rather pseudo-learning, whose shallowness constituted
both a challenge and a "danger."[9]

蒲柏和艾略特的作品，會不時展示學問──或者應該說偽學問；
這種偽學問的膚淺，既構成挑戰，也構成「危險」。蒲柏和艾略
特展示偽學問的俄頃，都似乎會從中獲得局部刺激。由於兩人的
整體風格在結構上都有胸無成竹這一特徵，論者會禁不住把兩種
現象連繫在一起考慮。

先談騷薩姆所說的第一段：

從來不曾有人──不管這人多有學問──說過，艾略特的詩易
讀。[……]

這段文字會誤導讀者，叫他們以為：就學問而言，艾略特舉世無雙，
是世界學壇的至尊；由於這緣故，無論多有學問的人，都攀不到艾略
特的學問高度；結果看不懂他的詩，不敢說「艾略特的詩易讀」。其
實，正如本書各章的論析證明，艾略特作品之所以難懂，並不是因為
作者／作品有學問，而是因為有其他緣故；這些緣故，與作者／作品
有沒有學問並不相干。以最難懂的《荒原》為例，讀者即使翻查並明
白了詩中的所有典故、外語……仍不會覺得作品可懂。也就是說，掌
握了艾略特作品中的「各種引文、各種典故」、「多種語言、多國文
學」，以至「廣博的 [……] 知識和學問」後，讀者仍不能說，他們已
讀懂艾略特的作品；就像多年前香港報章的讀者，雖然在語義層次上
明白大富豪向情人示愛的話是甚麼意思，卻不會知道 "THE ONE" 指

<hr />

9 *Journal of General Education*, 1968, vol.20, no. i, p. 13。

誰；就像龐德在語義層次上明白 "three white leopards" 和 "juniper-tree" 是甚麼意思，卻不會知道詩義所指。

艾略特會給人「學問淵博，淵博得嚇人」的感覺，有兩大原因。

首先，正如騷薩姆所言，他的作品有「各種引文、各種典故」，涉及「多種語言、多國文學」和「廣博的知識和學問（要了解詩作，讀者先要掌握這些知識和學問）。有時，引文和典故會成為詩語本身」。不過，正如不少論者所言，艾略特的許多引文、典故……都是二手資料；既然是二手資料，口耳相傳了一個世紀的「淵博學問」就要打個折扣了。[10] 其實，嵌入作品的即使是一手資料，也不能證明作者有學問；因為在作品中嵌入林林總總的引文、典故，是輕而易舉的事，不必有太多的學問；許多詩人沒有這樣做，是不為也，非不能也。為甚麼不為呢？因為他們知道，這樣增添裝飾，無異給作品安裝義拇、義指、義肢，只會破壞作品的藝術效果，並貽虛張聲勢之譏。

第二，艾略特寫評論時有一個癖習：喜歡杜撰新奇動人而又極富煽惑力的術語，然後以這些術語為審評作品的標準，為自己偏愛的作者「樹立」各種「優點」，也為自己偏惡的作者羅織各種缺點；談到這些「優點」時，會同時提及古今有類似「優點」的各國作家，古希臘的、古羅馬的、英國的、法國的、德國的、意大利的……盡入其彀；同時，艾略特舉例時，會直接引用古希臘文、拉丁文、法文、德文、意大利文……結果許多讀者看了，會自覺渺小，以為他有驚人的大視野，鑑賞的銳目能隨時橫掃全世界。實際的例子嗎？他的評論中多的是。在這裏，只須重複十分有名的一個。這個例子，第十章已經討論過；由於比較典型，在這裏不妨再度引用，並加以分析。他為赫伯特‧格里厄森 (Herbert J. C. Grierson) 所編的《十七世紀的玄學抒情小品和詩作——從德恩到勃特勒》(*Metaphysical Lyrics and Poems of the Seventeenth Century: Donne to Butler*) 寫書評時，杜撰了「心智型詩人」("intellectual poet") 和「沉思型詩人」("reflectvie poet") 兩個術

---

10 至於打多少折扣，下文會進一步申論。

語。前者用來褒赫伯特勛爵、查普門、德恩，後者用來貶坦尼森和布朗寧：

> 坦尼森和布朗寧都是詩人，而且都思考；但是他們感受自己的意念時不像嗅一朵玫瑰的香氣那麼直接。對於德恩，一個意念是一種經驗，會調整其感知官能。

這樣一褒一貶，欠缺判別力的讀者就會把艾略特用來洗腦的文字「照單全收」，覺得查普門、赫伯特勛爵、德恩等詩人，能坦尼森和布朗寧所不能；也就是說，「他們感受自己的意念時〔……〕像嗅一朵玫瑰的香氣那麼直接」。感受自己的意念時「直接」與「不直接」如何區別呢？我們怎能證明甲詩人「感受自己的意念時〔……〕像嗅一朵玫瑰的香氣那麼直接」，乙詩人「感受自己的意念時」不能「像嗅一朵玫瑰的香氣那麼直接」呢？一個詩人，又如何能夠「像嗅一朵玫瑰的香氣」那樣去「感受自己的意念」呢？艾略特沒有交代。這麼模稜、玄虛的理論，誰也不能驗證，誰也不能證明是對還是錯；沒有獨立思考能力或嚇得不敢質詢的讀者，迷迷糊糊中就會接受這模稜、玄虛的論點，並且廣為傳播，為提出玄虛論點的人製造滾雪球效應。當然，正如第十章分析後所得的結論，如果「感受自己的意念時」真能「像嗅一朵玫瑰的香氣」那樣，真正「嗅一朵玫瑰香氣」的反而是坦尼森、布朗寧而不是查普門、赫伯特勛爵或德恩。赫伯特·格里厄森編英國十七紀的玄學抒情小品和詩作，對推廣這類作品的功勞極大；他為這本詩選所寫的導言，既有創見，也有學問，其涉獵之廣、之深，一點也不假；立論時也有確鑿證據，叫讀者信服，不會像艾略特那樣遁入「玫瑰香氣」的玄虛，叫人無從捉摸。但結果呢，今日文學界說到推廣玄學詩的功臣時，絕大多數讀者只知有艾略特，不知有格里厄森。為甚麼會這樣不公平呢？因為艾略特的文字有格里厄森的文字所無的煽惑力。

　　寫了幾十年評論，艾略特拋出了數之不盡的作家名字；叫千千萬萬讀者肅然起敬，起敬的同時還驚佩其學問。至於對數之不盡的作家，艾略特是深入鑽研，還是認識膚淺呢，沒有人能夠全面而深入地調查。這樣一來，艾略特學問的底蘊就無從得知嗎？非也。誠然，誰也不會有時間、有精力逐一細研艾略特所提（請注意，是蜻蜓點水式的提）的作家，看看艾略特以橫掃一切的方式就這些作家信口發議論時有沒有根據，還是只知一二，甚至毫無所知，[11] 就像溜冰選手那樣在這些名字組成的溜冰場上率意滑行。不過，即使沒有足夠時間，沒有足夠精力，我們仍可以抽樣調查，從中推斷艾略特對他所提作家的認識程度有多深。數學家或統計學家有了兩點，就可以畫出一條直線，並且得知這條直線的指向。那麼，抽樣時該抽甚麼樣本呢？抽英語文學界的讀者、論者（包括艾略特）最應該熟悉（熟悉程度也應該最全面、最深入）的作家——穩坐英國文壇第一、二把交椅的莎士比亞和米爾頓。

　　這項抽樣調查，本書第十章已經完成。調查發現，艾略特對莎士比亞最著名的劇作《哈姆雷特》和米爾頓最著名的詩作《失樂園》認識粗疏。由於認識粗疏就輕率發表嘩眾取寵的「偉論」，結果多年後要曲線認錯。對莎翁和米爾頓的認識也不過如是，[12] 對成就和地位低

---

11 艾略特對普羅旺斯語一無所知，就有「勇氣」以普羅旺斯語為詩集的名字，結果出了大錯。這樣看來，他對某些作家所知不多，或毫無所知，就隨便拉他們的名字來為他的論點「作證」、撐場，也就大有可能了。關於這點，本書第十二章（《艾略特的外語》）會進一步討論。

12 本書第十章談艾略特惡評《哈姆雷特》時引用了詹金斯 (Harold Jenkins)、路易斯 (C. S. Lewis)、萊文 (Harry Levin) 對艾略特的評語。在三位莎學專家的心目中，艾略特的地位都不高。艾略特的詩作，動輒「饗」讀者以引言；引言中有他的外語，也有他的母語（英語）；但即使引用母語，他也會出錯，而且出錯於最不應該出錯的關鍵時刻。在《小老頭》一詩啟篇前，用艾略特評米爾頓、拜倫、葉慈……的刻薄口吻說，他的「引言癖」像菸癮那樣，又一次發作。這一回，他請來千禧大詩人莎士比亞《以牙還牙》(*Measure for Measure*) 第三幕第一場第三十三至三十四行來壯聲勢："Thou hast nor youth nor age / But as it were an after dinner sleep / Dreaming of both." 莎翁作品的正確版本是："Thou hast nor youth nor age, / But, as it were, an after-dinner's sleep, / Dreaming on both." 讀者只要比較一下兩個版本（艾略特版本和準確的權威版本），就知道艾略特有多粗疏。徵引莎翁短短的

於莎翁和米爾頓的作家鑽研到甚麼程度，就可以思過半矣。

艾略特對英語（他的第一語言）領域的作家中最卓越的兩位，認識都不夠深、不夠準，我們還可以進一步推斷：他對第二、第三、第四⋯⋯語言領域的作家，認識的程度不會高到哪裏去。[13] 因此，我們有理由懷疑，艾略特喜歡信口呼名，拋出的大量名字不一定是他的「財產」。是甚麼呢？是二手資料；是用來「充」、用來嚇唬讀者的道具。[14]

　三行也這樣出錯，他對莎翁──以至其他作家──的認識，以至他展露的全部學問，還能給讀者信心嗎？

13 例外當然有：艾略特對但丁和拉佛格的認識，應該比他對許多英、美作家的認識要深、要廣。

14 看了本書下一章（《艾略特的外語》），許多讀者大概會同意，筆者的推斷並非無的放矢。

第十二章
艾略特的外語[1]

　　衡量艾略特的外語之前，先交代他所受的外語教育以及與外語有關的經驗。

　　一八九八至一九〇五年，即十歲至十七歲期間，艾略特在聖路易斯市的斯密斯書院 (Smith Academy) 就讀。這所書院，是華盛頓大學 (Washington University) 的預科學校 (preparatory school)。在書院裏，艾略特讀拉丁文、希臘文、法文、德文。畢業後，他本可直接進哈佛大學，但父母把他送進麻薩諸塞州米爾頓鎮 (Milton) 的米爾頓書院 (Milton Academy)。一九〇六至一九〇九年，艾略特在哈佛肄業，獲文學士學位；一九一〇年獲碩士學位；一九一〇至一九一一年居於巴黎，在索邦 (Sorbonne) 大學就讀，並漫遊歐陸；一九一一年返回哈佛，唸博士課程，研究布雷德利 (F. H. Bradley) 的著作，同時也研究佛學和印度哲學。為了直接讀印度宗教的典籍，艾略特修習梵文和巴利文。之後，艾略特獲取獎學金，於一九一四年到牛津大學默頓學院 (Merton College) 就讀。往默頓學院前，他計劃先往德國大學城馬爾堡 (Marburg)，並在那裏修讀「一個暑期的哲學課程」("a summer programme in philosophy")；因第一次世界大戰爆發，計劃沒有實現，

1　外語知識，是學問的一部分；在第十一章沒有詳談，卻在這裏獨闢一章，是因為外語在艾略特的作品中特別觸目；提到艾略特，讀者就不期然想起其創作和評論中到處出現的外語引文；外語引文，是艾略特學問王國中最搶眼的旗幟。由於這緣故，本章專談艾略特的外語。

而要前往倫敦，再轉往牛津大學。在牛津大學默頓學院時，艾略特並不愉快，為期兩年的課程一年後結束。一九一五年夏，艾略特與維維恩‧海伍德結婚；一九一六年向哈佛繳交博士論文，獲哈佛接納，但由於沒有出席口試答辯而未能獲頒博士學位。[2]

從上述資料可以看到，艾略特的拉丁文、希臘文、德文是中學程度；法文起先是中學程度，一九一〇至一九一一年，有機會在巴黎索邦大學的法文環境浸淫；由於第一次世界大戰爆發，未能到德國讀暑期哲學課程。

艾略特在索邦時，曾聽柏格森的課，進修的科目即使不包括法語，在法語環境中，其法語也應該有進步。[3] 有一段時間，艾略特曾經考慮在法國定居。從這些資料看，英語（艾略特的第一語言）以外，詩人受法語薰陶的時間應該最長。

艾略特《詩歌全集——1909-1962》(*Collected Poem: 1909-1962*)中，有四首是法語作品：《經理》("Le Directeur")、《不倫大混雜》("Mélange Adultère de Tout")、《蜜月》("Lune de Miel")、《餐廳裏》("Dans le Restaurant")。能夠以法語創作，通常會叫讀者覺得，作者的法語高妙。但艾略特的四首法語詩，除了《餐廳裏》，其餘三首，比上法語課的學生繳交給老師的習作不會高明太多。[4] 說得直率些：三首作品，唸了兩三年法語的學生就可以寫了；寫完後經老師修改潤飾就可以發表。艾略特連這樣的作品也放進全集裏湊數，再次叫人覺得，他沒有資格笑拜倫敝帚自珍。

至於《餐廳裏》，免不了艾略特詩作中常見的缺點（結構零碎、割裂），[5] 但最後一節：

2　上述資料錄自網頁 "2007 Schools Wikipedia Selection", "T. S. Eliot" 條（多倫多時間二〇二一年八月八日下午一時登入）。

3　一九一〇至一九一一年間，艾略特有一部分時間花在歐陸漫遊；歐陸漫遊期間，除了在瑞士的法語地區，就不能算在法語環境中受法語薰陶了。

4　《蜜月》一詩，寫情侶度蜜月的狼狽相，諧謔中有機智，或者能多得幾分。

5　這結構上的缺點，在二十世紀現代浪潮席卷世界時變成了優點，成為劣詩人爭相

Phlébas, le Phénicien, pendant quinze jours noyé,

Oubliait les cris des mouettes et la houle de Cornouaille,

Et les profits et les pertes, et la cargaison d'étain:

Un courant de sous-mer l'emporta très loin,

Le repassant aux étapes de sa vie antérieure.

Figurez-vous donc, c'était un sort pénible;

Cependant, ce fut jadis un bel homme, de haute taille.

腓尼基人菲雷巴斯，⁶遇溺兩星期，⁷

忘了海鷗的叫聲和康沃爾起伏的海濤，

忘了利得、損失和一船錫礦：

大海的一股暗流把他捲得老遠，

把他帶回前生的各個階段。

試想想，這是可怕的結局呀——

然而，他昔日是個俊男，身材魁梧。

哲理深刻而不失詩的韻味，日後經修訂而成為《荒原》的《水殞》；因此不可以視為法語班學生的習作。

從上述論析，我們可以這樣說：法語大概是艾略特最強的外語。至於法語是他的第二語言還是第三、第四……語言，由於筆者不知道

仿效的對象、人云亦云的評論家爭相頌揚的現代詩商標。無條件捍衛艾略特的艾迷，當然又有話說了：「詩作寫餐廳裏不同的景象，結構應該是這樣的嘛；吹毛求疵的論者，是昧於現代精神；應該細讀現代詩代表作《荒原》以啟愚蒙。」這類論點，本書第六章已經駁斥過，在此不贅。

6　按照法語的發音規律或習慣，原文 "Phlébas" 的 "s"，一般不發音；不過這一名字由艾略特杜撰，在《荒原》的《水殞》中再出現，因此漢譯保留 "s" 的音值，"[-]bas" 譯「巴斯」而不譯「巴」。在《荒原》的《水殞》裏，"Phlebas" 的 "Phle[-]" 譯「菲利」（全名譯「菲利巴斯」）；在這裏，由於法語的 é 和英語的 e 發音不同，"[-]lé[-]" 譯「雷」，以傳遞法語原音（全名譯「菲雷巴斯」）。有關 "Phlebas" 的來源，參看《艾略特詩選》中《荒原‧水殞》的註釋。

7　原文 "quinze jours"，直譯是「十五天」，一般與英語的 "fortnight" 互譯；在這裏譯「兩星期」，是向《荒原》中的《水殞》看齊。

他學習外語的次序，也就無法為他的外語分先後了。

據上引資料，在斯密斯書院就讀時，艾略特沒有唸意大利語；他學習意大利語的時間，可能在拉丁文、希臘文、法文、德文之後。一個人的語言能力或造詣，一般按第一、第二、第三、第四……語言依次遞降；第二、第三、第四語言，通常不能勝過第一語言（母語）；但如果日後繼續苦修，把時間集中在第三、第四……語言之一，則該語言可以勝過第二語言。比如說，一個以英語為母語的人，先學法語，次學意大利語；那麼，按照常理，其法語應該勝過意大利語。但如果這個人後來苦修意大利語，接觸意大利語遠比接觸法語頻密，看意大利語作品也遠多於看法語作品，則這個人的意大利語（第三語言）大可以超越其法語。

說了這麼久，目的是要談艾略特的意大利語。

世界上對艾略特影響最深的詩人是意大利詩人但丁；在《但丁》一文中，艾略特拒絕為但丁和莎士比亞分高下；可是，但、莎同褒的一刻，艾略特已經不自覺地把但丁所坐的交椅放在較高的位置。再看艾略特的一些評語：

> 《天堂篇》並不單調；其變化不遜於任何詩作。整部《神曲》合而觀之呢，則只有莎士比亞的全部劇作堪與比擬。[……] 現代天下，由但丁和莎士比亞均分，再無第三者可以置喙。

但丁和莎士比亞均分了現代天下，按理是不分伯仲；但是，莎士比亞要寫三十多部戲劇，方能與但丁的《神曲》拉成平手；莎士比亞三十多部戲劇的篇幅是《神曲》的多少倍，讀者只要掂一掂兩位大詩人的全集，就心中有數了。莎翁寫三十多部戲劇所花的時間，是但丁寫《神曲》所花時間的多少倍，讀者翻查一下資料，然後統計一下，也會了然於胸。[8] 好了，在艾略特的評語中，但丁顯然高於莎翁。有哪

---

8 莎士比亞的三十七部戲劇，大約完成於一五九〇至一六一三年之間，需時二十三年；但丁的《神曲》，約於一三〇八年動筆，一三二〇年完成，需時十二年。

一位讀者仍然不相信筆者的話，就請他再聽艾略特評《神曲》的最後一章：

> 《天堂篇》末章，在我看來，是有史以來詩歌所臻的頂點；也可以說，在任何時候，詩歌所臻的極致。

艾略特寫了一輩子評論，從來不曾以這句高達最高天的評語讚莎士比亞。此外，他曾經這樣大貶莎翁最著名的戲劇：

> 《哈姆雷特》一劇，絕非莎士比亞的傑作，而是無可置疑的藝術敗筆。

相反，就筆者所知，艾略特寫了一輩子評論，從來沒有說過半句貶抑但丁的微詞；但丁，是艾略特至高無上的偶像，是完美無缺的上帝。[9]

對於這樣一位獨一無二的偶像，艾略特應該苦心——說「欣慰無比」會更準確——地鑽研《神曲》原文，涵泳在這部曠世偉著中。經過長期涵泳，他的意大利文應該有頗高的造詣；然而事實並不是這樣。首先，很基本的意大利文單詞，他也會解錯。先看《荒原》四一一至四一四行：

> *Dayadhvam*: I have heard the key
>
> Turn in the door once and turn once only
>
> We think of the key, each in his prison
>
> Thinking of the key, each confirms a prison
>
> *Dayadhvam*:[10] 我聽到鑰匙

---

9 《神曲》無疑是偉著，但不是完美無缺。比如說，《天堂篇》第二十四、二十五、二十六章寫聖彼得、聖雅各、聖約翰考問但丁的片段，花太多文字講基督教教義，未免枯燥。米爾頓的《失樂園》有類似缺點，而且比《神曲》的缺點嚴重：該詩第十一、十二卷安排大天使米迦勒根據《聖經》以敘述方式長篇大論向亞當預言未來，其枯燥程度遠超《天堂篇》第二十四、二十五、二十六章。

10 "*Dayadhvam*"，是妖魔對生主之言的詮釋，意為「同情」。"*Dayadhvam*" 一詞，艾略特譯 "sympathise"；也有譯者譯 "be compassionate"。

在門裏旋動了一次，也只有一次旋動

我們想念著鑰匙，人人都在牢獄內

想念著鑰匙，人人都證實有一個牢獄[11]

艾略特這樣自註四一一行 ("*Dayadhvam*: I have heard the key")：

Cf. *Inferno*, XXXIII, 46:

'ed io senti chiavar l'uscio di sotto

all' orribile torre.'

參看《地獄篇》第三十三章第四十六行：

我聽到凶堡樓下的出口之門

被人釘了起來。

在《地獄篇》第三十三章，烏戈利諾伯爵向旅人但丁敘述，他如何遭大主教魯吉耶里出賣，如何和兒孫（父子、祖孫五人）被囚禁在獄中活活餓死。[12] 到了地獄，烏戈利諾的頭顱狂咬魯吉耶里的頭顱。[13] 第三十三章四六—四七行，是烏戈利諾敘述中的兩行。

從艾略特的自註中，讀者可以看出，他錯解了 "chiavar"（「釘起來」／「鎖起來」／「關起來」），以為是「鑰匙」的意思。其實，意大利語的 "chiave" 才是「鑰匙」。驟看之下，"chiavar" 和 "chiave"

---

11 「我聽到鑰匙／在門裏旋動了一次……想念著鑰匙，人人都證實有一個牢獄」：原文 "I have heard the key / Turn in the door once... / Thinking of the key, each confirms a prison" (411-14)。這四行寫荒原的人（也是世人）活在自我的禁錮（詩中的「牢獄」）中，此刻終於聽到開鎖之匙；他們想念開鎖之匙，證實他們身在牢獄。開鎖之匙，在這裏象徵啟悟。這幾句以詩傳理，具體而深刻，也是《荒原》中的上乘佳句。（這一註釋錄自黃國彬譯註，《艾略特詩選1》。）

12 參看但丁著，黃國彬譯註，《神曲·地獄篇》第三十三章摘要（頁六一七），並參看第一三一一八行註釋（頁六二六一二八）。

13 參看但丁著，黃國彬譯註，《神曲·地獄篇》第三十二章一二四至一三九行（頁六〇八）。

相似，艾略特乃誤把馮京當馬涼[14]。艾略特這樣出錯，證明他的意大利語造詣不高。我們或可跟騷薩姆 (Southam) 一起為他開脫：他所讀的但丁《神曲》，是Temple Classics的意英對照版；錯的是艾略特所讀的版本，不是艾略特本人。初學意大語的人迫不及待，要看《神曲》原文；礙於意大利語程度不高，要借助意英對照版，完全無可厚非；但艾略特整理《荒原》詩稿時，已經發表《但丁》一文，受自己最敬愛、最迷醉的偶像薰陶多年，該早已告別意英對照，直接看權威的意大利文版本了；如果仍要靠意英對照才能讀《神曲》或撰寫《但丁》一文，其意大利語不會好到哪裏去。在《但丁》一文中，他說《神曲》易讀；看他把 "chiavar" 當作 "chiave"，我們可以說，對於艾略特，但丁的偉著並不易讀。

　　孤證不立；只舉一個例子，就說艾略特的意大利語不高明，也許有欠公允。那麼，就再舉一例吧。

　　《聖灰星期三》第一部分開頭三行：

> Because I do not hope to turn again
> Because I do not hope
> Because I do not hope to turn[15]

---

14 *chiavar (chiavare)* 的定義，參看Salvatore Battaglia, et al., eds., *Grande dizionario della lingua italiana*, III, 61；Tullio de Mauro, et al., eds., *Grande dizionario italiano dell'uso*, II, 19; Aldo Duro, et al., eds., *Vocabolario della lingua italiana*, I, 734; Vladimiro Macchi, et al., eds., *Dizionario delle lingue italiana e inglese*, Parte Prima: Italiano-Inglese, A-L, 224 。艾迷如要無條件捍衛艾略特，當然可以說：「『鎖起來』也得用『鑰匙』啊！艾公從『鎖』字聯想到『鑰匙』，也大有道理嘛！」不過這一說法十分牽強：但丁的原文明明是 "io sentii / senti' chiavar l'uscio di sotto / all' orribile torre"; 艾略特說："I have heard the key"，顯然把"chiavar"（「鎖起來」、「關起來」、「釘起來」）看成拼法相似的*chiave*（「鑰匙」）而貿然直譯。就詞源而言，*chiavar / chiavare* 衍生自*chiave*；也因為如此，意語水平不高的艾略特才會墮入陷阱。

15 到了第六部分，這三行以變奏形式再度出現：

> Although I do not hope to turn again

因為我不指望會再度回來

因為我不指望

因為我不指望回來

「因為我不指望會再度回來」("Because I do not hope to turn again")，
是意大利詩人圭多・卡瓦爾坎提 (Guido Cavalcanti, 1255-1300) 的《民
謠──流放於薩爾贊納》》("Ballata：In Exile at Sarzana") 一詩中開頭
的句子 ("Perch'io non spero di tornar già mai") 的英譯。卡瓦爾坎提寫
這首作品時，流放於薩爾贊納 (Sarzana)。作品共有四十六行，分為五
節，但丁・蓋比里厄爾・羅塞提 (Dante Gabriel Rossetti, 1828-1882，原
名 Gabriel Charles Dante Rossetti) 英譯的第一節如下：

Because I think not ever to return,

Ballad, to Tuscany, —

Go therefore thou for me

Straight to my lady's face,

Who, of her noble grace,

Shall show thee courtesy.[16]

Although I do not hope

Although I do not hope to turn

雖然我不指望會再度回來

雖然我不指望

雖然我不指望回來

16 卡瓦爾坎提原詩第一節如下：

Perch'i' [也作 "Perch'io"] non spero di tornar giammai [也作 "già mai"],

ballatetta, in Toscana,

va' tu, leggera e piana,

dritt' a la donna mia,

che per sua cortesia

ti farà molto onore.

民謠哇，因為我預料

民謠哇，因為我預料

永無重返托斯卡納之日，[17]

就請你代勞，此時

直趨我的淑女面前；

她呀，高貴雅嫻，

對你會溫煦懇摯。

羅塞提的英譯比艾略特的英譯準確，因為艾略特未能譯出 "già mai"
（「永無」）的強調語氣。在原詩中，意大利語的 "tornar"（*tornare*
的省音拼法）不是英語的 "turn"，而是英語的 "return"。卡瓦爾坎提流
放在外，自料重返托斯卡納無望，於是遣民謠代他向情人傳信。艾略
特誤認 "tornar" 為 "turn"，情形就像誤認 "chiavar" 為 "chiave" 一樣。
艾略特引用、翻譯簡單的意大利文也一再出錯或理解欠準，讀者大有
理由推斷，他的意大利文造詣不高。當然，這一弱點並不影響他的創
作；反而為他提供空間讓他的想像自由馳騁。Southam (223) 指出，
卡瓦爾坎提《民謠》的第一行，艾略特可能間接從龐德的 *Cavalcanti*

永無重返托斯卡納之日，

就請你代勞，此時

直趨我的淑女面前；

她呀，高貴雅嫻，

對你會十分尊敬。

羅塞提英譯的最後一行 ("Shall show thee courtesy")，為了與第二、三行押韻，意義
上與原詩的最後一行 ("ti farà molto onore") 稍有出入。在原詩裏，最後一行不與前面
五行中的任何一行押韻，筆者漢譯時不必像羅塞提那樣遷就韻腳，也不再譯羅塞提
的第五行，因此「對你會十分尊敬」要比「對你會溫煦懇摯」更接近原詩的意義。

17 英語 "Tuscany"，等於意大利語 "Toscana"（「托斯卡納」），是意大利著名
地區，面積二萬三千平方公里，人口三百八十萬，首府是名城 Firenze（徐志摩按
意大利語譯「翡冷翠」，也有譯者按英語 *Florence* 譯「佛羅倫斯」）。托斯卡納是
文藝復興的發祥地，有燦爛的歷史、文化；偉人輩出，其中包括但丁、達芬奇、
米凱蘭哲羅。英國文學界、藝術界的內行人聽到 "Tuscany" 或 "Tuscan"（「托斯卡
納人」）一詞會肅然起敬。

Poems（初版一九一二，修訂版一九二〇）的前言或同一作者的《嚴肅藝術家》("The Serious Artist") 一文（一九一三年發表於*The Egoist*）中看到；也就是說，艾略特引用的不是一手資料，證明Grover Smith的說法正確。[18]

　　艾略特原詩的 "turn"，也有浪子回頭，重返上帝那裏的意思。這一意思，上承《約珥書》第二章第十二―十三節："...turn ye even to me with all your heart, and with fasting, and with weeping, and with mourning: And rend your heart, and not your garments, and turn unto the Lord your God."（「[……] 你們應當禁食、哭泣、悲哀，／一心歸向我。／你們要撕裂心腸，不撕裂衣服，／歸向耶和華你們的　神[……]」）；同時也上承《耶利米哀歌》第五章第二十一節："Turn thou us unto thee, O Lord, and we shall be returned."（「耶和華啊，求你使我們向你回轉，／我們便得回轉……」）。安德魯斯一六〇九年的聖灰星期三佈道詞中提到 "turn away"、"turn again"；一六一九年聖灰星期三佈道時，再談到 "turn" 和 "return" 等意念。[19]

　　即使自註（請注意，是自註，是十分重要的一項工作）時抄書，他也會出錯。《荒原》自註第六十三行，有下列文字：

> Cf. Inferno III, 55-57:
>
> > si lunga tratta
>
> di gente, ch'io non averei creduto
>
> > che morte tanta n'avesse disfatta.

《神曲》引文中 "si lunga tratta" 中的 "si" 應該作 "sì"。意大利文中，"si" 和 "sì" 是兩個不同的詞語：前者沒有字母區別符（diacritical mark，也譯「變音符號」）；後者有字母區別符。前者是代名詞，有多種不同的用法：比如說，與反身動詞 (verbi riflessivi) 同用時，意為「他／她／他們……本人」，如 "si crede importante"（「他／她自以

---

18 關於這點，下文會有交代。

19 參看Southam, 223。

為 [他自己 / 她自己] 重要 / 了不起」)。有字母區別符的 "sì" 是副詞，等於英語的 *so*，漢語的「這麼」、「如此」。意大利語個別詞語用不用字母區別符，是學習意大利語時至為基本的知識；艾略特連這一基本知識也掌握不了或掌握不牢；其意大利語的程度有多高，讀者就可以輕易判斷了。[20]

艾略特的意大利語不濟，在他的一次演講中表現得最明顯。一九五〇年七月四日，[21] 艾略特六十一歲，在倫敦意大利學會 (the Italian Institute of London) 演講，題為《但丁對我的意義》("What Dante Means to Me")。[22] 轉入正題前，他先說下列一段開場白：

> May I explain first why I have chosen, not to deliver a lecture about Dante, but to talk informally about his influence upon myself? What might appear egotism, in doing this, I present as modesty; and the modesty which it pretends to be is merely prudence. I am in no way a Dante scholar; and my general knowledge of Italian is such, that on

---

20 艾略特 *si*、*sì* 不分的例子，在他的著作裏出現了不止一次（在此難以一一羅列），證明其舛訛不是打字之誤 (typographical error) 或手民之誤，而是意大利語程度不高的反映。*si* 和 *sì* 的用法，較具規模的意大利語詞典（如Collins版；上述例子就引自網上 *Collins Italian-English Dictionary*）都會詳細解釋。在此不贅。艾略特《荒原》的自註中，涉及意大利文（即《神曲》原文）的共有四條。叫人吃驚的是：四條註釋竟全部出錯，也就是說，全軍盡墨。"sì" 變成 "si"，是第一例。其餘三例是："pianto"（「啜泣」）變成了 "piante"（「植物」）（第六十四行自註）；"Siena mi fé" 變成了 "Siena mi fe'"（第二九三行自註）；"sentii / senti'" 變成了 "senti"（第四一一行自註）。即使其著名論文《但丁》("Dante")，徵引《神曲》時同樣有舛訛。艾略特的全集雖然收錄了四首法文詩，但是就筆者幾十年的讀艾印象而言，世紀詩人賣弄得最頻的外語並不是法語，而是意大利語；換言之，意大利語是艾略特的「招牌外語」；「招牌外語」尚且如此，其餘外語還能不「自鄶以下」？

21 艾略特於一八八八年九月二十六日出生；演講時（一九五〇年七月四日）還未滿六十二歲。

22 這篇講稿，後來收錄於艾略特評論集《批評批評家及其他評論》(*To Criticize the Critic and Other Writings*) 一書（頁一二五—一三五）。

this occasion, out of respect to the audience and to Dante himself, I shall refrain from quoting him in Italian. And I do not feel that I have anything more to contribute, on the subject of Dante's poetry, than I put, years ago, into a brief essay. As I explained in the original preface to that essay, I read Dante only with a prose translation beside the text. Forty years ago I began to puzzle out the *Divine Comedy* in this way; and when I thought I had grasped the meaning of a passage which especially delighted me, I committed it to memory; so that, for some years, I was able to recite a large part of one canto or another to myself, lying in bed or on a railway journey. Heaven knows what it would have sounded like, had I recited it aloud; but it was by this means that I steeped myself in Dante's poetry.

首先容我解釋，我為甚麼不選擇發表一篇談但丁的演講，而選擇漫談但丁對我個人的影響。這樣做看似自大；於我而言，卻是謙虛之舉；而自以為謙虛，其實只是謹慎。本人絕非但丁學者；而我對意大利語的籠統認識，水平不過爾爾，因此在這個場合，為了對在座各位和但丁本人表示尊敬，我會避免用意大利語徵引、朗讀但丁的作品。多年前，就但丁詩歌這一題目，我已經把個人的想法寫成短文一篇；就同一題目，我覺得再沒有甚麼值得補充。正如我在該文的原序所說，我當年讀但丁，只能靠散文翻譯和原文對照。四十年前，我就是這樣苦苦揣摩閱讀《神曲》的。叫我特別喜歡的某一段，當我認為已掌握其意義，就會把它記在心中；結果有好幾年，臥在床上或乘坐火車時，我能把詩中某一章的大部分默默背誦。——如果出聲朗誦，天曉得會像甚麼；不過我就是以這一方式在但丁詩作中浸淫的。

這段自白，有好幾點值得注意。首先，艾略說「為了對 [聽眾] 和但丁本人表示尊敬」，他演講時「避免用意大利語徵引、朗讀但丁的作品」，叫人感到奇怪。艾略特在意大利學會演講，聽眾中大概有不少意大利人、意大利語專家、意大利文學學者；面對意大利人講意大利第一偉著，說意大利語，用意大利語徵引、朗讀但丁的作品，是尊敬在場聽眾和但丁本人的最佳表現；艾略特卻說，不用意大利語徵引、朗讀但丁的作品才算尊敬聽眾和但丁本人；這一看法與大眾的看法大相逕庭。為了把問題說清楚，在此不妨舉些實例。法國人聽英國學者講雨果，舉例時直接說法語，法國人會感到親切，覺得這位學者有禮貌，既尊敬法語和法國文化，也尊敬法國作家雨果；英國人聽法國學者講莎士比亞，舉例時直接說英語，英國聽眾同樣會感到親切，覺得這位學者既尊敬英語和英國文化，也尊敬英國作家莎士比亞。筆者本人，出席過不少國際學術會議，在意大利學者面前直接以意大利語徵引、朗讀但丁的作品，在德國學者面前直接以德語徵引、朗讀歌德的作品；在法國學者面前直接以法語徵引、朗讀沙克・普黑維赫 (Jacques Prévert) 的作品[23] ……從來沒有人認為筆者這樣做對意大利學者、德國學者、法國學者、但丁、歌德、普黑維赫不敬；而筆者本身只覺得這樣做既是禮貌，也是尊敬意大利人、德國人、法國人、意大利作家、德國作家、法國作家的表現。換一個角度看：在國際學術會議上，筆者聽到非漢語學者宣讀論文時以漢語引述《詠懷古跡》，會對這位學者產生好感，覺得他尊敬漢語，尊敬杜甫，也尊敬在座以漢語為母語的出席者。一位來自北京、說漂亮普通話的同事，在十多位香港同事間暫時不說普通話而主動說香港話，香港同事也會有同樣的感覺；反之，某人從中原來港，成為香港永久居民二三十年了，仍不屑學、不屑說一句香港話，香港人會覺得這個人愚昧傲慢，眼光淺窄，胸襟狹隘，挾大中原主義的優越感以自重，瞧不起香港話和香港人。艾略特不用意大利語徵引、朗讀但丁的作品而遁入詭辯領域，說這樣做是為了對意大利人、意大利語專家、意大利文學學者和但丁本人表示尊敬，真正的原因應該是，他的意大利語並不靈光；但礙於面

---

23 Jacques Prévert (1900-1977)，又譯「雅克・普萊維爾」、「賈克・普維」、「裴外」。這位詩人的名字有多種譯法，主要因為漢語沒有音節能準確傳遞原文發音，結果眾譯者只能「各出奇謀」，粗略地傳遞原音。

子，不能放下身段，老老實實地說句「獻醜不如藏拙」；結果只好言不由衷，兜圈子為自己打圓場。第二，艾略特說四十年前，要靠散文翻譯和意大利文原著對照讀《神曲》；過了四十年，仍不敢在意大利人面前說意大利語；可見他的意大利語沒有甚麼進步。第三，艾略特一輩子講但丁，讚但丁，引但丁；寫詩時一再賣弄意大利文，連題目也藉意大利文來炫耀，來唬人；[24] 到了關鍵時刻，置身於最沒有「炫耀」之嫌、最應該唸誦意大利文的場合卻突然退縮；一向以為他的意大利語了得的讀者，一定大失所望；甚至覺得他的意大利語、意大利語引文只配拿來嚇唬不懂意大利語的讀者以盜名欺世。情形就像初學空手道的年輕人，在武館上了不過兩三堂課，就在升降機裏當眾以右拳啪啪猛捶自己的左掌，向人炫耀剛學到的有限武功；遇到應該展示武功的緊要關頭卻突然怯場而逃之夭夭。一九五〇年代的香港，能夠說流利英語的華人不多。某些粗懂一兩句英語的華人，懷著自賜的優越感，喜歡在同胞面前炫耀——應該說「虛張聲勢」，拋出半通不通的英語單詞、片語或句子，自以為高人一等；碰到英國人，卻膽怯得全面緘口。這樣的人，當年有這樣的一句香港話來形容：「見到唐人（即華人）講番話；見到老番口啞啞。」[25] 艾略特在意大利學會講但丁對他的影響時不敢說意大利語，證明他「見到英人說意話；見到意人口啞啞」。其實，在任何一種外語中用功浸淫四五年，在學術會議

---

24 艾略特有 "La Figlia Che Piange"（《哭泣的女兒》）一詩（見 T. S. Eliot, *Collected Poems: 1909-1962*，頁三十六），以意大利文為題目；他的《聖灰星期三》(Ash-Wednesday") 第一部分，一九二八年單獨發表時，題目是意大利文 "Perch'io Non Spero"（《因為我不指望》）；第四、第五部分的題目，也曾經是意大利文：分別為 "Vestita di Color di Fiamma"（《穿火焰 色的衣服》）、"La Sua Volontade"《他的意志》）。僅看這幾個題目，就知道艾略特如何酷愛賣弄了。參看 Southam, 261-62。

25 「老番」，指洋人，香港話也叫「西人」。上世紀五十年代或早於五十年代，香港人說到「老番」或「紅鬚綠眼」時，一般指英國人。後來，舉凡洋人，香港人都稱為「鬼佬」；幽默、豁達的洋人也往往自稱「鬼佬」("gwai lo")，不介意「與鬼同列」。

上宣讀一篇以該種外語寫成的論文，並不算太難；至於舉例時在一群以該外語為母語的學者面前直接以該外語朗誦，更易如反掌，沒有怯場的必要。艾略特怯場，證明他的意大利語是花拳繡腿；是岸邊之魚，不能過江。[26]

　　在二十世紀的世界詩壇，艾略特大概是最喜歡以外語（即英語以外的語言）嵌入詩作或以外語為詩作引言 (epigraph) 的詩人了。他嵌入《荒原》的外語是得是失，本書第六章已經討論過；在這裏要談的，是作品的引言。艾略特詩集裏涉及外語引言的作品有：《J·阿爾弗雷德·普魯弗洛克的戀歌》("The Love Song of J. Alfred Prufrock")、《阿波林耐思先生》("Mr. Apollinax")、《哭泣的女兒》("La Figlia Che Piange")（題目也用意大利語）、《捧著導遊手冊的伯班克：叼著雪茄的布萊斯坦》("Burbank with a Baedeker: Bleistein with a Cigar")、《在煮的雞蛋》("A Cooking Egg")、《夜鶯之間的斯威尼》("Sweeney

---

26 四十多年前，筆者教艾略特的《荒原》時，曾找來艾略特和其他人朗誦該詩的錄音和唱片；聽後覺得，艾略特的口齒不算十分伶俐；無論發音、抑揚、緩急、輕重，都比不上羅伯特·斯佩特 (Robert Speaight)。英語的 p (/p/)、t (/t/)，艾略特分別唸成 /b/、/d/，送氣 (aspirated) 輔音變成了不送氣 (unaspirated) 輔音（筆者聽到的是 /b/、/d/ 而不是 /p/、/t/，也可能錄音效果不佳，扭曲了艾略特的發音）；法語的 r (/R/)、德語 "echt deutsch"（《荒原》第十二行）中的 "echt" (/ɛçt/) 也唸得不準確。同樣，唸 *Le Prince d'Aquitaine à la tour abolie*（《荒原》四二九行）時，"Aquitaine" 唸成了 /ˌækwɪˈteɪn/（英語發音），而不是 /akitɛn/（法語發音 (/ɛ/ 也可以鼻音化，其上加鼻音化符號 "~")）。整句引文是法語，唸 "Aquitaine" 應該以法語發音為準，一如引文中的 "Prince" 要以法語發音為準；換言之，艾略特不應把法語英語化。艾略特唸 "Prince" 時以法語發音，沒有唸成英語，證明他知道這一基本原則，卻不知道 "Aquitaine" 該唸 /akitɛn/（也許知道，只是唸得不準確）。當然，艾略特既然是《荒原》的作者，他本人的朗誦自然最珍貴，也最具權威，是《荒原》朗誦版本中的「欽定本」；但是唸但丁、波德萊爾、瓦格納的作品時，就沒有這種優勢了。儘管如此，讀他的作品（尤其是《J·阿爾弗雷德·普魯弗洛克的戀歌》、《荒原》、《四重奏四首》）時，讀者會發覺，他腦中有精確的節奏感。撰寫本章時，筆者藉YouTube重聽艾略特朗誦自己的作品，除了《荒原》，還聽他朗誦《四重奏四首》，發覺四十多年前的印象沒有錯。若論發音的精確度，艾略特既比不上羅伯特·斯佩特，也比不上阿歷克·格尼斯 (Alec Guinness)。

Among the Nightingales")、《荒原》(*The Waste Land*)、《遊艇碼頭》("Marina")、《焚毀的諾頓》("Burnt Norton")。

　　規格謹嚴的比較文學論文，舉證時應該按作者的外語能力儘量引用原文，否則難以把信息高度傳真，結論的說服力也會打折扣。[27] 例如談到荷馬《伊利昂紀》第四卷四二二—四三八行天風海雨般的史詩比喻（epic simile），[28] 在英文論文中舉證時固然可以徵引英文翻譯：

As when on a sounding beach the swell of the sea beats, wave after wave, before the driving of the West Wind; out on the deep at the first is it gathered in a crest, but thereafter is broken upon the land and thundereth aloud, and round about the headlands it swelleth and reareth its head, and speweth forth the salt brine: even in such wise on that day did the battalions of the Danaans move, rank after rank, without cease, into battle; and each captain gave charge to his own men, and the rest marched on in silence; thou wouldst not have deemed that they that followed in such multitudes had any voice in their breasts, all silent as they were through fear of their commanders; and on every man flashed the inlaid armour wherewith they went clad. But for the Trojans, even as ewes stand in throngs past counting in the court of a man of much substance to be milked of their white milk, and bleat without ceasing as they hear the voices of their lambs: even so arose the clamour of the Trojans throughout the wide host; for they had not all like speech or one language, but their tongues were mingled, and they were a folk summoned from many lands. [29]

---

27 有些大學的比較文學系，錄取研究生時要求申請人通過三四種外語測試，目的就是要他們閱讀文學作品時閱讀原文，寫論文舉證時也徵引原文。

28 嚴格說來，*simile* 是明喻，*metaphor* 是隱喻；不過在 *epic simile* 一語中 *simile* 指比喻或比喻語言 (figurative language) 的修辭法，已經進入廣義範圍，因此不應按狹義解釋硬譯為「明喻」。

29 Homer, Ιλιάς [*The Iliad*], trans., A. T. Murray, 2 vols., The Loeb Classical Library 170,

上述英譯，描寫希臘和特洛亞軍隊分別受智慧女神雅典娜和戰神阿瑞斯驅使，雙方都弓上弦，劍出鞘，頃刻間就要展開大戰。荷馬把希臘軍隊喻為大海的巨浪，把特洛亞軍隊喻為羊群，語語是不朽史詩的當行本色。[30] 英譯出自默里 (A. T. Murray) 的手筆，既能緊隨原文，有需要時又能靈活變通，是筆者讀過的最傳神的《伊利昂紀》英譯之一，勝過十八世紀英國詩人亞歷山大・蒲柏 (Alexander Pope) 和二十世紀英國詩人羅伯特・格雷夫斯 (Robert Graves) 的譯本，與里烏 (E. V. Rieu) 的譯本不相伯仲。[31]

但是要避免翻譯的折射，要傳遞荷馬的全部信息和神韻，就必須徵引原文：

> Ὡς δ᾽ ὅτ᾽ ἐν αἰγιαλῷ πολυηχέϊ κῦμα θαλάσσης
> ὄρνυτ᾽ ἐπασσύτερον Ζεφύρου ὕπο κινήσαντος·
> πόντῳ μέν τε πρῶτα κορύσσεται, αὐτὰρ ἔπειτα
> χέρσῳ ῥηγνύμενον μεγάλα βρέμει, ἀμφὶ δέ τ᾽ ἄκρας

171, ed. G. P. Goold (Cambridge, Massachusetts: Harvard University Press, 1924-1925), Vol. 1, 185。

30 這類描寫，天風海雨，波瀾壯闊，與米爾頓《失樂園》中的許多片段相類。我們甚至可以說，喜歡《伊利昂紀》的讀者，也應該喜歡《失樂園》；喜歡《失樂園》的讀者，也應該喜歡《伊利昂紀》。艾略特在《米爾頓（之二）》為大詩人「平反」時，沒有提到米爾頓天風海雨、波瀾壯闊的特色，而是顧左右而言他，只談米爾頓的一些次要優點；就像攀登崑崙的旅人，下山後大談山中的兔子跑得多可愛，崑崙的磅礴、巍峨卻絕口不提。就《米爾頓（之二）》判斷，艾略特似乎不能進入米爾頓主要優點的頻率。艾略特寫了幾十年評論，也從未表示過對荷馬的類似優點表示欣賞。所以如此，大概不出下列原因：第一，他不喜歡這類文字，但懾於荷馬的地位和威名，又不敢發射詆譭之箭，像他在《米爾頓（之一）》以詆譭之箭狂射米爾頓那樣；第二，由於不喜歡天風海雨、波瀾壯闊的風格，他根本沒有從頭至尾細讀過《伊利昂紀》（包括原文和英譯）。

31 筆者有英文論文比較、分析蒲柏和其他譯者的《伊利昂紀》譯本，可參看。見 "Chanelling the Amazon into a Canal: Pope's Translation of Homer's *Iliad*", in *Thus Burst Hippocrene: Studies in the Olympian Imagination* (Newcastle upon Tyne: Cambridge Scholars Publishing, 2018), 350-413。

κυρτὸν ἐὸν κορυφοῦται, ἀποπτύει δ᾽ ἁλὸς ἄχνην·
ὣς τότ᾽ ἐπασσύτεραι Δαναῶν κίνυντο φάλαγγες
νωλεμέως πόλεμόνδε· κέλευε δὲ οἷσιν ἕκαστος
ἡγεμόνων· οἱ δ᾽ ἄλλοι ἀκὴν ἴσαν, οὐδέ κε φαίης
τόσσον λαὸν ἕπεσθαι ἔχοντ᾽ ἐν στήθεσιν αὐδήν,
σιγῇ δειδιότες σημάντορας· ἀμφὶ δὲ πᾶσι
τεύχεα ποικίλ᾽ ἔλαμπε, τὰ εἱμένοι ἐστιχόωντο.
Τρῶες δ᾽, ὥς τ᾽ ὄϊες πολυπάμονος ἀνδρὸς ἐν αὐλῇ
μυρίαι ἑστήκασιν ἀμελγόμεναι γάλα λευκόν,
αζηχὲς μεμακυῖαι ἀκούουσαι ὄπα ἀρνῶν,
ὣς Τρώων ἀλαλητὸς ἀνὰ στρατὸν εὐρὺν ὀρώρει·
οὐ γὰρ πάντων ἦεν ὁμὸς θρόος οὐδ᾽ ἴα γῆρυς,
ἀλλὰ γλῶσσ᾽ ἐμέμικτο, πολύκλητοι δ᾽ ἔσαν ἄνδρες.
(*Iliad*, Book 4, ll. 422-38)[32]

僅看原文第一、二行及其英譯，讀者就會發覺，原文有默里譯不出的音聲和聯想。第一行的 "θαλάσσης"（「大海的」，θάλασσα的屬格），英譯是 "of the sea"；語義是譯出了，但是英語單音節的 "sea" 短促而微弱，無從譯出原文三個音節把大海氣勢加強並延長的語音效果，也無從譯出逼真的擬聲："θαλάσσης" 的希臘語發音，叫讀者聽到浪濤的起伏、捲湧、下塌；這一擬聲效果，一進入英語世界，馬上蕩然無存。由於兩種語言的語音系統有別，要譯出原文的擬聲效果，有時既要靠譯者的靈巧，也要靠飄忽莫測的運氣。即使高手，面對這樣的挑戰，有時也束手無策。因此，英譯本的讀者，完全不能怪默

---

32 Homer, Ἰλιάς [*The Iliad*], trans., A. T. Murray, 2 vols., The Loeb Classical Library 170, 171, ed. G. P. Goold (Cambridge, Massachusetts: Harvard University Press, 1924-1925), Vol. 1, 184。筆者有英文論文討論荷馬的史詩比喻。參看 "Homer as a Point of Departure: Epic Similes in *The Divine Comedy*", 見 *Thus Burst Hippocrene: Studies in the Olympian Imagination* (Newcastle upon Tyne: Cambridge Scholars Publishing, 2018), 75-133。該書七七—八〇頁，討論了這裏所引的史詩比喻。

里。默里以 "of the West Wind" 譯原文的 "Ζεφύρου"（Ζέφυρος 的屬格），同樣叫讀者覺得，翻譯無從取代原文。Ζέφυρος 是希臘神話中的西風之神，是彩虹女神伊麗絲的丈夫，誘拐柯蘿麗絲後讓她掌管百花，又是阿喀琉斯兩匹神駿的父親，在原文出現時會引起許多聯想；把 "Ζεφύρου" 譯為 "of the West Wind"（儘管 "West Wind" 中的 "W" 是大寫，有點擬人性質），原文的聯想就消失了。當然，默里也可以把 "Ζεφύρου" 譯為 "of Zephyr"，但這一英譯有點做作，不若 "of the West Wind" 在英文語境或希臘原文在希臘文語境中那麼自然。

那麼，漢語和英語比較又孰優孰劣呢？回答這一問題前，筆者先把默里版漢譯如下：

> 情形就像喧鬧的海灘上，海濤翻湧下塌，巨浪接著巨浪在西風的驅策下推進；在外面的深淼，海濤首先會堆成浪峰，但之後就覆落陸地迸碎而訇訇雷鳴；在海岬的另一邊，海濤則向上掀起，兀然昂首間滔滔噴吐出鹽水。當天，希臘的軍隊正是這樣，一列接一列源源不絕地前邁出擊。每一縱隊的指揮向本隊士兵發號施令，士兵則無聲向前挺進；叫人覺得，如此浩蕩、跟隨在後的大軍，胸中再沒有半點聲音；士兵全部肅靜，都叫他們的首領震慴；前進時，每個士兵身上所披的鑲嵌盔甲都霍霍閃耀。但是，特洛亞戰士呢，則像一群群母羊，數之不盡，在富戶的庭院佇立著，等待擠奶者擠取他們的白色乳汁；聽到小羊的聲音就咩咩叫個不停。特洛亞士兵的喧囂正是這樣揚起，響遍廣闊的戰陣；因為，他們並不是全部操同一口音，說同一語言；他們眾語混雜，是服從召集從許多地域來赴的隊伍。

英譯的弱點，筆者的漢譯也難以避免。比如說，荷馬原文 "θαλάσσης"（「大海的」）的擬聲效果、"Ζεφύρου"（「秋風之神的」）的神話聯想，漢語也譯不出。與英譯比較，漢譯還有難以克服的困難：由於漢語在句法上大異於歐洲語言，希臘語和英語蓄勢待發、像過山車那樣一級一級的上爬而凝聚的巨大張力，漢語不能夠保留。在一篇題為 "Homer as a Point of Departure: Epic Similes in *The Divine Comedy*" 的英語論文中，[33] 筆者這樣提到荷馬：

Once he switches to "Εὖτ'…ὥς ἄρα…" (*Iliad*, Book 3, ll. 10-13) ("Even as…even in such wise…"), "ὥς τε…ὥς…" (*Iliad*, Book 3, ll. 23-27) ("then even as…even so…"), "'Ωs δ' ὅτ'…ὥς τότ'…" (*Iliad*, Book 4, ll. 422-27) ("As when...even in such wise..."), "ὡs δ'…ὥs τότ'…" (*Iliad*, Book 5, ll. 499-502) ("And even as…even so now…"), "Οἵη δ'…τοῖος" (*Iliad*, Book 5, ll. 864-66) ("Even as…even in such wise…"), "οἷος δ'…ὥs…" (*Iliad*, Book 11, ll. 62-64) ("Even as…even so"), which are formulas for the epic simile, the reader immediately knows that the narrative has gone into slow-motion mode.

"Εὖτ'…ὥs ἄρα…" (*Iliad*, Book 3, ll. 10-13) ("Even as…even in such wise…"「正如⋯⋯也正以這一方式⋯⋯」), "ὥs τε…ὥs…" (*Iliad*, Book 3, ll. 23-27) ("then even as…even so…"「之後，正如⋯⋯也正是這樣⋯⋯」), "'Ωs δ' ὅτ'…ὥs τότ'…" (*Iliad*, Book 4, ll. 422-27) ("As when...even in such wise..."「就像⋯⋯之時⋯⋯也正以同樣方式⋯⋯」), "ὡs δ'…ὥs τότ'…" (*Iliad*, Book 5, ll. 499-502) ("And even as…even so now…"「而正如⋯⋯此刻也正是這樣⋯⋯」), "Οἵη δ'…τοῖος…" (*Iliad*, Book 5, ll. 864-66) ("Even as…even in such wise…"「正如⋯⋯也正是這樣⋯⋯」), "οἷος δ'…ὥs…" (*Iliad*, Book 11, ll. 62-64) ("Even as…even so…"「正如⋯⋯也正是這樣⋯⋯」),[34] 是用來引發史詩比喻的公式；荷馬一轉入這些公

---

33 見Laurence K. P. Wong, *Thus Burst Hippocrene: Studies in the Olympian Imagination* (Newcastle upon Tyne: Cambridge Scholars Publishing, 2018), 75-133。

34 希臘文、英語、漢語的公式，從語境中抽出來孤立引述，讀者不容易掌握其意義；要明白這些公式在《伊利昂紀》中如何運作，必須把它們放進有關語境中細看。把《伊利昂紀》的有關語段落譯成漢語，句法和詞序會有大幅度的調整；在調整過程中，漢譯公式會與這裏的孤立直譯有很大的分別。讀者只要看看筆者如

式，讀者就立刻知道，詩的敘事速度進入了慢動作模式。

上述引文，主要談荷馬史詩比喻的速度變化。在這裏也可以用來說明歐洲語言和漢語的一大分別。"Εὖτ᾽…ὣς ἄρα…" ("Even as…even in such wise…"「正如……也正以這一方式……」), "ὥς τε…ὥς…" ("then even as…even so…"「之後，正如……也正是這樣……」), "'Ὣς δ᾽ ὅτ᾽…ὣς τότ᾽…" ("As when…even in such wise…"「就像……之時……也正以同樣方式…」), "ὡς δ᾽…ὡς τότ᾽…" ("And even as…even so now…"「而正如……此刻也正是這樣……」), "Οἵη δ᾽…τοῖος…" ("Even as…even in such wise…"「正如……也正是這樣……」), "οἷος δ᾽…ὣς…"("Even as…even so…"「正如……也正是這樣……」)，是修辭學中的喻詞加上其他詞語（如連詞）；這些「信號」中的任何一個在詩中出現，隨著而來的必定是佔極大篇幅的描寫（即喻體，台灣和香港叫「喻依」）；佔極大篇幅的描寫結束，主體（台灣和香港叫「喻體」）才出現。荷馬的希臘文喻詞，英語和漢語都有對應。荷馬用來引發喻體的「公式」，英語可以輕易譯成 "Even as…even in such wise…"、"then even as…even so…"、"As when…even in such wise…"、"And even as…even so now…"、"Even as…even in such wise…"、"Even as…even so" 來應付；至於漢語，也有「像」、「好像」、「似」、「好似」、「如」、「一如」、「猶如」、「彷彿」、「恍如」等等與希臘語和英語的喻詞對應。但是，漢語由於句法的局限，喻詞出現後，喻體不能延伸得太長。希臘語就不同了；請看荷馬的絕技：史詩比喻的「公式」"'Ὣς δ᾽ ὅτ᾽"（「就像……之時」）出現後，緊隨而來的是：

ἐν αἰγιαλῷ πολυηχέϊ κῦμα θαλάσσης
ὄρνυτ᾽ ἐπασσύτερον Ζεφύρου ὕπο κινήσαντος·

何漢譯默里的英語引文，並且把英語引文和漢譯對照，就會發現，英語公式進了漢語世界，會變成甚麼樣子；希臘文公式進了漢語世界，同樣會「面目全非」。

πόντῳ μέν τε πρῶτα κορύσσεται, αὐτὰρ ἔπειτα

χέρσῳ ῥηγνύμενον μεγάλα βρέμει, ἀμφὶ δέ τ᾿ ἄκρας

κυρτὸν ἐὸν κορυφοῦται, ἀποπτύει δ᾿ ἁλὸς ἄχνην·

默里的英譯，與荷馬的原文旗鼓相當；喻詞 "As" 和連詞 "when" 之後，緊隨而來的同樣是叫讀者透不過氣的超長喻體：

on a sounding beach the swell of the sea beats, wave after wave, before the driving of the West Wind; out on the deep at the first is it gathered in a crest, but thereafter is broken upon the land and thundereth aloud, and round about the headlands it swelleth and reareth its head, and speweth forth the salt brine:

在原文和英譯中，喻體一出現，張力就開始增加，增加到讀者透不過氣的剎那，本體才排山倒海覆落他們的意識；又像過山車升到最高處突然雷轟電擊以九十度直角撞向地心：

ὣς τότ᾿ ἐπασσύτεραι Δαναῶν κίνυντο φάλαγγες

νωλεμέως πόλεμόνδε· […]

even in such wise on that day did the battalions of the Danaans move, rank after rank, without cease, into battle […]

當天，希臘的軍隊正是這樣，一列接一列源源不絕地前邁出擊。[……]

這樣的結構，其他歐洲語言（如意大利語、法語、德語、西班牙語、拉丁語）都能從容應付。屬於另一語系（漢藏語系）的漢語卻大不相同。由於漢語的先天局限，筆者處理超長喻體時要把歐語的超長從句 (subordinate clause) 拆散；超長從句一散，張力就蕩然無存。面對希臘語／英語一氣呵成的句法時，漢語譯者會束手無策。漢語氣短，喻詞（「像」、「如」、「彷彿」……）後容納從句的空間極小；歐語氣長，喻詞後容納從句的空間極大；氣短的漢語，怎能招架氣長的希臘語呢？

從上述例子和討論可以看出，要高度傳真，學術論文舉證時應盡量徵引原文。創作散文呢，原文可引可不引；不過附加原文，懂原文的讀者看了會產生共振；有時甚至與作者「相視而笑，莫逆於心」。

至於為作品弁首的引言，如艾略特作品中出現的那些，則要看所引是恰到好處還是用處不大，還是毫無用處。《荒原》啟篇前，艾略特先引下列一段文字：

> 'Nam Sibyllam quidem Cumis ego ipse oculis meis
> vidi in ampulla pendere, et cum illi pueri dicerent:
> Σίβυλλα τί θέλεις; respondebat illa: ἀποθανεῖν θέλω.'[35]

由於引言與正文互彰，預示荒原的居民生不如死這一主題，即使拉丁文和希臘文同時出現，也用得其所，誰也不該說艾略特賣弄或虛張聲勢。

同樣，《J·阿爾弗雷德·普魯弗洛克的戀歌》啟篇前，艾略特以

---

35 這段引言出自古羅馬作家佩特羅紐斯 (Gaius Petronius Arbiter, *c.* 27-66 A. D.) 的《薩提里孔》(*Satyricon*)。說話者是羅馬的一個自由民 (freedman) 特里馬爾克基奧 (Trimalchio)；受話者是庫邁 (Cumae) 的女巫西比拉 (Sibylla)。引文的意思是：「因為我的確目睹西比拉懸於瓶中。眾小孩問她：『西比拉，你要甚麼？』西比拉就回答：『我要死。』」希臘、羅馬神話中，西比拉是個靈驗的女巫，向太陽神阿波羅求長壽；阿波羅按她的要求給她長壽，讓她在生之年相等於手中泥沙的數目。然而，西比拉求壽時忘了求青春，結果身體隨歲月老邁衰朽，預言能力也日漸退減，以致苦不堪言，最後只好求死。艾略特徵引這段文字，目的是暗示荒原的人在生猶死，生不如死，處境和西比拉相同。引文中的希臘文 "Σίβυλλα τί θέλεις;"，是「西比拉 [Σίβυλλα]，你要 [θέλεις] 甚麼 [τί]？」或「西比拉，你想要甚麼？」的意思。希臘文的 "θέλεις" 是第二人稱單數，不用「你」，已經有「你」的意思。希臘文的分號 ";" 等於拉丁文、英文、中文的問號。"ἀποθανεῖν θέλω"，意為「我要 [θέλω] 死 [不定式 ἀποθανεῖν]」或「我想死」。希臘文的 "θέλω" 是第一人稱單數，不用「我」，已經有「我」的意思。西比拉智通幽冥，其預言寫在葉子上，然後拋入空中隨風飄散。到來問吉凶休咎的人要在風中抓住飄散的葉子，然後加以整合，從中找尋預言的頭緒。（這一註釋節錄自筆者譯註的《艾略特詩選》。）

《神曲》的詩句為引言：

> S'io credessi che mia risposta fosse
> a persona che mai tornasse al mondo,
> questa fiamma staria senza più scosse.
> Ma per ciò che giammai di questo fondo
> non tornò vivo alcun, s' i' odo il vero,
> senza tema d'infamia ti rispondo.[36]

雖然改動了但丁原意，但能預示普魯弗洛克猶豫、狐疑，不敢向人披露內心世界的性格，藝術效果也顯而易見。——同樣不是賣弄或虛張聲勢。

不過，有些作品（如 "La Figlia Che Piange"、《捧著導遊手冊的伯班克：叼著雪茄的布萊斯坦》）的引言，的確給人賣弄和虛張聲勢之感。譬如《捧著導遊手冊的伯班克：叼著雪茄的布萊斯坦》，短短的一首詩，啟篇前竟要徵引多位作家的作品，引言壅塞得失去了比例，[37] 就過於做作，過於賣弄了。——真正是虛張聲勢。

---

36 這段引言為但丁《神曲・地獄篇》第二十七章六一一六六行，是地獄第八層的陰魂圭多・達蒙特菲爾特羅 (Guido da Montefeltro) 伯爵 (1223-1298) 所說的話。圭多在陽間時，曾給教皇卜尼法斯八世 (Bonifazio VIII) 出謀獻計，屬奸人之列。卜尼法斯是但丁的死敵。但丁遭流放，全因卜尼法斯八世險詐。「卜尼法斯」是一般漢譯。按意大利語發音，可譯為「波尼法茲奧」。這段意大利引言的漢譯為：

> 「要是我認為聽我答覆的一方
> 是個會重返陽間世界的人，
> 這朵火燄就不會繼續晃盪。
> 不過，這個深淵如果像傳聞
> 所說，從未有返回人世的生靈，
> 就回答你吧。——我不必怕惡名玷身。」

見但丁著，黃國彬譯註，《神曲・地獄篇》（台北：九歌出版社有限公司，二〇一九年四月，訂正版九印），頁五一五。

37 按照艾略特的做法，我們還可以從各國作家的作品繼續抽取十句、二十句、三十

曾有論者指出，艾略特徵引的引文往往是二手資料。[38] 艾略特的
第二、第三、第四……語言如何排序，有待進一步考證。他的作品，
常常引用希臘文、拉丁文；但他一生的著作中，好像沒有一篇就希臘
文或拉丁文詳細而深入地討論原作，分析原作（包括原作的語音、
語意、語法、句法、意象等等）的文章。他於一九五一年在英國廣
播電台（B. B. C.，也譯「英國廣播公司」）宣讀的講稿《維吉爾與
基督教世界》("Virgil and the Christian World")，[39] 雖然談 "labor"（有
「工作」、「勞動」、「勤勞」之意）、"pietas"（有「虔誠」、「忠
誠」、「孝敬」、「盡忠職守」之意）、"fatum"（有「命運」、「命
數」之意）三個關鍵字眼，而且有《埃涅阿斯紀》(Aeneis) 的拉丁文
引文，但也不能確證他深入研究過拉丁文版《埃涅阿斯紀》；更不能
確證他的拉丁文造詣高深。因為這類文章，牽涉的是「大文化」、
「大宗教」「視野」，可以避重就輕，浮光掠影地粗略言之，粗懂拉
丁文就可以撰寫，不必深入研究原文也可以侃侃而談；與緊扣原著談
修辭、談風格、談用字、談原文音聲效果的行家專論迥異。在同一篇
文章中，艾略特說過這樣的一段話：

> Nevertheless, even those who have as little Latin as I must remember
> and thrill at the lines [儘管如此，即使對拉丁文的認識膚淺如我
> 者，也應該記得下列句子，並且在閱讀時為之震動]:
>
> > His ego nec metas rerum, nec tempora pono:
> > Imperium sine fine dedi…

句……引言。

38 格婁弗‧斯密斯 (Grover Smith) 指出，艾略特的外語引文，常常是二手資料："Eliot
　　frequently got quotations at second hand, thus displaying the practical economy of his
　　learned resources."（「艾略特所引的名言，常常是二首資料；從中可以看出，他的
　　旁徵博引省力省時。」）雖然Southam 不同意斯密斯的說法，但引文不能確證艾略
　　特的外語造詣高深，則是事實。這點下文會繼續討論。

39 現已收入On Poetry and Poets (New York: Farrar, Straus and Giroux, 2009), 135-55。

Tu regere imperio populos, Romane, memento

[hae tibi erunt artes] pacique imponere morem,

parcere subiectis et debellare superbos...

(*On Poetry and Poets* (New York: Farrar, Straus and Giroux), 145-46)

艾略特的引文出自《埃涅阿斯紀》第一卷二七八一七九行和第六卷八五一一五三行，原文為：

"his ego nec metas rerum nec tempora pono;

imperium sine fine dedi."[40]

「我給他們 [指羅馬人，即埃涅阿斯的後裔] 的疆土，沒有時
　空界限；

我給他們的帝國，沒有窮盡。」

"tu regere imperio populos, Romane, memento

hae tibi erunt artes; pacique [也有版本作 "pacisque"] imponere
　morem,

parcere subiectis, et debellare superbos."[41]

「羅馬人哪，以權力統治萬民──記住這點；

你的治道是：對臣民施以和平之方，

對歸順者行仁政，桀驁者則征服之。」

兩段引文，分別為主神宙斯對維納斯和埃涅阿斯父親對兒子所說的話，[42] 都在預言埃涅阿斯後裔（即羅馬人）的命運。艾略特的引文並

---

40 Virgil, *P. Vergili Maronis Aeneidos Liber Primvs*, with a commentary by R. G. Austin (Oxford: Clarendon Press, 1971), 9。

41 Virgil, *P. Vergili Maronis Aeneidos Liber Sextvs*, with a commentary by R. G. Austin (Oxford: Clarendon Press, 1977), 28。

42 「宙斯」（希臘文 Ζεύς），拉丁文 *Iupiter* 或 *Iuppiter*（英文 *Jupiter*），也稱 Jove。

不精確。首先，他沒有指出說話者和受話者是誰。第二，《埃涅阿斯紀》拉丁文原著，除了每卷或每段的第一字，其餘各行第一字的第一個字母不用大寫；[43] 艾略特的 "His"、"Imperium"、"Tu" 的第一個字母都用了大寫。第三，艾略特引了五行拉丁文；前兩行和後三行出自原著不同的段落；卻全部排在一起，沒有把兩段引文分隔。

在《捧著導遊手冊的伯班克：叼著雪茄的布萊斯坦》一詩中，艾略特如常堆疊各種語言的引言，其中包括拉丁文 *"nil nisi divinum stabile est; caetera fumus"*。在短短的一句拉丁文中，他又出錯了。正確的說法是 "Nihil nisi divinum stabile est. Caetera fumus"（「只有聖跡能長存；其餘一切皆雲煙」）。這句拉丁文引自意大利畫家曼特雅 (Andrea Mantegna, 1431-1506) 的一幅作品。作品以基督徒聖塞巴斯蒂安 (St. Sebastian, *c.* 256-88) 殉教為題材，為威尼斯卓吉奧·法蘭克提美術館 (Galleria Giorgio Franchetti) 的藏品。這幅名畫所繪，是全身中箭的聖塞巴斯蒂安；畫中有一枝蠟燭，由綬帶包裹；綬帶有艾略特所引的拉丁文；不過艾略特的 "nil" 該作 "nihil"。[44] 一句簡單的拉丁文引言都抄錄（或徵引）得不正確，他的拉丁文水平就不會高到哪裏去了。

因此，艾略特自評拉丁文水平時所說的話（「即使對拉丁文的認識膚淺如我者 [⋯⋯]」），就不是自謙之辭，而是坦白的自供狀了。

「宙斯」是英文 *Zeus* 的漢譯，與英文的發音有頗大的分別；以希臘文原音的標準衡量，更不準確（關於這點，筆者《神曲》漢譯的《譯本前言》有詳細討論，在此不贅）。

43 除了上引的《埃涅阿斯紀》R. G. Austin 評註版外，讀者還可參看下列權威版本：Virgil (Publius Vergilius Maro), *Eclogae. Georgica. Aeneis* (*Eclogues. Georgics. Aeneid*), I-VI, with an English translation by H. Rushton Fairclough, revised by G. P. Goold, The Loeb Classical Library (Cambridge, Massachusetts: Harvard University Press, 1999); *Aeneis* (*Aeneid*), VII-XII, with an English translation by H. Rushton Fairclough, revised by G. P. Goold, The Loeb Classical Library (Cambridge, Massachusetts: Harvard University Press, 2000); *Aeneis* (*The Aeneid of Virgil*), 2 vols., Vol. 1, Books I-VI, Vol. 2, Books VII-XII, ed. T. E. Page (London: Macmillan, 1894)。

44 參看 *Wikipedia*, "St. Sebastian (Mantegna)" 條（二〇二一年十月二十九日下午三時登入）。

艾略特的希臘文又如何呢？同樣不高明，同樣給人「充」的感覺。他的馬腳，在哪裏露出來呢？在《艾略特先生星期天早晨的主日崇拜》("Mr. Eliot's Sunday Morning Service") 一詩裏；在該詩的第二節：

> In the beginning was the Word.
> Superfetation of τὸ ἔν […]

這首詩共有八節，每節四行。寫到第二節第二行，艾略特忍不住，又要「充」了。如何「充」呢？拋出兩個飛來峰一般的希臘字 "τὸ ἔν"。

在這首詩中，艾略特的 "τὸ ἔν" 指耶穌 (Southam, 116)。[45] "τὸ" 是希臘文中性單數主格和賓格 (neuter singular nominative / accusative) 定冠詞 (definite article)，等於英語的 *the*；艾略特的 "ἔν" 該作 ἔν，由希臘文陽性主格 (masculine nominative) 的εἷς（「一」或「一個」）經詞形變化（declension，又稱「詞尾變化」或「變格」）衍生，是中性主格 (neuter nominative) 或中性賓格 (neuter accusative)。εἷς 的所有變格中並沒有艾略特的 "ἔν"。正確拼法 (ἔν) 中，ε 發音時送氣；艾略特把送氣的 ε 寫成了不送氣的 ε，希臘文發音大概也不會準確到哪裏去。發音時送氣或不送氣，是學習希臘文的學生最先掌握的基本知識；[46] 艾略特出錯（露餡）後，卻讓明顯的「謬種」在自己的詩集裏一版接一版的流傳下去而沒有改正（或者根本不知道自己出錯），其希臘文程度有多高，就不問可知了。當然，如果艾略特的著作中有充分資料證明，他的希臘文造詣高深，拼錯一個字不過是筆誤；誰也不應該就一個小小的筆誤大做文章。比如說，他寫過多篇談希臘文學的文章，徵

---

45 此外參看Liddell and Scott, *A Greek-English Lexicon* 頁492 定義6 ("unity") 和定義7 ("unity, the One") 及兩個定義之下所列的希臘文例句。

46 送氣發音符號，希臘文叫δασὺ πνεῦμα 或δασεῖα（英語叫 rough breathing）；不送氣發音符號，希臘文叫 ψιλὸν πνεῦμα（英語叫 smooth breathing）。參看*Wikipedia*, "Rough breathing" 和 "Smooth breathing" 條（多倫多時間二〇二一年八月二十四日下午十一時登入）。

引過不少希臘原文的段落，而且一向準確；偶爾出錯，誰也不會說他的希臘文低劣；只會認為，他的舛訛是一時筆誤或手民之誤。又比如說，英文屬頂尖級的艾略特（這是筆者幾十年來一再強調的論點），偶爾拼錯了一兩個字，誰也不會懷疑他的英文程度有問題；他交給出版社的手稿或打字稿，即使有一百個英文字拼錯了，編輯也只會說他的校對粗疏，不會說他的英文造詣不高。但是，他的外語（如意大利語以至他一竅不通的普羅旺斯語）一再出錯；[47] 他的法語和德語發音也不準確；自己又坦白承認，其希臘文是學童程度；那麼，把 "ἕν" 寫成 "ἔν" 就不能以「一時筆誤」或「手民之誤」一類「理由」為他開脫了。何況全詩除了兩個希臘詞語，其餘均為英文？通常，一首詩或一篇文章裏，如果只有一兩個字是外語，作者校對時對這一兩個字的外語會特別注意，出錯率會特別低；一旦出錯，在絕大多數情況下，是因為作者的外語水平不高，而不是因為他一時疏忽或匆忙間看走了眼。在筆者接觸過的現代詩人中，艾略特是最喜歡賣弄外語的一位；但一而再、再而三露餡，貝森 (Bateson) 說他用來賣弄的學問是「偽學問」，也就不無道理了。

在《維吉爾與基督教世界》一文中，艾略特這樣敘述個人學希臘文的經驗：

When I was a schoolboy, it was my lot to be introduced to the *Iliad* and to the *Aeneid* in the same year. I had, up to that point, found the Greek language a much more exciting study than Latin. I still think it a much greater language: a language which has never been surpassed as a vehicle for the fullest range and the finest shades of thought and feeling. Yet I found myself at ease with Virgil as I was not at ease with Homer. It might have been rather different if we had started with the *Odyssey* instead of the *Iliad*; for when we came to read certain selected

---

47 關於艾略特的普羅旺斯語，下文會有討論。

books of the *Odyssey* – and I have never read more of the *Odyssey* in Greek than those selected books – I was much happier. My preference certainly did not, I am glad to say, mean that I thought Virgil the greater poet. [...] The obstacle to my enjoyment of the *Iliad*, at that age, was the behaviour of the people Homer wrote about.[48]

學童時期，恰巧在同一年啟蒙，初讀《伊利昂紀》和《埃涅阿斯紀》。在此之前，我發覺讀希臘文時心情遠比讀拉丁文興奮。今日，我仍然認為，希臘文這種語言遠比拉丁文精妙。希臘文能表達最大幅度而又最精微的思想和感情；[49]就這一點而言，沒有任何語言能勝過希臘文。可是，讀維吉爾時我會感到安舒，讀荷馬時卻並非如此。如果我們開始時先讀《奧德修斯紀》而不是《伊利昂紀》，情形可能大不相同；因為，我們開始讀《奧德修斯紀》的某些選卷時（除了這些選卷，我再也沒有讀過《奧德修斯紀》希臘原文的其他片段），我快樂得多。我樂於指出，我有這樣的偏愛，當然不表示那時候我覺得維吉爾是更偉大的詩人。[……]妨礙我讀《伊利昂紀》時樂在其中的，是荷馬所寫人物的行為。

這段自白披露了一項重要的事實：艾略特的希臘文是學童（中學生）程度。當然，對希臘文有濃厚興趣的人，中學時期開始接觸希臘文，

---

48 Eliot, *On Poetry and Poets* (New York: Farrar, Straus and Giroux, 2009), 138-39。

49 「希臘文能表達最大幅度而又最精微的思想和感情；就這一點而言，沒有任何語言能勝過希臘文。」這樣橫掃一切而又沒有證據、難以驗證的大概括，又是艾略特癖習的一個突出例子；這樣的「大話」，受過語言學訓練的人不說，也不敢說。「沒有任何語言能勝過希臘文」？艾略特先生，全世界的語言超過六千種；你懂多少種呢？八種？懂八種，就有足夠的權威以八之偏，概超過六千之全嗎？你的希臘文不過是中學程度，其餘幾種外語，也不見得精通，就有膽量在B. B. C.電台頒佈這樣的「大審裁」、「大判決」，也真是「勇氣可嘉」了。筆者喜歡古希臘文學，認為古希臘文優美，能承戴偉大的文學作品；卻由於讀過一點點的語言學，有一點點的語言學常識，不敢像艾略特那樣，一掀唇就氣吞全球。

此後幾十年可以繼續深造或自修，把希臘文水平推向更高——甚至專家——水平。不過艾略特沒有這樣做。何以見得？一九五一年，即艾略特六十三歲那年，在倫敦英國廣播電台講《維吉爾與基督教世界》時，他喜歡的《奧德修斯紀》也只讀過學童時期接觸到的某些希臘文選段，此後再沒有讀該書的原文。至於他不喜歡的《伊利昂紀》，原文就應該讀得更少了。至此，我們也就明白，他一輩子為甚麼沒有——或不敢——深入談論荷馬的兩大史詩。

在艾略特的自白中，我們還可以看出，他的心靈不能與歐洲主流史詩之父共振。所謂「主流史詩」，指荷馬的《伊利昂紀》、維吉爾的《埃涅阿斯紀》、米爾頓的《失樂園》一類作品。《奧德修斯紀》當然也是荷馬的不朽偉著，但與《伊利昂紀》有別。大約十八個世紀之前，郎吉努斯 (Longinus) 已經說過，[50]《伊利昂紀》是荷馬創作力如日中天時所寫，因此作品生動，充滿戲劇情節；《奧德修斯紀》呢，則以敘述形式為主，而敘述形式是一個作者到了暮年（也就是創作力退減階段）的寫作特徵；換言之，荷馬到了桑榆時分，已經寫不出《伊利昂紀》那樣波瀾壯闊的作品，只好以敘述形式為主，寫遜於《伊利昂紀》的《奧德修斯紀》。

郎吉努斯卒後十八個世紀，另一位荷馬專家——獨力把《奧德修斯紀》和《伊利昂紀》譯成英文的著名翻譯家E·V·里烏 (E. V. Rieu)——這樣評價荷馬的兩大史詩：

The Greeks looked on the *Iliad* as Homer's major work. It was the Story of Achilles, and not the Wanderings of Odysseus as might have been expected, that Alexander the Great took with him as a bedside

---

50 以標準漢語（台灣稱「國語」，北京稱「普通話」）譯 "Longinus"，無法譯得準確；因為「吉」與拉丁文的 "gi-" 輔音不同，硬箍在一起，只能證明標準漢語笨口拙舌，翻譯外語的音聲時絕不高明。伶牙俐齒的粵語上場，像王小玉那樣輕輕吐出「郎堅努斯」四字，就差不多了（儘管以國語說「努斯」比粵語說「努斯」準確）。

book on his adventurous campaigns. I myself used not to accept this verdict, and I felt that many modern readers would agree with me. It was therefore with some trepidation that I bade farewell to the *Odyssey* and braced myself for the task of translating the *Iliad*, which I had not read through as a whole for twelve years. I soon began to have very different feelings, and now that I have finished the work I am completely reassured. The Greeks were right.[51]

古希臘人視《伊利昂紀》為荷馬的主要作品。與一般人的預料相反，亞歷山大大帝冒險遠征時，隨身攜帶的床邊讀物是阿喀琉斯的故事而不是奧德修斯的浪遊。以前，我個人一向不接受這一論斷，並且覺得，許多現代讀者會贊同我的取態。正因為如此，告別《奧德修斯紀》，硬著頭皮準備翻譯《伊利昂紀》這項工作時，也就有點戰戰兢兢。當時，沒有從頭至尾閱讀整部《伊利昂紀》已有十二年。動筆不久，我的感覺開始大異於往昔。此刻，翻譯工作完成，我再無半點懷疑：古希臘人對《伊利昂紀》的看法正確。

艾略特既然不能與《伊利昂紀》的頻率共振，不能欣賞同樣壯麗的《失樂園》也就不足為奇了。

---

51 E. V. Rieu, *The Iliad*, by Homer (Harmondsworth: Penguin Books, 1950), vii。筆者有英文論文談到荷馬的兩部史詩，附了引述里烏的譯後感，也直接徵引郎吉努斯的希臘文評語。見 "Homer as a Point of Departure: Epic Similes in *The Divine Comedy*", in Laurence K. P. Wong, *Thus Burst Hippocrene: Studies in the Olympian Imagination* (Newcastle upon Tyne: Cambridge Scholars Publishing, 2018), 75-133。郎吉努斯的評語（附W. H. Fife的英譯）和里烏的譯後感，見*Thus Burst Hippocrene*, 76-77。不過，《伊利昂紀》雖然勝過《奧德修斯紀》，但本身也有缺點。關於《伊利昂紀》的缺點，參看筆者的英文論文 "Where Homer Nods: The Unequal Combat between Achilles and Hector in the *Iliad*", in Laurence K. P. Wong, *Thus Burst Hippocrene: Studies in the Olympian Imagination* (Newcastle upon Tyne: Cambridge Scholars Publishing, 2018), 49-74。

艾略特對古希臘文和古希臘文學之父的認識有如上述。那麼，他對梵文——另一古典語言——的認識又如何呢？在《追求怪力亂神》的第二篇講稿中，他說：

> Two years spent in the study of Sanskrit under Charles Lanman, and a year in the mazes of Patanjali's metaphysics under the guidance of James Woods, left me with a state of enlightened mystification.[52]

> 花了兩年，跟查爾斯·蘭門讀梵文；花了一年，蒙詹姆斯·伍茲指導，在波顛闍利（也譯「帕坦伽利」）形而上學的迷宮中徜徉，[53] 結果在玄虛中有所頓悟。

就上述資料判斷，艾略特讀過兩年梵文；如果讀波顛闍利的形而上學時也讀原文，不讀譯本，則艾略特在梵文裏浸淫過三年。[54] 不過他除了在《荒原》裏寫過 "*Datta*"、"*Dayadhvam*"、"*Damyata*"、"Shantih" 四個梵文字的羅馬拼音外，[55] 並沒有留下其他資料讓人驗證其梵文

---

52 Eliot, *After Strange Gods*, 40。

53 「波顛闍利」：古印度哲學家，傳統認為是《瑜伽經》和《大疏》的作者。參看《維基百科》，「波顛闍利」條（多倫多時間二〇二一年八月七日下午三時登入）。

54 不過西方的大學生，讀東方哲學時往往靠譯本；如果艾略特讀波顛闍利的形而上學時靠英文譯本，則他在梵文浸淫的時間只有兩年。如果哈佛大學一學期是三個學分，則兩年是四個學期；也就是說，艾略特修了十二個學分的梵文。

55 "Shantih shantih shantih"：梵文，也拼 "shanti"，是印度傳統的咒語或禱詞。艾略特的自註指出，"shantih" 一詞重複，是奧義書的正式結尾。在《奧義書》中，正式的結尾為 "Om shantih shantih shantih." 在自註中，艾略特這樣解釋 "shantih"："'The Peace which passeth understanding' is our equivalent to this word."（「此詞相等於英語的『超越理解的寧謐』。」）Southam (198) 指出，艾略特的詮釋脫胎自保羅對早期基督徒所說的話："And the Peace of God, which passeth all understanding, shall keep your hearts and minds through Christ Jesus." (*Philippians*, iv, 7)（「神所賜出人意外的平安，必在基督耶穌裏，保守你們的心懷意念。」）（《腓立比書》第四章第七節）。和合本《聖經》的漢譯（「出人意外的平安」）並不準確。首先，"passeth understanding" 並非「出人意外」，而是指「超出人智的理解能力」

水平。此外，正宗梵文以天城文（Devanāgarī，又稱「天城體」）書寫；天城文字母十分複雜，學習天城文字母雖然比學習漢字容易，但對初學者仍是一項挑戰；因此初學梵文的人，一般都依靠拉丁字母拼音，如艾略特的引文 "Shantih shantih shantih" 那樣。由於艾略特在《荒原》裏只留下四個拼音的梵文詞，讀者似乎不容易估量，他的梵文造詣有多高。不過，他自註《荒原》四〇一行時，卻洩漏了「天機」，讓讀者得窺其梵文和德文造詣，因為短短的四行註釋，竟有三處舛訛／疏漏。關於這點，本書第四章已經談過。不過本章既然專談艾略特的外語，第四章的論點在這裏值得重複。先看有問題的自註：

（上帝無限神祕，渺小的凡智自然無從理解）。第二，「出人意外」是「突如其來、意想不到」的意思，與 "passeth understanding" 拉不上關係。第三，「平安」叫人想起「出入平安」這句套語，也不是原文 "peace" 的意思。在漢語世界，「平安」是十分尋常的意念，其涵義連未受過正式教育的老嫗都能掌握，怎會 "passeth understanding" 呢？不過，話又要說回來，要把《奧義書》的 "shantih" 或《聖經》"the Peace of God" 中的 "Peace" 譯成另一語言，的確也不容易（當然，從語言學和翻譯理論的角度衡量，"shantih" 和 "The Peace which passeth understanding" 也不可能絕對相等）。僅僅 "shantih" 一詞，就有 "inner peace"、「安恬」、「安舒」、「靜謐」、「了無罣礙」、「脫離煩憂、驚怖」等意義。這麼繁複的一個詞語，要找準確的對應，實在非常困難，甚至完全不可能。一定要漢譯，「寧謐」算是較佳的選擇，因為「寧謐」遠比「平安」淵深奧密，距離塵世的凡思較遠，距離上帝的聖聽較近。艾略特說 "shantih" 是「《奧義書》的正式結尾」，也需補充。翻閱《奧義書》，我們會發覺 "shantih" 的重複，可以出現在全書之末，也可以出現在全書之首。比如說，《伽陀奧義書》一開始就說："Om! Shantih! Shantih! Shantih!"。"Om! Shantih! Shantih! Shantih!" 一語，有的譯者譯「唵！和平！和平！和平！」。這一譯法，同樣值得商榷。"Om" 是印度教中的神聖音節，有兩種詮釋：一，是代表宇宙脈搏之音；二，是用來傳達天啟真理之詞（參看Southam, 199）；音譯為「唵」沒有問題；但 "Shantih" 譯為「和平」就大乖原意了。在現代漢語中，「和平」幾已凝定為「戰爭」的反義詞；一般人說「和平」或聽到「和平」一詞時，常會聯想到「但願世界和平」一類善頌善禱，甚少——甚至不會——聯想到屬於心靈層次的「寧謐」、「安恬」、「了無罣礙」、「脫離煩憂、驚怖」等詞語或片語。艾略特以 "Shantih shantih shantih" 結束全詩，但沒有斷言，荒原最後是否得救，大概為了讓讀者自己找答案，給他們言雖盡、意無窮的感覺。這樣為作品結尾，是上世紀某些文學理論家津津樂道的「開放型」結尾。（以上註釋錄自筆者譯註的《艾略特詩選》。）

'Datta, dayadhvam, damyata' (Give, sympathise, control). The fable of the meaning of the Thunder is found in the *Brihadaranyaka— Upanishad* [一般拼 "*Brihadāranyaka Upanishad*"], 5, I. A translation is found in Deussen's *Sechzig Upanishads* [正確拼法為 "*Upanishad's*"] *des Veda*, p. 489."

Southam (192) 指出，艾略特自註中的 "5, I" 有誤；正確的出處是 "V, 2"。艾略特出錯，是因為供他抄錄的保羅・多伊森 (Paul Jakob Deussen, 1845-1919) 的德文譯本四八九頁出了錯。這一舛誤，不能歸咎於艾略特；譯本出錯，梵文和德文造詣再高的學者也無從抄得準確。但是，梵文以拉丁字母拼音時，"ā" 和 "a" 是有明顯區別的；而 "ā" 這個字母，排印時不會有困難，因此不會是手民之誤，而是艾略特對梵文的認識粗疏或者以拉字母拼梵文時草率。艾略特說他在哈佛大學唸過梵文，引述著名經典的書名時卻 "a"、"ā" 不分，"*Brihadāranyaka*" 寫成 "*Brihadaranyaka*"；叫人難以相信，他在哈佛唸梵文時真正用過功。[56] 同一註釋，也不能叫讀者給艾略特的德文投下信心一票。為甚麼呢？因為他連多伊森的德文書名也抄錯了（請注意，只是「抄」一個簡單的書名）。多伊森德文譯本的全名為 "*Sechzig Upanishad's des Veda: aus dem Sanskrit* übersetzt *und mit Einleitungen und Anmerkungen versehen*"（「《吠陀奧義書六十種——梵文德譯本（附導論及註釋）》」）。[57] 艾略特把德文的 "*Upanishad's*" 看成了 "*Upanishads*"（英文 *Upanishad* 的複數，與德文 *Upanishad* 的複數是有區別的），漏掉了 "d" 和 "s" 之間的撇號 (apsotrophe)。多伊森的書名印在封面上，字體特別大，粗懂德語的學生也不會抄錯；在《荒原》以至評論文章裏以德文賺取驚佩的詩人卻

---

56 如要寫得更精確，還須附加其他變音符號（diacritical marks，又譯「字母區別符」）。艾略特引用希臘文時，既然不用拉丁拼音而直接用希臘文字母，引用梵文時雖然不用天城文，至少也要區分梵文的拉丁拼音 *a* 和 *ā* 吧？

57 "*aus dem Sanskrit übersetzt*" 也可直譯為「譯自梵文」。

抄錯了；以後的讀者，還應該繼續對他生敬嗎？

　　學術界有時會口耳相傳，說某某某精通多國語言；可惜某某某沒有留下任何資料給人驗證，我們也只能把口耳相傳的「盛名」視為子虛烏有的神話。艾略特的梵文，有四個羅馬拼音的梵文詞為證，但自註時梵文不精確；他的德文，則未能助他區分英文的 "*Upanishads*" 和德文的 "*Upanishad's*"。這樣看來，他的作品和評論中雖然德文充斥，讀者也就有充分理由推斷，他的德文不過是個武功不高的江湖小輩，卻喜歡冒充高人。[58]

---

[58] 口耳相傳，有時會叫識者忍俊不禁。五四時期，傳說有一位二十多歲的年輕詩人，精通二十多國語言。也就是說，這位「天才」，出生那天就開始學外語，一年學一種，學了二十多年，終於練成「曠世武功」。後來大家發現，這位年輕詩人，原來從一本英語版世界詩選裏挑了二十多國詩人的作品譯成漢語（英語以外的作品全是轉譯）。按照他留下的英漢翻譯驗證，他所懂的是漢、英兩種語言；至於是否說得上「精通」，則要進一部檢驗他的翻譯水平。翻譯天地不像外科手術國度：在外科手術國度，要替病人動手術，必須大學醫科畢業，在教授指導下當見習醫生，見習及格才可以剖心剌肺；否則弄出人命，銀鐺入獄都有可能。翻譯天地呢，卻無比寬廣，也無比「包容」，入境者無須應試，無須持有任何證件；進入翻譯天地的人，有世界級高手，也有譯入語和譯出語都不及格的低手。神話中「精通」二十多國語言的五四詩人，是翻譯天地的高手還是低手呢，要視乎他的實際水平。

　　另一口耳相傳的例子，在一位朋友的散文中讀到。散文所談的學者名滿天下，據說精通多國語言。看一個學者、作家、翻譯家（尤其是已故學者、作家、翻譯家）的語言（包括母語）造詣，不二法門是看他的著作；沒有著作，就甚麼也不必談。怎樣看他的著作呢？先看他的第一語言（母語）。如果第一語言都寫不通，他那口耳相傳的第二、第三、第四……語言肯定是自鄶以下。曾經看過一封申請翻譯教職的信。申請人有世界級頂尖大學（歷年在世界大學排名榜上，不是狀元就是榜眼或探花）的博士學位，履歷上聲稱懂十一國語言。然而，一看申請信，發覺申請人的第一語言（英語）都不敢恭維；其餘十國語言的程度有多高，就不必查證了。誰都知道，一個人的第一語言，通常是他最精通的語言，是他的絕頂武功；如果這個人除了第一語言，也學第二、第三、第四……語言，則第二、第三、第四……語言的程度會依次遞降。一個人能以兩種語言「出街」（香港話，指能夠以兩種語言書寫，不需別人修改、潤飾，就可以發表、出版而無愧於大方之家；或者在發表卓異文章，出版卓異著作的同時，能夠當傑出的編輯，替別人修改、潤飾文章、書稿），通常要下多年苦功（當然，如果對語言欠艾略特的意大利文、拉丁文、希臘文、梵文、德文都一再出錯；那麼，法文似乎是他最強的外語了。可是，即使徵引法國作家，他也不能叫人刮目；徵引法文時，他同樣出錯——不是出錯於長達一千數百字的法文引文中，而是出錯於他一向賴以賣弄、賴以贏取讀者驚佩的簡短引言中。在《捧著導遊手冊的伯班克：叼著雪茄的布萊斯坦》一詩裏，他又施展慣技，以引言為作品弁首；而且在施展慣技時，似乎要打破自己的紀錄：在短短三十二行的一首詩之上，竟拉來五位作家替他「疊羅漢」；結果一揮筆就錯引了法國作家戈蒂埃 (Pierre Jules Théophile Gautier)《在環礁湖上》("Sur les lagunes") 一詩的第一行："Tra-la-la-la-la-la-laire"。其實，戈蒂埃原詩的第一行是："Tra la, tra la, la la, la laire!（也有版本作 "Tra la, tra la, la, la, la laire!"）。該詩一至四行如下：

<hr>

敏感，有時下多年苦功也未必見功）。能以三種語言「出街」的，筆者迄今仍沒有見過。此外，華人之中，能以英語（第二語言）「出街」的學者多的是；筆者有不少朋友、同事，就有這種本領；反之，漢語世界以外的學者，能夠以漢語（第二語言）「出街」的，罕如麟角鳳毛。再說朋友散文中的學者。這位學者，「精通」的語言據說包括極闢、極難驗證的文字。所謂「極難驗證」，是因為當今世上，懂該種語言的人大概只能湊成一個牌局。這位學者，以母語（漢語）發表文章，出版著作，文字不但不精彩，而且往往不通。他的第二語言（英語），則像另一位朋友所說，「要人攙扶，才能過馬路」。這位朋友的評語來自第一手經驗：學者在某著名大學任教時，曾聘這位朋友替他補習英文。這位學者「大名」蓋世，經常接受記者訪問。記者進他的辦公室前，他會預先在桌上擺放道具——多本厚厚的外語詞典，囊括多國語言。記者一進辦公室，視網膜馬上遭這些外語詞典的堂皇封面轟擊，驚恍間立刻肅然起敬；肅然起敬的同時驚呼會禁不住脫口而出：「啊，X 教授，原來您精通這麼多外語的！」在漢語著作中，這位學者喜歡嵌入各種外語單詞或片語。辦法是：找研究生幫忙，翻查工具書後把外語寫在卡片上讓他抄錄。有一次，卡片不幸掉在地上，學者撿起來照抄如儀，不知卡片亂了次序，結果著作出版時馬拉梅 (Stéphane Mallarmé) 變成了意大利人，鄧南遮 (Gabriele d'Annunzio) 變成了法國人。所謂「精通」多國語言的「大師」，露餡時就是這麼回事。口耳相傳的無論是「大師」還是「大學問家」，聽者切忌人云亦云；卻要保持獨立思考的能力，「冷耳」聽一犬吠虛幻之形，百犬吠無形之聲。物色房子的信條是："LOCATION, LOCATION, LOCATION"（「地點，地點，地點」——即「地點至上」）；衡量大名，也只須記住三個字："VERIFY, VERIFY, VERIFY"（「驗證，驗證，驗證」——驗證至上）。

Tra la, tra la, la la, la laire!

Qui ne connaît pas ce motif?

À nos mamans il a su plaire,

Tendre et gai, moqueur et plaintif!

Tra la, tra la, la la, la laire!

這調子誰不認識呢？

它懂得叫我們母親歡愉，

柔和而輕快，嘲諷中帶悽惻！

孤證不立。那麼就舉第二個例子吧。在《荒原》的《燃燒經》("The Fire Sermon")裏，在英語的語境裏嵌入外語的癖習又叫艾略特忍不住手了。這次嵌的是一句法文："*Et O ces voix d'enfants, chantant dans la coupole!*"（第二〇二行），意為「噢，這些 [也可譯「那些」] 小孩的聲音，在穹頂下歌唱！」艾略特的自註指出，此行引自維赫蘭 (Paul-Marie Verlaine, 1844-1896) 的十四行詩《帕斯法爾》("Parsifal")。好了，既然知道是法國詩人維赫蘭的作品，嵌入《燃燒經》的九個法文字（如果把 "*d*" ("*de*") 也計算在內，則嵌入詩中的法文字共有十個）應該精確無訛了吧？然而，抄十個簡單的法文字，艾略特也抄錯了。按這十個法文字，是維赫蘭作品的最後一行，正確的寫法是 "— Et, ô ces voix d'enfants chantant dans la coupole!" 標點符號的分別，姑且不談；這裏要談的是變音符號中的抑揚符號 "^"。英語的感嘆詞 *o* 進了法語，要變成 *ô*；[59] 可惜這基本的區別，艾略特竟沒有注意——甚至不知道——而想當然，以英語的 *o* 代替法語的 *ô*。詩集裏連法文詩都有了，引一行簡單的法文怎會有這樣大的落差呢？唯一合理的推斷是：他的法文詩不過是唸法文課程時的習作，經老師修改（甚至像龐德修

---

59 *Ô* 如出現在行首，大寫時可以省去變音符號。如 "O triste, triste était mon âme / A cause, à cause d'une femme." (Verlaine, *Œuvres poétiques* (Paris: Éditions Garnier Frères, 1969), 151)（「傷心哪，傷心，我的元神；／為的是，為的是一個女人。」）。

改《荒原》初稿那樣大改特改）後拿來發表，並且收入全集；收入全集時沒有公開向法語老師致謝。

　　正如上文所說，艾略特的英語，屬頂尖級；至於外語，則如上述。以上述的外語造詣，結合他理解意大利語一再出錯的現象，他在作品啟篇前頻用——甚至濫用——外語引言，在《荒原》中嵌入德語、法語、意大利語、梵文；論者說他虛張聲勢，也就大有道理了。

　　艾略特一輩子的虛張聲勢中，真正的滑鐵盧不是把 "chiavar"（「釘起來」／「鎖起來」／「關起來」）錯解為 "chiave"（「鑰匙」），不是把 "tornar"（「返回」）錯解為 "turn"（「轉」）；也不是把德語的 "Unpanishad's" 抄成了英語的 "Upanishads"；艾略特滑鐵盧之役，發生於一九二〇年。那年，他在倫敦出版第三本詩集，書名 "Ara Vus Prec"。其實，"Ara Vus Prec" 是普羅旺斯語 "Ara Vos Prec" 之誤，[60] 意為「讓鄙人向閣下懇祈」的意思。艾略特不懂普羅旺斯語，但大概由於「充」慣了，再度忍不住手，竟找來自己完全不懂的語言為書名來唬人，結果出了大錯。如果說抄戈蒂埃的 "Tra la, tra la, la la, la laire!" 是「落手打三更」，這次則是「床下底破柴」了。[61] 據說當時書已印好，出版商只能更改書的標籤。[62] "Ara Vos Prec" 出自《神

---

60 普羅旺斯語 (Provençal)，是奧克語 (Occitan) 的一種方言，主要通行於法國東南部的普羅旺斯。

61 「床下底破柴」，是粵語歇後語「床下底破柴——撞板」的前半句。「床下底」，指中國傳統木床的下面；「破柴」指砍柴、劈柴；在床下底破柴，斧頭一揚，就馬上會撞到上面的木床板，也就是說：出事、闖禍。

62 參看Southam, 197："VUS should be VOS. But not knowing Provençal, Eliot was misled by a misprint in the Italian edition of Dante which he had carried with him since 1911. When the mistake was noticed there was only time to correct the book's label." Southam 所提供的資料，也證明艾略特對但丁的認識有限；對但丁認識深一點的，抄書時大概會找較權威的但丁全集或《神曲》原著。在同一頁，Southam還指出："Eliot's attention may have been drawn to these lines by Pound, who noted that 'Arnaut speaks, not in Italian, but in his own tongue; an honour paid to no one else in the *Commedia*' and wrote of the 'superb verses of Arnaut Daniel in his Provençal tongue'." 也就是說，艾略特再次（也不是「再」次了）靠二手資料虛張聲勢。

曲‧煉獄篇》第二十六章一四五行，是普羅旺斯 (Provence) 遊吟詩人阿諾‧丹尼爾 (Arnaut Daniel, 1180-1210) 對但丁所說的話。阿諾‧丹尼爾以普羅旺斯語寫作，在《煉獄篇》第二十六章一四〇—一四七行對但丁所說的話也是普羅旺斯語，全文如下：

《Tan m'abellis vostre cortes deman,

　　qu'ieu no me puesc ni voill a vos cobrire.

Ieu sui Arnaut, que plor e vau cantan;

　　consiros vei la passada folor,

　　e vei jausen lo joi qu'esper, denan.

Ara vos prec, per aquella valor

　　que vos guida al som de l'escalina,

　　sovenha vos a temps de ma dolor!》[63]

「承蒙垂詢，在下感到高興。

　　在下既不能，也不想讓鄙貌隱沒。

鄙人是阿諾，前進時唱歌又涕零。

　　過去的愚行，鄙人正憮然回望，

　　也對期待中的歡欣雀躍憧憬。

偉力把閣下帶到梯頂之上。

　　看在他分上，讓鄙人向閣下懇祈：

　　機會來時，請眷念在下的怊悵！」[64]

　　艾略特出錯的原因，有兩種說法。說法之一是：他的 "Ara Vus Prec" 抄自有錯誤的但丁著作版本。說法之二是：書名按照龐德的提議而起；錯的是龐德。[65] 兩種說法，都對艾略特不利。即使以正確的版本

---

63 參看Giorgio Petrocchi, *Le Opere di Dante Alighieri: La Commedia*, seconda l'antica vulgata, a cura della Società Dantesca Italiana (Milano: Arnoldo Mondadori Editore, 1967)。

64 參看但丁著，黃國彬譯註，《神曲‧煉獄篇》，頁四一〇。

65 參看Southam, 20。

("Ara vos prec") 為書名，也不見得普羅旺斯語用得其所；只叫讀者覺得，艾略特竟然有「勇氣」以自己完全不懂的艱僻語言來虛張聲勢，嚇唬讀者。據Southam的資料，[66] 他選用了露出馬腳的版本 "Ara Vus Prec" 後，未知露出了馬腳，曾對出版社的人說：「大多數人都不會明白的」("unintelligible to most people")。從這句話可以看出，艾略特因讀者不會懂得他的書名而沾沾自喜；那麼，他的詩作晦澀得無人可及，大概也要歸咎於這種故弄玄虛、虛張聲勢、戲弄讀者的心理。艾略特是極度聰明的人，頭腦非常精密，本來不應該這樣露馬腳的；但由於賣弄心切，癖習難除，於是貿然派三個不屬於自己麾下的士兵上戰場耀武揚威，結果大敗於滑鐵盧。

---

66 參看Southam, 20。

第十三章
世紀詩人定位

　　《維基百科》「艾略特」條指出，[1]《四重奏四首》出版後，艾略特的聲譽和影響升到了最高峰。在一九八九年發表的一篇文章裏，小說家、戲劇家、評論家欣蒂亞·奧西克 (Cynthia Ozick) 稱這一高峰期（上世紀四十年代至六十年代初期）為「艾略特時代」("the Age of Eliot")。當時，「[艾略特] 似乎完全是日在中天，是一位巨人，絕不遜於一顆永恆的發光體嵌在天穹，像太陽和月亮」("seemed pure zenith, a colossus, nothing less than a permanent luminary, fixed in the firmament like the sun and the moon")。[2] 奧西克生於一九二八年，現年九十三歲；上世紀四十至六十年代是二三十歲，應該親歷過當時的猗歟盛哉；有沒有排隊到容納一萬四千名觀眾的籃球場聽艾略特演講呢，則不得而知。不過，她是艾略特這顆天體的見證人，則殆無疑義。因此，她的形容不應該是誇張之詞。

---

1 參看 *Wikipedia*, "T. S. Eliot" 條（多倫多時間二〇二一年四月一日上午十一時登入）。

2 Cynthia Ozick, "T. S. Eliot at 101", 20 November 1989, *New Yorker*。維基百科 "T. S. Eliot" 條原文為："Eliot's reputation as a poet, as well as his influence in the academy, peaked following the publication of *Four Quartets*. In an essay on Eliot published in 1989, Cynthia Ozick refers to this peak of influence (from the 1940s through the early 1960s) as 'the Age of Eliot' when Eliot 'seemed pure zenith, a colossus, nothing less than a permanent luminary, fixed in the firmament like the sun and the moon'."（多倫多時間二〇二一年四月六日上午十一時登入）。

艾略特的地位如此隆盛，有三大原因：第一，是時勢造英雄。艾略特創作時，正是英美現代詩風起雲湧的時期，所寫的作品，充滿現代詩特色或癖習，能滿足讀者的需要。第二，是英雄造時勢。艾略特以犀利、動人，甚至惑人的評論左右了詩壇風尚，幾乎說甚麼話，都會風行草偃：說詩要「逃離自我」，廣大讀者（包括學院中人）就說詩要「逃離自我」；寫詩的人更坐言起行，把這句話奉為圭臬，虔虔敬敬地付諸實踐，在詩中不敢寫自我；艾略特說：「對於德恩，一個意念是一種經驗，會調整其感知官能」，廣大的讀者群中就響起嘹亮的回聲；艾略特筆伐浪漫派詩人，華茲華斯、拜倫、雪萊就應筆而倒……。結果廣大讀者都按照艾氏的評論鑑詩、賞詩；而艾略特的評論往往是個人作品的詩辯，是個人的實踐化為理論，化為宣言；結果呢，得益最大的自然是艾略特本人。試看葉慈，詩歌的質量與艾略特作品比較，有過之而無不及；可惜其評論的影響力較小，未能引導廣大讀者按他的品味和準則讀詩、賞詩，結果要眼看艾略特奪去「世紀詩人」的榮銜。[3] 第三，艾略特是現代詩壇的寵兒，是天之驕子，詩運之亨通無人可及；《J・阿爾弗雷德・普魯弗洛克的戀歌》一出版，就廣受矚目；以後幾乎每首作品都是轟動詩壇的事件。所以如此，固然因為艾略特的詩作（尤其是《荒原》）該受矚目，無論這「矚目」屬正面還是負面。但推波助瀾的評論家眾多，也是重要因素。這些評論家之中，有不少是學界名宿，其中包括I・A・理查茲、F・R・利維斯、克林斯・布魯克斯、海倫・伽德納（海倫・伽德納更明言自己深受艾略特影響）。經這些著名評論家大力頌揚，艾略特的聲譽乃像雪球滾動；由於來趨的雪粉越來越多，於是越滾越大，變成了巨大的雪山，勢不可當。二十世紀結束時，其盛譽雖然遜於四十到六十年代，卻仍能輕易登上「世紀詩人」的寶座。[4]

3　「眼看」的主詞，當然是「葉慈在天之靈」了。

4　聲譽的「雪球效應」很特別，也很有趣。杜甫在生時有兩本著名的唐詩選——殷璠的《河岳英靈集》、高仲武的《中興間氣集》——都沒有選杜詩。在《河岳英靈集》裏，王維、孟浩然、李白、王昌齡、高適、岑參都各據一方，就是沒有詩聖。因此，說到在生歲月的運氣，杜甫遠遠比不上艾略特。詩人的聲譽一旦成為滾動的雪球，就會產生動量，此後越滾越大，要阻擋也阻擋不了。當然，詩人的聲譽能變成滾動的雪球，往往是風雲際會，有各種因素（其中包括艾略特聲譽隆盛的三大因素）；負面因素出現時，動量又會退減，甚至消失。今日，由於艾略特詩作和評論中有歧視猶太人和黑人的觀點，結果出現另一種力量與原來的動量相撞，艾略特乃從中天漸漸西斜。二〇〇九年，英國廣播公司舉辦「全國最受歡迎詩人」選舉，由專家草擬一張決選名單 (short list)，共列三十位詩人，其中包括約翰‧德恩、米爾頓、華茲華斯、濟慈、坦尼森、布朗寧、葉慈等等。選舉揭曉，艾略特高居榜首，德恩第二，塞芬奈亞 (Benjamin Zephaniah) 第三，葉慈第七，米爾頓在十名外，位居第二十五（見BBC網頁新聞稿 (Press Releases) 之一："TS Eliot Voted Nation's Favourite Poet in BBC Poetry Poll for National Poetry Day"（多倫多時間二〇二一年四月九日下午六時登入）。看了這張「歡迎榜」，可以得到三個結論：第一，艾略特的日車雖然離開了中天，幾十年凝聚的動量，仍足以把他推到榜首。第二，他的評論影響深遠，幾十年後未見退減。在英語世界，約翰‧德恩一向是冷門詩人，卒後兩年，其作品才印行；在漢語世界，尤其在五四時期，認識德恩的人更少；到了二十世紀初期，注意者漸多；經艾略特在《玄學詩人》一文中大加頌揚，德恩聲名鵲起，由冷變熱；幾十年後，其熱度仍能把他推到榜眼的位置。傳統的英國第二大詩人米爾頓遭艾略特在《米爾頓（之一）》大貶後，雖有《米爾頓（之二）》「琵琶半遮面」地為他「平反」，但禍害已經造成，結果在選舉中直墜第二十五名的低谷，慘如《失樂園》裏的撒旦直墜地獄。（當然，米爾頓跌至第二十五名的位置，也可能因為「年代久遠」，絕大多數的年輕選民已不知米爾頓是何許人；即使知，也未讀過《失樂園》；即使讀過，也未必能進入米爾頓的世界。）米爾頓寫《失樂園》時，早已知道知音難遇，因此在該詩第七卷向掌管天文的繆斯烏拉尼亞祈呼時說：「繼續駕御吾歌呀，／烏拉尼亞，尋覓夠格卻稀少的知音。」("Still govern thou my song, / Urania, and fit audience find, though few.")（三〇—三一行）。第三，在這類選舉中，往往一犬吠形，百犬吠聲，選民中有真知者極寡，人云亦云的耳食之輩極多，選舉結果常常取決於汪汪吠聲的眾犬。也許因為這緣故，專家草擬決選名單時故意漏去莎翁，避免讓他的結局與米爾頓結局相類；因為如此尷尬的場面一旦出現，既會辱及國體，也極度對不起國寶。幾百年來，莎翁一直是英國——甚至世界——詩壇的至尊；但過去二三十年，學術界激進的暴民群起聲討「死去的白種佬」("dead white men")，其中最顯眼的「死去的白種佬」是莎翁；結果不少暴民要大學的英文系廢掉莎翁課程。情況如此「嚴峻」，眾專家當然不敢造次，只能要莎翁受點委屈，暫避風頭，以免遭暴民作踐。此外還有一點值得注意：決選名單中沒有喬叟 (Geoffrey Chaucer)、史賓塞 (Edmund Spenser)、德萊頓 (John Dryden)、蒲柏 (Alexander Pope) 等名家，也許因為眾專家知道，今日絕大多數選民，文學視野不過，早在一九一九年，《泰晤士報文學副刊》就有匿名文章對艾略特的作品（一九一九年出版的《詩集》(*Poems*)）提出不客氣的批評：

[...] his verse, novel and ingenious, original as it is, is fatally impoverished of subject matter. For he is as fastidious of emotions as of cadences. He seems to have a "phobia" of sentimentality, like a small schoolboy who would die rather than kiss his sister in public. Still, since he is writing verses, he must say something, and his remarkable talent exercises itself in saying always, from line to line and word to word, what no one would expect. Each epithet, even, must be a surprise, each verb must shock the reader with unexpected associations; and the result is this:

> Polyphiloprogenitive
> The sapient sutlers of the Lord
> Drift across the window-panes.
> In the beginning was the Word.
>
> In the beginning was the Word
> Superfetation of τὸ ἕν
> And at the mensual turn of time
> Produced enervate Origen.[5]

Mr. Eliot, like Browning, likes to display out-of-the-way learning, he

---

和文學知識都十分有限，不能掃視英國文學的整個傳統，於是索性把這些較冷門的詩人放棄，以免讓他們落在榜末，叫他們在天之靈難堪。因此，對於甚麼「十大」、「二十大」、「世紀百強」、「最受歡迎」⋯⋯一類選舉，真正傑出的詩人（無論在世還是在星穹下瞰塵寰）都無須太認真。

5　這八行引自《艾略特先生星期天早晨的主日崇拜》("Mr. Eliot's Sunday Morning Service")。

likes to surprise you by every trick he can think of.[6]

[……] 他 [艾略特] 的詩，新奇巧妙，雖然自出機杼，內容卻貧乏得致命。因為他對於情感，一如對韻律那樣謹小慎微。他對於感傷之情，似乎有「恐懼症」；就像個小學童，寧願死去，也不肯當眾吻自己的妹妹。儘管如此，他既然在書寫詩句，總要說點甚麼東西的。他的出色才華，就這樣自我操演：從此行到彼行，從此字到彼字，總在說沒有人會意料得到的東西。即使每一個形容詞，都要出人意表；每個動詞，都要以預料不到的聯想叫讀者震駭；結果呢，就寫出以下作品：

Polyphiloprogenitive[7]
The sapient sutlers of the Lord[8]
Drift across the window-panes.[9]
In the beginning was the Word.[10]

In the beginning was the Word

---

6 *Times Literary Supplement* 908 (12 June 1919), 322。轉引自網頁 "Poems (1919); Ara Vos Prec (1920); Poems (1920) – T. S. Eliot"（多倫多時間二〇二一年八月二十六日下午三時登入）。《泰晤士報文學副刊》的書評，都以匿名方式發表。

7 "Polyphiloprogenitive"：艾略特自鑄之詞，拆開來大致是「多元熱愛擁護生殖」（原文八個音節，故意架床疊屋；漢譯也架床疊屋，設法傳遞原文效果）的意思，用來諷刺猶太人：指猶太人把耶穌吸納進異教徒的群神中，也指異教徒的神祇善於生殖後代。以一個搶眼的單詞獨佔一行的技巧，艾略特模仿自拉佛格。參看Southam, 114-15。

8 "The sapient sutlers of the Lord"：意為「上主智慧的隨軍小商販」，指同一詩中第二十五行 ("Along the garden-wall the bees […]") 的蜜蜂。

9 "Drift across the window-panes"：指蜜蜂「漂過 [教堂] 窗戶的玻璃」。參看Southam, 116。

10 "In the beginning was the Word"：意為「太初有道」；出自《新約‧約翰福音》第一章第一節："In the beginning was the Word, and the Word was with God, and the Word was God."（「太初有道，道與　神同在，道就是　神。」）。

Superfetation of τὸ ἕν[11]
And at the mensual turn of time[12]
Produced enervate Origen.[13]

像布朗寧一樣，艾略特先生喜歡陳列偏僻的學問，[14] 喜歡用他想得出的每一樣把戲出你意表。

一九三四年，艾略特如日中天時，美國詩人兼評論家馬爾科姆‧考利 (Malcolm Cowley) 在《〈荒原〉的兩難》("The Dilemma of *The Waste Land*") 一文中說：

No other American poet had so many disciples as Eliot, in so many stages of his career. Until 1925 his influence seemed omnipresent, and it continued to be important in the years that followed. But in 1922, at the moment when he was least known to the general public and most fervently worshiped by young poets,[15] there was a sudden crisis. More than half of his disciples began slowly to

---

11 "Superfetation"：「重孕」；生物學名詞，指卵巢多次受孕，結果母體會生下雙胞胎，甚至三胞胎、四胞胎⋯⋯。"τὸ ἕν" 兩個希臘文詞語，第十二章已經詳細討論、分析過，在此不贅。

12 "And at the mensual turn of time"：Southam (116) 的解釋是："in a period of months"（「經過多月時間」；不過Southam (116) 也指出，《牛津英語詞典》(*The Oxford English Dictionary*) ——世界最具權威的英語詞典——並沒有收錄 "mensual" 一詞；懷疑是 "menstrual"（「每月（一次）的」）的筆誤。"menstrual" 一詞，通常與「月經」有關如 "menstrual cycle"（「月經週期」）、"menstrual pain"（「經痛」）。

13 "Produced enervate Origen"：意為「產出虛弱的奧勒真」。奧勒真（Origen，又稱 "Origen of Alexandria" 或 "Origen Adamantius"（約184-約253），生於埃及亞歷山大城，是基督教早期的教士、神學家、苦行僧；致力研究、詮釋《聖經》，據說著作多達六千本（一說在二千本以下）。

14 《泰晤士報文學副刊》書評的作者比貝森客氣，只說艾略特的學問是「偏僻的學問」，沒有動用「偽學問」一語。

15 "worshiped"，美式英語拼法；英式英語拼 "worshipped"。

drop away.

When *The Waste Land* first appeared, we were confronted with a dilemma. Here was a poem that agreed with all our recipes and prescriptions of what a great modern poem should be. Its form was not only perfect but was far richer musically and architecturally than that of Eliot's earlier verse. Its diction was superb. It employed in a magisterial fashion the technical discoveries made by the French writers who followed Baudelaire. Strangeness, abstractness, simplification, respect for literature as an art with traditions—it had all the qualities demanded in our slogans. We were prepared fervently to defend it against the attacks of the people who didn't understand what Eliot was trying to do—but we made private reservations. The poem had forced us into a false position, had brought our consciously adopted principles into conflict with our instincts. At heart—not intellectually, but in a purely emotional fashion—we didn't like it. We didn't agree with what we regarded as the principal idea that the poem set forth.

The idea was a simple one. Beneath the rich symbolism of *The Waste Land*, the wide learning expressed in seven languages, the actions conducted on three planes, the musical episodes, the geometrical structure—beneath and by means of all this, we felt the poet was saying that the present is inferior to the past. The past was dignified; the present is barren of emotion. The past is a landscape nourished by living fountains; now the fountains of spiritual grace are dry....Often in his earlier poems Eliot had suggested this idea [...]

The seven-page appendix to *The Waste Land*, in which Eliot paraded his scholarship and explained the Elizabethan or Italian sources of what had seemed to be his most personal phrases, was a painful dose for us to swallow. But the truth was that the poet had not changed so much as his younger readers. We were becoming less preoccupied with technique and were looking for poems that portrayed our own picture of the world. [...] It happened that Eliot's subjective truth was not our own.[16]

　　沒有一位美國詩人，在寫作生涯中那麼多的階段，會像艾略特那樣，有那麼多的門徒。一九二五年之前，他的影響力似乎無處不在；一九二五年之後多年，這一影響力依然重要。但是，一九二二年，正當他最不為大眾所知，卻為年輕詩人十分狂熱地崇拜之際，突然出現一個危機：超過一半的門徒開始慢慢離開他。

　　《荒原》最初發表時，我們面對一個兩難局面。眼前這首詩，完全符合我們心目中對一首現代詩傑作所需的要素，完全符合我們心目中一首現代詩傑作應該遵守的信條。其形式不僅完美，而且就音樂和結構效果而言，遠比詩人以前的作品富贍。詩的用詞高超。跟從波德萊爾的法國作家所發現的技巧，艾略特在詩中運用起來，有大師風範。奇異、抽象、精簡，視文學為植根於傳統的藝術，並尊重這一藝術——我們口號標榜的特質，此詩全部具備了。一旦不了解此詩旨趣的人發動攻擊，我們隨時會強烈捍衛——不過私下，我們都有保留。此詩逼我們不得不採取虛假立場，叫我們有意識地崇奉的理念與我們的直覺牴觸。我們心底——不是出於理性，而是基於純粹的感情原因——並不喜歡這首詩。我們不贊同這首詩所闡述的內容；這一內容，我們認為是全詩的中心思想。

　　這思想至為簡單。《荒原》有繁富的象徵；有廣博的學問，以七種語言表達；有情節，在三個層面進行；有種種音樂片段；

---

16 文章摘錄自Malcolm Cowley, *Exile's Return: A Literary Odyssey of the 1920's* (New York: Viking, 1951), 112-15；轉引自Eliot, *The Waste Land: Authoritative Text, Contexts, Criticism*, 163-64。

有幾何式的結構——我們覺得，在所有這些特色之下，同時藉所有這些特色，詩人在說，現在不如過去。現在則情感枯竭。過去是由鮮活流泉滋潤的景致；現在呢，靈恩之泉已經乾涸。……這一主題，艾略特在早期詩作中已常有暗示。[……]

在《荒原》長達七頁的附錄中，艾略特獺祭其學問，解釋伊麗莎白時代或意大利引文的出處。這些引文，於他本人而言，似乎最具意義。但這一附錄，是我們難以下嚥的一劑苦藥。不過真正原因是：詩人的變化，追不上他的年輕讀者。我們已不像以前那樣，只顧技巧；我們要尋找的，是描繪我們本身世界形象的詩作。[……] 實際情況是：艾略特的主觀真相，並不是我們本身的真相。

結尾時，考利這樣說：

> Although we did not see our own path, we instinctively rejected Eliot's. In the future we should still honor his poems and the clearness and integrity of his prose, but the Eliot picture has ceased to be our guide.[17]

> 我們雖然看不見本身的道路，卻憑直覺揚棄了艾略特的道路。將來，我們仍應該尊崇他的詩作及其散文的明晰、矯健；不過，艾略特的世界觀已經不是我們的嚮導。

考利是現代派詩人，一九二〇年代移居巴黎，常與海明威 (Ernest Hemingway)、F・斯科特・費茲傑拉爾德 (F. Scott Fitzgerald)、約翰・多斯・帕索斯 (John Dos Passos)、艾茲拉・龐德 (Ezra Pound)、格蒂露蒂・斯坦因 (Gertrude Stein)、E・E・康明斯 (E. E. Cummings)、艾德門

---

17 轉引自Eliot, *The Waste Land: Authoritative Text, Contexts, Criticism*, 165-66。有關考利的資料，參看*Wikipedia*, "Malcolm Cowley" 條（多倫多時間二〇二一年四月六日下午五時登入）。

德‧威爾遜 (Edmund Wilson)、厄斯金‧科爾德威爾 (Erskine Caldwell) 交往，諳熟現代派的脈搏；反對的不是《荒原》的晦澀，不是作品的散亂和不連貫；就這些特點而言，身為徹頭徹尾的現代派成員，考利和艾略特的頻率完全相同；他反對的，主要是艾略特厚古薄今的思想和遺老式的世界觀。

一九四八年，艾略特榮獲諾貝爾文學獎，中天太陽的熱度更大大急升。然而，就在艾略特獲獎後三年，也就是一九五一年，學者兼評論家羅素‧侯普‧羅賓斯 (Rossell Hope Robbins) 出了一本鍼砭詩壇大偶像的著作，書名《T‧S‧艾略特神話》(*The T. S. Eliot Myth*)。在書中，作者指出，艾略特詩作單薄，名過其實；其為人呢，則感情貧瘠，勢利而偏頗；不但歧視猶太人，還接受法西斯的一套；其詩作不過是散播個人宗教信仰的工具。羅賓斯以艾略特的著作為例證，認為一整代的作家和評論家都錯估了他；然後斷言，艾略特不是「文人」("a man of letters")，只是個「宣傳家」("a propagandist")。羅賓斯對艾略特的評價是：「一個只有小成就的詩人，感情枯瘠，心靈被勢利眼粗化，被偏狹觀點緊箍而縮窄」("a poet of minor achievement, emotionally sterile and with a mind coarsened by snobbery and constricted by bigotry […]")。[18]

二十世紀將要落幕時，另一位論者羅納德‧布什 (Ronald Bush) 則這樣評價艾略特：

As Eliot's religious and political convictions began to seem less congenial in the postwar world, other readers reacted with suspicion to his assertions of authority, obvious in *Four Quartets* and implicit in the earlier poetry. The result, fueled by intermittent rediscovery of Eliot's

---

18 見Aloysius B. McCabe的書評, "Eliot, a Poet or Propagandist" (*The T. S. Eliot Myth*, by Russell Hope Robbins, Henry Schuman, 226 pp.), November 30, 1951。轉引自The Harvard Crimson 網頁（多倫多時間二〇二一年七月三十日下午一時登入）。

occasional anti-Semitic rhetoric,[19] has been a progressive downward revision of his once towering reputation.[20]

第二次世界大戰後，艾略特的宗教和政治觀點似乎不再像以前那麼得宜。這時候，別的讀者開始以懷疑態度看他咄咄逼人的威勢。這威勢，在《四重奏四首》裏顯而易見；在之前的詩作中則隱含於字裏行間。由於這緣故，加上讀者斷斷續續地再度發現，他行文時偶爾有反猶太人的言詞；結果火上加油，一度薄天的聲譽也就一直下調。

考利和布什的論點以世界觀、宗教觀、政治觀為準則，有違新批評就作品論作品的信條。那麼，就作品論作品，艾略特的地位又有多高呢？縱觀艾略特詩集，讀者不難發覺，詩人的產量不算豐碩。這一現象，《維基百科》有精簡的概述：

For a poet of his stature, Eliot produced a relatively small number of poems. He was aware of this even early in his career. He wrote to J. H. Woods, one of his former Harvard professors, 'My reputation in London is built upon one small volume of verse, and is kept up by printing two or three more poems in a year. The only thing that matters is that these should be perfect in their kind, so that each should be an event.[21]

相對於其詩人地位而言，艾略特只寫了為數不多的詩作。即使在寫詩生涯早期，他已經覺察到這點；寫信給J・H・伍茲（在哈佛教過他的教授之一）時這樣說：「我在倫敦的聲譽，建立於一小

19 "fueled"，美式英語拼法；英式英語拼 "fuelled"。

20 Ronald Bush, "T. S. Eliot's Life and Career", 見 John A. Garraty and Mark C. Carnes (eds.), *American National Biography* (New York: Oxford University Press, 1999)。轉引自*Wikipedia*, "T. S. Eliot" 條（多倫多時間二〇二一年四月六日上午十一時登入）。

21 見*Wikipedia*, "T. S Eliot" 條（多倫多時間二〇二一年一月十四日下午三時登入）。

冊詩作；然後每年再印行兩三首作品來維持這聲譽。唯一重要的
是，這兩三首作品必須在同類作品中無懈可擊；每首印行時要成
為叫人矚目的事件。

細閱艾略特的詩集，讀者的確會發覺，詩人產量不豐；以大詩人的標
準衡量，甚至顯得單薄，[22] 結果要靠未完成詩作 (Unfinished Poems) 來
充場。他的即興詩，也不見得怎樣精彩。比如說，即興詩中的《致沃
爾特‧德勒梅爾》("To Walter de la Mare")，雖然頗有童趣，也只是虛
應故事之作。艾略特寫評論時可以十分刻薄；提到葉慈時，說他的神
話世界「是十分精密的低級神話，像一個醫生受召，給詩歌奄奄一
息的脈搏提供某種短暫有效的興奮劑，讓瀕死的病人吐出最後的話
語」。[23] 評拜倫時，除了人身攻擊，還不忘譏刺：

The bulk of Byron's poetry is distressing, in proportion to its quality;
one would suppose he never destroyed anything.[24]

相對於質而言，拜倫的大量詩作多得叫人氣短；我們可以推測，
他從來不會銷毀任何東西。

言下之意是：拜倫即使寫垃圾，也會留下來，收入其全集裏。有豪氣
說上述這種刻薄話的作家，自己的全集是不應該以未完成和虛應故事
的作品撐場面的。幾十年前，筆者初讀艾略特詩歌全集，發覺作品不
多；以為詩人對自己要求極高，比一般詩人的要求高很多，幾十年創
作生涯中有「毀詩滅跡」的習慣，揚棄了不少過不了自己一關的作
品，包括劣作和平平之作；後來從頭至尾再度細閱其作品，才發覺最
初的印象並不準確。一位詩人，即使偉大詩人，寫了幾十年詩，全集
裏有平平之作至為尋常，誰也不必訾議、譏刺，大張撻伐；評論這位

---

22 如果把他的詩劇也計算在內，他的創作產量就不算低了。

23 艾略特對葉慈的刻薄評語，本書第十章已經談過。

24 引自艾略特 "Byron" 一文，見 T. S. Eliot, *On Poetry and Poets* (New York: Farrar,
Straus and Giroux, 1957), 224。

詩人，像史遷那樣「不虛美，不隱惡」，指出這些作品不怎麼樣，然後客觀分析就夠了；[25] 像艾略特那樣，其身不正而譏嘲拜倫，讀者就會覺得，他對別人過於苛嚴，對自己過於寬貸。

《諾頓英國文學選集》(The Norton Anthology of English Literature) 的編輯，對艾略特有以下總結：

> There is no disagreement on [Eliot's] importance as one of the great renovators of the English poetry dialect, whose influence on a whole generation of poets, critics, and intellectuals generally was enormous. [However] his range as a poet [was] limited, and his interest in the great middle ground of human experience (as distinct from the extremes of saint and sinner) [was] deficient.[26]

> 艾略特是革新英詩語言的傑出詩人之一；對於這樣一位詩人的重要地位，大家並無異議。艾略特對一整代詩人、評論家以至一般知識分子的影響巨大。[可是]，身為詩人，他的廣度有限；他對人類經驗宏闊的中間領域（異於聖人和罪人的兩極）興趣不足。

這是客觀中肯的論斷。

艾略特一九六五年去世，距今將近六十年；「艾略特現象」的洪峰，也成了歷史。此後二百年、三百年……他會像所有進了歷史的作家一樣，接受較客觀、較冷靜的定位：當代超買的天之驕子，其股價會下降；當代超賣的寂寞聖賢，其股價會上升。要在二十世紀西方文壇選天之驕子，艾略特認了第一，無人敢認第二，否則距離太近，會遭炙手的熱力燒傷。要在世界文壇選作者在世時代的寂寞聖賢，大概也沒有人會與杜甫爭勝。此後，時間越久，艾略特的地位應該越會下

---

25 我們讀完蘇軾全集，就應該採取這樣的批評態度。東坡作品之多，李、杜難以望其項背。全集之中，精彩之作固然多，平平之作也不少。

26 參看*Wikipedia*，"T. Eliot" 條（多倫多時間二〇二一年四月八日下午三時登入）。

調；也許到了某一階段，艾略特在文學聖殿的座次，才會塵埃落定；就像中國的詩聖，寂寞一過，今日已在聖殿中高不何仰的位置俯瞰塵寰。人生短暫，今日在地面行走的人，誰也不能等二百年、三百年。不過，在艾略特的日車馳過了中天的二十一世紀二十年代，暫時為他定位也無可厚非——至少比上世紀四十到六十年代的艾迷評鑑得客觀。

縱觀艾略特的全部詩作，寫宗教，寫人神經驗時，作者能探向深微，成就彪炳，其中以《聖灰星期三》和《四重奏四首》最突出。可是，這一強項也是艾略特本人覺察到的局限。談到傑拉德‧曼利‧郝普金斯 (Gerard Manley Hopkins) 時，他說：

To be a 'devotional poet' is a limitation: a saint limits himself by writing poetry, and a poet who confines himself to even this subject matter is limiting himself too.[27]

> 身為「奉獻詩人」是一種局限：身為聖者而寫詩，是局限自己；而一位詩人，即使僅僅自圍於這類題材，也同樣在局限自我。

艾略特在創作後期，尤其從《聖灰星期三》開始，幾乎無詩不談宗教（基督教），大多數作品幾乎變成了基督教奉獻詩；結果作者的局限顯而易見：「一位詩人，即使僅僅自圍於這類題材，也同樣在局限自我」。其餘作品，寫心理，寫今非昔比，寫現代世界的墮落、現代生活的齷齪、現代人物的醜陋、討厭……能善用超現實或其他手法傳遞信息，但堂廡不大，音域頗窄；最長的作品也只有數百行。[28] 因此，

---

27 T. S. Eliot, *After Strange Gods*, 48。

28 他的《四重奏四首》，分別長一七八行（《焚毀的諾頓》）、二一二行（《東科克》）、二三七行（《三野礁》）、二六一行（《小吉丁》）；由於是組詩，不算單獨成篇的長詩；也就是說，艾略特最長的作品是《荒原》。不過，借用貝森（Bateson）的話來形容，《荒原》「只是草率縫綴起來的精彩碎片」("brilliant fragments only perfunctorily stitched together")。由於拙於掌控大結構，艾略特也就寫不出真正的長詩，不能成為波瀾壯闊的大氣詩人了。所謂「真正的長詩」，

艾略特無疑是一位傑出詩人；但是，讀完他的作品，筆者不會聯想到「偉大」一詞。如果但丁、莎士比亞、米爾頓是韓德爾、莫扎特、貝多芬，[29] 則艾略特大概是俄國現代作曲家斯特拉文斯基。

至少應該是一千行以上的作品吧？至於一萬行──甚至一萬行以上──的偉著，就要求諸荷馬、維吉爾、但丁、米爾頓了。荷馬的《伊利昂紀》長一五六九三行，《奧德修斯紀》長一二一〇九行，但丁的《神曲》長一四二三三行，米爾頓的《失樂園》長一〇五五〇行。維吉爾的《埃涅阿斯紀》長九八八三行，未達一萬，但按照上捨入的完則計算，也是一萬行了。

29 這裏不是說但丁是韓德爾，莎士比亞是莫扎特，米爾頓是貝多芬，而是說三位大詩人的級數大約與三位大作曲家的級數相埒。至於具體說來，誰是韓德爾，誰是莫扎特，誰是貝多芬，則須進一步討論、分析。

參考書目

一、英語及其他外語

甲、參考書（按作者姓名字母序）

Abrams, M. H., *A Glossary of Literary Terms*, 11th ed. (Stamford: Cengage Learning, 2015).

Ackroyd, Peter, *T. S. Eliot* (London: Hamilton, 1984).

Alighieri, Dante, *Le opere di Dante: Testo critico della Società Dantesca Italiana*, a cura di M. Barbi et al. (Firenze: Nella Sede della Società, 1960).

Aristotle, *Poetics* (Περὶ Ποιητικῆς), ed. and trans., Stephen Halliwell, The Loeb Classical Library, ed. Jeffrey Henderson, Aristotle XXIII LCL 199 (Cambridge, Massachusetts / London, England: Harvard University Press, 1995).

Blamires, Harry, *Word Unheard: A Guide through Eliot's Four Quartets* (London: Methuen & Co. Ltd., 1969).

Bodelsen, C. A., *T. S. Eliot's Four Quartets: A Commentary*. 2nd ed. (Copenhagen: Copenhagen University Publication Fund, 1966).

Borrow, Colin, *William Shakespeare: The Complete Sonnets and Poems* (Oxford / New York: Oxford University Press, 2008).

Bradley, A. C., *Shakespearean Tragedy: Lectures on* Hamlet, Othello, King Lear, Macbeth (London: Macmillan and Co. Ltd., 1965).

Catford, J. C., *A Linguistic Theory of Translation: An Essay in Applied Linguistics*, Language and Language Learning 8, General Editors, Ronald Mackin and Peter Strevens (London: Oxford University Press, 1965)

Chinitz, David E., ed., *A Companion to T. S. Eliot*, Oxford: Wiley-Blackwell, 2009.

Craig, W. J., ed., *Shakespeare: Complete Works*, by William Shakespeare, Oxford Standard Authors (London: Oxford University Press, 1974).

de Saussure, Ferdinand, *Cours de linguistique générale,* eds. Charles Bally, Albert Sechehaye, and Albert Riedlinger (Paris: Payot, 1964).

Dettmar, Kevin, "A Hundred Years of T. S. Eliot's 'Tradition and the Individual Talent'", *The New Yorker*, October 27, 2019.

Donne, John, *Donne: Poetical Works*, ed. H. J. C. Grierson, Oxford Standard Authors (London: Oxford University Press, 1933).

Eliot, T. S., *After Strange Gods: A Primer of Modern Heresy: The Page-Barbour Lectures at the University of Virginia, 1933* (London: Faber and Faber 1934).

———. *Collectd Plays* (London: Faber and Faber, 1962).

———. *Collected Poems: 1909-1962* (London: Faber and Faber, 1963).

———. *Knowledge and Experience in the Philosophy of F. H. Bradley* (London: Faber and Faber, 1964).

———. *Murder in the Cathedral* (New York: Harcourt, Brace and Company, Inc., 1935).

———. *Notes towards the Definition of Culture* (London: Faber and Faber, 1962).

———. *Old Possum's Book of Practical Cats* (London: Faber and Faber, 1939).

———. *On Poetry and Poets* (London: Faber and Faber, 1957).

———. *On Poetry and Poets* (New York: Farrar, Straus and Giroux, 2009).

引文如無註明出版地點和出版社名字，則引自 "Faber and Faber" 版。

_____. *Selected Essays* (London: Faber and Faber, 1951).

_____. *The Cocktail Party* (London: Faber and Faber, 1950).

_____. *The Confidential Clerk* (New York: Harcourt, Brace and Company, 1954).

_____. *The Family Reunion* (London: Faber and Faber, 1950).

_____. *The Idea of a Christian Society and Other Writings,* with an Introduction by David L. Edwards (London: Faber and Faber, 1982; 1ˢᵗ ed. 1939.

_____. *The Sacred Wood: Essays on Poetry and Criticism*, 6ᵗʰ ed. (London: Methuen, 1948).

_____. *The Use of Poetry and the Use of Criticism: Studies in the Relation of Criticism to Poetry in England: The Charles Eliot Norton Lectures for 1932-1933* (London: Faber and Faber, 1933).

_____. *The Waste Land*: *A Facsimile and Transcript of the Original Drafts Including the Annotations of Ezra Pound*, ed. Valerie Eliot, A Harvest book (San Diego / New York/ London: Harcourt, Brace and Company, 1971).

_____. *The Waste Land: Authoritative Text, Contexts, Criticism*, A Norton Critical Edition, ed. Michael North (New York / London: W. W. Norton, 2001).

_____. *To Criticize the Critic and Other Writings* (London: Faber and Faber, 1965)

_____. trans., *Anabasis*, by Saint-John Perse (London: Faber and Faber, 1930).

Gardner, Helen, *The Art of T. S. Eliot* (London: The Cresset Press, 1949).

Greene, E. J. H., *T. S. Eliot et la France* (Paris: Boivin, 1951).

Harvey, Sir Paul, and J. E. Helseltine, comp. and ed., *The Oxford*

Companion to French Literature (Oxford: Clarendon Press, 1989).

Hesse, Eva, *T. S. Eliot und Das wüste Land: Eine Analyse* (Frankfurt am Main: Suhrkamp Verlag, 1973).

The Holy Bible, containing the *Old* and *New Testaments*, translated out of the original tongues and with the former translators diligently compared and revised by His Majesty's special command, appointed to be read in churches, Authorized King James Version, printed by authority (London / New York / Glasgow / Toronto / Sydney / Auckland: Collins' Clear-Type Press, [no publication year]).

Homer, Ἰλιάς [*The Iliad*], trans., A. T. Murray, 2 vols., The Loeb Classical Library 170, 171, ed. G. P. Goold (Cambridge, Massachusetts: Harvard University Press, 1924-1925).

Jenkins, Harold, ed., *Hamlet*, by William Shakespeare, The Arden Shakespeare (London: Methuen, 1982).

Johnson, Samuel, *The Lives of the Most Eminent English Poets: With Critical Observations on Their Works*, with an Introduction and Note by Roger Lonsdale, 4 vols. (Oxford: Clarendon Press, 2006).

Kermode, Frank, *Romantic Image* (London / New York: Routledge, 2002).

Kerrigan, John, ed., *William Shakespeare: The Sonnets and A Lover's Complaint* (London: Penguin Books, 2005).

Leishman, J. B., *The Monarch of Wit: An Analytical and Comparative Study of John Donne* (London: Hutchinson, 1965)

Levin, Harry, *The Question of* Hamlet (New York: Oxford University Press, 1959).

Lewis, C. S., "Hamlet: The Prince or the Poem", in Laurence Lerner, ed., *Shakespeare's Tragedies: An Anthology of Modern Criticism* (Harmondsworth: Penguin Books, 1968), 65-77.

_____. *A Preface to* Paradise Lost (New York: Oxford University Press, 1961).

Leyris, Pierre, and John Hayward, trans., *Quatre quatuors*, by T. S. Eliot (Paris: Éditions du Seuil, 1950).

Matthiessen, F. O, and C. L. Barber, *The Achievement of T. S. Eliot: An Essay on the Nature of Poetry*, with a chapter on Eliot's later work by C. L. Barber, Galaxy Book GB22, 3rd ed. (New York: Oxford University Press, 1963).

Milton, John, *Milton: Poetical Works*, ed. Douglas Bush (London: Oxford University Press, 1966).

Petrocchi, Giorgio, a cura di, *Le Opere di Dante Alighieri: La Commedia*, by Dante Alighieri, secondo l'antica vulgata, Società Dantesca Italiana, Edizione Nazionale (Milano: Arnoldo Mondadori Editore, 1967).

Pinion, F. B., *A T. S. Eliot Companion: Life and Works* (London: Papermac, 1986).

Rainey, Lawrence, ed., with annotations and introduction, *The Annotated Waste Land with Eliot's Contemporary Prose*, 2nd ed. (New Haven / London: Yale University Press, 2006).

Ricks, Christopher, *Milton's Grand Style* (Oxford: Clarendon Press, 1963).

Ricks, Christopher, and Jim McCue, eds., *The Poems of T. S. Eliot*, by T. S. Eliot, 2 vols., Vol. 1, *Collected and Uncollected Poems*, Vol. 2, *Practical Cats and Further Verses* (London: Faber and Faber, 2015).

Robbins, Rossell Hope, *The T. S. Eliot Myth* (New York: Henry Schuman, 1951).

Sophocles, *Ajax • Electra • Oedipus Tyrannus*, trans. Hugh Lloyd Jones, 1st ed. 1994, The Loeb Classical Library (Cambridge, Massachusetts / London, England: Harvard University Press, 1997 ed.).

Southam, B. C., *A Guide to the Selected Poems of T. S. Eliot*, 6th ed., A Harvest Original (San Diego / New York / London: Harcourt, Brace and Company, 1994).

Taylor, Michelle, "The Secret History of T. S. Eliot's Muse", *The New*

Yorker (December 5, 2020). (accessed through the Internet)

Thompson, Ann, and Neil Taylor, eds., *Hamlet,* by William Shakespeare, the Arden Shakespeare (London: Arden Shakespeare, 2006).

Verlaine, Paul, *Œuvres poétiques* (Paris: Éditions Garnier Frères, 1969).

Virgil (Publius Vergilius Maro), *Eclogae. Georgica. Aeneis* (*Eclogues. Georgics. Aeneid*), I-VI, with an English translation by H. Rushton Fairclough, revised by G. P. Goold, The Loeb Classical Library (Cambridge, Massachusetts: Harvard University Press, 1999).

_____. *Aeneis* (*Aeneid*), VII-XII, with an English translation by H. Rushton Fairclough, revised by G. P. Goold, The Loeb Classical Library (Cambridge, Massachusetts: Harvard University Press, 2000).

_____. *Aeneis* (*The Aeneid of Virgil*), 2 vols., Vol. 1, Books I-VI, Vol. 2, Books VII-XII, ed. T. E. Page (London: Macmillan, 1894).

Wells, Stanley, et al., eds., *William Shakespeare: The Complete Works*, by William Shakespeare, General Editors: Stanley Wells and Gary Taylor, 2nd ed. (Oxford: Clarendon Press, 2005), 1st ed. 1986.

Williamson, George, *A Reader's Guide to T. S. Eliot: A Poem-by-Poem Analysis* (New York: The Noonday Press, 1953).

Wong, Laurence [Huang Guobin], "Musicality and Intrafamily Translation: With Reference to European Languages and Chinese", *Meta* 51.1 (March 2006): 89-97. 此文現已收錄於本譯者的英文專著。參看Laurence K. P. Wong, *Where Theory and Practice Meet: Understanding Translation through Translation* (Newcastle upon Tyne: Cambridge Scholars Publishing, 2016), 86-98.

乙、詞典（按編者姓名字母序）

1. 英語

Allen, R. E., *The Concise Oxford Dictionary of Current English*, 1st ed. by H. W. Fowler and F. G. Fowler, 1911 (Oxford: Clarendon Press, 8th ed.

1990).

Gove, Philip Babcock et al., eds., *Webster's Third New International Dictionary of the English Language Unabridged* (Springfield, Massachusetts: G. & C. Merriam Company, 1976).

Gove, Philip Babcock et al., eds., *Webster's Third New International Dictionary of the English Language Unabridged* (Springfield, Massachusetts: Merriam – Webster Inc., Publishers, 1986).

Brown, Lesley et al., eds., *The New Shorter Oxford English Dictionary on Historical Principles*, 2 vols. (Oxford: Clarendon Press, 1993).

Flexner, Stuart Berg, et al., eds., *The Random House Dictionary of the English Language*, 2nd ed., unabridged (New York: Random House, Inc., 1987).

Little, William, et al., prepared and eds., *The Shorter Oxford English Dictionary on Historical Principles*, 1st ed. 1933 (Oxford: Clarendon Press, 3rd ed. with corrections 1970).

Nichols, Wendalyn R., et al., eds., *Random House Webster's Unabridged Dictionary*, 2nd ed. (New York: Random House, Inc., 2001).

Simpson, J. A., and E. S. C. Weiner, eds., *The Oxford English Dictionary*, 1st ed. by James A. Murray, Henry Bradley, and W. A. Craigie, 20 vols., combined with A Supplement to *The Oxford English Dictionary*, ed. R. W. Burchfield (Oxford: Clarendon Press, 2nd ed. 1989); *OED* online. Also referred to as "*OED*" for short (也簡稱 "*OED*").

Sinclair, John, et al., eds., *Collins Cobuild English Dictionary* (London: HarperCollins Publishers, 1995).

Soanes, Catherine, and Angus Stevenson, eds., *Concise Oxford English Dictionary*, 1st ed. by H. W. Fowler and F. G. Fowler, 1911 (Oxford: Oxford University Press, 11th ed. 2004).

Soanes, Catherine, and Angus Stevenson, eds., *Oxford Dictionary of English*, 2nd ed., revised (Oxford: Oxford University Press, 2005); 1st ed. edited by Judy Pearsall and Patrick Hanks.

Stevenson, Angus, and Christine A. Lindberg, eds., *New Oxford American Dictionary*, 3rd ed. (Oxford / New York: Oxford University Press, 2010); 1st ed. (2001) edited by Elizabeth J. Jewell and Frank Abate.

Della Thompson, ed., *The Concise Oxford Dictionary of Current English* (Oxford: Clarendon Press, 9th ed. 1995).

Trumble, William R., et al., eds., *Shorter Oxford English Dictionary on Historical Principles*, 2 vols., Vol. 1, A – M, Vol. 2, N – Z, 1st ed. 1933 (Oxford: Oxford University Press, 5th ed. 2002).

2. 法語

Carney, Faye, et al., eds., *Grand dictionnaire: français-anglais / anglais-français / French-English / English-French Dictionary* unabridged, 2 vols.; 1: *français-anglais / French-English*; 2: *anglais-français / English-French* (Paris: Larousse, 1993).

Chevalley, Abel, and Marguerite Chevalley, comp., *The Concise Oxford French Dictionary: French-English*, 1st ed. 1934 (Oxford: Clarendon Press, reprinted with corrections 1966).

Goodridge, G. W. F. R., ed., *The Concise Oxford French Dictionary: Part II: English-French*, 1st ed. 1940 (Oxford: Clarendon Press, reprinted with corrections 1964).

Guilbert, Louis, et al., eds., *Grand Larousse de la langue française en sept volumes* (Paris: Librairie Larousse, 1971-1978). On the title page of Vol. 1, Vol. 2, and Vol. 3, the words indicating the number of volumes are "en six volumes" [in six volumes] instead of "en sept volumes" [in seven volumes]; on the title page of Vol. 4, Vol. 5, Vol. 6, and Vol. 7, the words "en sept volumes" [in seven volumes] are used. As a matter of fact, the dictionary consists of seven volumes instead of six. The publication years are 1971 (Vol. 1), 1972 (Vol. 2), 1973 (Vol. 3), 1975

(Vol. 4), 1976 (Vol. 5), 1977 (Vol. 6), and 1978 (Vol. 7).

Harrap's Shorter Dictionary: English-French / French-English / Dictionnaire: Anglais-Français / Français-Anglais, 6th ed. (Edinburgh: Chambers Harrap Publishers Ltd., 2000) [no information on editor(s)].

Imbs, Paul, et al., eds., *Trésor de la langue française: Dictionnaire de la langue du XIXe et du XXe siècle (1789-1960)*, 16 vols. (Paris: Éditions du Centre National de la Recherche Scientifique, 1971).

Mansion, J. E., revised and edited by R. P. L. Ledésert et al., *Harrap's New Standard French and English Dictionary*, Part One, French-English, 2 vols., Part Two, English-French, 2 vols., 1st ed. 1934-1939 (London: George G. Harrap and Co. Ltd., revised ed. 1972-1980).

Corréard, Marie-Hélène, et al., eds., *The Oxford-Hachette French Dictionary: French-English • English-French / Le Grand Dictionnaire Hachette-Oxford: français-anglais • anglais-français*, 1st ed. 1994, 4th ed. by Jean-Benoit Ormal-Grenon and Nicholas Rollin (Oxford: Oxford University Press; Paris: Hachette Livre; 4th ed. 2007).

Rey, Alain, et al., eds., *Le Grand Robert de la langue française*, deuxième édition dirigée par Alain Rey du dictionnaire alphabétique et analogique de la langue française de Paul Robert, 6 vols., 1st ed. 1951-1966 (Paris: Dictionnaires le Robert, 2001). In the list of "PRINCIPAUX COLLABORATEURS" ["PRINCIPAL COLLABORATORS"], however, the six-volume edition is described as "Édition augmentée" [enlarged or augmented edition] "sous la responsabilité de [under the responsibility of] Alain REY et Danièle MORVAN," the second edition being a nine-volume edition published in 1985.

Rey, Alain, et al., eds., *Dictionnaire historique de la langue française*, 6 vols. (Paris: Dictionnaires le Robert, 2000).

3. 德語

Betteridge, Harold T., ed., *Cassell's German and English Dictionary*, 1ˢᵗ ed. 1957, based on the editions by Karl Breul (London: Cassell and Company Ltd., 12ᵗʰ ed. 1968).

Drosdowski, Günther, et al., eds., *DUDEN: Das große Wörterbuch der deutschen Sprache*, in acht Bänden [in eight volumes], völlig neu bearbeitete und stark erweiterte Auflage herausgegeben und bearbeitet vom Wissenschaftlichen Rat und den Mitarbeitern der Dudenredaktion unter der Leitung von Günther Drosdowski (Mannheim / Leipzig / Wien / Zurich: Dudenverlag, 1993-1995).

Pfeifer, Wolfgang, et al., eds., *Etymologisches Wörterbuch des Deutschen*, 3 vols. (Berlin: Akademie – Verlag, 1989).

Scholze-Stubenrecht, W., et al., eds., *Oxford-Duden German Dictionary: German-English / English-German*, 1ˢᵗ ed. 1990 (Oxford University Press, 3ʳᵈ ed. 2005).

Wahrig, Gerhard, et al., eds., *Brockhaus Wahrig Deutsches Wörterbuch*, in sechs Bänden [in six volumes] (Wiesbaden: F. A. Brockhaus; Stuttgart: Deutsche-Verlags-Anstalt, 1980-1984).

4. 意大利語

Bareggi, Maria Cristina, et al., eds., *DII Dizionario: Inglese Italiano• Italiano Inglese*, in collaborazione con Oxford University Press (Oxford: Paravia Bruno Mondatori Editori and Oxford University Press, 2001).

Bareggi, Cristina, et al., eds., *Oxford-Paravia Italian Dictionary: English-Italian•Italian-English / Oxford-Paravia: Il dizionario Inglese Italiano•Italiano Inglese*, 1ˢᵗ ed. 2001 (Oxford: Paravia Bruno Mondadori Editori and Oxford University Press, 2ⁿᵈ ed. (seconda edizione aggiornata) 2006).

Battaglia, Salvatore, et al., eds., *Grande dizionario della lingua italiana*, 21 vols. (Torino: Unione Tipografico–Editrice Torinese, 1961-2002). *Supplemento all'indice degli autori citati: autori, opere, edizioni che compaiono nei volumi X, XI e XII per la prima volta*; *Supplemento 2004*, diretto da Edoardo Sanguineti, 2004; *Indice degli autori citati nei volumi I-XXI e nel supplemento 2004*, a cura di Giovanni Ronco, 2004; *Supplemento 2009*, diretto da Edoardo Sanguineti, 2009.

Cusatelli, Giorgio, et al., eds., *Dizionario Garzanti della lingua italiana*, 1st ed. 1965 (Milan: Aldo Garzanti Editore, 18th ed. 1980).

Duro, Aldo, et al., eds., *Vocabolario della lingua italiana*, 4 vols. (Roma: Istituto della Enciclopedia Italiana, 1986-1994).

Love, Catherine E., et al., eds., *Collins dizionario inglese: italiano-inglese inglese-italiano*, imprint issued by HarperResource in 2003 (Glasgow / New York: HarperCollins Publishers; Milan: Arnoldo Mondatori Editore; 2000).

Macchi, Vladimiro, et al., eds., *Dizionario delle lingue italiana e inglese*, 4 vols., Parte Prima: Italiano-Inglese, Parte Seconda: Inglese-Italiano, realizzato dal Centro Lessicografico Sansoni sotto la direzione di Vladimiro Macchi, seconda edizione corretta e ampliata, i grandi dizionari Sansoni / *Dictionary of the Italian and English Languages*, 4 vols., Part One: Italian-English, Part Two: English-Italian, edited by The Centro Lessicografico Sansoni under the general editorship of Vladimiro Macchi, second edition corrected and enlarged, The Great Sansoni Dictionaries (Firenze: Sansoni Editore, 1985). With Supplemento to Parte Prima a cura di Vladimiro Macchi, 1985.

de Mauro, Tullio [ideato e diretto da Tullio de Mauro], et al., eds., *Grande dizionario italiano dell'uso*, 6 vols. (Torino: Unione Tipografico-Editrice Torinese, 2000).

Rebora, Piero, et al., prepared, *Cassell's Italian-English English-Italian*

Dictionary, 1ˢᵗ ed. 1958 (London: Cassell & Company Limited, 7ᵗʰ ed. 1967).

5. 希臘語

Cunliffe, Richard John, *A Lexicon of the Homeric Dialect*, expanded edition, with a new Preface by James H. Dee (Norman: University of Oklahoma Press, 2012); first published by Blackie and Son Limited, London, Glasgow, Bombay, 1924; new edition published 1963 by the University of Oklahoma Press, Norman, Publishing Division of the University; paperback edition published 1977.

Liddell, Henry George, and Robert Scott, compiled, *A Greek-English Lexicon*, 1ˢᵗ ed. 1843, new edition revised and augmented throughout by Henry Stuart Jones et al., with a revised supplement 1996 (Oxford: Clarendon Press, new (9ᵗʰ) ed. 1940).

Liddell and Scott, *Greek-English Lexicon*, abridged ed. (Oxford: Clarendon Press, 1989).

6. 拉丁語

Lewis, Charlton T., and Charles Short, revised, enlarged, and in great part rewritten, *A Latin Dictionary*, founded on Andrews' [*sic*] edition of Freund's Latin Dictionary, 1ˢᵗ ed. 1879 (Oxford: Clarendon Press, impression of 1962).

Simpson, D. P., *Cassell's Latin Dictionary: Latin-English / English-Latin*, 1ˢᵗ ed. 1959 (New York: Macmillan Publishing Company, 5ᵗʰ ed. 1968). The London edition of this dictionary has a different title and a different publisher: *Cassell's New Latin-English / English-Latin Dictionary*, 1ˢᵗ ed. 1959 (London: Cassell and Company Ltd., 5ᵗʰ ed. 1968).

Souter, A., et al., eds., *Oxford Latin Dictionary* (Oxford: Clarendon Press, 1968).

二、漢語

甲、參考書（按作者或書名拼音序）

但丁著，黃國彬譯註，《神曲》（*La Divina Commedia* 漢譯及詳註），全三冊，九歌文庫927、928、929，第一冊，《地獄篇》(*Inferno*)，第二冊，《煉獄篇》(*Purgatorio*)，第三冊，《天堂篇》(*Paradiso*)（台北：九歌出版社，二〇〇三年九月初版，二〇〇六年二月訂正版）。

莎士比亞著，黃國彬譯註，《解讀〈哈姆雷特〉——莎士比亞原著漢譯及詳註》，全二冊，翻譯與跨學科研究叢書，宮力、羅選民策劃，羅選民主編（北京：清華大學出版社，二〇一三年一月）。

《聖經·和合本·研讀本》（繁體），編輯：汪亞立、馬榮德、張秀儀、陶珍、楊美芬（香港：漢語聖經協會有限公司，二〇一五年七月初版，二〇一六年一月第二版）。

乙、詞典（按編者或書名拼音序）

《法漢詞典》，《法漢詞典》編寫組編（上海：上海譯文出版社，一九七九年十月第一版）。

《現代漢語詞典》，第五版，中國社會科學院語言研究所詞典編輯室編（北京：商務印書館，二〇〇五年六月）。

《新英漢詞典》，《新英漢詞典》編寫組編（香港：生活·讀書·新知三聯書店香港分店，一九七五年十月香港第一版）/ *A New English-Chinese Dictionary*, compiled by the Editing Group of *A New English-Chinese Dictionary* (Hong Kong: Joint Publishing Company (Hongkong Branch), October, 1975)。

顏力鋼、李淑娟編，《詩歌韻腳詞典》（北京：新世界出版社，一九九四年五月）。

《英漢大詞典》·*The English-Chinese Dictionary* (Unabridged)，上、

下卷，上卷，A-L，下卷，M-Z，《英漢大詞典》編輯部編，主編，陸谷孫（上海：上海譯文出版社，一九八九年八月第一版）。

《英華大詞典》（修訂第二版）· *A New English-Chinese Dictionary* (Second Revised Edition), first edited by Zheng Yi Li〔鄭易里〕and Cao Cheng Xiu〔曹誠修〕, second revised edition, edited by Zheng Yi Li〔鄭易里〕et al. (Beijing / Hong Kong: The Commercial Press; New York / Chichester / Brisbane / Toronto: John Wiley and Sons, Inc., 1984).

九 歌 文 庫　　　1　3　9　2

世紀詩人艾略特

國家圖書館出版品預行編目 (CIP) 資料

世紀詩人艾略特／黃國彬著 . -- 初版 . -- 臺北市：九歌出版社有限公司 , 2022.11
　　面；　公分 . --（九歌文庫；1392）
ISBN 978-986-450-497-8(平裝)

1.CST: 艾略特 (Eliot, T. S.(Thomas Stearns), 1888-1965) 2.CST: 學術思想 3.CST: 詩評
873.51　　　　　　　　　　　　　　　　　　　　111016171

作　　　者——黃國彬
責任編輯——鍾欣純
創 辦 人——蔡文甫
發 行 人——蔡澤玉
出　　　版——九歌出版社有限公司
　　　　　　　台北市 105 八德路 3 段 12 巷 57 弄 40 號
　　　　　　　電話／ 02-25776564・傳真／ 02-25789205
　　　　　　　郵政劃撥／ 0112295-1

九歌文學網　www.chiuko.com.tw

印　　　刷——晨捷印製股份有限公司
法律顧問——龍躍天律師・蕭雄淋律師・董安丹律師
初　　　版——2022 年 11 月
定　　　價——520 元
書　　　號——F1392
Ｉ Ｓ Ｂ Ｎ——978-986-450-497-8
　　　　　　　9789864504985（PDF）